1,60

Melanie Fischer

DIE WERBEFRAUEN

Wir schaffen eine neue Welt

atb aufbau taschenbuch

Melanie Fischer ist in Berlin geboren und aufgewachsen. Ihre Leidenschaft war es schon immer, durch die Welt zu reisen und unterwegs Ideen für neue Geschichten zu sammeln. Heute lebt sie mit ihrer Familie in Brandenburg.

Im Aufbau Taschenbuch ist bereits ihr Roman »Die Fernsehfrauen – Mit uns beginnt die neue Zeit« erschienen.

Ostberlin, 1961: Die junge Margot träumt davon, Werbetexterin zu werden, und beginnt eine Lehre als Sekretärin bei der Deutschen Werbe- und Anzeigengesellschaft. Allerdings muss sie schnell feststellen, dass die Meinung von Frauen nicht unbedingt gefragt ist. Ihre beste Freundin Lotte würde gern für eine Werbeagentur modeln, stattdessen muss sie im Konsum Regale einräumen. Beide sind nicht zufrieden – es muss sich etwas ändern! Dann hat Lotte Glück: Sie begegnet Werner, der für die *Sibylle* fotografiert, und er nimmt sie mit in die schillernde Welt der Modereklame. Ihre Karriere kommt jedoch nicht wirklich ins Rollen. Margot lernt unterdessen Tim kennen, einen Werbetexter, der ihre Ideen großartig findet und ihre Hilfe beim Texten gern annimmt. Doch er verkauft Margots Vorschläge als seine eigenen. Werden Lotte und Margot es schaffen, sich durchzusetzen und ihre Träume zu leben?

MELANIE FISCHER

DIE WERBE FRAUEN

Wir schaffen eine neue Welt

ROMAN

atb aufbau taschenbuch

MIX
Papier | Fördert gute Waldnutzung
FSC® C083411

ISBN 978-3-7466-4009-9

Aufbau ist eine Marke der Aufbau Verlage GmbH & Co. KG

1. Auflage 2025

www.aufbau-verlage.de
10969 Berlin, Prinzenstraße 85

Bei Fragen zur Sicherheit unserer Produkte wenden Sie sich bitte an produktsicherheit@aufbau-verlage.de.
Umschlaggestaltung U1berlin, Patrizia Di Stefano
unter Verwendung von Motiven von © Patrizia Di Stefano
unter Verwendung von Motiven von Midjourney AI,
© Ullstein Bild / Lehnartz,
Fritz Eschen, © Shutterstock / BK_graphic und © iStockphoto / Boonyachaot
Satz LVD GmbH, Berlin
Druck und Binden CPI books GmbH, Leck, Germany

Printed in Germany

PROLOG

BERLIN
Sommer 1956

Im Friedrichshain saßen zwei Mädchen auf einer Bank und blickten in die untergehende Sonne. Die letzten Tage war es immer bewölkt gewesen, umso mehr genossen sie nun die ersten warmen Sonnenstrahlen.

»Kannst du glauben, dass wir uns bereits mehr als unser halbes Leben kennen?«, fragte Margot.

Lieselotte lächelte und dachte an ihre erste Begegnung zurück. Sie hatte bitterlich geweint, als ihre Eltern ihr erzählten, dass sie nach Berlin ziehen müssten. Bis heute erinnerte sie sich daran zurück, wie ihr bei der Ankunft die alten Hauseingänge auffielen, und die Kinder, die auf der Straße spielten. Ihr war alles sehr trist vorgekommen.

»Verrückt, dass das Schicksal oder besser gesagt das Ende des Krieges uns damals genau in eure Straße geführt hat.« Lieselotte reckte ihr Gesicht wieder in die Sonne und schloss die Augen.

»Ich weiß noch, wie ich dich das erste Mal gesehen habe. Du hattest Lumpen und kaputte Schuhe an. Dein Gesicht war schmutzig, und du hattest eine Puppe fest im Arm.« Margot war in Prenzlauer Berg, einem Arbeiter- und Wohnviertel im Osten Berlins, geboren und aufgewachsen. Sie meinte immer, sie lebe gern dort, und obwohl viele Kinder auf der Straße gemeinsam spielten, sei sie sehr froh gewesen, als Lieselotte dazukam. Vom ersten Tag an hätte sie gewusst, dass eine besondere Freundschaft sie verband.

Lieselotte erinnerte sich wieder. »Und du hast dagestanden, mich angelächelt und mich gefragt, wie meine Puppe heißt.«

»Ich konnte nicht anders. Du hast mir so leidgetan, und ich hatte noch nie ein so hübsches Gesicht gesehen. Deine blauen Augen haben einfach geleuchtet. Egal, wie schmutzig du aussahst und wie schäbig deine Sachen waren. Deine Ausstrahlung hat mich sofort in den Bann gezogen. Und dann haben unsere Mütter darum gebeten, dass wir in eine Klasse kommen, weil wir uns so gut verstanden haben.«

»Aber deine Eltern haben auch gleich damit gedroht, alles rückgängig zu machen, sollte die Schule darunter leiden«, sagte Lieselotte und knuffte ihre Freundin in die Seite. »Ich finde, du übertreibst immer, was mein Aussehen angeht«, bemerkte sie und drehte sich gedankenverloren eine Locke ins blonde Haar.

»Tu ich nicht, Lotte. Bis heute bist du die schönste Frau, die ich kenne.«

Lieselotte mochte ihren Namen nicht, weshalb sie fast alle nur Lotte nannten. Sie zog die Nase kraus. »Ich sehe ganz in Ordnung aus«, sagte sie und lachte. Sie erinnerte sich an die ersten Tage in der neuen Wohnung und dass sie Angst gehabt hatte, aber das dunkelhaarige Mädchen, dem sie dann begegnet war, hatte ihr die Angst sofort genommen. »Du warst mein Fels damals. Ohne dich wäre alles viel schwerer gewesen. Du hast mich in der Schule an die Hand genommen und nicht mehr losgelassen.«

»Du siehst nicht nur gut aus, du bist auch die beste Freundin auf der ganzen Welt, und deine Hand lass ich auch jetzt nie mehr los.« Margot nahm Lottes Hand und drückte sie.

»Und du bist meine beste Freundin.« Lotte legte den Arm um sie.

»Ach, ich habe da was.« Margot beugte sich vor, griff nach dem Beutel, der zwischen ihren Beinen an der Mauer lehnte, und holte eine Zeitschrift heraus.

»Gib her!« Lotte riss ihr das Magazin aus der Hand.

Seit jeher war das eines ihre Lieblingsbeschäftigungen. Sie blätterten in Magazinen für Mode und waren fasziniert von den Mannequins, den Waren und Reklameslogans darin.

Lotte betrachtete die Mannequins und die Kleider ganz genau, studierte die Gesichter und die Mimik der Frauen. Später würde sie sich vor den Spiegel in ihrem Zimmer stellen und versuchen, die Posen möglichst genau nachzuahmen. Sie träumte davon, einmal in so schönen Kleidern vor der Kamera zu stehen.

Margot dagegen interessierte sich mehr für die Texte, die Farben und Anordnung einer Reklame. So konnten die Freundinnen stundenlang sitzen und sich begeistert austauschen.

»Und da haben wir wieder den Beweis«, bemerkte Margot, als sie die Zeitschrift durchgeblättert hatten.

»Wofür?«

»Dafür, dass du die hübscheste Frau bist, die ich kenne.« Sie hielt die Zeitschrift in die Luft. »Keine Frau hier drin sieht so gut aus wie du.«

»Ach, Margi, du musst das sagen, du bist meine Freundin, und streng genommen bin ich noch keine Frau, sondern ein Mädchen.«

»Eine Freundin muss die Wahrheit sagen, und das tue ich, Mädchen oder Frau, ganz egal. Wer weiß, wie hübsch du noch wirst.«

Lotte gab ihr einen Kuss auf die Wange. »Du bist die Beste.«

»Ich stelle mir gerade vor, dass wir zwei einmal Reklame machen. Du als Mannequin, und ich schreibe die Texte dazu.« Margot hatte nie Ambitionen gehabt, vor der Kamera zu stehen, sie war mehr der kreative Kopf. Sich alles auszudenken und zu planen, wie die Werbung am Ende aussehen sollte, fand sie spannend. Oft waren ihr die Texte zu langweilig, oder sie sprachen nicht die richtigen Leute an. Sie blickte verträumt zum Horizont. »Ja, das wäre es.«

Lotte zuckte mit den Schultern. »Wer weiß, aber wenn es jemand schafft, dann wir.«

»Wir müssen uns versprechen, hier und jetzt, dass wir immer füreinander da sind und uns unterstützen, dass wir unsere Träume verfolgen werden, komme was wolle.«

»Versprochen, für immer und ewig.«

Sie verhakten ihre Zeigefinger und schlossen die Augen.

In all den Jahren waren sie füreinander da gewesen. Sie konnten über alles sprechen, ganz egal, ob es um Jungs oder ihre Familien oder Sorgen ging. Jede hatte ihre ganz eigenen Vorstellungen, wie ihr Leben einmal aussehen sollte, aber sie stellten sich vor, ihre Zukunft gemeinsam zu gestalten.

Sie machten die Augen wieder auf. Margot lächelte und nickte. Gedankenverloren blickten die Freundinnen in den Himmel.

»Wie hieß sie eigentlich noch mal?«, fragte Margot plötzlich und runzelte die Stirn.

»Von wem sprichst du?«

»Von deiner Puppe.«

Lotte lächelte. »Sie hieß Lilli.«

KAPITEL 1

MARGOT
Berlin 1961

Margot saß auf dem Teppich in ihrem Zimmer und zeichnete. Um sie herum waren Modezeitschriften auf dem Boden verteilt, im Radio liefen die Blue Diamonds. Sie hatte die Schule abgeschlossen, in ein paar Wochen würde sie anfangen zu arbeiten. Den letzten freien Sommer wollte sie noch einmal genießen, bevor der Ernst des Lebens begann, wie ihr Vater zu sagen pflegte. Das Leben war auch jetzt bereits anstrengend, dachte Margot. Sie freute sich darauf, nicht mehr die Schulbank drücken zu müssen, sondern endlich arbeiten gehen zu können und ihr eigenes Geld zu haben.

Wie jeden Tag in den Ferien war Lotte gekommen. Sie lag bäuchlings auf dem Bett, blätterte in einem Magazin und wippte im Takt der Musik mit den angewinkelten Beinen. »Das ist hübsch, oder?« Sie hielt das Magazin in Margots Richtung.

»Ja, das sieht super aus«, bestätigte die Freundin und konzentrierte sich gleich wieder auf ihre Zeichnung. Sie machte ein paar Notizen an den Rand, dann stand sie auf und lief zu Lotte ans Bett.

»Schau mal, was ich mir überlegt habe.«

Lotte setzte sich auf. »Mann, du hast wirklich Talent«, bemerkte sie, als sie die Zeichnung sah.

»Danke«, sagte Margot stolz.

»Komm, wir versuchen, das nachzustellen«, schlug Lotte vor.

»Meinst du?«, fragte Margot und blickte skeptisch auf ihre Zeichnung. »Haben wir alles da?«

»Egal, wir improvisieren ein bisschen.«

Margot lachte. »Na dann los!«

Beide kramten in den Schränken, suchten nach den passenden Kleidungstücken und tanzten dabei zur Radiomusik auf der Stelle.

»Und, wie sehe ich aus?«, fragte Lotte, als sie schließlich alles gefunden hatten und sie sich umgezogen hatte.

»Warte.« Margot schob ihren Bleistift hinter das Ohr, ging zu ihrer Freundin und zupfte das Shirt zurecht, das Lotte in den langen blauen Rock gesteckt hatte. Sie hielt ihre Zeichnung neben Lotte und nickte zufrieden. »Das sollte nicht so straff sein, das muss locker sitzen. Sieh hier!« Sie deutete auf die Frauensilhouette, die sie gezeichnet hatte, und tippte mit dem Bleistift darauf. »Jetzt noch der Hut, setz ihn so auf.« Sie reichte Lotte den Hut und betrachtete ihre Freundin mit schief gelegtem Kopf.

Neben den Zeitschriften lagen überall Kleidung und Zeichnungen von Frauen auf dem Boden. Seit sie sich kannten, zeichnete Margot Frauen und Kleider, und Lotte zog alles an, was sie oder die Eltern an Kleidung besaßen. Sie nähten aus Stoffresten Klamotten und spielten Mannequins. Nur dass Margot vorgab, was Lotte anziehen sollte, und dann erstellte sie oft einen Werbetext dazu.

»So?«, fragte Lotte. Sie drehte sich im Kreis und lief im Zimmer auf und ab.

»Du musst im Flur laufen, da ist mehr Platz.«

Die beiden Mädchen gingen in den Flur, und Lotte lief von vorn nach hinten und posierte am Ende.

»Sie sehen heute Lieselotte Stede in einem langen blauen Rock und einem hellblauen Nicki. Die Dame von Welt trägt das, was ihr gefällt. Nee, warte, du musst noch die Strumpfhose dazu anziehen.«

»Ich mag keine Strumpfhosen.«

»Ich weiß, aber eine Dame von Welt muss eine Strumpfhose anziehen. Sonst passt mein Text nicht.«

Lotte stöhnte. »Aber es sieht uns doch keiner. Können wir nicht so tun, als ob ich eine anhätte?«

Margot stemmte die Hände in die Hüften. »Darum geht es nicht. Los, Strumpfhose anziehen! Es muss perfekt sein.«

Lotte wusste, dass Margot ihr Spiel oft sehr ernst nahm, und tat ihr den Gefallen.

»Ach du, sei doch nicht immer so perfektionistisch«, bat Lotte und hüpfte auf einem Bein durch das Zimmer, während sie versuchte, die Strumpfhose über den linken Fuß zu bekommen.

»Was machst du denn da?« Margot lachte.

»Ich mag diese Dinger einfach nicht.« Lotte sank aufs Bett, und lachte mit. Margot warf sich neben ihre Freundin und sah mit ihr an die Decke. Sie liebte diese Nachmittage mit Lotte.

»Meinst du, ich werde mal ein richtiges Mannequin?«

»Wenn du lernst, Strumpfhosen ordentlich anzuziehen.«

»Das ist gemein.« Lotte tat, als wäre sie beleidigt. »Am liebsten würde ich mich für immer hier im Zimmer verkriechen und Mannequin spielen. Ich habe keine Lust, im Konsum eine Lehre zu machen.«

»Ich verstehe dich, aber vielleicht wird es nicht so schlimm, wie du denkst.«

Lotte drehte das Gesicht zu ihrer Freundin. »Ist das dein Ernst? Was soll daran gut werden? Ich werde mit meiner Mutter arbeiten und Konserven in Regale einsortieren.« Sie verzog das Gesicht.

»Dann hättest du dich mehr umschauen müssen, aber Lieselotte Stede dachte halt, es ergibt sich ohne ihr Zutun etwas Besseres.«

»Du hast ja recht«, stöhnte Lotte. »Du hast so ein Glück, dass du die Suche ernster genommen hast.«

Margot lächelte. »Ja, ich hoffe, es wird so toll, wie ich es mir vorstelle. Aber es war eben kein Glück, es war einfach mein Wunsch.«

»Wenn ich mich hier so umschaue, brauchst du keine Lehre mehr. Du kannst bereits alles.«

»O doch, die brauche ich. Ich will alles lernen – so richtig, nicht nur so tun.«

Lotte zog sich die Strumpfhose hoch, stand auf und hielt Margot die Hand hin. »Aufstehen! Lass uns den Lauf beenden.«

Das ließ Margot sich nicht zweimal sagen. Sofort war sie wieder der Profi, der sie glaubte zu sein, wann immer sie dieses Spiel spielten. Sie hoffte, dass sie solche Nachmittage noch oft mit Lotte erleben würde, auch wenn beide nun einen neuen Lebensabschnitt begannen.

Endlich, dachte Margot. Heute war ihre Chance.

Vor zwei Wochen hatte sie ihre Lehre in der Berliner Niederlassung der Deutschen Werbe- und Anzeigengesellschaft begonnen. Eine staatliche Agentur, die für Werbung und öffentliche Plakate verschiedenster Art zuständig war. Sie hatte schon viele solcher Plakate in der Stadt gesehen, umso mehr freute sie sich jetzt, wenn sie eines sah. Sie schaute noch genauer hin und überlegte, was sie besser oder anders machen würde.

Am ersten Tag hatte sie vor dem grauen großen Gebäude mit den vielen Fenstern gestanden. Die fünf Buchstaben DEWAG zwischen den Fenstern waren bereits von Weitem zu sehen. Sie war so aufgeregt gewesen, dass sie kaum geschlafen hatte. Man hatte sie herumgeführt, und sie erinnerte sich noch genau daran, wie sie in einem Büro fünf Männer sah, die um einen großen Tisch standen und angeregt diskutierten. Darauf hatte sie sich gefreut, doch sie musste schnell feststellen, dass sie nur für Schreibarbeiten eingeteilt war. Und wenn sie das Glück hatte – und das war erst einmal vorgekommen –, dass sie mitschrieb, wenn Kollegen einen Auftrag bearbeiteten, musste sie sich auf die Zunge beißen. Sie hatte es bei diesem einen Mal gewagt, eine Idee einzuwerfen. Man hatte sie angestarrt, als hätte sie einen Mord begangen, und ihr dann unmissverständlich klargemacht, dass auf ihre Meinung keinen Wert gelegt wurde. Seitdem war sie vorsichtig, und ihre anfängliche Euphorie für die Arbeit hatte einen gehörigen Dämpfer bekommen.

Heute war sie allerdings zum ersten Mal, seit sie ihre Stelle begonnen hatte, in eine Besprechung gerufen worden. Sie wusste, dass sie nicht ausgewählt worden war, weil man sie bisher in irgendeiner Form positiv wahrgenommen hatte, es lag schlicht an der Tatsache, dass die Chefsekretärin Angelika Dobrink heute krank war. Wenn diese wüsste, dass Margot ihre Vertretung war, dann würde sie kochen vor Wut, und diese Tatsache wiederum ließ Margots Herz schneller schlagen. Denn Frau Dobrink war eine biestige Person, die sie ständig spüren ließ, dass sie nicht viel von ihr hielt. Sie hielt im Allgemeinen wenig von anderen und war der Meinung, dass nur sie alles richtig machen konnte. Dabei kannte sie Margot nicht einmal, behauptete aber, sie sei ein junges unwissendes Mädchen. Sicherlich war sie noch jung, aber nicht unwissend, wenn es um Reklame ging. Sie hoffte, dass sie ihr irgendwann beweisen konnte, was in ihr steckte. Sie wollte alles lernen, was mit Reklame zu tun hatte, aber im Moment tippte sie nur langweilige Texte ab. Sobald es Texte waren, in denen es um Reklame ging, versuchte sie, sich alles zu merken. Las alles, was sie zwischen die Finger bekam. Sie musste einfach jede Chance nutzen, die sich ihr bot, und als gefragt wurde, wer den Termin anstelle von Frau Dobrink übernehmen könnte, war sie aufgesprungen und hatte »Ich!« gerufen.

Überpünktlich betrat sie vor allen anderen den Raum und setzte sich auf den für sie vorgesehenen Stuhl. Akribisch legte sie ihre Stifte vor sich ab. Sie hatte drei Stifte mitgenommen, falls einer den Geist aufgab. Sie strich das Papier und ihren Rock mehrmals glatt und setzte sich bequem hin. Sie hatte noch fünfzehn Minuten Zeit, bis die Besprechung losging. Sie fragte sich, ob es besser war, wenn sie den Stift bereits in der Hand hielt, und nahm ihn auf. Vielleicht wirkte das aber zu eifrig. Sie legte ihn wieder in die Reihe zu den anderen, es gab noch nichts zu schreiben, also war es einerlei. Dann schoss ihr ein Gedanke durch den Kopf: Musste sie bereits etwas aufschreiben, sobald alle hereingekommen waren? Gab man ihr ein Zeichen, wenn sie etwas notieren sollte? Sie würde einfach alles mitschreiben, nur für den Fall. Kürzen konnte man immer noch. Sie nickte bestätigend. Erwartungsvoll blickte sie zur Tür und wurde immer nervöser. Was war, wenn sie mal auf Toilette musste? Schließlich konnte sie nicht einfach aufstehen. Am besten ginge sie noch mal, nur um sicher zu sein. Sie stand gerade auf, als der Erste den Raum betrat. Also setzte Margot sich wieder hin.

Der große Mann nahm ihr gegenüber Platz und legte seine Zettel vor sich. Er hatte dunkelblondes Haar und trug eine Anzughose und einen senfgelben Pullover. Er lächelte sie an.

»Hallo, darf ich mir einen Ihrer Stifte ausleihen? Ich habe meinen leider vergessen.« Er deutete auf ihre ordentliche Reihe.

»Bedauere. Nein!«

»Nein?«, fragte der Fremde verwirrt.

»Also eigentlich schon, aber ich brauche sie zum Schreiben.«

Er zog eine Augenbraue hoch. »Im Grunde wollte ich genau das auch damit tun – den Stift zum Schreiben gebrauchen. Ich dachte, das macht man so mit Stiften, und da Sie drei vor sich liegen haben …« Er zuckte mit den Achseln.

»Ja, stimmt, Sie haben recht, aber ich muss mitschreiben, und wenn einer nicht mehr funktioniert, dann habe ich Ersatz.«

Der Mann grinste nun. »Nervös? Sie sind neu, oder?«

Er hatte ein schönes Lächeln. Er war durchaus ein gut aussehender Mann. Er war nicht besonders alt, aber definitiv älter als sie selbst. »Ja, Margot Toles, die neue Facharbeiterin in der Schreibtechnik. In Ausbildung.«

»Freut mich. Lafersky, Texter und Graphiker. Ich denke, zwei Stifte werden reichen, nicht wahr?«

»Ja, vermutlich haben Sie recht.« Margot reichte ihm zögerlich einen über den Tisch. Auch wenn er recht hatte, war ihr unwohl dabei. Es lag im Bereich des Möglichen, dass beide nicht mehr funktionierten, und dann geriete sie in Schwierigkeiten.

Er nahm den Stift, und Margot bemerkte seine schlanken Hände.

»Vielen Dank.« Er testete ihn auf seinem Block. »Der Stift schreibt nicht.«

»Oh, eigentlich hatte ich sie vorher ausprobiert.« Margot blickte nervös auf die beiden verbliebenen Stifte.

»Natürlich haben Sie das vorher gemacht. Schon gut, das war ein Scherz.« Der Mann schüttelte belustigt den Kopf

»Ach so«, sagte sie, aber fand es unverschämt, dass er sich über ihre Unsicherheit lustig machte. Es war ihr erster richtiger Auftrag, der nichts mit Sortieren, Abtippen oder Kaffee kochen zu tun hatte.

In den letzten Wochen war ihr klar geworden, dass sie unter der Chefsekretärin Frau Dobrink so schnell keine wichtigen Aufgaben bekommen würde. Umso wichtiger war das jetzt hier. Sie wollte alles richtig machen und in Erinnerung bleiben. Sie beobachtete ihn unauffällig, wie er sich geschäftig ein paar Notizen machte. Margot überlegte, ob sie sich auch Notizen machen sollte, aber sie wusste nicht welche. Sie schrieb das Datum des heutigen Tages in die Ecke, aber dann wusste sie nichts weiter zu schreiben.

Der Mann blickte wieder hoch, lächelte, und sie blickte schnell wieder auf ihr Blatt und überschrieb das Datum noch einmal.

Dann kamen weitere drei Männer lachend in den Raum. Sie unterhielten sich laut miteinander und setzten sich auf die freien Stühle.

»Na, Tim, wieder der Erste?«, fragte ein Mann, der sich neben ihre neue Bekanntschaft setzte.

Tim ist also sein Name, dachte Margot.

»Nein, ich war nicht der Erste«, sagte er und zwinkerte Margot zu.

Der andere Mann folgte seinem Blick und schaute verwirrt.

»Kennst du die?«

»Ja, seit heute. Sie hat mir einen Stift geliehen.« Tim hielt den Stift wie eine Trophäe in die Luft und lächelte.

Margot merkte, wie sie errötete, und ihn schien ihre peinliche Verlegenheit auch noch zu amüsieren. Schnell blickte sie wieder auf ihr Blatt. Sie musste sich konzentrieren. Dass er immer wieder zu ihr schaute und lächelte, brachte sie durcheinander, und dass der Kollege neben ihm sie ohne Grund finster anschaute, ebenfalls.

Dann betrat Herr Töpfer, der Chef der Niederlassung, den Raum, und das Gemurmel, das aufgekommen war, erstarb.

»Ich begrüße Sie, meine Damen und Herren«, begann Töpfer, bevor er sich setzte.

Margot hörte ihrem Chef zu, der kurz nachdem er sich gesetzt hatte, wieder aufstand und im Raum auf und ab lief, weshalb viele Köpfe hin und her gingen. Margot protokollierte alles, was er sagte, haarklein. Herr Töpfer war damals bei ihrem Einstellungsgespräch auch dabei gewesen, aber da hatte sie kaum etwas mitbekommen. Erst jetzt nahm sie ihn genauer wahr. Er war kleiner als sie, und er hatte seine wenigen Haare von einer Seite über seine kahle Mitte gekämmt. Sie schätzte ihn auf fünfzig. Sein weißes Hemd spannte so sehr am Bauch, dass Margot fürchtete, die Knöpfe könnten jeden Moment abspringen und durch den Raum fliegen. Sie musste kichern. Schnell wendete sie den Blick ab und versuchte sich zu konzentrieren. Sie war noch nicht besonders schnell im Mitschreiben und konnte sich nicht erlauben, etwas zu verpassen.

»Alle Zeichen stehen auf Wachstum. Wie Sie alle wissen, brauchen wir noch ein wenig, um alles in Gang zu bringen. Aber die Bürger der DDR sind bereit, wieder Geld auszugeben. Die Produkte, die wir bewerben, sollen nicht helfen, sie zu verkaufen, vielmehr geht es darum, den Bürgern in anschaulicher Weise die Erfolge unserer Industrie, unserer Landwirtschaft und unseres Handels in Bezug auf Warenproduktion und Qualitätssteigerung zu demonstrieren.«

Margot war verwirrt. War Werbung nicht dafür da, Produkte zu verkaufen? »Herr Töpfer, mein Name ist Margot Toles, und ich frage mich gerade, warum …«

Herr Töpfer blieb abrupt stehen und sah sie irritiert an. »Gehe ich recht in der Annahme, dass Sie die Person sind, die das Protokoll schreiben soll?« Er betonte die Wörter »schreiben soll«.

Margot nickte.

»Wie kommt es dann, dass Sie sich anmaßen, Fragen zu stellen?«

»Ich dachte, also ich habe mich gefragt, weshalb die Werbung nicht auf das Verkaufen der Produkte ausgerichtet ist?«

Herr Töpfer trat auf sie zu. »Sie sollen nicht denken oder Fragen stellen, sondern Protokoll führen. Und im Übrigen würden Sie nicht fragen, wenn Sie unseren Leitfaden kennen würden. Kennen Sie unseren Leitfaden?«

»Nein«, stammelte sie, schockiert über diesen Ausbruch.

Er tippte mit seinem Finger hart auf ihr Papier. Seine Wangen wurden rot. »Niemand hat Sie nach Ihrer Meinung gefragt. In Zukunft machen Sie das, wofür Sie bezahlt werden, Mädchen. Ist das klar?«

Die Blicke aller Anwesenden waren auf Margot gerichtet, und die meisten grinsten hämisch. Nur der Blick des Mannes mit ihrem Stift wirkte mitleidig. Margot hörte, wie er seinem Kollegen »Das ist nicht lustig« zuraunte.

Margot nahm ein leichtes Schulterzucken wahr und blickte dann wieder auf ihr Blatt. Sie konnte nicht glauben, dass das gerade passierte. Was hatte sie denn verbrochen? Sie hatte eine Frage gestellt. Eine Frage, die sie ernsthaft interessiert hatte.

Herr Töpfer begab sich wieder nach vorn und redete weiter, als wäre nichts gewesen.

Margot hingegen saß der Schock noch in den Knochen, und sie musste ein Zittern unterdrücken. Sie setzte den Stift an und schrieb das Gehörte mit. Das Einzige, was sie jetzt noch dachte, war, dass sie hoffentlich nachher noch lesen konnte, was sie schrieb.

Als Margot nach der Besprechung wieder an ihrem Schreibtisch saß, fragte sie sich, warum heute alles schiefgelaufen war, was nur schieflaufen konnte. Warum durfte man keine Fragen stellen? Ihr war ja klar, dass die Vorgaben gesteuert waren, aber wie der Töpfer reagiert hatte, war trotzdem demütigend. Irgendwie hatte sie sich die Arbeit anders vorgestellt. Was sie tun musste, war oft eintönig und langweilig und gar nicht so aufregend, wie sie geglaubt hatte. Andererseits war sie noch nicht lange da und in der Lehre. Sie musste Geduld haben, und das wusste sie auch, aber trotzdem konnte sie ihre Enttäuschung nicht verbergen.

Margot blickte auf ihre Mitschrift, die sie jetzt abtippen wollte, und bemerkte, dass sie den Namen Tim ungefähr fünfmal, während sie in Gedanken war, auf das Blatt gekritzelt hatte. Hastig strich sie die Namen durch, konnte sich ein Schmunzeln jedoch nicht verkneifen. Plötzlich entdeckte sie auf dem Fensterbrett eine Taube, die genau vor dem Fenster gelandet war. Sie blickten sich gegenseitig an.

»Aufgeben ist keine Option, richtig?«

Die Taube pickte, ohne etwas zu finden, und blickte sie wieder an. Eine Minute rührten sich beide nicht. Dann pickte die Taube noch einmal und hatte ein Korn im Schnabel. Sie sah Margot erneut an und flog dann davon.

»Ja, du hast recht, ich muss nur durchhalten.«

Lustlos saß Margot auf ihrem Bett, hörte Radio und blätterte in einer Modezeitschrift. Bisher konnte sie sich immer dafür begeistern. Sie hatte viele Hefte und schaute sich auch immer mal wieder ältere Ausgaben an. Oft waren sie mit handschriftlichen Notizen ihrerseits bekritzelt. Immer da, wo sie fand, dass der Text besser wurde, wenn man etwas anders schrieb. Es kam vor, dass sie Monate später noch eine andere Idee hatte und ihre alte Idee wieder durchstrich und die neue vermerkte. Sie liebte es, Texte zu verfassen und erfand zu alltäglichen Dingen nicht selten eine Formulierung. Ihre Eltern waren oft genervt von ihren Reimen und konnten dem Ganzen nichts abgewinnen. Irgendwie war alles so schwer geworden.

Margot dachte an den letzten Sommer zurück. Wie glücklich Lotte und sie gewesen waren, nachdem sie die Schule endlich hinter sich gelassen hatten. Sie trafen sich fast jeden Tag und genossen ihre letzten Ferien.

»Lotte, ich bin so aufgeregt. Ich darf bei der DEWAG arbeiten.« Wie jedes Mal, wenn sie das sagte, verfielen beide in ein freudiges Kreischen.

»Und ich darf im Konsum mit meiner Mutter arbeiten«, rief Lotte. Wieder kreischten beide und bekamen dann einen Lachanfall. Denn natürlich war es nicht Lottes Traum, im Konsum zu arbeiten, aber sie hatte dem Wunsch ihrer Eltern fürs Erste nachgegeben und war ehrlicherweise auch nicht weiter auf die Suche gegangen. Sie hatte keine Idee, was sie machen wollte, außer einmal Mannequin zu sein.

Margot wischte sich die Tränen aus den Augen und sagte ernst: »Ach, Lotte, du wirst auch noch das machen, wozu du bestimmt bist.«

Für Lotte war die Arbeit im Konsum ein notwendiges Übel, um ein wenig Geld zu verdienen und eine Ausbildung in der Tasche zu haben. Sie machte eine wegwerfende Handbewegung. »Schon gut. Es hätte mich schlimmer treffen können. Meine Zeit kommt noch. Ich freue mich so sehr für dich, dass es für uns beide reicht.«

»Margot, wir sind zurück«, hörte sie ihre Mutter rufen und wurde aus ihrer Erinnerung gerissen.

Wie immer ging ihre Mutter direkt in die Küche und bereitete das Abendessen zu. Ihr Vater setzte sich in den Sessel und las die Zeitung, und im nächsten Augenblick würde sie Margot rufen, damit sie ihr half.

»Eins, zwei, drei«, zählte sie leise vor sich hin.

»Margot, kommst du bitte helfen.«

Margot musste unwillkürlich lächeln.

»Komme.« Sie zögerte es wie immer ein wenig heraus, um möglichst wenig helfen zu müssen.

KAPITEL 2

LIESELOTTE

Lotte hatte ihre Lehre im Konsum begonnen. Es war eine schöne Arbeit in den Ferien, um sich etwas dazuzuverdienen, aber jetzt, wo sie jeden Tag im Konsum stand, war es anders. Doch sie wusste, dass ihre Arbeit wichtig war, schließlich wurden hier Waren des täglichen Bedarfs angeboten, und sie konnte sich selbst die besten Sachen raussuchen, bevor sie ausverkauft waren. Die Warenengpässe waren noch immer groß, und es gab Dinge, die kamen rein und waren in weniger als drei Stunden ausverkauft, da war es gut, an der Quelle zu sein. Sie war wichtig, viele versuchten sich gut mit ihr zu stellen, um über sie an gefragte Dinge zu kommen. Die Gespräche mit manchen Kunden raubten Lotte den letzten Nerv, und sie musste viel Geduld und Verständnis für die Menschen aufbringen. Doch am meisten war sie genervt von den Prinzipien und strikten Arbeitsanweisungen. Die staatliche Kontrolle war groß.

Sie stand bereits seit acht Uhr im kleinen Konsum und füllte die Regale auf. Sie trug eine Schürze, die himmelschreiend hässlich war, und hatte ihre langen blonden Haare zu einem Pferdeschwanz zusammengebunden. Über die Schürze hatte sie ewig diskutiert und versucht, sie anders zu tragen, damit sie besser aussah, aber die Vorgaben waren streng, und vor allem war ihre Mutter streng. Die Arbeit war in Ordnung, aber nicht das, was sie ihr Leben lang machen wollte. Sie liebte die Gespräche mit älteren Damen, sie waren immer nett. Neuerdings kamen auch einige Herren zum Einkaufen, die das früher ihren Frauen überlassen hatten. Außerdem brachte die Arbeit Geld, und das konnten sie und ihre Familie gut gebrauchen. Ihr Vater war krank, seit sie denken konnte, daher war ihre Mutter die Alleinverdienerin der Familie. Sie arbeitete auch in dem kleinen Laden und hatte Lotte überzeugt, hier ihre Lehre zu machen. Da Lotte nach der Schule nicht wirklich gewusst hatte, was sie machen wollte, machte sie das, wo sie keinen Aufwand hatte. Margot war anders, die wusste, was sie wollte und hatte auch etwas dafür getan. Darum beneidete sie sie sehr.

Alles war eingeräumt, heute war nicht viel Ware angekommen. Da gerade keine Kunden da waren und sie keine Lust auf Putzen hatte, genoss Lotte die Ruhe im hinteren Teil des Ladens. Sie hatte eine Zeitschrift dabei und blätterte darin, als die Eingangsglocke bimmelte. Sie wischte sich die schmutzigen Hände an ihrer Schürze ab und ging in den Kassenbereich, um zu sehen, ob ihre Hilfe gebraucht wurde.

»Margot«, rief sie, als sie ihre Freundin erblickte. »Was machst du denn hier?«

»Wir sehen uns gerade nur noch so selten, da dachte ich, ich komme nach der Arbeit im Laden vorbei.«

Lotte schlang die Arme um sie. »Du siehst gut aus, richtig seriös und wichtig.« Sie hielt ihre Freundin bei den Händen und strahlte.

Margot hatte noch den Bleistiftrock und die Bluse an, die sie während ihrer Arbeit bei der DEWAG trug.

»Ich sehe nur so aus. Wichtig bin ich wohl nicht. Du siehst aber auch gut aus – wie immer.«

»Ach, ich bin ganz schmutzig, und schau nur diese hässliche Schürze.« Lotte steckte sich eine lose Haarsträhne hinter das Ohr.

»Ich habe gleich Feierabend. Hast du noch Zeit? Wir könnten spazieren gehen, und du erzählst mir, was so los ist in der Welt der Reklame.«

»Ja, klar, ich warte. Ich glaube, ich muss auch ein wenig Dampf ablassen. Die letzten Tage waren echt anstrengend.«

Die verbliebenen dreißig Minuten bis zum Feierabend räumten die beiden Freundinnen gemeinsam den Laden für den nächsten Tag auf.

Eingehakt spazierten sie in ihrem Lieblingspark. Das hatten sie früher fast jeden Tag getan, aber seit sie beide arbeiteten, fanden sie kaum noch Zeit dafür.

»Und nun erzähl, was ist los bei dir?«, fragte Lotte.

»Ich habe mir das Ganze anders vorgestellt. Ich dachte, ich könnte mich vielleicht irgendwo einbringen.«

»Aber du bist doch erst seit Kurzem da. Warte es ab, wenn die erst mal sehen, was du alles kannst.«

»Mhm, ich glaube, so ist das leider nicht. Was ich bisher so mitbekommen habe, ist die DEWAG mehr wie eine Kommandozentrale. Fast alle Ideen der Auftraggeber werden abgelehnt oder so verändert, dass es mit der Grundidee nichts mehr zu tun hat. Die Betriebe zahlen auch eine Menge Geld für Filme oder Plakate, die sie vielleicht so nicht wollen, aber um überhaupt Werbung zu bekommen, nehmen sie es dann hin. Ich war schon bei ein, zwei Besprechungen dabei, und irgendwie ging es immer darum, dass die Auftraggeber einlenken.«

»Echt?«

»Meine Aufgaben haben auch nichts damit zu tun. Ich bin wirklich nur eine Schreibkraft, und so wie ich das bisher erlebe, wird sich daran nichts ändern. Frauen werden für die kreative Seite nicht wahrgenommen, und ich glaube, die Männer da wollen das auch nicht anders. Und dann noch diese Frau Dobrink, die Chefsekretärin, die ist wirklich ein Drachen und lässt mich am liebsten nur Kaffee kochen. Eigentlich soll sie mir alles zeigen und beibringen, aber das tut sie nicht. Sie gibt mir ständig nur Aufgaben, auf die sie keine Lust hat. Aber vielleicht ist das immer so in der Lehre.« Margot seufzte.

»Das klingt nicht gerade spannend, aber lass dich nicht unterkriegen. Deine Zeit kommt noch. Ich habe auch das Gefühl, ich verrichte nur Arbeiten, die keiner machen will. Staub wischen und Fenster putzen. An die Kasse darf ich nur selten, obwohl das nicht schwer ist.«

»Ach, Lotte, ich hoffe, du hast recht. Sonst halte ich nicht bis zum Ende der Lehre durch.«

»Bleib stark, es wird bestimmt besser«, meinte Lotte.

»Jetzt beneide ich dich fast um deine Arbeit im Laden.«

»Gib's zu, du willst diese Schürze!«, sagte Lotte lachend.

»Die würde mir bestimmt ganz wunderbar stehen. Jetzt habe ich dir die Ohren vollgejammert, aber wie geht es dir?«

»Es geht mir gut. Ich sehe die Arbeit beim Konsum als eine Etappe im Leben. Ich weiß, dass ich irgendwann etwas machen werde, wofür ich brenne.«

Der Nachmittag mit ihrer Freundin hatte Lotte gutgetan. Sie hatten viel zu wenig Zeit, und sie vermisste die Tage der Unbeschwertheit.

Sie schloss die Wohnung auf und begrüßte ihren Vater. Er lag in seinem Bett, und sie gab ihm einen Kuss auf die Wange.

»Ich bin wieder da«, rief sie ihrer Mutter zu.

»O gut, das Essen ist auch fertig.«

»Super, ich habe einen Bärenhunger.«

»Wie war dein Tag? Musstest du heute länger machen?«, fragte die Mutter, als Lotte die Küche betrat, und gab ihr einen Kuss.

»Nein, alles in Ordnung. Margot hat mich heute besucht, und wir waren noch spazieren. Isst Papa nicht mit?«

»Nein, er möchte heute liegen bleiben. Die Schmerzen sind zu groß.«

Es passierte immer öfter, dass Heinz es nicht mehr schaffte, an den Tisch zu kommen. Als er aus dem Krieg zurückkehrte, war nichts mehr, wie es war. Seine Muskeln bauten immer weiter ab, und man konnte nichts tun, außer hoffen, dass es nicht weiter so schnell bergab ging. Heinz war zwar fast zehn Jahre älter als Lottes Mutter Ursula, aber mit nicht einmal fünfzig Jahren eindeutig zu jung, um so zu leben.

Ursula stellte Stullen und Jägerschnitzel auf den Tisch.

»Lecker, ich liebe Schnitzel.« Lotte strahlte.

»Dann iss, du kannst es gebrauchen!«

»Mama!«

»Was?«, fragte Ursula und setzte sich ihr gegenüber an den Tisch. »Es ist doch nichts dran an dir. Sei froh, dass wir keinen Krieg mehr haben und es Essen gibt.«

Lotte verdrehte die Augen. »Jetzt geht das wieder los«, murmelte sie.

»Lieselotte, das ist ein ernstes Thema, und du weißt sehr gut, dass wir hungern mussten. Das alles hier ist nicht selbstverständlich. Dein Vater war im Krieg und hatte tagelang nichts zu essen.«

»Ja, das weiß ich, weil ich das schon mein ganzes Leben lang höre. Ich nehme das auch ernst, aber ich glaube auch, dass wir mal wieder aufatmen dürfen und das Leben genießen sollten. Auch du! Du opferst dich immer für alle auf, freu dich doch mal, dass alles besser geworden ist. Ich unterstütze dich ja jetzt auch.« Sie strich ihrer Mutter über die Hand. »Mama, tu mal etwas für dich. Die Arbeit im Konsum, die Pflege von Papa, der Haushalt. Mach dir keine Gedanken um mich, ich kann für mich selbst sorgen. Ich möchte noch lange was von dir haben.«

»Mhm«, brummte Ursula. »Und trotzdem musst du mehr essen.«

»Mama, mir geht es gut. Ich esse genug.«

Essen war für Lotte ein großes Thema. Es war nicht so, dass sie hungerte, aber sie achtete schon darauf, was und wie viel sie aß.

»Das hoffe ich.«

Lotte aß alles auf, was ihre Mutter ihr aufgetan hatte, damit es ausnahmsweise einmal keine Diskussion geben würde.

»Ich bin fertig. Ich geh ins Zimmer«, sagte sie mit vollem Mund, stand auf und stellte ihren Teller neben die Spüle.

»Kannst du nicht mal warten, bis ich aufgegessen habe?«

»Keine Zeit, ich muss was erledigen.«

Lotte kramte in ihrem Zimmer ihre Modezeitschriften zusammen und suchte die besten heraus. Die meisten waren bei Margot, aber sie wollte ihre Freundin morgen überraschen. Sie hatte heute so unglücklich gewirkt. Lotte wollte sie aufmuntern und daran erinnern, warum sie Reklame und das Texten so sehr liebte.

KAPITEL 3

MARGOT

Margot hatte die Straßenbahn verpasst und war zu spät dran. Sie hatte nur noch eine Minute, als sie das Gebäude betrat, um zu ihrem Büro zu gelangen. Sie musste sich beeilen, sonst würde Frau Dobrink ihr einen Vortrag halten, und darauf hatte sie heute Morgen gar keine Lust. In ihrer Eile prallte sie im Flur mit jemandem zusammen.

»Oh, nicht so schnell.«

Ihr Kopf war gegen die Brust eines Mannes gestoßen, so heftig, dass sie sein Rasierwasser riechen konnte. Es roch sehr gut, ganz anders als das ihres Vaters, frisch und anziehend.

»Ist alles in Ordnung mit Ihnen?«, fragte der Mann.

Margot blickte ihm nun endlich ins Gesicht. »Entschuldigen Sie, ich war in Eile.« Erst jetzt erkannte sie ihn, es war der Mann aus der Besprechung, der sich einen Stift bei ihr geliehen und ihn bisher nicht zurückgegeben hatte.

»Sie sind der Mann, der sich meinen Stift ausgeliehen, ihn aber nie zurückgegeben hat und nebenbei einen meiner peinlichsten Momente miterleben durfte. Tim, richtig?« Was sagte sie denn da? Wenn sie jetzt nicht aufpasste, konnte es ein neuer peinlicher Moment werden. Immer wenn sie nervös wurde, handelte sie unüberlegt.

Tim schmunzelte. »Ja, Tim. Tim Laferski. Ich erinnere mich. Ich hatte auch nicht vor, den Stift zu behalten. Ich werde ihn nachher suchen und Ihnen wiedergeben, versprochen.«

»Nein, nein, Sie können ihn gern behalten. Eigentlich habe ich genug Stifte.« Mist, dachte Margot, was hatte sie da nun wieder gesagt. Es wurde immer peinlicher. Der Mann lächelte sie weiter an.

»Gut, dann behalte ich ihn als Erinnerung an Sie, und nehmen Sie das aus der Besprechung nicht persönlich, Fragen werden bei der DEWAG nicht so gern gesehen. Ich habe es aufgegeben, alles zu hinterfragen. Arbeitet sich so leichter.«

»Danke für den Tipp, ich werde es versuchen.«

Er zuckte entschuldigend die Schultern.

Margot winkte ab. »Sie waren der Einzige, der nicht über mich gelacht hat.«

»Weil es nicht wirklich was zu lachen gab. Wie auch immer, ich wünsche Ihnen dafür heute einen wunderschönen Tag.« Er hielt ihr seine Hand hin.

Margot griff seine Hand. »Vielen Dank, den wünsche ich Ihnen auch.«

Er wollte zum Gehen ansetzen, hielt dann jedoch abrupt inne. »Wollen wir vielleicht einen Kaffee trinken gehen als Wiedergutmachung?«, fragte er.

Plötzlich fiel Margot wieder ein, weshalb sie gerannt war. »Nein, ich muss los.«

»Dann auf Wiedersehen«, sagte er enttäuscht.

Margot war schon an ihm vorbei, als sie sich noch einmal umdrehte. »Nein, also ich wollte sagen, ich kann nur gerade nicht. Ich bin schon zu spät dran. Wie wäre es mit heute Mittag?«

Er lächelte. »Gern.«

Margot platzte ins Großraumbüro und blickte in das wütende Gesicht ihrer Chefsekretärin. Frau Dobrink hatte die Arme vor der Brust verschränkt. »Sie sind zu spät.«

Diese Frau wartete nur darauf, andere zu erwischen, und kostete den Moment dann ausgiebig aus.

»Ich weiß, und es tut mir leid. Es kommt nicht wieder vor«, erklärte Margot.

»Es darf nicht wieder vorkommen. Sie machen hier eine Lehre, und wenn Sie die nicht ernst nehmen, dann suchen wir jemand Neues.«

»Ich nehme die Lehre ernst.«

Frau Dobrink zuckte mit den Schultern. »Ich sehe, was ich sehe, aber wo wir gerade dabei sind: Ich habe mir Ihr letztes Protokoll angesehen. Es hatte ganze zehn Fehler.« Sie ging zu ihrem Schreibtisch und hielt ihr das Blatt hin.

Margot nahm es entgegen und blickte darauf. Es waren nur Tippfehler. Es lag an der Schreibmaschine, einige der Buchstaben waren schwer zu drücken. Sie hatte um eine neue gebeten, aber ihre Vorgesetzte ignorierte ihre Bitte.

»Sie tippen das noch einmal ab. Fehler akzeptiere ich nicht, je mehr Übung Sie haben, desto schneller werden Sie auch. Machen wir uns nichts vor, Sie sind noch sehr langsam und ungenau. Ich kann das Schriftstück auch so annehmen, aber dann werde ich das für ihre Noten vermerken.« Sie blickte sie erwartungsvoll an.

Margot kochte vor Wut. Sie hatte schon so viele Schriftstücke in den Akten gefunden, die weitaus mehr Fehler hatten als ihre. Sie wusste mittlerweile, dass es hier nicht um das Schreiben ging. Frau Dobrink hasste sie einfach, wie sie alle jungen Frauen hasste. Zumindest musste es einem so vorkommen, wenn man sie mit anderen beobachtete. Die Chefsekretärin nutzte ihre Position aus, und das, obwohl sie selbst von den meisten Chefs nicht gut behandelt wurde. Sie schien die schlechte Behandlung geradewegs nach unten weiterzugeben. Diese Logik konnte Margot nicht nachvollziehen. Sollte man nicht aus Verständnis heraus genau anders handeln? Würde sie einmal eine Chefin sein, dann würde sie alles anders machen. Frauen sollten sich unterstützen.

Frau Dobrink hatte sich bereits an ihren Schreibtisch gesetzt und beschäftigte sich mit einem Schriftstück. Jetzt warf sie Margot über ihre Brillengläser einen Blick zu. »Ist noch was?«

Margot holte tief Luft. »Nein, es ist alles in Ordnung. Ich werde das Protokoll noch einmal abtippen, fehlerfrei.«

»Na, dann machen Sie sich an die Arbeit.«

Margot ging zu ihrem kleinen Schreibtisch, auf dem lediglich die Schreitmaschine und ein Blatt mit Notizen Platz fand.

»Und denken Sie dran, dass Sie heute acht Minuten länger machen.«

»Natürlich, Frau Dobrink.« Margot strich das Blatt wieder glatt, das sie noch einmal abtippen sollte, und begann mit der Arbeit. Das Klacken der Tasten ihrer Maschine erfüllte den Raum. Doch irgendwie konnte sie sich kaum konzentrieren, jedenfalls nicht so, wie sie es eigentlich wollte. Immer wieder musste sie an die Begegnung mit Tim denken und dass er mit ihr einen Kaffee trinken wollte. Für Margot war es der erste richtige Kontakt mit einem Kollegen aus einer anderen Abteilung. Sollten sie sich gut verstehen, konnte sie endlich die Fragen stellen, die ihr unter den Nägeln brannten. Die Aussicht auf eine Pause mit einem netten Kollegen ließen sie den Ärger mit Frau Dobrink vergessen. Bis zur Mittagspause hatte sie das Protokoll fehlerfrei abgetippt. Nicht ganz ohne Stolz ging sie an Frau

Dobrinks Platz vorbei und ließ es auf ihren Schreibtisch fallen. »Ich bin in der Pause.«

Sofort beäugte die Chefsekretärin das Schriftstück kritisch.

»Machen Sie sich keine Mühe, es sind keine Fehler mehr drin.«

»Das beurteile immer noch ich!«

Margot verließ lächelnd das Büro.

Sie hatten sich entschieden, den Kaffee, den sie sich aus der Kantine geholt hatten, auf einer Bank in der Nähe zu trinken. Margot brauchte dringend frische Luft.

»Ich sage mal du, in Ordnung?«, fragte Tim.

»Ja, gern. Ich bin Margot.«

»Tim, aber das weißt du ja schon.« Er reichte ihr erneut die Hand. »Und was hat dich zu uns verschlagen?« Er nippte an seinem Kaffee. Margot war froh, dass er die Unterhaltung begann, denn sie fühlte sich ziemlich unsicher.

»Ich habe mich auf das Klicken und Klacken der Tasten gefreut.«

Tim lachte auf. »Ein netter Grund.«

»Tut mir leid, also im Ernst, meine Eltern wollten, dass ich etwas lerne, und ich wollte etwas, was mit Reklame zu tun hat. Sekretärin kam eigentlich für mich nicht infrage, und meine Eltern haben nichts mit Reklame am Hut. Dann hat mein Vater gesagt, dass er jemanden bei der DEWAG kennt. Tja, und bevor ich Sekretärin lernen muss ohne Bezug zu meinen Interessen, habe ich mich auf die Stelle beworben und wurde genommen. Ich hoffe, dass ich meine Kreativität ausleben darf, wenn ich hier fertig bin.«

»Das klingt nach einem Plan.«

»Und du? Wie bist du hergekommen?«, fragte Margot.

»Ich habe ein Jahr lang an der Kunsthochschule Weißensee studiert. Dann wurde ich wegen künstlerischer Phantasielosigkeit exmatrikuliert.« Tim lachte auf.

»So was geht? Wieso denn das?«

Er zuckte mit den Achseln. »Eine Begründung gab es nicht. Dann habe ich an der Fachschule für Werbung und Gestaltung hier in Berlin mein Studium beendet. So richtig wusste ich nicht wohin mit mir, aber ich wollte etwas Kreatives machen.«

»Das muss ein tolles Studium gewesen sein!« Wie gern hätte Margot studiert, aber ihre Eltern waren gegen ein Studium, und vermutlich hätte sie auch keinen Platz bekommen.

»Wenn du mit toll meinst, dass man die vier Leitlinien der Werbung stets parat haben muss, dann vielleicht.«

»Die vier Leitlinien?« Sie dachte an den Moment mit Herrn Töpfer zurück. Sofort lief es ihr eiskalt den Rücken hinunter.

»Werbung muss der Parteilinie entsprechen, planbezogen und planmäßig und nicht zu vergessen wirtschaftlich sein«, leierte Tim gelangweilt runter. »Nach diesen Leitlinien arbeiten wir bei der DEWAG.« Er machte eine Pause und blickte sie an. »Hast du dir die Arbeit so vorgestellt?«

Sie blickte ihn an und legte den Kopf schief. »Ehrlich gesagt, nein! Nichts ist so, wie ich dachte, was aber nicht an dem Thema Reklame liegt. Vielmehr ist die DEWAG einschließlich Frau Dobrink das Problem.«

Er lachte auf. »Ja, die Dobrink ist fies. Und du hast recht, eigene Kreativität ist nicht sonderlich gefragt. Die Vorgaben sind sehr starr, aber man gewöhnt sich dran, und Geld verdient man auch. Momentan mache ich viel Plakatwerbung, und ab und zu schreibe ich Exposés und Texte für die Werbung.«

»Mhm. Woran arbeitest du gerade?«

»Ganz aktuell an Plakaten für das Versandhaus Leipzig. Da die Vorgaben hier sehr eindeutig sind, ist es nicht sonderlich spannend. Ansonsten arbeite ich gerade an einer Fischreklame. Das Schlimme ist, alles soll sich am besten reimen.«

»Meinst du, du kannst mir mal zeigen, was du machst?«

»Das lässt sich bestimmt einrichten.«

Margot strahlte. »Echt, das wäre super.«

»Freu dich nicht zu sehr. So spannend ist das nicht. Wir haben kaum Budget und sind den Weisungen der Partei ausgeliefert. Wie gesagt, da bleibt die Kreativität auf der Strecke.«

»Egal, ich freue mich trotzdem.«

»Und ich freue mich, wenn sich jemand für meine Arbeit interessiert.«

Margot fragte sich zum ersten Mal, wie alt Tim wohl war. Definitiv älter als sie selbst. Sie blickte ihn an. »Darf ich fragen, wie alt du bist?«

»Ich bin vierundzwanzig«, antwortete er.

Irgendwie wirkte er viel erwachsener, aber in erster Linie war er nett – und er roch gut. Margot schloss die Augen und genoss die Sonne, die ihr auf das Gesicht schien, seine Gesellschaft und seinen Duft, der ihr auch jetzt wieder dezent in die Nase stieg. Ab und zu blinzelte sie zu ihm hinüber. Tim saß ganz entspannt da, dann stellte er seine Tasse auf dem Boden zwischen seinen Beinen ab und legte seine Arme auf die Banklehne.

Sie zuckte kurz zusammen, als seine Hand ihre Schulter streifte. Die Berührung löste etwas in ihr aus, was sie nicht beschreiben konnte, ein ungewohntes Gefühl, das jedoch keineswegs unangenehm war.

»Ich muss dann mal wieder«, sagte Tim plötzlich und nahm seine Tasse wieder auf.

»Ich auch«, entgegnete Margot. »Ich muss bereits acht Minuten länger machen, wenn ich jetzt noch die Pause überziehe, wird die Dobrink wollen, dass ich hier übernachte.«

»Lass dich bloß nicht zu sehr von ihr schikanieren.«

»Ach, ich weiß mir schon zu helfen.«

»Das glaube ich gern.« Als Tim aufstand, berührte er sie noch einmal an der Schulter.

Margot war sich sicher, dass es eine ganz bewusste Geste und nicht aus Versehen war.

»Es war schön, die Pause mit dir zu verbringen«, sagte er lächelnd, als er sie an ihrer Bürotür verabschiedete.

»Fand ich auch.«

»Ach und hier.« Er hielt ihr einen Stift hin.

»Danke«, sagte sie lächelnd.

Margot saß an ihrem Schreibtisch und drehte den Stift in ihrer Hand. Tim hatte ihn gehabt, und sie hielt ihn an ihre Nase in der Hoffnung, dass er nach ihm roch. Tat er nicht, er roch einfach wie ein Stift. Sie konnte sich nicht mehr konzentrieren. Irgendwie hatte dieser Tim ihr den Kopf verdreht. Zum Glück war heute Freitag, und sie freute sich auf das Wochenende. Wochenenden hatten allerdings immer einen Haken: Das wöchentliche gemeinsame Abendessen mit ihren Eltern und ihrer Schwester samt Familie am Sonntag. Nach dem Auszug von Edith aß jeder, wann er wollte, aber auf diesen einen Tag in der Woche bestand ihre Mutter.

Noch vier Stunden, dann hatte sie es geschafft. Sie blickte auf den Stapel mit Schriftstücken, die sie noch abtippen musste. Frau Dobrink, der Drache, hatte ihr wieder zusätzliche Arbeit hingelegt. Man konnte es nicht schaffen, egal, wie fleißig man war. Manchmal hatte

Margot das Gefühl, sie legte ihr irgendwas zum Abtippen hin, was kein Mensch brauchte. Einmal hatte sie die Chefsekretärin dabei beobachtet, wie sie eine frische Arbeit von ihr ungelesen in den Papierkorb warf.

Margot ergriff das oberste Blatt vom Stapel und nahm sich vor, extra schnell und gut zu arbeiten.

Als Margot die Tür zu Hause aufschloss, war ihre Mutter dabei, die obligatorische Kanne Tee zu kochen. Der Wasserkessel pfiff. Margot betrat die Küche und fing an, den Tisch zu decken. Früher hatten sie zu viert am Esstisch gesessen, aber ihre Schwester Edith war bereits mit ihrem Mann zusammengezogen, ihr zweites Kind war unterwegs. Jetzt lag die volle Aufmerksamkeit auf Margot, und es gab Tage, da nervte es so sehr, dass sie sich ihre Schwester zurückwünschte, was wirklich etwas heißen sollte. Schon als Kinder hatten sie unerbittlich miteinander konkurriert, woran ihre Eltern nicht ganz unschuldig waren. Vor allem ihre Mutter hatte Edith und sie permanent miteinander verglichen, obwohl sie unterschiedlicher nicht sein konnten und jede von ihnen ihre eigenen Interessen und Vorlieben hatte.

»Wasch dir bitte noch die Hände«, meinte ihre Mutter.

»Natürlich«, sagte Margot genervt und unterbrach das Tischdecken. »Wie alt muss ich eigentlich werden, damit du aufhörst, mich wie ein Kind zu behandeln?«

»Nun übertreib doch nicht gleich wieder!«, entgegnete ihre Mutter.

»Da ist ja unser Margotchen«, begrüßte ihr Vater sie.

»Hallo, Papa!« Seit sie denken konnte, hatte sie ein besseres Verhältnis zu ihm als zu ihrer Mutter. Er war entspannt und lag ihr nicht ständig mit irgendwas in den Ohren, was sie wie zu tun hatte.

Als alle saßen, tat ihre Mutter allen das Lieblingsessen des Vaters auf. Kohlroulade mit Kartoffeln und brauner Soße.

»Ich hoffe, es schmeckt«, betonte sie und begann zu essen.

»Und wie war dein Tag?«, fragte der Vater.

»Ganz passabel«, antwortete Margot. Sie wollte nicht darüber sprechen. Sie hatte es einmal versucht zu erklären, was ihr an der Lehre stank, aber ihre Eltern hatten es nicht verstanden. Arbeit war für sie eben Arbeit. Man bekam nichts geschenkt, und Spaß musste sie ohnehin nicht machen. Es war leichter, wenn ihre Eltern erzählen konnten. »Wie war euer Tag?«, fragte Margot daher zurück.

»Wie es aussieht, bekommt meine Brigade wieder die Prämie«, sagte die Mutter, als hätte sie nur auf diese Frage gewartet. Der Stolz in ihrem Gesicht war nicht zu übersehen.

»Schön für dich«, sagte Margot pflichtschuldig.

»Das ist toll, Rita«, freute sich der Vater. »Wir können das Geld auch gut gebrauchen.«

»Reiner, es geht dabei nicht nur ums Geld.«

Da war es wieder, das Thema Geld, sie hatten genug zum Leben, aber nie genug, um große Sprünge zu machen, wie ihr Vater zu sagen pflegte. Er hatte es satt, doch ihre Mutter war zufrieden, wie es war.

Ihre Eltern arbeiteten beide beim VEB Kabelwerk. Ihre Mutter war Lohnbuchhalterin, und ihr Vater war als Maschinenfahrer dort angestellt. Jede Arbeitsgruppe stand in Konkurrenz zueinander, und am Ende wurde überprüft, welche Brigade die beste Leistung und Qualität brachte.

»Ich finde das nicht gut. Ich meine, dass man untereinander verglichen wird. Das schürt doch nur Unzufriedenheit«, sagte Margot.

»Ganz und gar nicht. Das ist ein Ansporn«, erklärte ihre Mutter.

»Das mag für dich und deine Brigade stimmen, wenn man immer gewinnt, aber wie ist es für die anderen und jeden Einzelnen? Stell dir vor, du ackerst wie ein Tier und am Ende gewinnt immer dieselbe Brigade. Vielleicht weil eine Brigade nicht so stark ist. Das finde ich nicht gerecht.«

»Ach, du wieder mit deinen Ansichten.«

»Arbeite erst mal ein paar Jahre, dann schauen wir, wie du dann denkst.«

Wie immer war es nicht wichtig, was Margot dachte oder welche Meinung sie hatte.

»Denk dran, am Sonntag kommen Edith und Klaus zum Essen«, meinte Rita.

»Schön, ich werde da sein«, sagte Margot gelangweilt. Obwohl sie keine große Lust hatte, wieder dabei zu sein, wenn ihre große Schwester in den Himmel gelobt wurde.

»Ich freue mich schon, die Kleine zu sehen. Sie ist jetzt schon ein Jahr geworden, und das Nächste ist auch bald da. Edith sagt, sie platzt bald, so dick ist ihr Bauch schon.« Ihre Mutter lachte.

»Und Klaus übernimmt immer Schichten, wenn Not am Mann ist. Schließlich muss er bald zwei Kinder ernähren«, ergänzte Reiner.

Man hörte den Stolz auf die große Tochter und ihre Familie heraus. Edith führte bereits mit vierundzwanzig Jahren einen eigenen Haushalt. Nach dem Mutterschutz würde sie sofort wieder arbeiten gehen. Margots Schwager Klaus arbeitete auch im VEB Kabelwerk, und Reiner hatte ihn eines Tages als geeigneten Kanditen für Edith mit nach Hause gebracht.

Margot seufzte. Mittlerweile versuchte ihre Schwester genau wie ihre Eltern, ihr ein Leben aufzudrängen, was für sie niemals passen würde. Das Schlimme war, dass sie keinen Funken Neid über das

Leben von Edith empfand. Ganz im Gegenteil, es schreckte sie ab. Das ganze Leben ihrer Schwester war bereits jetzt genau vorherbestimmt. Wenn Margot daran dachte, welches Leben ihre Mutter führte, konnte sie nichts Erstrebenswertes daran finden. Die Eltern schufteten beide hart. Zudem war ihre Mutter ihr Leben lang noch Hausfrau und Mutter gewesen. Die Doppelbelastung sah man ihr auch an, weshalb Margot oft auf sie einredete, sich auch einmal vom Vater helfen zu lassen. Doch dass ihr Vater einen Lappen in die Hand nehmen oder sein Geschirr selbst in die Spüle tragen würde, war ausgeschlossen. Ihre Mutter argumentierte gern, dass der Vater dafür das Heizen und alle Reparaturen übernahm. Und trotzdem schien es Margot eine ungerechte Arbeitsverteilung zu sein. Etwas, das sie in ihrem Leben einmal anders machen würde, und ob sie einmal Kinder wollte, war ihr auch noch nicht klar.

KAPITEL 4

LIESELOTTE
August 1961

Es war Sonntag. Lotte konnte endlich ausschlafen. Sie würde nachher zu Margot gehen und Zeit mit ihr verbringen. Es war bereits Mittag, und ihre Mutter hatte schon an die Tür geklopft für das Frühstück, aber sie wollte noch nicht aufstehen. Nachher würde es wieder eine Diskussion über ihr Essverhalten geben. Warum sie das Frühstück ausfallen ließ und dass sie doch regelmäßig und vernünftig essen sollte.

Sie hob den Kopf. »Ich komme gleich.«

Hinter der Tür war nur Gemurmel zu hören, dann Schritte, die sich entfernten. Lotte stand auf. Sie nahm ihr kleines Transistorradio mit ins Bett, schaltete es ein und schloss noch mal die Augen.

»Bewaffnete Organe des Regimes haben begonnen, eine Mauer zwischen dem Ost- und Westteil zu errichten. Es herrschen teils chaotische Zustände. Berlin ist geteilt«, tönte die Stimme aus dem Radio.

Lotte schlug die Bettdecke beiseite, setzte sich auf und schlug die Hand vor dem Mund. Sie hatte die Worte gehört, aber konnte sie nicht glauben.

»Der Ostteil der Stadt ist abgeriegelt.«

Sie sprang aus dem Bett, zog sich etwas an und rannte aus dem Zimmer. »Ich bin gleich wieder da«, sagte sie zu ihrer Mutter und eilte zur Wohnungstür.

»Aber wo willst du denn hin? Du hast doch nicht mal gefrühstückt!«, rief die Mutter.

»Tut mir leid, keine Zeit. Sie haben eine Mauer gebaut. Mach mal das Radio an! Es ist schrecklich, was sie sagen.«

»Aber …« Kopfschüttelnd blieb die Mutter zurück.

Lotte trat vor die Tür und schnappte sich ihr Fahrrad, das sie gestern vor der Haustür abgestellt hatte. Sie radelte zur Bernauer Straße, als hinge ihr Leben davon ab. Seit Monaten strömten Ostberliner in den Westen. Irgendwann musste der Osten eine Entscheidung treffen. Aber eine Mauer durch eine Stadt ziehen – das konnte nicht sein! Sie fuhr noch schneller und bremste dann scharf. Tatsächlich! Vor ihren Augen bauten Soldaten eine Mauer. Stacheldraht und dazwischen Menschen, die den Soldaten ungläubig zusahen.

Das konnte doch nur ein Film sein, dachte Lotte. Sie blickte sich um und suchte nach den Kameras. Die gab es tatsächlich, auf der Westseite, aber das waren Nachrichtensender, die berichteten.

Als sie bei Margot ankam, brannten ihre Augen. Ohne es recht zu merken, hatte Lotte die ganze Fahrt geweint. Sie hatte solch eine Wut im Bauch und Angst, eine Angst, die ihr die Luft zum Atmen nahm.

»Hast du es schon gehört?«, fragte sie völlig aufgelöst ihre Freundin.

Margot nahm sie am Arm. »Ja, aber komm erst mal rein. Los, in mein Zimmer.«

Lotte, die vorgegangen war, drehte sich im Flur um. »Mensch, Margot, ich habe solche Angst, was wird denn jetzt aus uns? Das können die doch nicht machen.«

»Wer ist da gekommen?«, fragte Reiner aus der Stube.

»Das ist nur Lotte«, antwortete Margot. Sie hob ihren Zeigefinger an die Lippen und schob ihre Freundin weiter in ihr Zimmer.

»Aber es gibt gleich Essen«, warf die Mutter ein.

Margot ignorierte sie und schloss die Zimmertür. »Du bist ja völlig außer dir«, stellte sie fest.

»Na, hast du denn keine Angst? Die bauen eine Mauer, die sperren uns ein.«

»Psst, nicht so laut, du kennst meine Eltern und ihre Meinung. Papa sagt, das machen die nur, weil immer mehr Arbeiter fliehen. Sie wollen ein Exempel statuieren und die Alliierten mit ihrem Kapitalismus provozieren. Alle guten Leute arbeiten im Westen, also müssen sie die Leute irgendwie aufhalten.«

»Aufhalten, aber doch nicht so! Ich war gerade dort, das sieht sehr bedrohlich aus«, bemerkte Lotte.

»Leute sollten im Osten arbeiten und leben, sonst kann unser Staat sich nicht um alle kümmern. Meine Eltern finden, dass das eine einfache Rechnung ist. Ihrer Meinung nach musste der Ulbricht diesen Schritt gehen, sonst wären zu viele rübergegangen.«

Lotte hatte sich auf Margots Bett gesetzt. »Mir macht das trotzdem Angst. Dir etwa nicht? Du wirkst so gefasst.«

Margot setzte sich neben Lotte und legte einen Arm um sie. »Meine Eltern haben das bereits prophezeit, auch wenn ich nicht damit gerechnet hatte, dass man das so bald umsetzen kann. Aber mach dir keine Gedanken. Papa sagt, dass es nur vorübergehend ist, um die Leute abzuschrecken.«

Lotte beruhigte sich ein wenig. Aber dass das Ganze nur vorrübergehend war, daran konnte sie nicht so recht glauben. Es waren doch hohe, stabile Mauern, die da errichtet wurden. Und konnte man Menschen wirklich einsperren? Das ging doch nicht.

»Lotte, Kopf hoch. Die Mauer wird nicht lange bleiben.«

»Wie kannst du nur so ruhig sein?« Margot war die besonnene von ihnen, aber eine Mauer? Das musste doch jeden bis ins Mark erschüttern. Sie jedenfalls konnte an nichts anderes mehr denken.

»Ich kann mir das nicht vorstellen, wie soll das denn aussehen? Man müsste doch überall Wachposten aufstellen. Das ist doch nicht möglich.«

Lotte hoffte, dass ihre Freundin recht hatte und das Ganze nur zur Abschreckung diente, denn wenn nicht, würde sich das Leben aller schlagartig ändern.

KAPITEL 5

MARGOT
Dezember 1961

Das Jahr neigte sich dem Ende zu. Margot hatte gerade Feierabend gemacht, aber sie wusste, dass Tim noch arbeitete. Er war immer sehr lange im Büro und saß gerade an etwas Neuem. Sie verbrachten nun öfter Zeit miteinander, und er fragte sie häufig, was sie von seinen Entwürfen hielt. Dass sie jemand nach ihrer Meinung fragte, rettete ihr oft den Tag. Diese Momente genoss sie, und seitdem kam sie gern zur Arbeit. Jeden Morgen hüpfte sie mit Vorfreude aus dem Bett. Sie erledigte schnell ihre Aufgaben, um dann mit Tim an seinen zu arbeiten. Meist fing sie jetzt sehr früh an, um dann nach Feierabend mit ihm zusammenzusitzen und Werbeslogans auszuklügeln.

Margot eilte über den Gang und öffnete die Tür zu seinem Büro.

»Hallo, da bist du ja«, begrüßte er sie herzlich. Als es noch warm war, hatten sie sich immer draußen getroffen, aber jetzt im Winter saßen sie in seinem Büro. Auch wenn es winzig war, hatte er im Gegensatz zu den meisten anderen ein eigenes.

»Hallo, früher konnte ich leider nicht kommen.«

»Kein Problem. Komm setz dich, und ich zeige dir, was ich mache.«

Margot ließ sich nicht zweimal bitten und schob den Stuhl, der vor dem Schreibtisch stand, zu ihm hinter den Tisch. Sie freute sich jeden Tag, ihn zu sehen, zu riechen und – vielleicht – zu berühren. Sie genossen beide die kreative Zusammenarbeit an den Projekten. Am meisten freute sie aber, dass er sie nicht nur nach ihrer Meinung fragte, sondern ihre Ideen sogar oft einbaute. Das Feedback, das er für ihre gemeinsamen Ausarbeitungen in letzter Zeit bekam, war sehr gut. Einmal meinte er sogar, ohne sie bekäme er nichts Gescheites mehr aufs Papier.

»Manchmal glaube ich, du freust dich nicht auf mich, sondern nur auf meine Arbeit«, sagte Tim gespielt beleidigt.

Er flirtete unverhohlen mit ihr, und obwohl noch nie etwas passiert war, war da diese Spannung zwischen ihnen.

»Nein, das stimmt nicht. Ich freue mich auf beides. Nun zeig schon, woran arbeitest du?«

Tim hielt die Mappe gegen seine Brust. »Nein, das darfst du nicht sehen.«

Sie stand auf und stemmte die Arme in die Hüften. »Komm, lass mich nicht betteln.«

»Doch, ich möchte, dass du das tust«, sagte er schmunzelnd.

»Nun zeig schon her.« Sie beugte sich leicht zu ihm hinunter.

Er stand auf und flüsterte. »Sag bitte.«

Margot blickte ihn irritiert an. Irgendwas war heute anders. Er war anders. Sein Blick war anders, er sah ihr tief in die Augen. Ihre Gesichter kamen sich immer näher. »Bitte«, flüsterte sie, und er neigte sich zu ihrem Mund. Seine Lippen berührten ihre. Einen Moment später küssten sie sich so leidenschaftlich, dass Margot kaum atmen konnte. Tim vergrub eine Hand in ihrem Haar, und die zweite wanderte ihren Rücken entlang.

Plötzlich klopfte es an der Tür, Tim ließ sich abrupt auf seinen Stuhl fallen, und Margot griff sich in die Haare, um sie glatt zu streichen.

Die Tür wurde geöffnet.

Margot wischte sich mit den Fingern über ihre Lippen.

»Hallo, Max«, begrüßte Tim den Mann.

»Oh, du hast Besuch«, kommentierte Max, der als Texter arbeitete und ein Freund von Tim war, argwöhnisch die Szene.

»Das ist nur Margot. Ich habe sie nach ihrer Meinung zum Exposé für den neuen Film für die Tele-Tipps gefragt.«

»Hallo«, sagte Margot und hob ihre Hand zum Gruß.

Ihr war das »nur Margot« nicht entgangen, und obwohl sie nicht genau wusste, wie Tim sie denn sonst hätte vorstellen sollen, kam es ihr nach ihrem Kuss eben sehr unpersönlich vor.

»Und da fragst du eine Tippse? Ich denke, ich sollte doch wohl dein Ansprechpartner in solchen Fragen sein, oder nicht?« Max erwiderte ihren Gruß nicht und sprach über sie, als wäre sie nicht mit im Raum. »Ich habe das Gefühl, ihr arbeitet sehr oft zusammen. Ich glaube nicht, dass es einen guten Eindruck macht, wenn das mal jemand bemerkt.«

»Nun sei nicht gleich beleidigt. Margot hat gute Ideen und sieht die Dinge aus der Perspektive einer Frau. Ich wäre auch noch zu dir gekommen.«

Max schnaubte unwillig. »Seit wann brauchen wir die Meinung einer Frau, wenn wir texten? Und selbst wenn, ich kann dir gern ein paar Namen nennen, die du fragen könntest, solltest du weibliche Hilfe benötigen.«

»Nee, ich brauchte jetzt keine Hilfe«, erwiderte Tim unfreundlich.

»Hier. Deswegen bin ich eigentlich gekommen.« Max warf einen Stapel Papier auf den Schreibtisch. »Das sollst du durchsehen. Ich mach jetzt Feierabend.« Dann verließ er grußlos den Raum.

»Wir sehen uns am Montag«, rief Tim ihm nach.

»Tschüss«, warf Margot noch hinterher.

»Verdammt!« Tim stand auf, als sich die Tür geschlossen hatte, er schob sich an ihr vorbei und lief zum Fenster. Er fuhr sich durch die Haare und murmelte: »Hoffentlich hat er nicht gesehen, wie wir uns geküsst haben.«

»Das glaube ich nicht.«

»Und wenn doch?« Tim drehte sich zu ihr und eilte zu seinem Tisch zurück.

Margot zuckte verständnislos mit den Schultern.

»Ach, du verstehst das nicht.« Tim machte eine wegwerfende Handbewegung.

»Na, ehrlich gesagt, kann ich deine Reaktion nicht so ganz verstehen. Also erst mal denke ich, dass dieser Max uns nicht gesehen hat, und ich verstehe auch, dass es nicht gerade professionell ist, bei der Arbeit zu knutschen, aber ein Weltuntergang ist es auch nicht. Ich glaube, ich müsste mir da mehr Sorgen machen als du. Außerdem dachte ich, Max und du, ihr seid befreundet. Er wird uns also nicht melden.«

»Ja und? Es hätte nicht passieren dürfen. Es tut mir leid. Ich wollte nicht … Ich darf nicht …« Tim setzte sich wieder auf seinen Stuhl.

Margot zog den Stuhl wieder um den Tisch und nahm Tim gegenüber Platz. »Nein, schon gut. Lass es uns vergessen. Zeig mir das Exposé«, forderte sie ihn auf und versuchte, ihre Kränkung nicht zu zeigen.

»Versteh mich nicht falsch, ich wollte es, aber es darf nicht sein. Nicht hier«, erklärte Tim.

»Vergessen wir es einfach.« Aber Margot wusste, dass sie diesen Kuss nicht vergessen würde. Er war der dritte Mann in ihrem Leben, den sie geküsst hatte, und das auch nur, wenn man einen Kuss im Kindergarten mitzählte. Es hatte sich auch so verdammt gut angefühlt.

»Also gut.« Tim legte das Exposé in die Mitte und begann zu erklären, wie seine Ideen genau aussahen.

Okay, das war's. Margot brauchte ein paar Sekunden, bis sie sich vollends auf das konzentrieren konnte, was er sagte. Er hatte recht, Küsse am Arbeitsplatz waren keine gute Idee und vor allem nicht in ihrer Position. Sie wollte hier etwas erreichen, und das sollte sie nicht aufs Spiel setzen.

»Schau hier, das sind die beiden Figuren Babette und Peter.« Tim zeigte auf die schwarz-weißen Bilder. »Es wird wieder ein Film mit Trickfiguren. Neunzig Sekunden in etwa. Der Auftraggeber ist das Deutsche Hygiene-Museum. Es soll so eine Art Aufklärungsfilm sein. Ziehst du dich nicht wettergerecht an, erkältest du dich und kannst nicht arbeiten. Wir bereiten den Text vor und schicken ihn dann an den Deutschen Fernsehfunk, die die Vorgaben umsetzen werden.«

»Und was hast du schon ausgearbeitet?«

Tim begann seinen Text vorzutragen:

»Achtzehn Jahre, blond adrett ist Peters Freundin, die Babette. Er liebt sie, sie ihn zurück. Jetzt sucht sie nach dem besten Stück.«

Margot musste lachen. »Das ist gut und irgendwie auch urkomisch.«

Er schmunzelte. »Die wollen, dass es sich reimt, und das ist nicht so einfach. Also pass auf, gleich brauche ich deine Hilfe. Man sieht sie jetzt Kleider heraussuchen. Dazu habe ich mir Folgendes überlegt: Jetzt sucht sie nach dem besten Stück in ihrem Schrank, denn ab und zu hat man im Park ein Rendezvous. Das blaue hat ihm sehr gefallen, es ist das dünnste zwar von allen, und Strümpfe hauchzart auch zu kalt? Ach weh, was macht das schon. Babette putzt sich in aller Ruhe die Zähne und sucht dann noch die Schuhe, mit denen sie auf Petermann den besten Eindruck machen kann.«

Tim zeigte auf das nächste Bild. »Jetzt brauche ich deine Hilfe, sie zieht jetzt Schuhe mit flachen Sohlen hervor, aber sie will die mit schmalem Absatz.«

»Für ihren Petermann«, ergänzte Margot lachend.

»He, nimm das bitte ernst«, sagte er.

»Ja, mach ich doch.« Sie überlegte und schlug ihm einiges vor, aber nichts passte so richtig. Schließlich sagte sie: »Also Absätze. Wie wäre es damit: Ach, diese Sohlen sind zu stark, wir gehen zwar dann in den Park, und es ist Winterszeit, heut' Morgen hat's sogar geschneit. Doch diese Treter, nein, die nicht!«

Margot hielt inne. »Jetzt würde ich die neuen Schuhe mit den Absätzen einblenden und sagen: Die stehen mir besser zu Gesicht. Gesagt, getan, die Türe zu, und ab geht es zum Rendezvous.«

Tim klatschte in die Hände. »Ja, das ist es! Das klingt gut.«

»Na ja, sagen wir mal, es passt zum Rest«, meinte Margot. »Und was hast du noch, wie geht es weiter?«.

Tim blickte auf seine Notizen und las:

»Der Peter, neunzehn, frisch und nett, wartet hier auf die Babette. Der neue Mantel steht ihm gut, doch was ihm fehlt, ihm fehlt ein Hut, wenn's der nicht ist, dann ist's die Mütze. Beides wär dem Kopf zunütze. Bei bloßem Schädel wird es bald, trotz Liebesglut, dem Kopf zu kalt.«

Tim machte eine Pause. »Und hier weiß ich nicht so richtig weiter. Jetzt müssen wir deutlich machen, dass sie krank werden und deshalb nicht zur Arbeit gehen können.«

Margot schaute sich den bisherigen Text an und sah dann zwei leere Schreibtische vor ihren Augen. »Ich hab's: So gehen sie hin, doch was ist später? Hier fehlt Babette und da der Peter.«

Margots Wangen glühten. »Verstehst du, man blendet die leeren Schreibtische ein.«

»Das ist super.« Tim kritzelte etwas zu seinen Aufzeichnungen.

Sie überlegten noch gemeinsam, wie das Ende genau aussehen könnte. Nach zwei Stunden hatten sie es geschafft und waren sehr zufrieden.

»Warte, ich lese das Ende noch mal vor«, sagte Tim.

»Sie husten beide um die Wette. Hier Peter und dort die Babette. Du Fräulein sei nicht zu kokett, auch warm gekleidet bist du nett, und du, mein Freund, ersparst dir Leid, nie barhaupt geh'n zur Winterszeit.«

»Das ist es«, meinte Margot. Auch wenn ihr die Art von Text noch befremdlich vorkam, fand sie es jetzt sehr lustig. »Mein Gott, es ist schon zwanzig Uhr«, rief Margot plötzlich aus.

»O nein, ich wollte dich nicht so lange aufhalten.«

»Schon gut, ich meine nur, wie schnell die Zeit verflogen ist, wenn man etwas macht, das Spaß macht. Ich muss mich noch daran gewöhnen, was die DEWAG so vorgeben möchte, und das immer mit erhobenem Zeigefinger, aber die Arbeit an sich macht super viel Spaß.«

»Du bist grandios, Margot. Deine Ideen sind erfrischend.«

»Na, warten wir mal ab, was die am Montag dazu sagen.«

»Ja, aber ich glaube, das ist gut.« Tim nahm die Unterlagen. »Ich danke dir, wirklich.« Er blickte sie an.

Bis eben konnten sie unbeschwert arbeiten, doch nun lag wieder diese Spannung in der Luft.

»Gern geschehen, aber du, ich muss dann jetzt wirklich los.« Margot stand auf und nahm ihren Mantel.

»Warte, ich komme mit.« Tim machte Anstalten, ihr zu folgen.

»Nein, du musst dich nicht beeilen. Bis Montag dann.« Sie hob die Hand und schlüpfte aus dem Büro.

»Bis Montag«, hörte sie ihn noch sagen, bevor sie die Tür schloss. Sie atmete kurz durch und ging dann durch die verlassenen Flure des Büros.

Draußen kreuzte sie die Arme vor die Brust. Trotz Mantel war ihr kalt, und der Wind blies ihr so stark ins Gesicht, dass ihr das Atmen schwerfiel.

»Hey.« Tim schob sich neben sie. Er hatte sich nun doch beeilt.

»Hey«, grüßte sie zurück.

»Ziemlich kalt«, sagte Tim und rieb seine Hände aneinander. »Du hast keinen Schal?«

»Du hast keine Mütze.«

Beide schmunzelten gleichzeitig.

»Hier fehlt Babette …«, begann er.

»… und da der Peter«, machte Margot weiter. »Sie husten beide um die Wette …«

Sie lachten los.

»Komm, sonst werden wir auch krank.« Tim hielt ihr den Arm hin, und sie hakte sich zögernd ein. »Ich wollte mich noch entschuldigen. Ich habe mich vorhin falsch verhalten.«

»Schon in Ordnung«, sagte sie.

»Nein, ich meine, du sollst wissen, dass ich den Kuss nicht bereue. Bereust du ihn?« Er blieb stehen und sah sie an.

»Nein«, sagte sie, ohne zu zögern, und er küsste sie erneut.

»Ich mag dich, Margot, ich mag deine Art zu denken und deine Lippen.«

»Das ist nett, ich mag dich auch.«

»Lass uns einfach ein bisschen vorsichtiger sein im Büro«, schlug er vor und zog sie weiter.

»Ja, ich denke, das ist eine gute Idee.« Margot wollte genauso wenig, dass Gerüchte über Tim und sie die Runde machten. Sie war noch in der Lehre und konnte es sich nicht leisten, dass andere denken würden, sie wollte sich Vorteile verschaffen.

Sein Blick wirkte erleichtert. »Ich finde, wir arbeiten gut zusammen, und du hilfst mir sehr.«

»Danke.« Margot freute sich unheimlich über das Kompliment und hoffte, dass sie eines Tages auch einmal Texte für Reklamefilme schreiben würde. Sie half Tim gern, aber niemand würde so erfahren, welche Zeilen von ihr stammten. Bisher verkaufte er ihre Ideen komplett als seine.

An der Haltestelle trennten sich ihre Wege, und Tim gab ihr noch einen Abschiedskuss.

Margot sah ihm nach und fragte sich, was das mit ihm werden sollte. Sie musste unbedingt mit Lotte sprechen und erfahren, was ihre Freundin davon hielt.

»Du hast ihn geküsst?«, fragte Lotte aufgeregt.

Margot hatte es nicht ausgehalten und war gleich am nächsten Morgen zu Lotte gegangen. Sie hatte kein Auge zugemacht. Der Kuss hatte doch mehr in ihr aufgewirbelt, als sie sich eingestehen wollte.

»Nein, er hat mich zuerst geküsst. Zumindest beim ersten Kuss.«

»Der erste Kuss? Wie oft habt ihr euch denn geküsst?«, fragte Lotte.

»Einmal im Büro, dann noch mal draußen auf der Straße und einen kleinen Abschiedskuss gab es auch.«

»Und nur er hat dich geküsst?«, bohrte ihre Freundin nach.

»Na, wir beide, wie man das eben so macht. Das ist doch auch unwichtig. Was mache ich denn jetzt? Ich habe das Gefühl, dass er nicht will, dass es jemand mitbekommt. Ich meine, wir sind nicht zusammen oder so.«

»Ich finde, es spielt schon eine Rolle.« Lotte setzte sich im Schneidersitz neben Margot auf das Bett. »Die wichtigste Frage ist doch: Was willst du? Möchtest du ihn als Freund?«

»Keine Ahnung. Ich mag ihn schon. Ich mag, wie wir beide zusammenarbeiten und dass er sich für meine Meinung interessiert. Und ja, den Kuss mochte ich auch«, erwiderte Margot.

»Er interessiert sich für Reklame, du magst ihn, und er kann küssen. Ich würde sagen, das hat Potenzial für einen Freund.«

»Mhm.« Margot überlegte. »Also wenn er mich fragt, dann würde ich Ja sagen. Ich meine, ich küsse niemanden nur so.«

»Da haben wir es, du bist verliebt.«

»Was? Nein!«

Lotte lachte. »O doch.«

»Na, vielleicht ein klein wenig, weil … er küsst so gut.« Margot ließ sich seufzend rücklings aufs Bett fallen.

Lotte machte Knutschgeräusche. »Meine Margot ist verliebt.«

Margot schlug mit einem Kissen nach ihrer Freundin. »Hör auf!«

»Ich möchte diesen Tim so schnell wie möglich kennenlernen.«

»Erst mal muss ich klären, was das zwischen uns ist, und dann bist du die Erste, die ihn kennenlernen wird.«

Lotte grinste. »Versprochen?«

»Versprochen!«

KAPITEL 6

LIESELOTTE

Es war jetzt Monate her, seit die Mauer errichtet worden war, und Lotte konnte sich noch immer nicht an den Gedanken gewöhnen. Es fühlte sich falsch an, und seitdem hatte sie so viel Elend sehen und hören müssen. Familien wurden auseinandergerissen. Kinder wurden von ihren Eltern im Osten zurückgelassen, weil die im Westen ein neues Leben anfangen wollten. Junge Menschen aus dem Osten durften ihre Ausbildung oder ihr Studium nicht mehr im Westen beenden. Für Lotte allerdings hatte sich nicht viel geändert, sie ging arbeiten, half ihrer Mutter zu Hause und traf sich in jeder freien Minute mit Margot. Das Leben ging weiter für sie und viele andere, aber es fühlte sich nicht richtig an.

Im Laden putzte sie gedankenverloren die Scheiben, als sie einen Mann vor dem Schaufenster sah. Er stand nicht direkt davor, aber er schaute hinein und lächelte sie an. Sie lächelte zurück und wrang den Lappen im Eimer aus, als sie wieder hochblickte, bemerkte sie die Kamera in seiner Hand. Hatte er sie fotografiert? Er hielt die Kamera hoch und machte einen fragenden Blick. Lotte zuckte mit den Schultern und hielt fragend den Lappen hoch. Sie konnte sich nicht vorstellen, dass er sie tatsächlich beim Putzen fotografieren wollte. Sie säuberte die Scheibe einfach weiter. Im Augenwinkel sah sie, dass er doch Fotos von ihr machte, und bekam ein komisches Gefühl. Sie trat vor den Laden. Der junge Mann nahm die Kamera herunter und musterte sie. Sie schlang die Arme um ihren Körper und wünschte sich, sie hätte eine Jacke angezogen.

»Warum machen Sie Fotos von mir?«

Der Mann trug trotz der Kälte nur eine schwarze Lederjacke und einen Schal. Seine Haare waren schwarz, eine Strähne hing ihm in die Stirn.

»Ich beobachte Sie nicht oder so.« Er hielt ihr die Hand hin. »Ich heiße Werner und arbeite für die *Sibylle*.«

»Für die Modezeitschrift? Sie machen Witze«, sagte Lotte skeptisch.

»Ja, genau für die Zeitschrift. Kennen Sie sie?«

»Ja und ob!« Lotte musste sich zusammenreißen, um nicht zu euphorisch zu wirken. »Aber das beantwortet noch nicht die Frage, weshalb Sie Fotos von mir machen.«

»Als ich Sie da im Schaufenster beobachtet habe, habe ich etwas in Ihnen gesehen. Ich habe einen Blick für schöne Gesichter. Ich bin Fotograf und immer auf der Suche nach neuen Motiven.«

»Sie finden mich schön?«

»Ja, aber viel wichtiger ist, ob man fotogen ist. Ob das, was ich sehe, am Ende auch auf dem Bild zu sehen ist. Lassen Sie mich die Fotos entwickeln, und dann melde ich mich bei Ihnen. Aber ich kann den Film auch jetzt hier rausnehmen, dann ist er hin. Sie haben die Wahl.«

»Lieselotte, kommst du wieder rein?« Lottes Mutter hatte mit ihr zusammen Schicht und streckte den Kopf aus dem Laden. »Du erkältest dich sonst.«

Lotte bedeutete ihr mit einer Handbewegung, dass sie wieder hineingehen sollte.

»Komme gleich«, rief sie ihrer Mutter dann zu. »Meine Mutter«, bemerkte Lotte an Werner gewandt und wurde ein wenig rot.

»Dein Name ist also Lieselotte?«

»Ja, aber bitte nennen Sie mich Lotte.«

»Gehen wir zum Du über, Lotte. Also, ich werde den Film entwickeln, und wenn etwas Brauchbares dabei ist, dann melde ich mich bei dir.«

»Ich weiß nicht, was ich sagen soll. Ich kann nicht glauben, dass mir das passiert.«

»Glaube es ruhig. Ich habe ein Auge für gute Fotos. Lass mich noch eins hier draußen machen.«

»Okay, was soll ich tun?«

»Nichts, bleib einfach so und sieh die Straße hinunter.« Werner machte noch drei Bilder und verabschiedete sich dann. »Also bis dann. Ich finde dich hier im Laden?«

»Ja, genau, ich arbeite hier«, sagte sie überflüssigerweise.

»Tschüss.« Der junge Mann hob die Hand zum Gruß.

»Tschüss«, entgegnete Lotte und schaute ihm nach, bis er hinter der nächsten Ecke verschwunden war. Sie merkte wieder, wie kalt es war. Schnell huschte sie zurück in den Laden.

»Willst du dich erkälten?«, fragte ihre Mutter, kaum dass sie wieder im Laden stand.

»Mama, du glaubst nicht, was mir gerade passiert ist.«

»Ein junger Mann mit Lederjacke … Ich kann es mir ungefähr denken«, murmelte ihre Mutter und räumte weiter das Regal ein.

»Nein, Mama, der Mann heißt Werner und war von der *Sibylle*, der Modezeitschrift«, sagte sie aufgeregt. »Er hat Fotos von mir gemacht und meinte, wenn sie gut aussehen, komme ich vielleicht in die Zeitung.«

»Und weil er eine Kamera hatte, glaubst du ihm? Vielleicht war es nur irgendeiner, der heimlich Fotos von Frauen macht, und du hast ihn zufälligerweise dabei erwischt.«

Das konnte natürlich sein, aber das wollte sie nicht glauben. »Er wirkte, als hätte er Ahnung. Warum bist du so negativ? Gönnst du mir das nicht?«

Die Türglocke erklang, weil eine Kundin den Laden betrat.

»Frau Bierstedt«, begrüßte ihre Mutter die Frau. Dann wandte sie sich wieder ihrer Tochter zu. »Wenn du fertig mit dem Fenster bist, dann schütte bitte das schmutzige Wasser aus.«

Lotte schnappte sich den Eimer und das Putzzeug. Die Reaktion ihrer Mutter machte sie wütend, aber sie schmunzelte bei dem Gedanken daran, wie sehr sich Margot freuen würde, wenn sie ihr von dem Fotografen erzählte. Sie konnte es kaum abwarten, bis sie Feierabend hatte. Sie hoffte, dass dieser Werner wirklich Fotograf bei der *Sibylle* war. Die Skepsis ihrer Mutter hatte sie nun doch verunsichert.

Nach der Arbeit lief sie direkt zu Margot.

»Und er hat richtige Fotos gemacht und gesagt, er arbeitet für die *Sibylle*?«, fragte Margot aufgeregt.

»Ja, sag ich doch.« Lotte lief im Zimmer auf und ab und kaute an ihrem Daumennagel.

»Dann wird es so sein«, erwiderte ihre Freundin. Sie saß im Schneidersitz auf ihrem Bett und blätterte in einer *Sibylle*, die sie in ihrem Stapel Magazinen gefunden hatte. »Dann könntest du das bald sein.« Margot hielt die Zeitung hoch und tippte auf das Bild einer Frau.

Lotte kam näher. »Meinst du wirklich?«, fragte sie aufgeregt.

»Warum sollte dieser Werner lügen?«

»Mama sagt, er würde vielleicht einfach dreist Fotos von Frauen machen.«

»Sah er denn so aus?«

»Nein, keine Ahnung, wie sehen solche Männer denn aus?«

»Das weiß ich auch nicht.«

»Jedenfalls hat er die Bilder schon gemacht, also ist es jetzt auch egal.«

»Oh, wenn das klappt …«

»… dann ist Lieselotte Stede genau da, wo sie hingehört«, beendete Margot den Satz.

»Ich, ein Mannequin«, flüsterte Lotte ehrfürchtig.

Als sie drei Tage später zur Arbeit ging, stand Werner bereits vor dem Laden. Er hatte wieder diese Lederjacke und ein weißes T-Shirt darunter an. Sie fragte sich, ob er gekommen war, um zu sagen, dass die Fotos nicht gut waren. Würde er dafür extra herfahren? Er musste gute Nachrichten haben. Er lächelte. Noch bevor er es aussprach, war sie sich sicher, was er sagen würde.

»Hey, wie versprochen, Lotte. Die Fotos sind der Hammer, und man möchte, dass du so schnell wie möglich zu uns in die Redaktion kommst.« Werner zeigte ihr eines der Fotos. Hinten stand eine Adresse in Berlin-Mitte.

Lotte starrte ihn und das Foto ungläubig an.

»Ist das wahr?«

»Ja, na klar. Ich habe dir doch gesagt, dass du gut aussiehst.« Er hielt ihr das Foto hin. »Also, kommst du? Wenn nicht, dann warten noch andere auf diese Chance.«

Lotte nahm ihm das Foto aus der Hand. »Nein, nein natürlich komme ich. Wann genau?«

»Ist egal, komm einfach.«

»Okay, ich werde kommen.«

»Super, bis dann.« Er drehte sich um und ging.

»Ich komme gleich morgen«, rief sie ihm nach.

»Meinetwegen«, antwortete er.

»Und danke.«

Werner hob eine Hand in die Luft, ohne sich noch einmal umzudrehen.

Lotte starrte auf das Foto und wischte mit den Fingern über ihr Gesicht. Sie drehte es um. Die Adresse war in einer schnörkeligen Schrift notiert. War das seine Schrift? Sie schüttelte den Kopf. Dann kreischte sie auf. »Ich werde ein Mannequin.« Sie drehte sich im Kreis und lachte. Dann bemerkte sie die ersten Kunden vor dem Laden und schloss auf.

Lotte lief durch die Straßen in Berlin-Mitte, in einer Hand das Foto mit der Adresse. Sie betrat das Gebäude, zu dem die Adresse gehörte, und machte sich erst jetzt Gedanken, was sie denn sagen sollte. Sie hatte nur dieses Foto dabei.

»Kann ich Ihnen helfen?«, fragte eine Männerstimme hinter ihr.

Lotte wirbelte herum. »Ja, ich soll mich hier melden.« Im nächsten Moment bemerkte sie, dass sich hinter dem Mann Werner näherte. »Da, das ist der Mann, der mich hergebeten hat. Werner, hier bin ich.« Sie winkte ihm hastig zu, und er kam auf sie zugelaufen.

»Super, dass du es geschafft hast, Lotte.«

»Danke.«

»Na, dann komm mal mit.«

Ohne ein weiteres Wort folgte sie Werner. Sie liefen an vielen Türen vorbei, von denen eine offen stand. Lotte blieb stehen und spähte hinein. »Wow!«, rief sie begeistert aus.

Werner blieb ebenfalls stehen. »Das ist unser Atelier. Wir probieren hier neue Schnittmuster aus und fotografieren dann die Mannequins für das Magazin. Geh ruhig rein.«

Verblüfft betrat sie den Raum und staunte über die vielen feinen Stoffe und die einzelnen Kleider mit den extravaganten Schnitten, die auf einer Stange hingen. In einem Regal daneben lagen unzählige Hüte, Schuhe und Schmuck aller Art, Form und Farbe. So viel Schönes hatte sie noch nie an einem Ort gesehen.

»Das meiste ist viel zu elegant, um es im Alltag zu tragen, aber darum geht es nicht. Wir wollen Mode und Lebenslust zeigen«, erklärte Werner.

»Allein diese schönen Stoffe anzusehen ist schon genug, ich muss sie nicht mal tragen«, schwärmte sie.

»Aber bald, vielleicht. Unsere Mannequins müssen die Sachen für die Fotos ja auch anziehen.«

Lotte strich mit den Fingern über die Kostüme und träumte. Sie sah sich bereits in einem der Kleider vor sich. Damit würde sie richtig etwas hermachen.

»Bloß nicht anfassen«, sagte jemand. Eine rothaarige Frau kam in den Raum.

»Entschuldigung.« Hastig zog Lotte ihre Hand zurück.

»Schon gut, Lotte ist mit mir hier und wird schon nichts kaputt machen«, sagte Werner.

»Das sind feine Stoffe, die extrem schnell schmutzig werden. Da steckt eine Menge Arbeit drin, und alles sind Einzelstücke. Davon hast du keine Ahnung, du machst deine Fotos, und ich mache das hier.« Die Rothaarige machte eine Rundumbewegung durch den Raum.

»Ja, schon gut, Gudrun.« Werner lachte auf.

»Es ist wirklich alles so schön«, schwärmte Lotte.

»Danke, aber jetzt raus hier. Ich muss weitermachen«, meinte Gudrun gespielt böse.

»Na los, wir müssen auch weiter. Bis dann«, sagte Werner.

»Danke, dass ich mich umsehen durfte«, rief Lotte, während sie sich schon zur Tür umwandte. »Es ist alles so wunderschön, und wenn ich daran denke, dass ich vielleicht einmal solche Kleider anziehen darf, um sie zu präsentieren oder darin fotografiert zu werden, dann wird mir ganz warm.«

Werner lächelte und freute sich über ihre kindliche Begeisterung.

Sie gingen weiter bis zu einer Tür, die Werner nach einem kurzen Klopfen öffnete.

»Hey, schau, das ist das Mädchen aus dem Konsum«, sagte er zu einer gut gekleideten Frau.

Die Frau blickte kurz in ihre Richtung und sortierte dann weiter die Fotos vor ihr auf dem Tisch.

Lotte schaute hilflos zu Werner.

»Das ist die, von der ich dir erzählt habe.«

»Mhm«, brummte die Frau, ohne aufzublicken. »Sie soll sich da drüben hinsetzen.« Sie deutete zu einem Sessel, auf dem ein Haufen Kleider lag.

»Na los,« Werner schob sie zum Sessel. »Ich geh dann mal. Renate, sei nett zu der Kleinen, sie scheint ein wirklicher Rohdiamant zu sein.«

»Ja, ja, das sagst du immer.« Renate schaute Lotte nun direkt an. »Aber was ich sehe, gefällt mir auch ganz gut.«

»Sag ich ja. Also dann.« Werner hob die Hand zum Gruß und verschwand.

Ganz gut, na ja, dachte Lotte und bewegte sich zaghaft in Richtung Sessel. Sorgfältig nahm sie die Sachen von der Sitzfläche und legte sie über die Lehne. Dann setzte sie sich und fuhr sich durch ihre langen blonden Haare. Sie hatte einen Handspiegel dabei. Sollte sie den jetzt herausholen? Nein, das traute sie sich nicht. Es musste so gehen. Erst jetzt überlegte sie, ob das, was sie anhatte, passend für eine Art Vorstellungsgespräch war. War es denn überhaupt ein Vorstellungsgespräch? Sie strich sich ihr Baumwollkleid glatt und schaute zu der Frau. Renate betrachtete konzentriert die Bilder vor sich und schob sie hin und her. Dabei murmelte sie vor sich hin.

Plötzlich blickte sie hoch. »Komm mal her.«

»Ich?«

Genervt blickte Renate durch den Raum und rollte mit den Augen. »Siehst du hier noch jemanden?«

Lotte lachte unbeholfen und lief zu ihr an den Tisch.

»Hast du Ahnung von Mode?«

»Ja, na, ein wenig vielleicht. Mich interessiert Mode sehr. Ich schaue mir seit Jahren Zeitschriften an.«

»Wie findest du die Anordnung der Bilder? So, oder …« Renate verschob die Fotos zu einer neuen Formation. »… so?« Renate legte den Kopf schief.

War das ein Test? Fieberhaft blickte Lotte auf die Bilder. »Ich glaube, so wie jetzt finde ich es besser.«

»Na, egal.« Renate nahm alle Bilder und legte sie an den Rand. »Wo hat Werner deine Fotos hingelegt?«, fragte sie dann, aber offenbar sich selbst. Sie schaute suchend über ihren Schreibtisch.

»Ich glaube dort«, sagte Lotte schüchtern und zeigte auf einen Stapel Fotos.

Renate nahm sie hoch und schaute sie intensiv an. Dann musterte sie wieder Lotte und lief um den Tisch zu ihr. »Nicht schlecht. Hast du schon mal gemodelt?«

»Nein, noch nie.«

»Okay, also die Sache ist folgende: Mir fehlt noch ein Bild für die nächste Ausgabe, und ich muss sagen, dass mir deines hier besser gefällt als alles, was da auf dem Tisch liegt. Ich werde Werner bitten, dich noch einmal für das nächste Magazin mit anderen Kleidern zu fotografieren, und wenn die Fotos mir gefallen, dann bist du dabei.« Sie ging wieder um den Schreibtisch herum und zündete sich eine Zigarette an. »Ist das in Ordnung für dich?«

»Na klar. Vielen Dank für die Chance.«

»Aber an deiner Schüchternheit müssen wir noch arbeiten. Du musst selbstbewusster werden, Mädchen.«

»Okay, ich verspreche, dass ich daran arbeiten werde.«

»So, nun gucken wir mal, wo Werner steckt.«

»Was? Er soll jetzt gleich Fotos machen?«

»Na, wann denn sonst?« Renate trat vor die Tür und rief nach dem Fotografen, der keine zehn Sekunden später im Türrahmen stand.

Werner lächelte vielsagend.

»Wir nehmen die Kleine für die nächste Ausgabe. Mach Fotos von ihr mit der aktuellen Kollektion, und dann sehen wir weiter.«

»Ha, ich habe es gewusst, dass sie dir gefallen wird.« Werner zwinkerte Lotte zu.

»Ja, ja«, sagte Renate und richtete ihre Aufmerksamkeit wieder auf ihren Tisch.

»Na, dann mal los«, sagte Werner und klatschte in die Hände. »An die Arbeit, Lotte.«

»Vielen Dank«, sagte sie, noch an Renate gerichtet, ohne jedoch eine Antwort zu erhalten.

Lotte war völlig überwältigt und nervös zugleich und lief schnellen Schrittes hinter Werner her.

Er hatte seine Kamera bereits in der Hand und drehte sich beim Laufen zu ihr um. »Ich werde dich super in Szene setzen. Dort lang!« Er zeigte zu einer Tür vor ihnen und öffnete sie. »Das da werden deine Kleider sein.« Er zeigte auf einen Ständer, der am Rand des Raumes stand. »Ist die neue Kollektion. Fast alles, was wir in der Zeitschrift präsentieren, wollen die Leute haben. Kaum jemand kann es sich leisten, aber wir setzen Trends, und oft nähen die Leute zu Hause die Sachen nach.«

Lotte ging zu dem Ständer. »Die Sachen sehen toll aus. Hoffentlich passen sie mir.«

Werner hatte seine Kamera bereits auf einem Stativ befestigt. Er blickte durch die Linse und machte einige Einstellungen. »Ja, ich denke schon. Jutta kommt gleich und wird dich schminken und deine Haare machen.«

»Ich wollte schon Feierabend machen«, sagte eine Frau Mitte dreißig, die plötzlich in der Tür auftauchte. Sie hatte einen Koffer in der Hand und blickte zu Werner.

Das muss dann wohl Jutta sein, dachte Lotte.

»Dann komm mal her.« Jutta öffnete ihren Koffer und offenbarte unzählige Pinsel und Farbpaletten. »Ich will schon mal klarstellen, dass du normalerweise so was allein machen musst. Versuch, etwas von mir zu lernen.«

Lotte nickte. »O ja, danke.«

»Hast du was aufgelegt?«

»Ja, ein wenig …«

Jutta stöhnte auf. »Das Zeug muss erst runter. Die nächste Tür links ist eine Toilette.«

Lotte machte sich daran, hastig den Raum zu verlassen.

»Zieh das gleich an.« Jutta reichte ihr ein Kleid vom Ständer. »Und bitte beeile dich!«

Lotte eilte zur Toilette und versuchte sich mit Wasser ihr Make-up abzuwaschen, dabei musste sie so heftig rubbeln, dass ihre Haut ganz rot wurde. Vorsichtig zog sie sich das Kleid über. Der Spiegel zeigte sie nur bis zum Dekolleté, aber soweit sie das beurteilen konnte, stand ihr das Kleid sehr gut.

»Da bist du ja endlich«, bemerkte Jutta, als sie in den Raum trat.

»Aber sie sieht Hammer in dem Kleid aus«, sagte Werner und zog sie gleich vor seine Linse.

»Nun, warte doch, ich muss sie noch frisieren und schminken«, wandte Jutta ein.

Aber Werner knipste schon drauf los und gab Lotte Anweisungen, die sie zaghaft versuchte umzusetzen.

»Sehr gut, du bist ein Naturtalent. Die Kamera liebt dich. Sei nicht so schüchtern.«

Lotte fing unwillkürlich an zu lächeln. Plötzlich fühlte sie sich freier und bewegte sich ungezwungener vor der Kamera. Nur sie und das Klacken des Auslösers, kaum mehr nahm sie noch wahr.

»So jetzt reicht's aber«, erklang Juttas strenge Stimme. »Lotte, bitte komm rüber, damit ich dich fertig machen kann.«

Werner lächelte wieder. »Wir machen gleich weiter, aber was ich sehe, gefällt mir, und ich denke, wir werden schnell mit den Fotos durch sein.«

Lotte setzte sich auf den Stuhl vor einem Frisiertisch, und Jutta begann mit ihrer Arbeit. Was sie dann im Spiegel sah, gefiel Lotte über alle Maßen.

»Vielen Dank, so schön habe ich noch nie ausgesehen.«

»Kein Problem! Ich kann nur mit dem arbeiten, was ich habe, und bei dir war es einfach. Stell dich mal hin!«

Lotte stellte sich hin, und Jutta suchte nach passenden Schuhen. Sie war geschmeichelt und fühlte sich gleich ein wenig selbstbewusster.

»Könnte Größe vierzig passen?«, fragte Jutta. Sie reichte Lotte ein Paar Pumps. Dann fuhr sie Lotte noch einmal durch die Haare und zupfte am Kleid, bis sie zufrieden nickte.

»So, Werner, nun gehört sie dir. Ich bin gespannt, was du aus ihr machst.« Jutta verschränkte die Arme vor der Brust.

Plötzlich tauchte auch Renate wieder auf. Sie schaute Lotte streng an. »Dann zeig uns mal, dass etwas Besonderes in dir steckt.«

»Ich werde mein Bestes geben und danke fürs Zurechtmachen«, sagte Lotte an Jutta gewandt und trat vor Werner.

»Sei ganz natürlich, schau hier rein.« Er zeigte auf eine Stelle seiner Kamera. »Und mach einfach, was dir in den Sinn kommt«, wies er sie an.

Lotte versuchte, nicht nervös zu wirken und bewegte sich so, wie sie dachte, dass es gut aussehen könnte. Die vielen Nachmittage mit Margot zahlten sich nun aus. Dass Margot auch bei ihren Posen immer auf Perfektion aus war, machte es ihr jetzt leichter. Zwischendurch wechselte Lotte die Kleider; auch an ihren Haaren wurde herumgezupft, und mehrmals lobte Werner sie und sprach ihr zu, so dass sie schnell ihre Schüchternheit ablegte. Die Zeit verflog, und Lotte war wie im Rausch. Das Klicken der Kamera war Musik in ihren Ohren, und die Anweisungen, die Werner ihr zurief, setzte sie sofort um. Er war begeistert, und sie fühlte sich großartig. Es war beinahe, als hätte sie nie etwas anderes in ihrem Leben gemacht.

KAPITEL 7

MARGOT
Januar 1962

Als die Tür aufging, blickte Margot auf. Tim! Ihr Herz begann zu hüpfen, als sie ihn sah. Tim kam aufgeregt ins Großraumbüro gelaufen. Das hatte er noch nie gemacht. Was wollte er hier? Dann bemerkte sie, dass er geradewegs auf sie zueilte. Sie blickte sich erschrocken um, als ihr klar wurde, dass er wirklich zu ihr wollte.

»Margot, ich brauche deine Hilfe!«, sagte er bereits zwei Meter vor ihrem Schreibtisch. Völlig außer Atem warf er einen Stapel Papier neben ihre Schreibmaschine. »Ich muss das gleich abgeben, aber mir fehlt noch der letzte Schliff. Irgendwas fehlt.«

»Herr Laferski«, begrüßte sie ihn förmlich. »Was machst du hier?«, zischte sie hinterher.

Margot hatte den scharfen Blick von Frau Dobrink nicht übersehen. Die Chefsekretärin schaute sie beide argwöhnisch über ihre Brille hinweg an.

»Du kannst nicht einfach hier reinrennen und meinen Namen rufen. Was sollen die anderen denken«, flüsterte sie. Normalerweise war er doch immer der Vorsichtige von ihnen. Es musste schon sehr wichtig sein, wenn er hier so reinplatzte.

»Du musst mir helfen.« Tim flüsterte nun auch.

»Aber nicht hier und jetzt. In zehn Minuten in deinem Büro, und jetzt geh!«

»Vielen Dank, Frau Toles.« Tim nahm seinen Stapel Papiere wieder an sich. »Auf Wiedersehen, Frau Dobrink«, sagte er, als er den Schreibtisch der Chefsekretärin passierte, und verließ das Büro.

Keine Sekunde später stand Frau Dobrink an Margots Seite. Manchmal fragte sich Margot, wie sie das machte, wie ein Geist schien sie sich lautlos zu bewegen.

»Was genau haben Sie mit Herrn Laferski zu tun?«, fragte die Chefsekretärin streng.

»Nichts.«

»Nach nichts sah das aber wirklich nicht aus. Ich habe genau gehört, wie er Sie um Hilfe gebeten hat. Machen Sie ihm etwa schöne Augen?«

»Das müssen Sie falsch verstanden haben. Bei was sollte ich einem Texter denn helfen können?«, fragte Margot herausfordernd.

»Mhm, das wüsste ich auch gern. Was sollte ein Texter von einer jungen und unerfahrenen Gans wie Ihnen wollen, aber ich habe gesehen, was ich gesehen habe.«

Margot schnaufte über die herablassende Bemerkung. »Na, sehen Sie, Frau Dobrink. Sie sagen es ja selbst: Was sollte er schon von einer wie mir wollen.« Es kam ihr schwer über die Lippen, aber sie sagte, was ihre Chefin hören wollte. Es war zu gefährlich, wenn ausgerechnet Frau Dobrink etwas ahnen würde.

»Seien Sie bloß vorsichtig! Ich finde immer alles heraus, ich habe meine Ohren und Augen überall.«

»Das glaube ich Ihnen gern«, erwiderte Margot schnippisch. »Aber an dieser Stelle muss ich Sie enttäuschen. Es gibt nichts herauszufinden. Ich würde dann gern mit der Arbeit fortfahren.«

Sie nahm demonstrativ den Stift in die Hand.

Frau Dobrink schaute auf die Uhr. »Und Sie machen fünf Minuten länger wegen dieser ungewollten Unterbrechung«, erklärte sie, während sie sich bereits wieder abwandte.

»Aber ich habe doch nichts ge …«, versuchte Margot sich zu verteidigen. Doch es hatte keinen Sinn, eine Diskussion anzufangen. Unter dem Tisch ballte sie eine Hand zur Faust.

»Natürlich, Frau Dobrink!« Margot überlegte, ob es, seit sie hier arbeitete, eine Woche gegeben hatte, in der sie nicht aus Schikane länger oder Extraaufträge hatte machen müssen. Fünf Minuten waren allerdings in Ordnung, davon ließ sie sich die Laune nicht verderben.

Die Chefsekretärin kehrte zu ihrem Tisch zurück und rückte ihre Brille zurecht.

Margot genoss den kleinen Triumph, dass die Frau sich ärgerte und ausnahmsweise einmal nicht wusste, was vor sich ging. Trotzdem war es ein Zeichen, dass sie von nun an noch vorsichtiger sein mussten.

»Du bringst mich in Teufels Küche. Weißt du das?« Margot war in der Pause sofort in Tims Büro geeilt. »Der Drache ahnt was.« Margot war dazu übergegangen, Frau Dobrink als Drachen zu bezeichnen, jedes andere Wort wäre in ihren Augen zu nett.

»Ja, das war blöd, aber ich wusste, dass du mir helfen kannst. Und eigentlich müsste ich jetzt schon abgeben. Aber ich bin noch nicht zufrieden.«

»Na, dann zeig her, ich habe auch nicht so lange Zeit. So geht das aber auch nicht weiter. Mittlerweile überarbeite ich alle deine Texte. Kannst du bei deinen Leuten nicht mal ein gutes Wort einlegen? Ich meine, du kannst doch sagen, dass ich dir helfe, und sie scheinen meine Arbeit doch gut zu finden. Vielleicht kann ich dann offiziell mehr machen als abtippen.«

»Ich brauche einfach immer deine letzte Meinung.« Tim verzog das Gesicht.

»Ich finde, ich schreibe fast alles allein.«

»Ja, du bist eben gut.« Er küsste sie auf den Hals.

»Hör auf, ich meine es ernst.«

»Ich auch, aber reicht es nicht, wenn ich weiß, dass du gut bist?«

»Nein, ich fände es schön, wenn deine Vorgesetzten sehen, dass eine Frau mehr kann als nur irgendwelche Texte abzutippen.«

Tim ergriff ihre Hände. »Hör zu. Bitte überarbeite noch diesen Text, und wenn es sich ergeben sollte, dann werde ich da mal deinen Namen ins Spiel bringen.«

»Wirklich?« Margots Augen leuchteten.

»Ja, aber jetzt bitte …« Er deutete auf den Text. »Ich muss gleich abgeben.« Er blickte sie verzweifelt an.

Konnte es sein, dass er wirklich auf ihre Hilfe angewiesen war? »Na gut.« Margot überflog den Text und nahm sich einen Stift. Sie kaute gedankenverloren auf ihm herum und runzelte ab und an die Stirn, nickte an der einen oder anderen Stelle und machte Notizen an den Rand. Der Text war wirklich noch nicht gut ausgearbeitet, fand sie.

Tim stellte sich hinter sie und strich über ihren Rücken.

Margot war versucht, seine Hand wegzuschieben, aber es fühlte sich einfach zu gut an. Sie bekam eine Gänsehaut und musste ein Stöhnen unterdrücken.

»Ich kann mich vage erinnern, dass wir im Büro vorsichtig sein wollten«, sagte sie leise. »Und ich muss mich konzentrieren«, fügte sie hinzu.

»Ich weiß, aber du hast so süß ausgesehen.« Tim zog seine Hand zurück, und sofort bereute sie, etwas gesagt zu haben.

Nach einer halben Stunde hatte sie den Text fertig überarbeitet. »So, ich habe dir alle Anmerkungen an den Rand geschrieben. Sollen wir es noch mal durchgehen?«

»Nein, nicht nötig. Ich vertraue dir. Du hast es bestimmt gut gemacht. Ich will dich auch nicht weiter aufhalten.«

Margot erhob sich und ging Richtung Tür.

Tim eilte an ihr vorbei und versperrte den Weg. »Danke«, sagte er.

»Gern geschehen, aber ich kann nicht für immer deine Arbeit machen.«

Er beugte sich zu ihr vor und küsste sie zärtlich auf den Mund.

Margot war versucht, den Kopf zurückzuziehen, doch dann gab sie sich dem Kuss und dem Moment hin.

»Ich muss jetzt aber wirklich zurück«, sagte sie heiser.

»Das ist sehr schade«, flüsterte Tim an ihrem Ohr.

»Einen letzten Kuss noch«, fügte er gespielt bettelnd hinzu.

»Ich muss wirklich los.«

»Bitte.« Er hielt ihren Arm fest.

»Na gut einen Kuss noch.«

Margot gab ihm noch einen Abschiedskuss, und er gab mit einem Lächeln die Tür frei.

Der Kuss war atemberaubend, und genau da war das Problem. Sie fühlte sich so zu Tim hingezogen, aber wusste gleichzeitig nicht, wo das Ganze hinführen sollte. Tim schien es genauso zu gehen.

Mit glühendem Kopf eilte Margot zurück an ihren Arbeitsplatz und versuchte, Tim zumindest für ein paar Minuten zu vergessen.

Endlich Feierabend! Fünf Minuten hatte Margot länger gemacht, und jetzt freute sie sich auf zu Hause. Frau Dobrink war bereits gegangen.

Margot legte der Chefsekretärin ihre Arbeit auf den Schreibtisch, damit sie sie am nächsten Tag kontrollieren konnte.

Sie trat auf den Flur und bemerkte Tim und Max. Die beiden schienen sich zu streiten. Hinter der halb geöffneten Tür eines leeren Büros wartete Margot ab, sie konnte aber leider nur Bruchstücke verstehen.

»Arbeitest du jetzt nur noch mit der Tippse?«, zischte Max.

Es ging also um sie. Den Rest konnte Margot nicht verstehen. Sie lehnte sich noch ein Stück näher an die Tür und versuchte, sich noch mehr zu konzentrieren.

»Natürlich habe ich noch eigene Ideen, aber sie …«

»Lass das endlich sein. Du magst sie, oder? Das ist es, aber ich sage dir, du spielst mit dem Feuer.«

»Ich spiele mit nichts … nicht erpressen …«, entgegnete Tim.

Vorsichtig, weil sie nichts mehr hörte, wagte Margot sich aus der Deckung. Sie sah, wie Max die Papiere, die er in seiner Hand hielt, Tim gegen die Brust drückte, und dann ging er wütend davon. Tim stand wie erstarrt da, dann blickte er sich verstohlen um, als ob er sich vergewissern wollte, dass niemand sie gesehen hatte. Margot zog den Kopf ein. Sie wartete noch einen Moment ab und verließ dann das Gebäude mit einem unguten Gefühl.

Margot wollte ihren Eltern eine Freude machen und hatte bereits das Abendbrot vorbereitet. Den kleinen Tisch in der Küche gedeckt, Stullen vorbereitet und ein Glas Gurken geöffnet, die ihr Vater so sehr mochte.

Rita betrat als Erste die Küche. »Oh, Margot, das ist aber lieb von dir.« Sie ging zum Tisch, rückte sogleich eine Gabel zurecht und ließ ihren prüfenden Blick wandern.

»Mama, es ist nur ein Abendbrottisch für uns drei. Du brauchst nicht schon wieder schauen, was du anders machen willst.«

»Was denn? Ich mache doch nichts. Ich will doch nur, dass du es mal richtig lernst. Ich wasche mir flink die Hände, dann können wir essen.«

Margot stöhnte. »Warum kann man es ihr nie recht machen?«

Ihr Vater hatte nun auch die Küche betreten. »Ach, meine Kleine, mach dir nichts draus. Du kennst sie. Ich freue mich«, sagte Reiner und legte einen Arm um ihre Schultern. »Sogar an die Gurken hast du gedacht.«

»Und was gibt es bei dir Neues?«, fragte die Mutter, als alle saßen, und reichte den Brotkorb weiter.

»Nichts Besonderes. Ich habe einen Kollegen, ein Texter, der ziemlich viel Wert auf meine Meinung legt. Das ist eine schöne Abwechslung zum Abtippen von Texten.«

»Darfst du das denn, so ohne Wissen?«, fragte Rita.

»Keine Ahnung, wir hängen es ja nicht an die große Glocke. Er fragt mich nach meiner Meinung, und ich helfe ihm.«

»Und dann verkauft er die Idee als seine?«, fragte ihr Vater. »Klingt nicht sehr fair.«

»Was ist schon fair? Niemand würde auf meine Meinung hören. So kann ich was lernen, und anscheinend bin ich nicht so schlecht.«

»Mhm, es gibt eben Arbeit für Männer und für Frauen«, brummte die Mutter.

Margot ließ die Gabel fallen. »Mama, das kannst du doch nicht ernst meinen?«

»Bitte nicht in dem Ton!«, sagte der Vater.

»Margot, ich finde es gut, wie es ist. Jeder hat doch seine Aufgabe. Kannst du dir deinen Vater als Hausmann vorstellen?«

Rita und Reiner lachten.

»Nein, das kann ich nicht, und darum geht es mir auch nicht. Wenn Papa gern Hausmann sein möchte, dann sollte er das aber tun können.«

»Na, so weit kommt es noch«, sagte Reiner schnaubend.

»Ich sagte, wenn du es wollen würdest. Ich meine, wenn ich gern statt Sekretärin lieber Texterin sein möchte, dann sollte es möglich sein.«

»Du steigerst dich immer in alles so rein, mein Kind«, beschwichtigte Rita. »Du weißt doch, du musst dich nur engagieren, dann kann man es sehr weit bringen. Deine Meinung zu allem möchte man nicht immer hören. Sei einfach fleißig.«

Immer diese Floskeln. »Ich bin kein Kind mehr, und ihr werdet sehen, eines Tages werde ich machen, worauf ich Lust habe«, erwiderte Margot wütend und ließ ihr Besteck auf den Teller fallen. »Und bis dahin mache ich, was mir die Dobrink und der ganze Haufen bei der DEWAG so vorschreibt«, fügte sie leiser hinzu. Der Appetit war ihr allerdings gehörig vergangen.

»Natürlich wirst du eines Tages deinen Weg gehen«, sagte Reiner beschwichtigend. Er blickte seine Frau an, und beide schüttelten die Köpfe und aßen weiter.

Sie würden sie nie verstehen, dachte Margot und stand auf. Ohne ihren Teller abzuräumen.

KAPITEL 8

LIESELOTTE

Die Fotos waren sehr gut geworden und würden abgedruckt werden. Um diesen Erfolg zu feiern, wollte Lotte mit Werner und ein paar anderen von der *Sibylle* ausgehen. Werner hatte sie dazu eingeladen. In seinen Augen war ein neuer Stern am Modehimmel geboren. Er hatte sie von zu Hause abgeholt und ihr erklärt, dass die Berliner Kreativszene sehr besonders sei. Auf der Straße trafen sie auf ein paar andere Leute, die Werner begrüßte.

»Das ist Lotte«, stellte er sie vor.

Lotte musste etliche fremde Hände schütteln. Die meisten Leute waren ziemlich bunt angezogen und hatten sogar gefärbte Haare. Noch nie hatte Lotte so viele Kreative auf einmal gesehen.

»Los, komm«, rief Werner, und sie liefen der Gruppe nach. »Finde ich echt toll, dass du heute dabei bist. Du wirst alle mögen.« Werner legte den Arm um Lotte.

»Ja, find ich auch.« Noch immer konnte sie sich nicht daran gewöhnen, dass Werner ihr gelegentlich näherkam. Sie wusste nie, woran sie bei ihm war. Manchmal glaubte sie, er mochte sie und nur sie. Er suchte ihre Nähe und schenkte ihr seine ungeteilte Aufmerksamkeit, und im nächsten Moment würdigte er sie keines Blickes und hatte eine andere im Arm. Auch heute waren wieder viele Frauen dabei, eine schöner als die andere. Wenn Lotte sie sah, sank ihr Selbstwertgefühl von einer Sekunde auf die andere. Trotzdem fühlte sie sich als Teil dieser Gruppe. Sie freute sich, dass sie zumindest im Moment Werners ungeteilte Aufmerksamkeit hatte. Er war älter, erfahrener, und er machte Bilder, die einfach atemberaubend waren.

»Da ist es.« Werner zog sie in einen Hauseingang. Die anderen folgten ihnen.

Sie durchquerten einen Innenhof und betraten einen weiteren Hauseingang. Die Tür war nicht abgeschlossen. Im Hausflur nahm er wieder ihre Hand, und sie gingen ganz nach oben, in den vierten Stock.

Werner hielt ihre Hand, bis sie vor einer Wohnungstür standen. Ein dünner Typ Mitte zwanzig öffnete die Tür, nachdem sie geklingelt hatten. Alle begrüßten ihn und schoben sich dann in die Wohnung. Werner und Lotte waren die letzten.

»Das ist Lotte, das schönste Mädchen, das ich je fotografieren durfte«, erklärte Werner dem dünnen Mann, der die Tür geöffnet hatte.

Sie stupste ihn an. »So ein Quatsch.« Insgeheim hoffte sie, dass er es ernst meinte, aber schon allein die Frauen, die in der Gruppe mit ihnen gelaufen waren, ließen sie daran zweifeln.

Der dünne Typ stellte sich als Ralle vor. »Ist 'ne echt heiße Braut«, bestätigte er.

»O mein Gott«, entfuhr es Lotte, als sie in der Wohnung stand. Sie hätte nie geglaubt, dass so viele Menschen in eine Wohnung passen können. Die Leute saßen, standen in Gruppen zusammen und redeten, manche lagen. Stimmen und Lachen vermischten sich zu einem großen Wirrwarr. Der Geruch von Schnaps lag in der Luft. Fast jeder hielt ein Getränk oder eine Zigarette in der Hand. Sie bahnte sich einen Weg hinein, so gut es ging, und es dauerte nicht lange, da hielt ihr jemand auch ein Glas hin.

»Du siehst noch so jungfräulich aus«, sagte ein junger Mann und ging sofort weiter.

Lotte errötete. Sie nahm das Glas, das er ihr gereicht hatte, und roch daran. Sofort verzog sie das Gesicht. Trotzdem nippte sie an dem Getränk und hätte es am liebsten wieder ausgespuckt.

»Na, wie findest du es? Ist richtig was los.« Werner blickte sich um, dann schaute er sie an und ließ sein Glas gegen ihres stoßen.

»Na ja, es ist gewöhnungsbedürftig«, sagte sie.

Werner lachte. »Mensch, Lotte, lass dich einfach mal treiben und nimm das Leben, so wie es kommt. Das hier sind alles nette Menschen, und sie wollen nichts weiter als Liebe verbreiten. Die meisten bezeichnen sich als Freigeister.« Er lächelte sie an und küsste sie auf die Wange. »Prost!«

»Prost«, sagte sie zaghaft und trank einen kleinen Schluck. Es schmeckte immer noch widerlich, aber sie ließ sich nichts anmerken. Auf keinen Fall wollte sie, dass Werner dachte, sie sei spießig. Sie versuchte locker zu wirken und so zu tun, als ob es das Normalste auf der Welt wäre, in einer Wohnung mit lauter Fremden zu sein, die alle rauchten und tranken. Lotte wollte dazugehören und nahm noch einen Schluck.

»Du hast doch schon Hochprozentiges getrunken, nicht wahr?«, fragte Werner, als er ihr Gesicht sah.

»Ja, klar, ich mag nur eher Bier«, log sie.

»Bier haben sie bestimmt auch. Geh ruhig in die Küche und schau nach.«

»Ja, ich hab ja noch«, sagte sie und hielt ihr Glas hoch.

»Was ist das für Musik?«

»Du kennst keinen Rock 'n' Roll?«, fragte er schockiert.

Lotte schüttelte den Kopf.

»Na dann, amüsiere dich, meine Schöne.« Werner legte kurz einen Arm auf ihren Rücken und verschwand dann in dem Gedränge vor ihr.

»Mist«, murmelte Lotte. Sie schaute ihm nach, sah, wie Werner mit der Nächsten anstieß, und trank gedankenverloren aus ihrem Glas. Es brannte im Hals, und sie hätte fast gehustet. »Egal«, sagte sie zu sich selbst und trank ihr Glas im nächsten Zug leer. Dann beschloss sie, sich unter die Leute zu mischen.

Das waren also Freigeister, Menschen mit Visionen, und auch wenn manche Gespräche ziemlich schräg für Lotte waren, so genoss sie die Zeit. Wie gern würde sie das hier Margot zeigen! Niemand hier scherte sich um Verbotenes, das System oder Regeln. Alle waren so inspirierend, dass Lotte unbedingt dazugehören wollte.

Keine zwei Stunden später war sie so müde, dass sie nicht mehr in der Lage war, Gespräche zu führen. Sie setzte sich auf einen freien Sessel. Werner kam zu ihr und gab ihr ein Brot. »Iss etwas. Dann geht es dir besser.«

»Danke«, sagte Lotte. Sie zog ihn zu sich auf den Sessel und legte ihren Kopf an seine Schulter.

»Die Kleine gehört nach Hause«, sagte eine schwarzhaarige Frau.

»Das lass mal meine Sorge sein«, entgegnete Werner.

Und nenn mich nicht Kleine, dachte Lotte.

Irgendwann musste sie eingenickt sein. Als sie wach wurde, hatte Werner sie noch immer im Arm und strich ihr über den Kopf, während er sich angeregt unterhielt.

Lotte öffnete die Augen, es waren nicht mehr viele Leute da, und einige schliefen bereits wie sie in den Sesseln, auf dem Sofa oder dem Boden. Ihr Kopf brummte ein wenig.

»Du bist wach«, bemerkte Werner.

»Ja.« Lotte setzte sich auf und strich sich die Haare glatt.

»Ich werde dich jetzt nach Hause bringen. Ich musste warten, bis es dir besser geht, sonst hätte ich dich nicht mit der Maschine mitnehmen können, und allein hier lassen wollte ich dich nicht.«

»Das ist peinlich«, sagte sie.

»Ach, halb so wild. Ich hoffe, du bekommst keinen Ärger?«

»Quatsch, ich kann machen, was ich will«, log sie. Sie war zwar volljährig, aber ihre Mutter bestand darauf, dass sie sagte, wenn sie über Nacht wegblieb. Es würde definitiv Ärger geben.

Werner hatte sie im Morgengrauen mit seinem Motorrad nach Hause gebracht. Sie hatte die Arme um seine Hüfte geschlungen und den Kopf an seinen Rücken gelehnt. Wenn sie Freiheit hätte beschreiben müssen, dann wäre es dieser Moment gewesen. Sie hatte Spaß gehabt, mit vielen Menschen gesprochen und gelacht. Als sie abgestiegen war, gab er ihr noch einen Abschiedskuss. Unter anderen Umständen hätte sie es genossen, aber sie war sehr müde. Sie musste unbedingt ins Bett.

Sie schlich leise in die Wohnung und wollte gerade in ihr Zimmer gehen, als sie etwas aus dem Raum ihres Vaters hörte. Er hatte seit vielen Monaten ein eigenes winziges Zimmer mit einem Bett. Ihre Mutter schlief im elterlichen Schlafzimmer. Sie schaute bei ihm rein. »Papa ist alles in Ordnung?«

»Ja, meine kleine Lotte, komm doch her«, bat er sie.

Nur eine kleine Lampe gab ein wenig Licht ab, und sie setzte sich auf den Stuhl, der neben dem Bett stand.

»Du stinkst ja wie eine Räucherfabrik«, bemerkte ihr Vater.

»Ich war aus, und da wurde ziemlich viel geraucht. Ich habe aber nichts angerührt.«

»Mhm«, brummte Heinz, »und es gab anscheinend auch etwas zu trinken?«

Lotte hauchte in ihre Hand.

»Das rieche ich nicht nur, dass höre ich auch an deiner Aussprache«, sagte er und lachte kurz auf. »Pass nur auf, dass deine Mutter es nicht bemerkt.«

Sie nahm seine Hand. »Wie geht es dir, Papa? Sind die Schmerzen sehr schlimm?«

»Lass uns lieber von dir reden.« Er stemmte sich ein wenig hoch und griff neben sich nach der Zeitschrift auf dem Nachttisch. Sein Gesicht verzog sich vor Schmerz. »Ich habe mir die Bilder schon etliche Male angesehen.« Er schlug die Seite mit ihren Bildern auf und betrachtete sie. »Meine schöne Tochter.«

Lotte lächelte. »Ach, Papa.« Sie schlang die Arme um ihn.

»Ich bin so froh, dass ich das noch erleben darf«, flüsterte er an ihr Ohr.

»Bitte, Papa, sag so was nicht! Deine Schmerzen werden irgendwann besser, und dann wirst du wieder richtig laufen können.«

Heinz tätschelte ihre Hand. »Das wäre schön, aber das wird nicht passieren. Es wird jeden Tag schlimmer, und ich muss gestehen, dass ich mir manchmal wünschte … Ihr seid der einzige Grund, weshalb ich überhaupt noch jeden Morgen aufwache.«

»Papa, hör damit auf.« Tränen traten ihr in die Augen. Wut und Trauer stiegen gleichzeitig in ihr auf. »Hör damit auf und kämpfe!«

»Ach, Lotte, kämpfen, das habe ich die letzten Jahre getan. Jeder Tag ist ein Kampf, jede Bewegung. Es tut mir leid, ich hätte mich zusammenreißen müssen.«

»Nein, mir tut es leid. Ich habe nur solche Angst um dich.« Lotte legte ihren Kopf auf seine Brust und schluchzte. Ihrem Vater lief eine Träne über das Gesicht. Er legte sich erschöpft zurück.

Lotte wusste nicht, wie lange sie geschlafen hatte, aber als die Augen aufschlug, hatte sie einen steifen Nacken und eine pelzige Zunge. Sie hob ihren Kopf und lauschte noch einen Moment den Atemzügen ihres Vaters, bevor sie das Zimmer verließ und in ihr Bett stieg.

Was für ein Tag!, dachte Lotte, bevor sie die Augen wieder schloss.

KAPITEL 9

MARGOT
April 1962

Margot und Tim waren an diesem Freitag mal wieder fast die letzten im Gebäude. Sie war mit ihm in seinem Büro. Ihre Beziehung lief nun bereits seit drei Monaten. Einmal hätten sie fast im Büro Sex gehabt. Allerdings wäre Tim der Erste, mit dem Margot in ihrem Leben geschlafen hätte, und das wollte sie nicht auf einem Schreitisch oder einem harten Boden. Sie wollte es genießen. Ihr erstes Mal passierte dann auch in einem Hotelzimmer. Dass es so schön war, wie sie es sich all die Jahre vorgestellt hatte, hätte sie nicht behaupten können, aber richtig unangenehm fand Margot es auch nicht. Nach diesem ersten Mal trafen sie sich einmal in der Woche nach Feierabend. Meistens schliefen sie miteinander, und am Anfang konnte es auch Margot kaum erwarten, aber mittlerweile wünschte sie sich mehr als körperliche Nähe. Essen gehen, spazieren, Gespräche. Etwas mit Freunden unternehmen, aber Tim überzeugte sie jedes Mal, dass er allein Zeit mit ihr verbringen wollte.

Margot hätte am liebsten allen von ihrem Glück erzählt. Doch sie wollten weiter vorsichtig sein. Die Einzige, die von ihnen wusste, war Lotte. Allerdings verstand ihre Freundin das Problem nicht. Sie verstand nicht, warum sie es bei der DEWAG geheim halten mussten. Lotte meinte, nach ein paar Tagen würde das Gerede vorbei sein. Manchmal dachte Margot, dass Lotte vielleicht recht haben könnte, und sie redete auf Tim ein, das Versteckspiel zu lassen, aber er wollte auf keinen Fall, dass herauskam, dass sie eine Beziehung hatten. Er fürchtete sogar um seine Stelle. Er meinte, die Leute bei der DEWAG seien alle Spießer und er wolle nichts riskieren. Margot konnte da nicht widersprechen; sonderlich offen waren die Leute wirklich nicht.

»Du tust mir so gut«, sagte Tim an ihren Lippen.

»Du mir auch!«, hauchte Margot zurück. Sie saß auf seinem Schoß und hatte die Arme um seinen Hals geschlungen.

Wieder umschloss er ihre Lippen mit seinen und gab ihr einen leidenschaftlichen Kuss.

Ihre Küsse wurden immer wilder, und Margot spürte, dass er mehr wollte. Seit ihrem ersten Mal konnte sie fast nur noch an ihn denken.

»Lass uns woanders hingehen. Ich brauche dich.«

»Wo treffen wir uns diesmal? Im Park oder hast du wieder ein Zimmer reserviert?«

»Ich denke, wir werden uns ein Zimmer nehmen.«

Das war Luxus, denn mittlerweile hatten sie sich auch schon auf Toiletten, in Parks oder bei ihr zu Hause, wenn ihre Eltern nicht da waren, getroffen. Nur zu ihm konnten sie nicht. Er hatte ihr erklärt, dass er noch nicht lange da wohnte, nichts eingerichtet hatte und deshalb nicht gern Besuch empfangen wollte. Schon gar keine Dame wie sie. Ob sie jetzt eine Dame war, darüber ließ sich streiten. Es gab Momente, in denen sie sich plötzlich unsicher war. Wo sie es als schlechtes Zeichen ansah, dass sie weder in seine Wohnung durfte noch seine Freunde kennenlernte. Vor allem Max durfte nichts mitbekommen, wie Tim immer wieder betonte. Max mochte sie ohnehin nicht. Bei jeder Begegnung ließ er sie spüren, was er von ihr hielt. In jedem Fall machte dieses Versteckspiel etwas mit ihr, und auch Lotte fand es nicht normal.

»Manchmal glaube ich, du hast eine andere«, sagte Margot plötzlich aus einem Impuls heraus.

Tim zuckte kurz zusammen. »Wie bitte? O nein!«

»Warum dann immer diese Heimlichtuerei und dass wir immer woanders zusammen sein müssen?«

»Bald wird es besser, versprochen.«

»Ich hoffe es sehr. Ich möchte etwas Ernstes.«

»Ich doch auch.«

Es klopfte, und sie sprang von seinem Schoß.

Max stand in der Tür. »Tim, ach, du hast wieder Besuch?« Er blickte beide finster an. »Ich brauche mal deine Hilfe, möglichst in zehn Minuten in meinem Büro.«

»Alles klar, ich komme gleich.«

»Na, dann bis gleich.« Ohne sich noch mal umzudrehen oder zu verabschieden, verließ Max das Büro.

»Er mag mich nicht«, stellte Margot fest. »Und wieso redet er so mit dir?«

»Ach, keine Ahnung, und nun muss ich mich wirklich beeilen, sonst wird er wirklich sauer.« Tim erhob sich und strich sich seine Hose glatt. »Gut, ich muss auch zurück. Ich habe noch eine Sache zu erledigen, die Montag fertig sein muss, und du weißt ja, der Drache spuckt sonst Feuer.«

Als Margot vor ihm stand, wollte sie Tim noch einen Abschiedskuss geben, aber er drehte sich zur Seite.

»Bis dann.« Er öffnete ihr die Tür, und sie konnte gerade so hindurchschlüpfen, bevor er sie schon wieder schloss.

Hatte er sein Gesicht mit Absicht weggedreht? Manchmal verhielt er sich sehr seltsam, und Margot fragte sich jedes Mal, warum. Wenn sie genau darüber nachdachte, war es immer, wenn Max sie zusammen gesehen hatte. Aber er war sein Freund, und es gab keine Erklärung dafür, weshalb er sie anscheinend nicht mochte. Sie musste Tim noch einmal fragen, dem Ganzen mehr auf den Grund gehen. Irgendetwas steckte dahinter. Sie würde nachher zu ihm gehen und ihre Verabredung absagen. Sie musste vielleicht ein Zeichen setzen. Nicht immer verfügbar sein, wenn er es wollte. Nein, heute würde sie sich lieber mit Lotte treffen.

Als Margot zu Lotte ging, um mit ihr den Abend zu verbringen, hatte ihre Freundin schon etwas vor. Sie schlug aber kurzerhand vor, dass Margot sie doch begleiten könnte. Sie wollte ihr schon oft ihre Szene von Leuten vorstellen, die sie unbedingt kennenlernen sollte. In letzter Zeit hatten die beiden Freundinnen sich selten gesehen. Entweder traf sich Margot mit Tim, oder Lotte war mit ihren neuen Kollegen ausgegangen. Auch Lotte hatte oft Liebeskummer. Sie war unglücklich in den Fotografen Werner verliebt. Einerseits war Margot eifersüchtig auf die neuen Freunde in Lottes Leben, aber natürlich gönnte sie ihr auch das Glück. Umso mehr freute es sie, dass sie heute endlich einmal dabei sein durfte. Das war nicht so einfach, denn Modeleute und die spezielle Szene aus Kreativen, wie Lotte ihr erklärt hatte, blieben lieber unter sich. Margot musste versprechen, dass sie alles für sich behielt, was bei diesen Treffen passierte und wer dabei war. Das klang sehr aufregend, und während sie sich fertig machte, war sie froh darüber, dass sie Tim für diesen Abend eine Abfuhr erteilt hatte. Nach dem Gespräch mit Max hatte er ohnehin schlechte Laune gehabt und schien nicht sonderlich böse darüber zu sein, dass sie sich nun doch etwas anderes vorgenommen hatte.

Als sie in der Wohnung eintrafen, wo das Treffen der Modeszene stattfinden sollte, begriff Margot, warum sie vorher ein Versprechen hatte abgeben müssen, mit niemanden zu reden über das, was sie heute zu sehen bekommen würde. Überall räkelten sich Leute, unterhielten sich, tranken und rauchten oder tanzten. Margot war regelrecht schockiert.

»Ich weiß, am Anfang wirkt alles etwas verrückt, aber die Leute sind wirklich sehr nett.« Lotte blickte ihre Freundin grinsend an.

Margot war gefesselt von der Szenerie vor ihr und brauchte einen Moment, bis sie sich gefangen hatte. »Aha und sie sind ziemlich gut dabei, was den Alkohol angeht. O mein Gott, was stinkt denn hier so?«, fragte Margot.

»Das ist Schnaps«, erwiderte Lotte ungerührt. »Ich geh mir mal was zu trinken holen. Magst du auch was?«

»Ein Wasser, wenn möglich.« Nach Wasser sah das nicht aus, was die meisten hier tranken, aber Margot vertrug Alkohol nicht so gut.

»Alles klar.« Lotte verschwand Richtung Küche, um die Getränke zu besorgen.

Eines musste Margot im Laufe des Abends zugeben, die Leute waren wirklich nett, und die Gespräche, die geführt wurden, waren zum Teil sehr erhellend. Viele wirkten sehr intellektuell, und Margot hatte bei den wenigsten Themen etwas beizutragen, sie nickte nur in der Hoffnung, dass man sie nicht nach einer Meinung fragte. Es gab nur eine Sache, die ihr absolut nicht gefiel: das Verhalten von Lotte.

»Lotte, du bist ja vollkommen betrunken. Ich glaube, du solltest jetzt aufhören.« Sie nahm ihrer Freundin das Glas aus der Hand.

»Hey, was soll denn das? Trink einfach mit, dann hast du auch deinen Spaß.«

»Ich möchte nicht trinken. Ich mag keinen Alkohol. Er schmeckt mir einfach nicht.«

»Ja, ging mir auch so, aber mittlerweile macht es mir nichts mehr aus.« Lotte setzte ihr Glas wieder an und leerte es in einem Zug.

»Lieselotte, was machst du da?« So nannte Margot ihre Freundin nur, wenn sie verärgert war.

»Jetzt komm schon und entspann dich. Werner! Werner, he, ich möchte dir meine beste Freundin vorstellen.«

Sie winkte einem jungen Mann in Lederjacke zu, der den Finger hob, um zu zeigen, dass er gleich zu ihr kommen würde.

»Das ist also der besagte Werner?«

»Ja, sieht er nicht gut aus?«

»Na ja, wenn man auf ältere Männer in Lederjacken steht. Mein Typ ist er nicht.«

»Ja, aber warte, bis du ihn kennenlernst. Werner ist echt in Ordnung und weiß über so viel Bescheid«, schwärmte Lotte.

»Na, ihr beiden?« Werner war vor die beiden getreten, er küsste Lotte auf die Wange und gab Margot die Hand.

»Hallo, nett dich kennenzulernen. Ich bin Margot«, stellte sie sich vor.

»Werner, freut mich auch.«

Sofort fing Lotte an, von allen möglichen Fototerminen zu reden und was Werner und die Leute von der *Sibylle* alles so machten. Werner stieg mit ein und erklärte ihr die Modeszene.

Margot bemerkte das Dauerlächeln von Lotte. Sie war absolut und ohne jeden Zweifel in Werner verliebt. Er jedoch wirkte eher abgeklärt. Er war nett, aber so, wie Margot es beurteilte, nicht an Lotte im romantischen Sinne interessiert. Sie hoffte, dass er ihr nicht das Herz brach, aber vermutlich war er bereits dabei, ohne es zu merken.

»Ich geh mir mal noch was zu trinken holen.« Lotte hielt ihr leeres Glas hoch und verschwand.

»Ich habe gehört, du arbeitest bei der DEWAG?«, fragte Werner.

»Ja, genau.«

»Vermutlich ein ziemlich steifer Haufen, nicht wahr?«

»Ja, so könnte man es bezeichnen, obwohl es auch ein paar lockere Kollegen gibt.«

Werner nippte an seinem Glas. »Willst du auch noch einen Drink?«, fragte er und schaute auf ihr leeres Glas in der Hand.

»Nein, danke. Aber wo du gerade fragst, bitte pass ein wenig auf Lotte auf. Sie ist erst neunzehn, und ich finde, im Moment trinkt sie zu viel.«

Werner machte eine wegwerfende Handbewegung. »Ach, sie hat das im Griff.«

»Den Eindruck habe ich leider nicht.«

»Ich passe schon auf, aber sie braucht keinen Babysitter mehr. Wie du sagst, Lotte ist neunzehn und damit erwachsen.«

»Lotte war schon immer ein Mensch, der sich gern mitreißen und schnell beeinflussen lässt. Und wo wir gerade dabei sind: Sie mag dich, also sie mag dich sehr. Bitte brich ihr nicht das Herz.«

Nun hatte sie seine Werners ganze Aufmerksamkeit. »Wie meinst du das? Ich mag sie auch gern. Sie wird mal ein großer Star, glaub mir, und ich habe sie entdeckt.«

»Sie mag dich aber mehr.«

»Lotte ist einfach nur dankbar, und wir verstehen uns gut.«

»Vielleicht, aber ich kenne Lotte seit vielen Jahren und du seit gefühlt fünf Minuten. Ich will einfach nur, dass du ehrlich mit ihr bist und ihr keine Hoffnungen machst. Sie hat noch nicht viel Erfahrung.«

Bevor Werner etwas dazu sagen konnte, kam Lotte mit einem vollen Glas zurück. Sie stellte sich neben ihn und legte kurz ihre Hand auf seinen Arm, woraufhin er ihn abrupt zurückzog. Er wirkte nun angespannt, und Margot hoffte, dass es kein Fehler gewesen war, mit ihm geredet zu haben.

»Los, komm, ich stell dir alle mal richtig vor«, sagte Lotte und zog ihre Freundin mit sich.

»O mein Gott, schau dir den an! Der Typ ist ja ganz neben sich, und der da drüben … ist der etwa nackt?« Margot blickte zu einem Mann, der auf einer Couch lag und grinsend an die Decke starrte.

»Werd bloß nicht spießig. Der ist eben betrunken, na und?«

»Na, ich bin nicht spießig, aber wenn ich mich hier so umschaue, ist das eine ganz andere Welt.«

»Eben«, sagte Lotte gedehnt. »Eine andere, offene Welt. Du musst mit den Leuten reden. Es ist einfach so erfrischend.«

Und das tat Margot dann auch mithilfe ihrer Freundin und musste zugeben, es waren meist sehr gute Gespräche. Für Margot floss allerdings eindeutig zu viel Alkohol, und es wurde zu viel geraucht. Und Lotte machte ihr Sorgen. Ihre Freundin begann zu lallen. Sie trank viel zu viel.

»Bitte, Lotte, hör auf zu trinken! Du kannst kaum noch stehen.«

»Ich kann sehr wohl stehen«, raunte Lotte. »Du tust ja so, als wärest du meine Mutter.«

»Tue ich nicht. Ich mache mir nur Sorgen. Ich werde jetzt auch gehen. Kommst du mit?«

»Nein, ich bleibe noch ein wenig. Werner fährt mich nachher nach Hause.«

»Wie du meinst.« Margot ließ ihre Freundin ungern allein zurück, aber Werner war offenbar noch nüchtern, und Lotte war zudem nicht zum Gehen zu bewegen.

»Mach's gut. Bis bald und pass auf dich auf.« Margot nahm ihre Freundin zum Abschied in den Arm.

»Hey, ich habe alles im Griff.«

»Na, wenn du meinst«, sagte Margot nicht sehr überzeugt. Aber wer war sie, dass sie Lotte ständig Ratschläge gab? Was die Beziehung zu ihr und Tim betraf, war das Wort »kompliziert« auch eine gute Beschreibung der Verhältnisse.

KAPITEL 10

LIESELOTTE
August 1962

Lotte stand in der Redaktion der *Sibylle* und schaute sich mit einigen anderen neue Schnittmuster für die nächste Ausgabe an. Die Hefte wurden lange im Voraus geplant, und diesmal durfte sie sogar dabei sein. Alle standen um den Tisch bei Renate, der Chefredakteurin, und betrachteten die Zeichnungen vor sich.

»Das hier ist sehr gewagt, das sollten wir nehmen. Das können wir schneidern, und vielleicht kann es Lieselotte anziehen«, meinte eine junge Frau mit kurzen blonden Haaren.

Lotte schreckte bei ihrem Namen zusammen.

»Ihr wisst, ich bin für kreative Grenzüberschreitung, aber ihr wisst auch, wenn wir zu weit gehen, hat das wenig Sinn, denn das Zentralkomitee der SED wird dem nicht zustimmen. Wir können es nicht drucken«, bemerkte die Chefredakteurin. »Kleine Schritte sind auch gut. Lasst uns noch hier und da etwas verändern, dass es passt und trotzdem auffällt.«

Lotte hatte erfahren, dass alles von der SED kontrolliert wurde und erst genehmigt werden musste, bevor es wirklich gedruckt wurde.

»Ja«, sagte Werner. »So sollten wir es machen.«

»Was ist hiermit?«, fragte jemand und hielt die westdeutsche *Vogue* hoch. »Das Bild finde ich gut.«

»Das sind großartige Bilder, gar keine Frage, aber wir sind anders.

Wir verkaufen nicht einfach Mode, sondern ein modernes Frauenbild«, sagte die Chefradakteurin. »Unsere Modezeitschrift soll für Individualität stehen und den Frauen da draußen Mut machen, sich etwas zu trauen. Die meisten können sich diese Sachen nicht kaufen, aber vielleicht nachmachen.«

»Dann lasst uns doch nur ein wenig die Ärmel verändern und den Ausschnitt etwas enger machen, dann könnte es gehen«, kam eine Bemerkung aus der Runde.

Renate verschränkte die Arme und überlegte. »Das ist ein guter Einwand, aber die Taille sollte eng geschnitten sein.«

»Ja, und dann noch eine Farbe, die nach Aufbruch schreit«, wagte Lotte sich einzumischen.

»Und eine Farbe, die nach Aufbruch schreit«, wiederholte Renate ihre Worte langsam. »Bekommst du das bis Morgen gezeichnet?«, fragte sie an eine Mitarbeiterin gewandt, die sich Notizen machte.

Die Frau nickte. »Ja klar, das müsste ich hinbekommen. Ich lege es morgen vor, und dann gehen wir noch mal an die Feinheiten.«

»Wunderbar.« Renate klatschte in die Hände. »Ich glaube dann haben wir es für heute. Ich danke euch allen.«

Dann klatschten auch alle anderen. Das schien hier so üblich zu sein, und Lotte klatschte freudig mit.

»Und, hat es dir gefallen?«

»Ja, sehr.« Lotte hakte sich bei Werner unter und schmiegte sich an seinen Arm. Sie hatten nach der Besprechung gemeinsam die Redaktion verlassen. »Ich fühle mich toll. Hast du gesehen? Renate fand meine Idee gut. Meine beste Freundin Margot und ich machen das, seit wir klein sind. Mode aus den Zeitschriften nachstellen. Ich glaube, ich habe ein Auge dafür.«

»Deine Idee war auch gut.«

»Ja, nicht wahr?« Lotte ließ Werner los und drehte sich mit ausgebreiteten Armen im Kreis. »Ich liebe die Arbeit bei und mit euch.« Sie trat wieder zu ihm und griff nach seiner Hand. »Früher dachte ich immer, dass ich neidisch darauf bin, dass Margot was macht, was sie will und wofür sie brennt, und ich fühlte mich irgendwie verloren mit der Arbeit im Konsum. Ich habe ihr natürlich immer alles gegönnt, sie ist schließlich meine beste Freundin, aber jetzt lebe ich auch meinen Traum.«

Werner lächelte beim Anblick ihrer Ausgelassenheit. »Du bist süß, wenn du dich so freust. Deine Wangen glühen. Am liebsten würde ich jetzt Fotos von dir machen.«

»Werner!« Lotte blieb abrupt stehen und blickte ihm in die Augen. »Danke! Ganz im Ernst, danke, dass du vor dem Laden standest und etwas in mir gesehen hast.«

»Es ist nicht schwer, etwas in dir zu sehen. Du bist einfach wunderschön.«

»Wollen wir zum See fahren?«, fragte er ein wenig später, als sie vor seinem Motorrad standen.

»Auf jeden Fall, das ist eine super Idee, aber ich habe nichts mit.«

»Wir brauchen auch nichts. Ich kenne eine abgelegene Stelle.« Er reichte ihr einen Helm, und Lotte setzte sich hinter ihm auf die Maschine.

Hoffentlich war es nicht zu unvorsichtig gewesen, ohne Badeanzug zuzusagen. Sie hatte sich gerade erst einen gekauft. Es war ein dunkelblauer Einteiler, kein neues Modell, aber er sah sehr gut an ihr aus, wie Margot ihr mehr als einmal bestätigt hatte. Gern hätte sie ihn Werner präsentiert.

Er hatte recht. Niemand hielt sich an der Badestelle auf, die Werner ausgesucht hatte. Der Ort war etwas schwer zu erreichen, aber dafür waren sie ungestört. Sie lagen im Gras, und Werner hatte sich bis auf die Unterhose ausgezogen. Lotte hatte erst gezögert, aber als Werner sich völlig selbstverständlich vor ihr ausgezogen hatte, wollte sie nicht schüchtern wirken. Also lag sie nur in Unterwäsche neben ihm. Er hatte die Hände hinter dem Kopf verschränkt und blickte in die Wolken. Ab und zu bemerkte sie, wie er sie aus den Augenwinkeln anschaute, und sie versuchte möglichst gut auszusehen, während sie sich sonnte. Obwohl sie sich seine Jacke unterlegen durfte, war es nicht sehr gemütlich. Das Gras pikte, Ameisen liefen über ihren Nacken. Trotzdem genoss sie die Zeit mit ihm.

»Los, lass uns ins Wasser gehen«, sagte Werner auf einmal und stand bereits vor ihr. »Na los!« Er hielt ihr seine Hand hin.

Lotte ließ sich von ihm hochziehen und zum Ufer führen. Ihre Zehen berührten das Wasser; sie zuckte kurz zusammen. Es war kälter, als sie dachte.

»Denk nicht lange nach, einfach rein.« Werner sprang ins Wasser. »Das ist herrlich«, rief er ihr zu.

Lotte machte sich langsam nass und watete zu ihm. Schließlich kam er auf sie zu und zog sie mit sich ins tiefere Wasser. Lotte prustete und hustete, bevor sie zu lachen begann. Spielerisch rangelten sie miteinander.

»Es ist wundervoll hier«, sagte Lotte leise. Sie umarmte ihn und blickte ihm in die Augen.

Werner wischte eine nasse Strähne aus ihrem Gesicht, und Lotte beugte sich vor. Er musste sie jetzt küssen.

Und das tat er auch. Er küsste sie, und seine Hände wanderten zu ihren Brüsten. Sie vergrub die Finger in seinen Haaren.

Plötzlich schob er sie von sich. »Komm, wir gehen raus. Du frierst ja.«

»Meinst du?«, fragte sie irritiert und lief ihm schnell nach.

Sie setzten sich wieder ins Gras. Lotte hoffte, dass sie da weitermachen würden, wo sie gerade im Wasser aufgehört hatten.

»Warte, ich muss ein paar Fotos schießen. Die Sonne steht gut und wirft ein super Licht auf dich.« Werner holte die Kamera, und obwohl sie die Aufmerksamkeit genoss, hätte sie sich ihn lieber neben sich gewünscht.

»Komm doch noch ein bisschen her«, bat Lotte ihn ein wenig später. »Du hast jetzt genug Fotos gemacht.«

»Ich muss das Licht ausnutzen. Man kann nie genug Auswahl an Bildern haben.«

Irgendwann hatte Lotte keine Lust mehr, verschiedene Posen einzunehmen, sie legte sich wieder hin und schloss die Augen.

Er machte auch davon noch ein paar Bilder. »Na gut, hören wir auf.« Werner setzte sich neben sie und blickte auf das Wasser. »Wir sollten fahren. Es wird bereits dunkel.«

Lotte richtete sich auf. »Ja, die Mücken fressen mich schier auf«, stimmte sie zu.

Werner blickte sie an und küsste sie flüchtig auf den Mund. »Na dann!« Er stand auf, verstaute seine Kamera und zog sich an. Dann setzte er sich auf das Motorrad.

Lotte nahm hinter ihm Platz. Sie trug nur ihren Rock und den nassen BH. Der Fahrtwind war kühl, aber nicht unangenehm. Sie hatte die Hände um seinen Bauch geschlungen. Ab und zu streckte sie eine Hand raus, machte Wellen im Wind und lachte ausgelassen. Die Sonne war fast untergegangen, und der Himmel war in ein zartes Rosa getaucht, das Lotte noch nie gesehen hatte. Vermutlich hatte sie bisher einfach nicht darauf geachtet. Aber jetzt hier auf dem Motorrad und mit Werner versuchte sie jedes noch so kleine Detail in sich aufzusaugen.

»Ich fühle mich das erste Mal im Leben frei«, schrie sie ihm ins Ohr.

»Ich weiß, was du meinst«, sagte er und tätschelte kurz ihre Hand an seinem Bauch, bevor er sie wieder an den Lenker legte. »Darum habe ich auch die Maschine. Der einzige Ort, wo man so etwas wie Freiheit empfinden kann.«

Ab und zu legte er eine Hand auf ihren Oberschenkel und streichelte ihn mit seinem Daumen. Lotte hoffte, dass die Fahrt nie enden würde.

»Kannst du noch einen Umweg fahren? Es macht so Spaß!«

»Nein, ich bringe dich jetzt nach Hause. Es ist schon spät.«

»Wenn du meinst«, sagte sie enttäuscht.

»Wir sind da.« Ein paar Minuten später nahm er seinen Helm ab und half ihr abzusteigen.

Nun, wo die Sonne untergegangen war, begann sie wirklich leicht zu frieren.

Werner strich ihr über die Arme. »Nicht, dass du dich noch erkältest.« Sie blickte ihn an und wartete, ob auch er das spürte, was sie gerade fühlte. Das Verlangen nach einem Kuss. Und etwas blitzte in seinen Augen auf. Für einen kurzen Moment konnte sie es sehen, doch dann war es wieder verschwunden.

»Na los! Geh rein. Es ist zu kalt.«

Lotte schnaubte und löste sich aus seinen Armen. Sie war sich sicher, dass er wusste, was sie wollte, und das bedeutete, dass er es nicht wollte. Sie war enttäuscht und kam sich ein bisschen albern vor. Wie konnte sie glauben, dass ein Mann wie er etwas von einem Mädchen wie ihr wollen könnte?

»Ja, du hast recht«, stimmte sie zu. Die Leichtigkeit des Moments war verloren gegangen. »Dann bis bald.« Sie wandte sich zum Gehen.

Werner hielt sie am Arm fest. »Warte, Lotte, ich mag dich wirklich. Es ist nur, ich bin nicht der richtige Erste für dich. Verstehst du, du hast jemand Besseres verdient.«

Sie funkelte ihn wütend an. »Woher willst du wissen, ob du mein Erster wärst?«

Er legte den Kopf schief. »Weil ich es eben weiß. Und ich bin nicht gut genug für dich. Ich möchte deine Gefühle nicht verletzen, aber du sollst wissen, dass ich dich sehr mag.«

Konnte es noch peinlicher werden? Werner wusste, dass sie noch Jungfrau war. Vermutlich hatte sie unbeholfen gewirkt, und er hatte wahrscheinlich schon hunderte Mädchen gehabt.

»Danke fürs Fahren und den schönen Abend.« Sie zog ihren Arm aus seiner Hand. »Wir sehen uns.«

»Wir sehen uns«, sagte er traurig hinter ihr.

Kaum hatte sie die Wohnung betreten, traten ihr Tränen in die Augen. Sie war wütend darüber, dass er entschied, wer gut für sie war, und darüber, dass er auch noch recht hatte. Er war der erste Mann, in den sie wirklich richtig verliebt war, und er wäre auch körperlich der erste Mann gewesen. Die Scham darüber, dass er ihr das anmerkte, machte sie noch wütender. Etwas Gutes hatte seine Ehrlichkeit jedoch, sie wusste jetzt, woran sie war. Sie würde sich jetzt voll und ganz auf sich und ihre Ziele konzentrieren. Die Arbeit bei der *Sibylle* war das, was sie schon immer wollte. Sie hatte immer gedacht, dass es hier nur langweilige Mode gab. Aber der kreative Ostberliner Untergrund, dessen Teil sie jetzt war, zeigte ihr eine andere Welt. Lebendig und individuell, wie die Menschen eben waren. Weltoffen, so weit es möglich war. Werner, Renate und alle, die für und um das Magazin arbeiteten, waren so inspirierend. Sie hatte sich seit dem Mauerbau eingesperrt gefühlt, aber durch diese Menschen hatte sie das Gefühl, ein Stück Freiheit wiederbekommen zu haben. Denn keine Mauer der Welt konnte einem die Freiheit des Denkens nehmen. Das hatte sie erkannt.

»Er mag mich nicht, oder er mag mich nicht so wie ich ihn.« Lotte lag bäuchlings bei Margot auf dem Bett und blätterte lustlos in einem Magazin. Sie hatte ihr die ganze peinliche Geschichte erzählt und hoffte, ihre Freundin könnte ihr einen Rat geben, wie sie sich verhalten sollte. Sie konnte Werner nicht aus dem Weg gehen, und das wollte sie auch nicht.

»Wenigstens weißt du jetzt, woran du bist«, kommentierte Margot. »Ich weiß, das ist leicht gesagt, wenn man jemanden mag, aber du findest jemand anderen.«

Lotte hielt inne und setzte sich in den Schneidersitz. »Weißt du, was ich nicht verstehe? Warum kümmert er sich so um mich und schaut mich so an, als ob ich ihm was bedeute? Warum dieses Hin und Her? Hätte er mir keine Hoffnung gemacht, dann wäre ich jetzt nicht in dieser Lage.«

»Das kann ich dir nicht sagen, aber Männer sind manchmal komisch. Ich glaube, du magst ihn auch so sehr, weil er dir eine ganz neue Welt eröffnet hat. Tim ist auch mal mehr und mal weniger euphorisch, was uns angeht. Ich frage mich manchmal, ob ich ihn nur so interessant finde, weil er in dem Bereich arbeitet, in dem ich gern arbeiten würde.«

»Ich verstehe es trotzdem nicht. Werner wäre perfekt. Ein Mann mit Erfahrung. Ich will endlich wissen, wie es ist, Sex zu haben, und ich möchte es mit jemanden machen, der Erfahrung hat.«

Margot lachte. »So toll ist es nun auch wieder nicht. Manchmal ist es schneller vorbei, als man denkt.«

»Du hast leicht reden, du hast es schon gemacht. Ich werde als alte Jungfer sterben.« Lotte ließ sich theatralisch nach hinten fallen und legte sich ein großes Kissen auf den Bauch.

»Ach komm, ist doch schön, dass du nicht mit dem Erstbesten in die Kiste hüpfst. Der richtige Mann wird schon noch kommen, du wirst sehen«, versuchte Margot sie aufzumuntern.

»Meinst du?«, murmelte Lotte.

»Ich weiß es, und jetzt hör endlich auf, dem Typen nachzutrauern.« Margot warf mit einem Stift nach ihrer Freundin.

Lotte schrie auf und hielt sich das Kissen zum Schutz vor das Gesicht.

KAPITEL 11

MARGOT

Zuerst dachte Margot noch, Tim sei sauer, weil sie ihre letzte Verabredung einfach kurzfristig abgesagt hatte. Doch offenbar ging er ihr bewusst aus dem Weg und fragte sie auch seit Tagen nicht mehr um Rat. Da sie gekränkt war, machte sie auch erst einmal nichts. Er konnte ankommen, wenn er ihre Nähe wünschte. Sie hatte es jetzt ein paar Mal versucht, und er hatte sie behandelt wie eine Kollegin, die er nicht näher kannte. Doch heute brodelte es in ihr. Sie wollte endlich wissen, was los war. So viel Ehrlichkeit hatte sie verdient.

Tim kam aus dem Gebäude. Margot hatte auf ihn gewartet und ging schnurstracks auf ihn zu. Sie würde sich nicht mehr abwimmeln lassen, hatte sie sich vorgenommen. Tim lief mit gesenktem Kopf und schien sie nicht wahrzunehmen. Er sah müde und ausgelaugt aus. Dic dunklen Ränder unter den Augen und sein Gang ließen keinen Zweifel, dass es ihm nicht gut ging.

»Tim!« Margot stand nun beinahe direkt vor ihm.

Ein Schreck durchfuhr ihn, und sofort blickte er sich unruhig um. »Margot!« Er blieb stehen und wirkte nervös. So wie in den letzten Wochen auch, wann immer sie ihm begegnete.

»Wir müssen reden.«

»Heute nicht, Margot. Ich hatte einen anstrengenden Tag und muss wirklich los.«

»Nein! Wir werden jetzt reden!«

»Margot, ich kann jetzt nicht und hier sowieso nicht. Wenn uns jemand sieht.«

»Was ist mit dir los? Ich versuche seit zwei Wochen, Zeit mit dir zu verbringen, und du gehst mir aus dem Weg. Wir müssen reden! Das bist du mir schuldig.«

Er blickte sich wieder um. »Also, komm!« Er fasste sie am Arm und zog sie mit sich in eine Nebenstraße.

»Was soll denn das?«, fragte sie.

Er blieb abrupt stehen.

Margot rieb sich ihren Arm. »Sag mal, spinnst du?«

»Du wolltest reden, also reden wir jetzt.« Sein arroganter Ton machte sie beinahe sprachlos. Wo war der charmante Mann hin, der sie am Anfang eingefangen hatte?

Sie blickte ihn wütend an. »Ich dachte die ganze Zeit, ich bedeute dir etwas, aber das scheint nicht der Fall zu sein.«

Tim nahm sich mit seiner Reaktion Zeit und sagte dann gedehnt: »Doch, du bedeutest mir etwas, aber das mit uns war ... ist ein Fehler.« Er atmete schwer aus. »Mir ist das alles zu viel.«

»Ein Fehler? Zu viel? Wie genau soll ich das verstehen? Seit Monaten war ich gut genug, um dir zu helfen, du konntest dich mit fremden Federn schmücken, und zwischendurch hast du neben meinem Geist auch meinen Körper genommen. Und jetzt sagst du mir, ich bin ein Fehler? Und was war zu viel? Wir haben doch alles genau so gemacht, wie und wann du es wolltest. Ich habe mich immer zurückgenommen und Verständnis gezeigt.«

»So meine ich das nicht. Nicht du bist ein Fehler, aber das mit uns.«

»Was ist der Unterschied? Warum?« Mehr brachte sie nicht hervor. Margot wollte nicht weinen, aber sie spürte bereits Tränen in sich aufsteigen. Eigentlich wollte sie keine weiteren Erklärungen, die für sie nur Ausreden waren und keinen Sinn ergaben. Sollte er doch endlich sagen, dass er sie nicht mehr mochte.

»Margot, bitte, ich kann nicht.« Tim fuhr sich durch die Haare.

»Was kannst du nicht? Mir sagen, dass du mich nur ausgenutzt hast? Mir schöne Augen gemacht hast, damit ich dir helfe?«

»Ich werde erpresst.« Er steckte die Hände zurück in seine Hosentaschen und schaute zu Boden.

»Erpresst? Von wem und wieso?«

»Von Max.«

»Was hat Max mit uns zu tun?« Sofort tauchten Bilder vor Margots innerem Auge auf. Max mochte sie nicht, und immer wieder hatte sie gesehen, dass er mit Tim gestritten hatte, dass er wütend war. »Ich verstehe nicht ganz.«

Tim blickte weiter zu Boden. »Bitte frag nicht weiter. Das mit uns ist zu Ende.« Er setzte zum Gehen an.

»Tim! Was soll das? Du kannst mich doch nicht einfach so stehen lassen.«

»Bitte, Margot, lass es gut sein.«

»Nein, ich lasse es nicht gut sein. Ich weiß, wen ich noch fragen werde! Wenn du mir nichts sagen willst, dann wird es eben Max tun.«

Entsetzt schaute Tim auf. »Nein, das wirst du nicht tun.«

»Dann sag du es mir. Ich möchte eine Erklärung.«

Tim schwieg eine Zeit lang. »Die Erklärung wird dir nicht gefallen«, sagte er dann.

»Diese ganze Sache gefällt mir nicht.«

»Er ist verheiratet.« Max war hinter Tim getreten.

»Das ist nicht wahr.« Sie schüttelte den Kopf.

»Doch, ist es!«, bestätigte Max.

»Hör auf damit«, sagte Tim an Max gewandt.

Margot ging dazwischen. »Nein, er soll nicht aufhören, das ist das erste Nette, was er bisher getan hat. Er hat mir die Wahrheit gesagt. Es ist die Wahrheit, oder?«

Tim nickte stumm.

Margot blickte ihn eine Sekunde lang einfach an. Dann holte sie aus und gab ihm eine schallende Ohrfeige.

»Es tut mir leid, wirklich. Ich mag dich, Margot, aber ich kann meine Frau nicht länger hintergehen.«

»Das sehe ich auch so, vor allem, weil er es nur macht, weil du ihm hilfst«, spottete Max.

»Was soll das, Max? Du bist doch nur neidisch, weil Margot und ich so gut zusammengearbeitet haben und du nicht mehr der Beste warst«, giftete Tim. »Du drohst mir seit Monaten, es meiner Frau zu sagen.«

»Sonst hättest du sie weiter betrogen? Du beendest das mit uns, weil Max dich erpresst? Du widerst mich an.«

»Da sind wir uns einig«, kommentierte Max.

»Eure Geschichte interessiert mich nicht. Leb wohl.«

Ohne noch ein weiteres Wort zu sagen, drehte sie um und ging.

Margot wusste, mit wem sie jetzt sprechen musste. Sie stand vor dem Konsum und sah Lotte, die an der Kasse einen Kunden bediente. Sie schien sehr glücklich zu sein. Margot wollte noch warten, bis ihre Tränen getrocknet waren. So wollte sie nicht in den Laden gehen. Sie beobachtete ihre Freundin, wie sie den Kunden anlächelte und sich verabschiedete, und dann, als hätte sie Margot gespürt, fiel ihr Blick nach draußen. Als Lotte sie erblickte, winkte sie ihr heftig zu. Der Kunde verließ den Laden, und Lotte folgte ihm auf die Straße.

»Margot, was machst du denn hier? Das ist aber eine schöne Überraschung.« Ihre Freundin stürmte auf sie zu. Ihre blonden Haare wehten im Wind, und ihre schmutzige Schürze passte so gar nicht zu ihrem sonst so schönen Äußerem. »Ich freue mich, dich zu sehen.« Lotte umarmte sie überschwänglich.

»Ich wollte dich besuchen und gucken, ob du Zeit hast.« Als Margot ihre Freundin im Arm hielt, brachen die Tränen wieder aus ihr heraus.

Lotte löste die Umarmung. »Was ist denn los? Du weinst ja!«

Margot schluchzte hemmungslos. Lotte nahm sie wieder in den Arm, strich ihr über den Rücken und sprach beruhigend auf sie ein.

»Lieselotte, kommst du wieder rein? Oh, hallo Margot!« Plötzlich stand Lottes Mutter im Türrahmen.

»Hallo, Frau Stede«, grüßte Margot leise zurück.

»Gleich! Ich bin gleich wieder da. Wie du siehst, ist es ein Notfall.« Lotte schaute ihre Mutter kurz an und wandte sich wieder Margot zu. »Ist ja nicht so, als ob die Kunden uns gerade den Laden einrennen.«

»Fünf Minuten«, sagte Ursula Stede über die Schulter. »Sie wird immer frecher«, murmelte sie noch und ging kopfschüttelnd zurück in den Laden.

»So, und nun erzähl mal, was ist passiert? Du bist ja völlig aufgelöst.« Lotte drückte ihre Freundin an sich.

»Tim hat Schluss gemacht. Was sag ich denn? Wir waren nicht einmal richtig zusammen. Er hat mir gesagt, dass er verheiratet ist. Verheiratet! Kannst du dir das vorstellen?«

Lotte wischte ihr die Tränen von den Wangen. »Das ist ja unglaublich. Was für ein Schwein!«

»Ja, oder?«

»Aber ich muss sagen, ich fand es schon immer seltsam, dass er sich nie öffentlich mit dir treffen wollte, deshalb überrascht es mich nicht so ganz. Da musste etwas faul sein.«

»Ich habe nichts geahnt. Ich bin so eine dumme Gans. Sogar du hast etwas gemerkt.« Margots Weinen wurde wieder heftiger. Es war diese Wut in ihr. Sie konnte einfach nicht aufhören.

»Bitte, hör auf zu weinen. Dieser Kerl hat dich null verdient. Ein Mann, der seine Frau betrügt. So einen brauchst du nicht in deinem Leben. Sei froh, dass es jetzt herausgekommen ist.«

»Ich weiß, und trotzdem tut es weh. Er war der erste Mann, mit dem ich … Na, du weißt schon«, sagte Margot schniefend.

»Ich weiß.« Lotte drückte ihre Freundin noch mal ganz fest an sich. »Pass auf! Ich mach meine Schicht zu Ende, und du gehst nach Hause und machst dich fein. Also so richtig, hörst du?«

Margot nickte nur.

Lotte hatte ihre Freundin bei den Schultern gepackt. »Ich hole dich nachher ab, und dann machen wir einen drauf.«

»Okay«, erwiderte Margot, allerdings nicht sehr überzeugt.

»Ich muss wieder rein, aber nachher bin ich ganz für dich da. Geh nach Hause und wisch dir die Tränen ab. In zwei Stunden bin ich bei dir.«

»Meine Güte, du siehst aber noch nicht fertig aus«, sagte Lotte und schob sich an ihrer Freundin vorbei in die Wohnung. Sie nahm Margots Hand und zog sie hinter sich her.

»Ich habe doch keine Lust auf Ausgehen«, murmelte Margot. »Ich weiß, du meinst es gut, aber können wir nicht lieber hierbleiben? Mir ist nicht nach anderen Menschen.« Sie ließ sich bäuchlings auf ihr Bett fallen.

»Keine Widerrede, wir gehen aus.« Lotte zog Margot am Arm.

Margot rollte sich auf den Rücken. »Liegt es an mir?«

»Was?«, fragte Lotte.

»Dass er mich nicht mag und mich nur ausgenutzt hat. Vielleicht bin ich nur ein Lückenfüller und ein Helferlein, aber nichts für ganz.«

Lotte beugte sich zu ihrer Freundin. »Niemals darfst du so was auch nur denken. Du bist hübsch von innen und von außen, klug und die ehrlichste, treueste Person, die ich kenne. Du bist mein Lieblingsmensch. Jeder, der dich haben kann, muss sich glücklich schätzen.«

»Meinst du wirklich?« Wieder liefen Margot Tränen über die Wangen.

»Ganz wirklich. Ich hasse diesen Tim dafür, dass du so an dir zweifelst. Das hast du nicht verdient.« Sie streichelte Margots Hand.

»Ich verstehe nicht, weshalb ich es nicht gemerkt habe. Alles in mir hätte es ahnen müssen. Immer diese Heimlichtuerei und dann sein Freund, der sich so ablehnend verhalten hat. Warum nur habe ich es nicht gemerkt?«

»Ich kann dir all diese Fragen leider nicht beantworten. Du warst verliebt, und da glaubt man manchmal an Sachen, die nicht existieren.« Lotte starrte vor sich hin.

»Denkst du nun auch an dich und Werner?«

Lotte lächelte verlegen. »Wie kommst du … Ja, irgendwie meine ich mich auch selbst damit. Ich mag Werner und er mich auch, aber eben wie alle anderen Mädchen. Ich weiß, du sagst es schon die ganze Zeit. Er ist nichts für mich.«

»Genau, er ist nichts für dich«, bestätigte Margot.

»Aber egal, um mich geht es im Moment nicht. Ich möchte jetzt für dich da sein.«

»Wir können beide füreinander da sein. Ich erzähle dir alles von mir und du von dir.« Margot setzte sich auf und klopfte neben sich aufs Bett.

Lotte setzte sich zu ihr, und sie nahmen sich lange in den Arm, bevor sie sich den ganzen Abend bis in die Nacht hinein gegenseitig ihr Herz ausschütteten. Sie schworen sich, immer füreinander da zu sein. Kein Mann der Welt sollte je wieder ihr Herz brechen können.

Margot rannte zu Lotte in den Laden und löste die Glocke aus.

»Margot«, rief Lotte, als sie ihre Freundin erblickte. »Was tust du hier?«

»Es ist der Hammer. Wir waren gestern Abend bei meinem Onkel, und der hat einen Fernsehapparat und …« Sie atmete tief ein.

»Ruhig, du bekommst ja gar keine Luft.«

»Jedenfalls haben sie da meinen Text in der Reklame gehabt. Es war eins zu eins mein Text. Lotte, es war so schön und furchtbar zugleich. Tim hat nichts daran verändert und meine Idee als seine ausgegeben. Bisher fand ich es irgendwie in Ordnung, aber jetzt … Ich muss doch was tun, oder?«

»Ich fürchte, da wirst du nichts machen können. Keiner weiß, dass du es warst, die die Texte geschrieben hat.«

»Aber das ist so ungerecht. Als gestern alle über die Reklame lachten, habe ich gesagt, dass ich das geschrieben habe, und weißt du was? Sie haben noch mehr gelacht, und mein Vater hat meinen Kopf getätschelt und mir eine blühende Phantasie unterstellt.«

Lotte nahm ihre Freundin in den Arm. »Das ist wirklich furchtbar.«

»Das lasse ich mir nicht gefallen. Morgen gehe ich zu denen und sage, dass ich die meisten Texte geschrieben habe und nicht Tim.«

»Ja, tu das. Steh für dich ein«, meinte Lotte.

»Das mache ich, danke für deine Unterstützung.« Margot drückte ihre Freundin noch einmal und lief wieder los.

»Aber willst du nicht noch bleiben?«

»Nein, aber danke.« Sie musste vorbereiten, wie und was sie sagen würde.

»Viel Glück«, rief Lotte ihr noch nach. Das würde sie gebrauchen können und jede Menge Mut.

Es hatte ein paar Wochen gedauert, bis Margot wieder ohne Magenschmerzen zur Arbeit gehen konnte. Zum Glück lief sie Tim nicht oft über den Weg. Sie kannte seine Gewohnheiten und vermied die Plätze, wo er sich aufhalten könnte. Max hingegen schien ihre Nähe zu suchen und grinste sie überheblich an, wenn er sie sah. Vielleicht hatte Tim recht mit dem, was er gesagt hatte. Max war eifersüchtig auf sie und ihr Können als Texterin. Sie würde sich aber nicht unterkriegen lassen. Margot stand vor Tims Büro. Sie wollte ihn wenigstens vorwarnen.

Sie klopfte und steckte den Kopf durch die Tür. »Darf ich hereinkommen?«, fragte sie kühl.

Tim blickte hoch. »Kann ich dich davon abhalten?«

»Nein.« Sie schlüpfte ins Zimmer und schloss die Tür hinter sich.

»Was willst du?«

»Das ist genau die richtige Frage. Gerechtigkeit.«

Er runzelte die Stirn. »Gerechtigkeit?«

»Ja, ich will den Ruhm, der mir zusteht.«

»Margot, ich habe viel auf dem Tisch und keine Zeit zu raten. Und wenn es wegen uns ist, es gibt kein Zurück.«

Margot lachte auf. »Uns? Es gab nie ein Uns. Darum geht es

nicht. Ich möchte, dass du zum Chef gehst und sagst, dass ich die Texte für die letzten Reklamen geschrieben habe, sonst mache ich es.«

Nun lachte Tim. »Wenn überhaupt, dann haben wir die Texte gemeinsam geschrieben, aber ich werde einen Teufel tun.«

»Dachte ich mir. Du warst und bist feige, ein Lügner und ein Blender. Ich werde jetzt gehen und denen sagen, dass alles meine Arbeit war.«

Kurz blitzte Angst in Tims Augen auf. »Wenn du meinst, dann tu das.« Er lehnte sich zurück. »Sie werden dir ohnehin nicht glauben. Wenn ich eines hier gelernt habe, dann, dass sie Frauen nicht respektieren. Sie halten Frauen für unfähig für höhere Arbeit. Versteh mich nicht falsch, ich habe dich immer respektiert, und glaube mir, ich weiß, was du kannst, aber das spielt hier keine Rolle.«

Tim hatte recht, wie sie tief in ihrem Herzen wusste. »Dann sag du es ihnen.«

»Um meine Arbeit zu riskieren? Auf keinen Fall! Ich werde mich nicht für dich opfern. Ich habe schon zu viel riskiert, als ich mich auf dich eingelassen habe.«

Margot nickte. »Schon klar. Du hast mich von Anfang an ausgenutzt.«

Tim zögerte. »Nein, ich gebe zu, dass dich deine Arbeit und deine Leidenschaft dabei ziemlich attraktiv macht. Aber ich mochte dich wirklich. Es war irgendwie … wie ein Rausch mit dir. Ich konnte mich nicht beherrschen, und Gott, ich habe es wirklich versucht. Aber das ist vorbei.«

»Verstehe. Am Ende bleibt es eine Lüge mit uns.«

Tim zuckte die Achseln. »Es ist vorbei, deshalb spielt es keine Rolle mehr.«

»Für mich schon. Ich gehe jetzt.« Margot schritt zur Tür und umfasste die Klinke.

»Tu es nicht, Margot. Glaube mir, um deinetwillen. Du wirst dich nur fürchterlich blamieren.«

Sie öffnete die Tür und schloss sie wieder hinter sich.

Margot stand vor der Tür des Chefs. Tim hatte sie fast überzeugt, dass es falsch war, aber eben nicht so ganz.

»Herein«, drang eine Stimme durch die Tür, nachdem Margot geklopft hatte.

»Hallo, ich bin Frau Toles und möchte gern zu Herrn Töpfer«, erklärte sie der Sekretärin.

Die Dame stand auf und pochte an der Durchgangstür. Nach einem kurzen Zögern steckte sie den Kopf hinein. »Frau Toles möchte Sie gern sprechen.«

»Sie soll hereinkommen.«

»Sie dürfen eintreten.« Die Sekretärin öffnete die Tür ganz, und Margot schlüpfte hinein.

»Wie kann ich Ihnen helfen?« Der Chef der DEWAG Niederlassung hielt sich nicht mit Geplänkel auf, sondern kam gleich zur Sache.

»Ich bin Margot Toles und mache eine Lehre hier, und ich möchte gern etwas melden.«

»Etwas melden.« Herr Töpfer zog die Augenbrauen hoch.

»Ja, ich möchte melden, dass Herr Laferski bis vor ein paar Wochen kaum einen Text selbst geschrieben hat.«

»Hat er nicht?« Der Chef lehnte sich jetzt interessiert nach vorn.

»Nein, ich habe fast alle Texte verfasst.«

Er blickte sie eine Weile stumm an, dann brach er in schallendes Gelächter aus und schüttelte den Kopf. »Sie?«

»Ja, ich«, erwiderte Margot ernst.

Herr Töpfer hörte auf zu lachen und wischte sich über das Gesicht. »Sie meinen das ernst?«

»Ja, natürlich.«

»Frau … Wie war gleich ihr Name?«

»Margot Toles.«

»Sie glauben doch nicht wirklich, dass ich Ihnen abnehme, dass Sie Texte verfasst haben, die unser bester Texter abgegeben hat. Sie, eine Frau, noch dazu in der Lehre.«

»Doch, weil es die Wahrheit ist.«

Herr Töpfer verschränkte die Hände vor seinem Bauch und lehnte sich wieder zurück.

Stimmen drangen durch die Tür aus dem Vorzimmer. »Sie können nicht zu ihm«, hörte Margot die Sekretärin sagen. »Er ist gerade in einem Gespräch.«

Es klopfte, und Max erschien im Büro. »Herr Töpfer, ich muss dringend mit Ihnen sprechen.« Als er Margot erblickte, wurde sein Blick finster.

»Es tut mir leid, Herr Töpfer, er ist einfach an mir vorbei«, sagte die Sekretärin, die hilflos im Büro stand.

»Was für ein Zirkus!«, kommentierte Herr Töpfer die Szene. »Alles gut, ich regle das hier.« Er machte eine ausladende Handbewegung.

Die Vorzimmerdame nickte, sie verließ das Büro und schloss die Tür.

»Was, Herr Wagner, ist so wichtig, dass es keine Zeit hat?«

»Diese Frau will Ihnen sagen, dass sie die Ideen für die letzten Projekte hatte und nicht Herr Laferski.«

»Das hat sie in der Tat getan, und ich habe mich köstlich amüsiert.«

»Gut, denn es ist nichts weiter als ein Witz.«

»Ich muss zwar zugeben, dass die Arbeit von Herrn Laferski in letzter Zeit auffallend gut war, aber dass sie …« Er zeigte auf Margot. »… einen Anteil daran hatte, kann ich mir beim besten Willen nicht vorstellen.«

»Das hat sie auch nicht. Ich habe mitgearbeitet.«

»Das ist eine Lüge!« Margot stand auf. »Ich habe die Texte geschrieben und niemand sonst.«

»Sie lügt, und ich kann Ihnen auch sagen, warum. Herr Laferski hat sich von ihren Annährungsversuchen blenden lassen. Sie hat versucht, ihn um den Finger zu wickeln. Leider war er ihr eine Zeit lang erlegen, aber jetzt nicht mehr.«

Wut stieg in Margot auf »Was fällt dir ein, so etwas zu behaupten?«

»Stimmt es etwa nicht?«, fragte Max.

»Doch, aber das hat damit nichts damit zu tun. Und ich habe Tim nicht verführt«, fügte sie entschieden hinzu.

»Das wird mir alles zu bunt hier.« Herr Töpfer erhob sich. »Sie, Frau Toles, sehen jetzt am besten zu, dass Sie an Ihren Schreibtisch kommen und Ihre Arbeit machen, und sollte mir noch mal zu Ohren kommen, dass Sie Männer verführen, dann muss ich Sie leider entlassen.«

»Was? Aber das kann doch nicht sein! Sie müssen mir glauben.«

»Ich muss gar nichts, nur diesem Tumult hier ein Ende setzen.« Herr Töpfer sah sie streng an und setzte sich wieder.

»Und jetzt gehen Sie bitte!«

Max öffnete für Margot demonstrativ die Tür. Sie war zu keinem Abschiedsgruß mehr in der Lage und ging wütend aus dem Zimmer. Auch an der Vorzimmerdame stürmte sie ohne ein Wort vorbei.

Max hatte sie nach zehn Schritten eingeholt und hielt sie am Arm fest. »Das lässt du in Zukunft sein, sonst wird es noch unangenehmer. Und vor allem lass die Finger von Tim!«

»Ihr glaubt, dass ihr immer damit durchkommen werdet, aber ich werde kämpfen und den Mund aufmachen.«

»Du siehst ja, was es bringt. Aber sei vorsichtig, denn dein Stuhl wackelt schon. Mach so weiter, und du bist bald weg.«

Margot ballte ihre Hände zu Fäusten. »Ich hasse euch!«

Max lachte und ging weiter.

Sie war wütend und beschämt. Sie wurde gedemütigt und behandelt wie ein Mensch zweiter Klasse, und das nur, weil sie eine Frau war.

Wütend riss Margot die Tür zu Tims Büro auf. »Ich hoffe, du bist jetzt glücklich.«

»Wie bitte?«, fragte er verwirrt.

Max, der bereits im Büro seines Freundes war, antwortete ihm. »Ich war gerade als Zuschauer dabei und durfte erleben, wie sie sich beim Töpfer zum Gespött gemacht hat, und ganz nebenbei habe ich ihm klargemacht, dass das alles gelogen ist. Dreimal darfst du raten, wem Töpfer geglaubt hat.«

Tim beachtete seinen Freund nicht. »Margot, du musst mir glauben, ich wollte Max abhalten. Er meinte, ich soll dir zuvorkommen, und als ich das nicht wollte, ist er losgerannt. Es tut mir leid, das hast du nicht verdient.«

Margot hatte Tränen in den Augen vor Wut, und sie war enttäuscht, dass sie diesen Mann einmal geliebt hatte. »Deine Entschuldigung kannst du dir sparen. Du hättest ins Büro vom Töpfer gehen sollen, aber um die Wahrheit zu sagen.«

»Was bildest du dir ein, weil du mal ein paar Worte getextet hast, sind es nicht gleich deine Werke gewesen.« Nun hatte Max das Wort ergriffen.

»Misch dich nicht ein«, zischte Margot ihn an. »Du hast ja keine Ahnung.«

»Aber ich weiß, dass du Tim verführt hast und dich ihm an den Hals geworfen hast, wahrscheinlich um hier voranzukommen, aber das hat ja leider nicht geklappt.«

»Ich habe mich niemandem an den Hals geworfen.«

Tim hatte den Kopf gesenkt. »Hört damit auf! Max, ich möchte, dass du mein Büro verlässt und mich einen Moment mit Margot allein lässt.«

»Schon gut, ich will nicht hören, was du mir noch zu sagen hast. Du bist ein verlogener Mensch und noch dazu ein Feigling.« Margot verließ das Büro und warf die Tür hinter sich zu.

Für den restlichen Tag meldete sie sich krank und ging nach Hause.

Sie weinte bittere Tränen, weil sie geglaubt hatte, dass Tim sie liebte, weil niemand je erfahren würde, dass sie eine gute Texterin war, und sie wahrscheinlich auch niemals die Chance haben würde, das unter Beweis zu stellen.

KAPITEL 12

LIESELOTTE

Nie im Leben hätte sie sich träumen lassen, Mannequin zu sein und vielleicht auf der Leipziger Messe für Exquisit laufen zu dürfen. Werner hatte den Stein ins Rollen gebracht und auf die Chefin eingeredet, auch Lotte zumindest in die Vorauswahl aufzunehmen. Er bezeichnete Lotte immer als ein Naturtalent. Das mochte auf Fotos zutreffen, aber sich auf einem Laufsteg zu bewegen fiel ihr überaus schwer. Daher übte sie immer und überall; selbst im Laden ging sie auf und ab. Absatzschuhe hatte sie sich erst mal selbst besorgen müssen. Als sie sie testete, funktionierte es recht gut. Aber heute, vor der Agenturchefin, wurde sie wieder unsicher.

Alle Mannequins trugen Badeanzüge und Absatzschuhe und mussten auf und ab laufen. Lotte war sehr aufgeregt, aber das waren fast alle. Die meisten waren Frauen, die auch normale Jobs hatten und nur nebenbei modelten.

Sie liefen alle nacheinander, und die Agenturchefin schaute mit zusammengekniffenen Augen zu. Am Ende rief sie alle Namen auf, die bei der Messe mitlaufen durften.

Als Lotte ihren Namen hörte, entfuhr ihr ein Schrei, und sie rannte sofort zu Werner, der am Rand zugesehen und ihr die Daumen gedrückt hatte.

Jetzt saß Lotte im Bus am Fenster auf dem Weg nach Leipzig. Tagelang hatte sie alles über die Messe von Renate wissen wollen. Dort wurden unter anderem Kleider von den Schnittmustern aus der *Sibylle* präsentiert. Und auch wenn klar war, dass es nur wenige Kleider zu kaufen geben würde, war das Interesse immer sehr groß. Die angesagte Mode war teuer, aber innerhalb kürzester Zeit ausverkauft.

Fast hätte Lotte nicht freibekommen, aber selbst ihre Mutter hatte eingesehen, dass das eine einmalige Chance war. Lotte blickte auf die vorbeirauschende Landschaft und versuchte sich vorzustellen, wie sie nachher, bei ihrer ersten Modenschau, aussehen würde.

»Hört mal alle her, die Modenschau in Leipzig ist die wichtigste im ganzen Jahr«, sagte Renate an alle im Bus gewandt. »Ich möchte, dass ihr euer Bestes gebt und euch untereinander helft, wenn es nötig ist.«

Werner kam aus dem hinteren Teil des Busses nach vorn gelaufen und blieb bei Marina eine Reihe schräg vor Lotte stehen. Er strich Marina über das Haar. »Du wirst heute wieder wundervoll sein.«

Marina lächelte. »Und ob! Ich bin ja nicht das erste Mal dabei.« Bei dieser Bemerkung blickte sie hinter sich zu Lotte.

Lotte wusste, dass Marina sie nicht mochte und keine Gelegenheit ausließ, ihr das auch zu zeigen. Wenn sie ehrlich war, konnte sie Marina auch nicht leiden. Der Grund war eindeutig: Werner.

Plötzlich drehte Werner sich um und ließ sich neben Lotte auf den freien Sitz fallen. »Na, bist du aufgeregt?«

Marina blickte ihm wütend hinterher. Lotte konnte sich ein leichtes Grinsen in Richtung ihrer Rivalin nicht verkneifen.

»Ja, ein wenig schon. Ist ja die wichtigste Modenschau im Jahr. Noch mal danke, dass du ein gutes Wort eingelegt hast.«

Werner legte einen Arm um sie. »Ach, das machst du mit links.«

Nach ihrem Gespräch vor ein paar Wochen war es eine Zeit lang kühler zwischen ihnen gewesen, aber jetzt war es fast noch ungezwungener als davor. Auch wenn Lotte wusste, dass es zu nichts Romantischem führen würde, fühlte sie sich zu ihm hingezogen, und sie war ihm so dankbar für alles. Aber sie ging nun davon aus, dass die Gefühle zu ihm auch ein wenig damit zu tun hatten, dass er ihr eine neue Welt eröffnet hatte.

»Wir werden sehen, aber ich hoffe es.«

Er stupste mit dem Finger ihre Nase. »Na klar.« Dann stand er auf und ging nach vorn zu Renate.

Lotte hoffte, dass die ganzen Laufübungen gereicht hatten. Sie hatte praktisch keine Erfahrung darin, sich auf einem Laufsteg vor Publikum zu bewegen. Fotos zu machen war eine Sache, aber vor fremden Menschen zu laufen eine andere.

»Du kannst dich warm anziehen, Püppchen«, zischte Marina ihr plötzlich zu.

Lotte blickte sie kurz an und wandte den Blick schnell wieder ab. Sie war schon aufgeregt genug; diese Zickerei machte es nur noch schlimmer. Sie musste versuchen, Marina zu ignorieren. Schließlich konnte Lotte auch nichts dafür, dass Werner Marina auch nicht so ganz erwählt hatte. Er war in jeder Beziehung ein Freigeist. Werner war einfach, wie er war, und liebte anscheinend alle Frauen irgendwie. Der Unterschied war, dass er mit Marina körperlich geworden war, und irgendwie war Lotte jetzt froh, dass er das mit ihr abgelehnt hatte. Irgendwie fühlte sie sich dadurch wirklich wie etwas Besonderes. Er half ihr bei allem, und das ohne Gegenleistung. Wahrscheinlich war diese Freundschaft viel mehr wert als jede schnelle Romanze.

Hinter der Bühne herrschte ein heilloses Chaos. Alle liefen durcheinander, und es gab kleine Tische mit Spiegeln und Hockern. Schminken und frisieren musste man sich selbst, oder man half sich untereinander. Die Sachen für die Models hingen aufgereiht auf Garderobenstangen mit Bildern von jedem Mannequin und den Kleidern, die sie präsentieren sollten. Lotte schaute nach ihren Kleidern. Es waren genau die drei, die sie abgesprochen hatten. Drei Kleider, drei Läufe. Ihr Herz begann wie wild zu pochen, und sie zitterte. Die Nervosität kam in Schüben, und Lotte betete, dass es beim Laufen nicht passierte. Zitternde Beine waren das Letzte, was sie dann gebrauchen konnte.

Lotte schaute um die Ecke, wo sie nachher hinauslaufen musste, und sah, dass der Saal sich gerade füllte. Auf der Leinwand hinter dem Laufsteg war »DDR-Mode auf Weltniveau« zu lesen. Der Laufsteg war ein T, weiß und sehr lang. Für das Publikum gab es Stühle rechts und links neben und vor dem Laufsteg. Vereinzelt hatten schon Leute Platz genommen oder standen in Gruppen zusammen, Gemurmel hallte durch den Raum. Lotte versuchte zu erkennen, was für Menschen es waren, die sich für Mode interessierten. Die anderen hatten ihr erklärt, hierher kämen Menschen aus dem sozialistischen Ausland, aber auch die Stasi sei zugegen. Gerade als Lotte versuchte herauszufinden, wer von der Stasi sein könnte, zog jemand sie am Arm.

»Hey, das darfst du nicht.« Eine junge Frau mit Lockenwicklern im Haar blickte sie amüsiert an.

»Ich wollte nur sehen, ob es voll ist«, verteidigte sich Lotte.

»Es ist immer voll. Erste Regel: Schau dir das Publikum nie vorher an, sonst steigt deine Nervosität. Du bist das erste Mal dabei, oder?«

»Ja, und es ist alles ziemlich aufregend.«

»Ich bin Christel.« Die Frau streckte ihr die Hand hin. Christel hatte lange dunkle Haare und braune Augen und war ein paar Zentimeter größer als Lotte. Sie wirkte selbstsicher und kein bisschen aufgeregt.

»Ich heiße Lieselotte, aber alle nennen mich Lotte.«

»Schön dich kennenzulernen, Lotte.« Christel wirkte aufrichtig erfreut.

»Welche Kleider darfst du präsentieren?«, fragte Lotte.

Sie gingen zur Garderobenstange und zeigten sich gegenseitig ihre Kleider.

Irgendwie war ihr diese Christel auf Anhieb sympathisch.

»Sag mal, kannst du gut schminken?«, fragte Lotte.

»Ja, ich glaube, ich bin ganz gut, aber meine Haare bekomme ich nie gut hin.«

»Super, ich mache dir die Haare, und du schminkst mich?«

»Tolle Idee«, sagte Christel begeistert. »Wir müssen aber erst die Sachen für den ersten Lauf anziehen.«

Sie zogen sich ihre ersten Kleider an und suchten nach einem Ort, um sich fertig zu machen. Schließlich fanden sie einen freien Klappstuhl, da alle Tische und Hocker besetzt waren. Christel bat Lotte, Platz zu nehmen, und zog die kleine Tasche hervor, in der sie ihre Schminkutensilien untergebracht hatte.

Wie ein Profi zog sie Lidstrich, verteilte Rouge auf Lottes Wangen, und der Lippenstift komplettierte das Ganze.

»Wie alt bist du?«, fragte Christel dann.

»Neunzehn und du?«

»Ich bin einundzwanzig.«

Am Ende hielt Christel ihr einen kleinen Handspiegel vor das Gesicht.

»Wow, vielen Dank, so gut hätte ich das nicht mal ansatzweise hinbekommen.« Lotte blickte ihr Spiegelbild ungläubig an. Sie war schön, ja, sie konnte sagen, sie fühlte sich richtig schön.

»Du bist wirklich hübsch«, bemerkte Christel.

»Danke, ich fühle mich jetzt auch so.«

»Nimm dieses Gefühl mit beim Laufen. Wenn du dich gut fühlst, dann strahlst du das auch aus.«

Lotte war so froh, Christel kennengelernt zu haben, sie war nicht viel älter, aber sie hatte Erfahrung und teilte sie auch gern. Die Aufregung war zwar noch da, aber sie trat ein wenig in den Hintergrund.

»Danke! Und setz dich, jetzt bin ich dran!«

Sie wechselten die Plätze, und Lotte begann mit der Frisur ihrer neuen Bekannten.

»Wie lange machst du so was schon mit?«, fragte sie und toupierte den Haaransatz.

»Ich bin jetzt drei Jahre Mannequin, aber arbeite eigentlich in einem Büro«, erwiderte Christel.

Lotte hielt in der Bewegung inne. »In einem Büro?«

»Ja, ich muss ja Geld verdienen. Von dem Modeln hier allein kann man leider nicht leben.«

»Das ist ja unglaublich, du arbeitest in einem Büro und regelmäßig als Mannequin. Bewundernswert, wirklich. Ich bin froh, wenn ich weiß, was ich morgen mache. Ich arbeite nur in einem Konsum.«

»Man tut, was man kann, und es macht mir auch Spaß. Magst du die Arbeit im Konsum?«

»Nicht besonders.« Lotte atmete tief ein und aus. »Ich bin schon sehr aufgeregt. Hast du noch Tipps für mich?«

»Ja, mach bitte meine Haare fertig«, sagte Christel lachend.

»Natürlich, ich war gerade so in Gedanken. Ich finde es bewundernswert, dass du überhaupt nicht aufgeregt bist.«

»Man wächst mit seinen Aufgaben, und zu deiner Frage mit den Tipps: Mach dir nicht so viele Gedanken, Rücken gerade, Brust raus, Kopf hoch, und wenn du stolpern solltest, einfach weitermachen.«

»Sag so was nicht, stolpern oder sogar hinfallen. Ich würde im Boden versinken.«

»Mach alles ganz natürlich. Das wird schon. Ich bin auch schon gefallen, das passiert jedem mal.«

»Fertig.« Lotte zupfte noch die ein oder andere Strähne nach und begutachtete ihr Werk.

Christel nahm den Handspiegel und hielt ihn einmal rundherum. »Wenn du so gut modelst, wie du Haare frisieren kannst, dann brauchst du dir keine Sorgen zu machen.«

»Danke«, sagte Lotte nicht ganz ohne Stolz.

»Auf geht's! Sind alle eingekleidet? Sitzt das Kleid, habt ihr die passenden Schuhe?«, fragte Renate an die Mannequins gewandt.

Alle schienen noch einmal an sich herunterzuschauen, und jede zupfte noch etwas zurecht.

»Bitte bei der Markierung nach Nummer in einer Reihe aufstellen!«, kam das nächste Kommando.

Jetzt ging die Hektik erst richtig los, alle liefen zu ihren Markierungen. Lotte hatte die Nummer acht. Leider war Christel die Nummer drei, so dass sie ab jetzt auf sich allein gestellt war. Dafür stand ausgerechnet Marina mit der Nummer sieben vor ihr.

Christel drehte sich noch einmal zu Lotte um. »Viel Glück, toi, toi, toi«, rief sie ihr zu und hielt einen Daumen in die Höhe.

»Dir auch«, rief Lotte zurück.

»Leise«, zischte Marina sie an. »Andere nehmen das ernst und müssen sich konzentrieren, also verlegt euren Kaffeeklatsch auf später.«

Einige fingen über die Bemerkung an zu kichern.

Lotte versuchte, nicht darauf zu hören und konzentrierte sich auf sich selbst. Im Geist ging sie alles noch einmal durch, was sie in den letzten Monaten gelernt hatte.

»Und raus!« Das erste Mannequin ging los.

Lotte nahm alles nur noch wie unter einer Glocke wahr. Ihr wurde übel, und sie hatte das Gefühl, gleich umzukippen. Plötzlich kamen ihr die Schuhe zu eng vor, und das Kleid – war es auch richtig? Hatte sie wirklich das erste genommen?

»Acht, los!« Jemand nahm sie am Arm und schob sie am Rücken haltend Richtung Bühne.

Lotte lief los; Adrenalin schoss durch ihren Körper. Die Musik strömte durch sie hindurch, und sie bewegte sich im Rhythmus. Kopf hoch, Brust raus, Rücken gerade. Es fühlte sich gut an. Sie blickte nach vorn und nahm nichts außer sich und ihren Schritten wahr.

Und dann, auf halber Strecke, rempelte sie jemand an. Sie stolperte, fiel kurz auf die Knie, stand aber sofort wieder auf. Nach einem Ausfallschritt war sie wieder auf ihrer Laufllinie und absolvierte den Laufsteg ohne weitere Patzer.

»Bist du komplett verrückt geworden? Du ruinierst die Show«, hörte Lotte gerade noch Renate zu Marina sagen, als sie wieder hinter die Bühne kam.

»Es war keine Absicht«, meinte diese gelangweilt.

»Das sah aber ganz anders aus. Das klären wir noch. Reiß dich zusammen! Geh dich umziehen!« Renate schien sehr wütend zu sein. Lotte konnte nicht sagen, ob es Absicht gewesen war, dass Marina sie angerempelt hatte; sie war zu fokussiert gewesen, als es passierte. Vorstellen konnte sie es sich allerdings. Marina schien sie zu hassen.

Marina rannte zum Garderobenständer und zog ihr nächstes Kleid heraus.

»Alles in Ordnung bei dir?«, fragte Renate an Lotte gewandt.

»Ja, alles gut. Ich habe mich nur erschrocken. Tut mir leid, der Patzer.«

»Du hast gut reagiert. Jetzt zieh dich schnell um.«

Lotte versuchte, sich keine allzu großen Gedanken zu machen und konzentrierte sich auf den nächsten Lauf. Sie wollte sich nicht ablenken lassen, schon gar nicht von jemandem wie Marina. Doch als sie auf den zweiten Lauf wartete, bemerkte sie, dass sie Schmerzen im Knie hatte. Sie war genau daraufgefallen. Hoffentlich konnte sie vernünftig laufen. Sie hätte es kühlen sollen, aber dafür war nun keine Zeit mehr.

Der nächste Lauf begann. Jeder Schritt schmerzte sie, aber sie ließ sich nichts anmerken und biss die Zähne zusammen. Sie hoffte, dass ihr niemand ansah, wie groß ihre Schmerzen waren. Ihr Lächeln war wie eingefroren.

Hinter der Bühne humpelte sie und zog sich für den dritten und letzten Lauf um.

»Alles in Ordnung?«, fragte Christel.

»Mein Knie tut weh.«

»Etwa wegen der blöden Kuh?«

»Sie hat es bestimmt nicht mit Absicht gemacht.«

»Und ob! Ich habe sie gerade mit einer anderen reden hören.« Christel zog sich das Oberteil über den Kopf.

Lotte strich sich noch eine Strähne glatt. »Aber warum sollte sie so etwas tun?«

»Wegen eines Mannes. Oder weil du schöner bist. Keine Ahnung, mir fallen eine Menge Dinge ein.«

»Die Drei fertig machen«, rief jemand.

»Verdammt, ich muss raus«, raunte Christel. »Wir reden nachher weiter.«

Lotte zog das letzte Kleid an. Ihr Knie war mittlerweile blau geworden. Auch bei ihrem letzten Lauf gab sie alles, und er schien wie in einem Rausch an ihr vorbeizuziehen. Sie nahm weder die Schmerzen noch ihre Angst wahr. Und dann war es vorbei. Alle Mannequins mussten noch einmal nacheinander auf den Laufsteg. Das Publikum applaudierte.

Das war es also schon, dachte Lotte.

Hinter der Bühne kam Christel sofort auf sie zugelaufen.

»Und wie fandest du es? Wie geht's dem Knie?«, fragte sie und hob Lottes Kleid ein Stück an. »Auweia, das sieht übel aus.«

»Es war so toll, ich liebe es. Danke für deine Hilfe.« Lotte umarmte ihre neue Freundin.

»Du solltest zum Arzt«, sagte Christel besorgt.

»Ja, mal sehen. Geht schon.« Lotte winkte ab, obwohl sie nun kaum noch laufen konnte. Doch der Rausch ließ sie alles vergessen.

»Du bist echt tapfer, aber wenn du meinst. Ich fand es toll, dich kennengelernt zu haben.«

»Wir müssen unbedingt in Kontakt bleiben. Es wäre schön, wenn du meine Freundin Margot kennenlernen könntest«, bestätigte Lotte.

»Gern, aber das wird nicht so einfach sein.«

»Wieso?«

»Ich bin aus dem Westen«, erklärte Christel. »Ich bin bei einer Agentur unter Vertrag, die mich immer mal vermittelt.«

»Oh, dann wird das wohl nicht so leicht.«

Sie hatten über so viel geredet, aber dass sie eine Mauer trennte, damit hatte Lotte nicht gerechnet. Manchmal vergaß sie diese blöde Mauer, aber wieder einmal zeigte sich, dass sie Menschen auseinanderriss und andere nicht zueinanderfinden ließ.

»Wir sehen uns bestimmt noch mal irgendwo. Du machst Karriere, und was du heute trotz der Verletzung und als Neuling gemeistert hast, Hut ab.« Christel lächelte sie an.

»Danke, ich hatte auch echt Spaß.«

»Du warst großartig, Lotte«, sagte Renate, die zu den beiden jungen Frauen getreten war.

»Sag ich doch.« Christel grinste. »Aber, Renate, ihr solltet euch nächstes Mal gut überlegen, wen ihr mitnehmt. Diese blöde Kuh Marina hat sie verletzt.« Sie zeigte auf Lottes Knie.

»Darf ich?« Als Lotte nickte, hob Renate ihr Kleid an. »Das kann doch nicht wahr sein«, sagte sie, ließ den Stoff wieder fallen und stapfte wütend davon.

Wenig später erfüllte Renates laute Stimme den Raum. »Marina! Du bist raus!«

Lotte blickte sich um. Marina starrte wütend zu ihr herüber.

»Das geschieht ihr recht!«, bemerkte Christel.

»Ich muss noch mit dem Bus mit ihr zurück. Ich sollte lieber nicht einschlafen.«

»Nein, lieber nicht.« Christel lachte, und Lotte stimmte mit ein.

Die Modenschau war für Lotte das Ereignis gewesen, das sie gebraucht hatte, um ganz sicher zu sein, dass sie Mannequin sein wollte. Es begann immer besser zu laufen. Sie bekam etliche neue Aufträge und lief sogar noch eine Modeschau. Christel hatte sie einige Male wiedergesehen. Die beiden verband ihre Leidenschaft zur Mode und zum Modeln. Wenn sie sich sahen, war es immer lustig, und Lotte beneidete ihre neue Freundin um die Freiheit im Westen. Sie war sogar schon einmal in London gelaufen. Jedes Mal musste Christel Lotte alles ganz genau erzählen, von einer Welt, die ihr wohl für immer versagt bleiben würde.

Ihre Mutter fand das Ganze nicht ganz so gut, da Lotte die Arbeit im Konsum oft vernachlässigte, aber es gab auch Wochen ohne ein Engagement. Dann stand Lotte wie üblich den ganzen Tag im Konsum. Manchmal war sie dann derart in Gedanken, dass sie die Kunden vor ihr nicht wirklich anschaute.

»Das macht eine Mark, bitte«, sagte Lotte, ohne aufzublicken, während sie kassierte.

»Gern«, sagte eine ihr vertraute Stimme.

Lotte blickte auf.

»Christel!«, rief sie und ging um den Tresen herum, um ihre Freundin zu begrüßen. »Was machst du denn hier?«

»Hallo, Lotte, ich bin wegen eines Auftrages hier. Ich wollte dich überraschen. Ich wusste, dass du dich freust.« Christel lachte.

»Wie hast du mich gefunden?«

»Ich bin nach meiner Arbeit zur Redaktion der *Sibylle* und habe dort nach dir gefragt. Renate und Werner wussten, wo ich dich vermutlich finde, und sie hatten recht.«

Sie drückten sich.

»Es ist so schön, dich zu sehen.«

»Find ich auch. Wann hast du Feierabend, vielleicht können wir noch was zusammen machen? Heute Abend muss ich schon wieder rüber.«

Lotte schaute gequält. »Oh, ich habe erst in zwei Stunden frei.«

»Kein Problem, dann komme ich wieder, in Ordnung?« Christel nickte ihr zu.

»Das wäre phantastisch.«

Um Punkt achtzehn Uhr warf Lotte die Schürze in die Ecke und verabschiedete sich von ihrer Kollegin. Sie trat nach draußen und entdeckte Christel bereits von Weitem.

»Ich freue mich so sehr, dass du hier bist!«, rief Lotte ihr zu. »Ich kann es noch gar nicht glauben. Wie geht es dir?«

»Ich freue mich auch. Mir geht es sehr gut und dir? Wollen wir ein wenig spazieren, oder bist du zu erschöpft von der Arbeit?«

»Meine Beine werden noch einen Spaziergang vertragen, aber wir können ja später auch noch in ein Café.«

»Super, dann mal los.« Christel wandte sich zum Gehen.

»Du scheinst auch hier im Osten gute Aufträge zu haben. Renate sagt, sie kann mich nicht ständig ablichten. Andere haben auch eine Chance verdient.«

»Also drüben hättest du super Möglichkeiten. Ich bin bei einer Agentur gemeldet. Da gäbe es auch Aufträge in Hülle und Fülle für dich. Es gibt im Westen einfach mehr Agenturen und viele Kunden, manchmal auch international.«

»Meinst du, die würden mich wollen?«

»Ja, klar.«

Christel erzählte wieder von ihrer Arbeit, und Lotte merkte, dass Neid in ihr aufstieg. Ihre neue Freundin konnte sich vor Aufträgen kaum retten, und sie würde weiter in ihrem Konsum versauern und die Scheiben putzen.

Christel bemerkte, dass Lottes Laune sich verdüstert hatte. »Was ist los, alles in Ordnung?«

»Du hast es gut. Du kannst Aufträge überall annehmen. Ich komme hier einfach nicht raus.«

»Hey, ich verstehe dich. Es muss schlimm sein, wenn man hier eingesperrt leben muss.«

»Ist es auch. Ich habe es schon immer blöd gefunden, aber jetzt, wo ich die Unterschiede auch noch vor die Nase gehalten bekomme, macht es mich wütend. Ich konnte damit leben, weil ich dachte, ich verpasse vielleicht nichts, aber ich vergeude mein Leben hier.«

»Dann komm doch rüber!«

»Sehr witzig!«

»Nein, im Ernst, komm rüber. Arbeite bei mir in der Agentur.«

»Hör auf damit. Ich kann ja wohl schlecht einfach über die Mauer klettern.«

»Vielleicht nicht einfach so, aber …« Christel sah sich um und zögerte.

»Aber was?«

»Schon gut.«

»Nein, sag, was du sagen wolltest.«

Christel schien mit sich zu kämpfen. »Wenn ich es dir sage, dann musst du mir versprechen, nie jemandem was zu erzählen. Niemandem!«

»Das klingt ja dramatisch.«

Christel blieb stehen und blickte sich erneut um. »Ich meine es ernst. Wenn ich das sage, dann ist das kein Spaß.«

»Schon gut.«

»Meinst du es ernst, also dass du rüber willst?«

»Ich weiß nicht. Es stinkt mir hier schon alles. Aber es ist schon ein großer Schritt, sein ganzes Leben aufzugeben. Meine Eltern, meine Freundin Margot.«

»Das verstehe ich natürlich, aber diese Entscheidung musst du allein treffen. Familie und dein Leben hier oder du machst Karriere und beginnst ein neues Leben.«

»Ich weiß, ich glaube, ich würde beides irgendwie bereuen. Wenn ich es mache, aber auch wenn ich es nicht mache. Aber ich kann mir sowieso nicht vorstellen, dass ich mal rüberkomme.«

»Pass auf, ich habe einen guten Freund. Also, wir waren mal zusammen, und ich vertraue ihm. Er hilft anderen Menschen, in den Westen zu fliehen. Vor Kurzem hatte er eine Idee, wie er jemanden rüberholen könnte, aber die Person hat in letzter Sekunde kalte Füße bekommen.«

»Die Wachposten sind überall, die schießen. Da gibt es keine Möglichkeiten. Viel zu gefährlich.«

»Ja, es ist gefährlich, aber wenn du deinen Traum leben willst, dann musst du ein Risiko eingehen. Stell dir mal vor, du könntest sofort bei mir in der Agentur anfangen, und ich kann dir eine Wohnung besorgen. Das wäre doch der Hammer.«

Lotte überlegte kurz. Sollte es wirklich eine Möglichkeit geben? »Weshalb sollte dieser Typ mir überhaupt helfen? Ich habe nicht wirklich Geld, und wenn etwas schiefgeht, hängt er mit drin. Für eine Fremde – das kann ich mir nicht vorstellen.«

»Er ist ein wenig leichtsinnig, das muss ich zugeben. Aber er hat es sich zur Aufgabe gemacht, Menschen von Ost nach West zu bringen. Angeblich hat er es geschafft, einem Pärchen zu helfen. Wie und ob das stimmt, weiß ich nicht, aber ich kenne ihn bereits mein Leben lang. Drüben gibt es einen ziemlich bunten Haufen an Menschen, eine Szene, die gegen diese Ungerechtigkeit im Osten kämpft. Viele haben selbst Menschen hier, die sie lieben.«

»Das haben wir auch, nur müssen wir sehr aufpassen, dass uns keiner erwischt. Trotzdem kann ich es mir nicht vorstellen. Das ist doch viel zu riskant.«

»Du würdest es aber tun?«

»Nein, also ich weiß nicht.« Lotte dachte an Margot, an ihre Eltern und ihre Freunde von der *Sibylle.* Würde sie gehen, wenn sie die Möglichkeit bekommen würde? Nein, sie könnte doch nicht alle hier zurücklassen. Man konnte nicht wissen, ob man seine Freunde jemals wiedersah.

»Selbst wenn es eine Möglichkeit gäbe, ich glaube, ich würde es nicht tun«, erklärte Lotte schließlich.

»Okay, falls du deine Meinung änderst, lass es mich wissen.« Damit beendete Christel das Thema, aber Lotte ging das Gespräch nicht mehr aus dem Kopf.

Die Frauen saßen noch eine Weile in einem Café und unterhielten sich, und je mehr Christel von der schillernden Modewelt im Westen erzählte, desto unsicherer wurde Lotte, ob sie nicht doch versuchen sollte, dorthin zu gelangen.

Lotte trat mit Christel auf die Straße, um sich zu verabschieden.

»Es war so schön, dich wiederzusehen«, sagte Lotte und drückte ihre neue Freundin.

»Geht mir genauso. Halt die Ohren steif.« Christel löste sich gerade von Lotte, als diese zögerte.

»Du, Christel«, sagte sie dann doch. »Meinst du, ich könnte diesen Mann mal kennenlernen, der mir zur Flucht verhelfen würde? Ich meine, um einen Eindruck zu haben.«

»Ich werde ihn fragen und ihm deine Geschichte erzählen. Aber eins ist wichtig: Du darfst niemandem davon erzählen.«

»Ja, das versteht sich von selbst.«

»Ich würde mich wirklich freuen, wenn du rüberkommst. Du kannst da eine große Nummer werden.«

»Das wäre ein Traum.«

»Du, ich muss dann mal los. Ich freue mich so, dass wir uns wiedergesehen haben. In ein paar Wochen bin ich noch mal hier. Bis dahin habe ich bestimmt schon mit meinem Bekannten gesprochen.«

Sie drückten sich noch mal zum Abschied, und Lotte ging nach Hause.

Als sie im Bett lag, wälzte sie sich nur von einer Seite auf die andere. Ihr Herz pochte bei dem Gedanken daran, dass sie in den Westen gehen könnte, um dort als Mannequin zu arbeiten. Sie wusste zwar, dass sie alle hier schrecklich vermissen würde, aber noch mehr vermisste sie die Freiheit. Sie konnte sich nur nicht vorstellen, dass es einen Menschen geben sollte, der sich für einen Fremden in Gefahr brachte, und das für ein paar hundert Mark. Sie musste den Mann kennenlernen, der für fremde Menschen sein Leben riskierte. Erst dann würde sie eine Entscheidung treffen.

KAPITEL 13

MARGOT
Oktober 1962

Die beiden Freundinnen waren in ihrem Lieblingspark verabredet. Margot war schon zwanzig Minuten eher da und wartete. Als sie Lotte von Weitem sah, hätte sie am liebsten losgeweint. Sie konnte das ganze Chaos in ihrem Leben nicht ändern, aber sie würde zuhören und sie unterstützen.

Die beiden umarmten sich herzlich, und Lotte hakte sich bei Margot unter, bevor sie losliefen.

»Du siehst gut«, meinte Lotte gut gelaunt.

»Findest du?«

»Ja, du strahlst so was aus. Ich weiß nicht.«

»Okay, danke, aber eigentlich fühle ich mich nicht so gut.«

»Oh, ist was passiert?«

»Ja, nein, erzähl du erst mal. Ich würde gern mit den guten Sachen anfangen. Also, was gibt es Neues bei dir?«, fragte Margot neugierig.

»Ich habe super Neuigkeiten, und ich hoffe, dass sie dich auch betreffen.«

»Jetzt bin ich wirklich gespannt.«

Lotte blieb stehen. »Ich werde rübergehen!«, flüsterte sie an Margots Ohr.

Margot blieb stehen. »Du wirst was?«, fragte sie schockiert.

»Pssst. Ich werde in den Westen gehen. Da meine Chance als Mannequin nutzen. Ich habe dir doch von Christel erzählt. Sie arbeitet dort bei einer Agentur und bekommt richtig gute Aufträge. Sie hat dem Chef von mir erzählt und ein Foto gezeigt, und jetzt will er mich auch unter Vertrag nehmen«, erzählte Lotte ihrer Freundin im Flüsterton.

»Aber wie soll das funktionieren?«, fragte Margot leise.

»Die Einzelheiten sind noch nicht klar, und ich darf nicht darüber reden, aber wenn es klappen sollte, dann hole ich dich später nach«, meinte Lotte.

Margot ging weiter. »Was redest du denn da? Man kann nicht einfach so in den Westen spazieren. Und ich werde auch nicht alles stehen und liegen lassen können.«

»Nicht so laut! Und warum denn nicht? Denk doch erst mal drüber nach.« Lotte hatte gehofft, dass ihre Freundin mehr Begeisterung zeigen würde. Mit dieser Reaktion hatte sie nicht gerechnet. Sie war selbst noch unsicher und hatte auf ein bisschen Ermutigung gehofft.

»Ich werde auf keinen Fall in den Westen gehen«, erklärte Margot. »Nicht jetzt und auch nicht irgendwann.« Der Blick, den Lotte ihr zuwarf, brach ihr fast das Herz. »Wie soll das überhaupt gehen?«

»Das darf ich dir nicht sagen, also nicht im Detail. Je weniger man weiß, desto besser. Ich will dich nicht in Gefahr bringen.«

»Aber ich soll mit dir fliehen?«, fragte Margot sarkastisch. Das war gemein, aber wie konnte Lotte nur so kopflos sein? Wie sollte man denn einfach so in den Westen gelangen können?

»Hey, hörst du mir noch zu? Das wäre unsere Chance. Im Westen kann man alles umsetzen. Dort wird man nicht eingeschränkt wie hier«, raunte Lotte.

»Entweder du bist frei, dann ist man es überall. Oder man ist es nicht, und dann nutzt einem der Westen auch nichts«, erwiderte Margot. Sie würde nirgends mehr frei sein. Das war ihr klar geworden.

»Was redest du denn da?«

»Es tut mir leid.« Margot nahm ihre Freundin bei den Händen. »Ich verstehe dich wirklich, Lotte, ich denke, du als Mannequin wirst da sehr gute Chancen haben, aber ich habe Angst um dich. Was ist, wenn irgendwas schiefgeht?«

»Ja, ich weiß, darüber mache ich mir auch Gedanken, aber ich muss es einfach versuchen, verstehst du?«

»Ja, schon, aber mir wäre es zu viel Risiko. Ich kenne eure Pläne nicht, aber ständig hört man von Festnahmen.« Und von tödlichen Schüssen, aber davon wollte sie nicht laut sprechen. Allein bei dem Gedanken lief es ihr eiskalt den Rücken hinunter.

»Ich weiß, dass es gefährlich ist.« Lotte blickte sich um. »Wir müssen schon aufpassen, dass wir nicht beobachtet werden. Ich darf kein Risiko eingehen.«

»Also, ich würde mich das nicht trauen. Ich bin glücklich hier.«

Lotte stemmte die Hände in die Hüften. »Seit wann das denn?«

»Na, im Moment ist es wirklich okay.«

»Aha, Margot Toles, wenn du eine andere Meinung hast, dann kann ich das akzeptieren, aber erzähl nicht so einen Quatsch. Du hasst es, bei der DEWAG zu arbeiten, und seit Tim dich so behandelt hat, gehst du noch weniger gern hin.«

Als ihre Freundin Tim erwähnte, zog sich Margots Magen zusammen. Lotte hatte recht, sie hasste ihre Arbeit, nur die Liebelei mit Tim und das Texten mit ihm hatten es anfangs erträglich gemacht. Jetzt war er ein Grund mehr, dass sie es Überwindung kostete, jeden Tag dorthin zu gehen.

»Wir gehen uns ganz gut aus dem Weg. Wirklich, Lotte, ich würde gern mit dir die Welt erobern, aber jetzt gerade nicht. Wenn es drüben wirklich so toll ist, wie du denkst, dann ändere ich vielleicht meine Meinung.« Margot lächelte.

»Aber was wird aus unserer Freundschaft? Wir werden uns erst mal nicht sehen können«, entgegnete Lotte traurig.

»Unsere Freundschaft ist tief. Nichts und niemand kann uns trennen, auch keine Mauer. Wenn es das ist, was du wirklich willst, werde ich dich unterstützen.«

Lotte begann zu schluchzen.

»Ich hab dich so lieb. Ich würde so gern dieses Abenteuer mit dir erleben.«

Margot drückte Lotte.

»Ich hab dich auch lieb«, flüsterte sie. Sie hoffte inständig, dass das alles nur eine kurzlebige Idee ihrer Freundin war. Dass die Flucht noch abgeblasen wurde oder Lotte zur Vernunft kam. Sie wollte nicht diejenige sein, die sie von ihrem Traum abhielt, so sehr sie Lotte auch vermissen würde. Sie musste sie gehen lassen, wenn sie das wollte.

»Aber nun erzähl erst mal, was wolltest du mir denn sagen?«, fragte Lotte und wischte sich die Tränen ab. »Ich dachte ja eigentlich, meine Neuigkeiten sind schön und werden uns nicht zum Weinen bringen.«

»Ach, es ist nichts weiter«, log Margot. »Ich wollte nur ein bisschen Dampf ablassen. Ich hab's schon wieder vergessen. Deine Nachricht hat mich ganz durcheinandergebracht.«

»Na, wenn es dir wieder einfällt, sag Bescheid. Wollen wir noch ein Stück gehen?«

»Gern«, stimmte Margot zu und hielt ihre Freundin fester denn je. Sie brauchte sie gerade so sehr, und es zerriss ihr das Herz, sie anzulügen, aber sie durfte ihr auf keinen Fall von den Sorgen erzählen, die sie gerade hatte, denn dann würde Lotte ihre Pläne vielleicht ihretwegen über Bord werfen, und das durfte nicht passieren.

So liefen sie Arm in Arm und jede in ihre Gedanken versunken.

KAPITEL 14

LIESELOTTE
März 1963

Die letzten Wochen waren aufregend gewesen. Christel hatte sie wie versprochen zwei Wochen später im Laden aufgesucht und erklärt, dass sich ihr Bekannter auf ein Treffen einlassen würde. Und drei Tage später war es bereits so weit. Lotte und der Mann trafen sich in einem Wald. Irgendwie hatte sie sich ihn ganz anders vorgestellt. Er war sehr klein und total freundlich. Nur sein Gesicht hielt er verborgen, um nicht erkannt zu werden. Er fragte Lotte nach ihren Beweggründen, und sie erzählte ihm ihre Geschichte.

»Ich würde dir helfen, aber ich bin mir nicht ganz sicher, ob du stark genug bist.«

»Das bin ich«, beeilte sie sich zu sagen.

»Du hast gesagt, dein Vater ist krank und könnte jederzeit sterben. Du würdest ihn vielleicht nie mehr wiedersehen.«

Der Mann hatte recht. Der Preis zu fliehen wäre sehr hoch. Sie durfte nicht lange drüber nachdenken. Wenn sie ein erfolgreiches Mannequin sein wollte, musste sie ihre Pläne umsetzen und hoffen, dass es eines Tages möglich sein würde, von Ost nach West zu reisen.

»Ich weiß«, sagte Lotte traurig. »Ich habe mir lange Gedanken darüber gemacht, aber ich wäre nicht hier, wenn ich es nicht wollen würde.«

»Kennst du jemanden von der Stasi?«, fragte der Mann.

»Nein, um Himmels willen«, erwiderte sie schockiert. Obwohl man nie sicher sein konnte, ob jemand bei der Stasi war, den man kannte. Die Staatssicherheit und ihre Handlanger arbeiteten verdeckt.

»Ich weiß nicht genau warum, aber ich glaube dir, und außerdem kommt unser Kontakt über Christel, und ihr vertraue ich.«

Jetzt überlegte Lotte selbst, konnte sie denn diesem Mann vertrauen, was wenn das eine Falle war und er sie melden würde? Konnte sie Christel vertrauen? Etwas in ihr schob die Zweifel beiseite. Sie vertraute Christel, aber warum wollte dieser Mann ihr helfen? »Darf ich fragen, weshalb du dein Leben für fremde Menschen riskierst?«

Der namenlose Mann war eine Weile still. »Ich habe jemanden an der Mauer verloren. Ich möchte nicht, dass diese Leute gewinnen. Ich habe das Risiko, erwischt zu werden, einkalkuliert, und das solltest du auch tun.«

Hatte sie das mit allen Konsequenzen? Nein, aber das durfte sie auch nicht, sonst würde sie der Mut verlassen. Dieser Mann war bereit, sein Leben zu riskieren, das beeindruckte sie. »Also gut«, sagte Lotte mit größtmöglicher Überzeugung. »Bring mich in den Westen.«

Er erklärte ihr nicht im Detail, wie die Flucht ablaufen würde. Für den Fall, dass Lotte es sich noch anders überlegte, wollte er seine Methode nicht verraten.

»Aber wir fahren in einem Auto?«

»Ja, wie wir es genau machen, erfährst du dann später. Du bist schlank, zwar ein wenig groß, aber es dürfte klappen. Also machen wir es?«

»Ja«, hörte Lotte sich sagen. Sie konnte es selbst kaum glauben, aber sie würde einen Fluchtversuch in den Westen wagen.

Niemand hatte ihr den genauen Tag, wann es losgehen sollte, mitgeteilt. Zwei Wochen hatte man Lotte als Zeitfenster genannt. Sie sollte sich bereithalten. Bis zu diesem Moment wusste sie nicht, was Abschied bedeutete. Erst dann wurde ihr klar, was es bedeutete, Familie und Freunde wirklich hinter sich zu lassen. Sie würde sie vielleicht irgendwann einmal wiedersehen, aber eine Gewissheit dafür gab es nicht. Ihr Vater war krank, und sie konnte nicht wissen, ob er in einem Jahr noch lebte. Sie durfte niemandem etwas sagen, und bis auf Margot wusste auch niemand von ihren Plänen. Das bedeutete aber auch, dass sie sich nicht offiziell verabschieden konnte, sondern sich mit Leuten von der *Sibylle* traf und die Zeit genoss, als würde es der letzte Tag mit ihnen sein. Werner bemerkte jedoch eine Veränderung an ihr. Ihm fiel auf, dass sie eine gewisse Schwermut an den Tag legte, wie er es nannte. Manchmal war sie versucht, ihm ihr Geheimnis zu erzählen, aber das würde ihre Pläne vielleicht zerstören.

Jeden Abend, wenn sie ihrem Vater Gute Nacht wünschte, musste sie die Tränen zurückhalten. Die täglichen kleinen Abschiede von ihm zerrissen ihr fast das Herz. Wenn sie dann im Bett lag, fragte sie sich jedes Mal aufs Neue: Willst du immer noch gehen, und bisher war ihre Antwort ein Ja gewesen. Lotte merkte allerdings auch, dass das Warten auf den Tag, an dem es losgehen sollte, sie zermürbte und sie ein wenig den Mut verlor. Dann aber stellte sie sich vor, wie es im Westen sein würde. Wenn sie erst mal berühmt war, würde sie auch bestimmt wieder in den Osten zurückdürfen. Das war ihre Hoffnung.

Dann war es so weit: der Tag der Flucht. Der immer noch namenlose Fremde holte sie eines Nachmittags nach ihrer Schicht ab. Er stand mit dem Auto da, hatte die Scheibe runtergekurbelt, hielt den Kopf aus dem Fenster und meinte nur: »Es geht los.« Sie sah, dass er sich eine Schiebermütze tief ins Gesicht gezogen hatte. Normalerweise wäre sie im Leben nicht zu jemandem in diesem Aufzug ins Auto gestiegen, aber sie kannte ihn ja – irgendwie.

»Was, jetzt sofort?«, fragte Lotte überrascht. »Ich muss noch mal nach Hause, Sachen holen und Auf Wiedersehen sagen.«

»Nein, es geht jetzt los. Keine Sachen, keine Abschiede. Zu riskant.«

Eigentlich war ihr klar gewesen, dass es so laufen würde. Trotzdem fühlte sie sich nicht bereit. Sie wäre nie bereit gewesen für diesen Tag. Der schlimmste Tag in ihrem Leben. Margot hatte sie seit Wochen nicht mehr gesehen, weil Margot es nicht wollte. Ihre Freundin meinte, der Abschied würde ihr zu schwerfallen. Bis zuletzt hatte sie gehofft, dass sie ihre Meinung noch einmal ändern würde. Wahrscheinlich war Margot sauer auf sie. Das wäre sie vermutlich auch, wenn ihre beste Freundin einfach verschwinden würde.

»Los, steig ein!«, befahl der Mann und schaute sich um.

Lotte zögerte.

»Jetzt oder nie. Ich werde nicht warten.« Er zog seinen Kopf ein und kurbelte die Scheibe wieder hoch.

Lotte ging um das Auto herum, sie setzte sich auf den Beifahrersitz, und er startete den Motor und fuhr los.

Sie schaute aus dem Seitenfenster und versuchte sich alles Bekannte einzuprägen. Tränen liefen ihr die Wangen hinunter, und bald waren sie irgendwo, wo sie nichts mehr kannte und ihr alles fremd war. So fremd, wie der Westen es vermutlich sein würde.

»Ist alles in Ordnung? Du machst jetzt keinen Rückzieher, oder?«, fragte der Mann.

»Nein, aber ich darf doch wohl traurig sein? Ich verlasse alles und jeden, den ich kenne.«

»Mhm, es ist bestimmt hart, aber glaub mir, drüben bist du besser aufgehoben. Was die hier mit euch machen, ist falsch.«

Lotte wusste das, und trotzdem tat es weh, ihre Eltern, Margot, Werner und so viele andere zu verlassen.

Irgendwann hielten sie in einem Waldstück, und der Mann bat sie auszusteigen. Hinter einem Baum holte er eine Kiste mit Werkzeug hervor. Dann ging er zum Kofferraum.

»Hier ist Wasser und etwas zu essen.« Er hielt ihr eine Flasche und ein Brot hin. »Bitte iss und trink jetzt. Wenn du erst mal im Auto bist, dann kannst du, bis wir drüben sind, nicht raus.« Er selbst machte sich über ein zweites Brot her.

Lotte hatte keinen Appetit. Sie war viel zu nervös, als dass sie jetzt was essen könnte.

»Glaub mir, unterwegs wirst du hungrig werden. Beiß wenigstens ab«, sagte er und gestikulierte mit seinem Brot in der Hand. »Ich mache übrigens super Brote.«

»Das glaube ich dir, aber mir ist ganz schlecht vor Aufregung. Wieso bist du eigentlich so ruhig? Bist du gar nicht aufgeregt?«

Er hielt kurz inne und blickte sie an. »Ich weiß, dass das nicht leicht für dich ist, aber glaub mir, du tust das Richtige. Ich kann dich jetzt aber nicht die ganze Zeit aufbauen und deine Entscheidung für dich gutheißen. Ich brauche einen kühlen Kopf, verstehst du?«

Lotte nickte, sie setzte sich auf den Waldboden und biss in ihr Brot. Es war wirklich gut, aber sie würde es nicht aufessen können, ihr Magen rebellierte schon jetzt.

»Das Brot ist wirklich gut«, sagte sie, »ich schaffe es aber nicht.«

»Dann gib's mir«, forderte er sie auf.

Sie stand auf und reichte es ihm. Er verschlang es mit wenigen

Bissen Die Zuversicht des Mannes übertrug sich auf sie. Sie hatte noch immer Angst, aber er ließ sie ruhiger werden.

»Wo du schon stehst, kannst du mir die Zange da bitte geben?«

»Die?«, fragte sie und hielt etwas hoch, was sie für eine Zange hielt.

»Nein, das Werkzeug daneben.«

Der Mann hatte mittlerweile die Rückbank und den Tank ausgebaut. Er füllte einen Kanister voll Benzin und stellte den Tank hinter den Baum.

»Komm mal her«, bat er sie.

Sie trat ans Heck.

»Also, da musst du rein, da wo vorher der Tank war. Ich verschraube dann alles wieder und setze die Rückbank ein. Es kann sein, dass sie die Rückbank an der Grenze ausbauen. Bitte bewahre dann Ruhe, das ist normal.«

»Ich soll da rein?«

»Hast du gedacht, wir fahren nebeneinandersitzend in den Westen rüber?«

»Ich weiß nicht.« Lotte zuckte mit den Schultern. Sie fror. »Ich habe nichts gedacht.«

Er nahm sie an den Schultern. »Glaub mir, das geht, und wenn du rüber möchtest, ist das die Möglichkeit.«

»Aber wie soll ich da reinpassen?«

»Los, probier es mal.«

Lotte atmete tief durch, bevor sie einstieg und sich in eine Ecke quetschte. Zusammengerollt ging es gerade so. »Das kann ich vielleicht mal kurz, aber keine lange Zeit«, bemerkte sie.

»Du wirst es aber müssen, und den hier musst du auch nehmen.

Ein bisschen Benzin brauchen wir für die Fahrt.« Er hielt ihr den Fünf-Liter-Kanister Benzin hin.

»Auf keinen Fall, das wird nichts.« Lotte wollte schon wieder aus dem Wagen kriechen, als er ihr den Kanister in die Hand drückte, alles anschloss und sie so zurechtrückte, dass sie in das schmale Rechteck passte.

»Niemals«, nuschelte sie. »Dieser Benzingestank, das halte ich nie aus.«

»Komm erst mal wieder raus.« Er nahm ihr den Kanister ab, und sie kletterte wieder aus dem Auto.

»Das wird nichts. Das kann ich nicht. Ich bekomme keine Luft da drin. Wir blasen es ab«, kreischte Lotte beinahe, so aufgeregt war sie.

»Stopp!« Der Mann nahm sie bei den Armen und schüttelte sie leicht. »Du kannst das, wenn du es willst. Ja, es ist eng da drin, aber du musst dich jetzt zusammenreißen, denn wenn nicht, brechen wir es wirklich ab. Wenn du nachher an der Grenze in Panik gerätst, erwischen sie uns! Ich mache das nicht zum ersten Mal, und es gab Leute, die waren größer und breiter als du.«

Lotte nickte, und er ließ sie los.

»Also, willst du in den Westen oder nicht?«

Bilder vom schillernden Westen traten vor ihr inneres Auge. Sie war schon so weit gekommen. Sie hatte die Möglichkeit, hier und jetzt. Eine Möglichkeit, die so viele andere nicht hatten. »Ja, ich mache es!« Ihre Stimme zitterte, aber sie presste all ihre Zuversicht in diese Worte.

»Gut«, sagte der Mann.

»Wir fahren ungefähr zwanzig Minuten bis zur ersten Grenzkontrolle im Osten. Dann wird es noch eine weitere geben und dann noch eine letzte dritte im Westen. Ganz egal, was du hörst, mach keinen Mucks. Beweg dich nicht, und sei ganz still.«

»Also bewegen werde ich mich da drin nicht können, keine Sorge.«

»Lieselotte, das ist kein Spaß.« Zum ersten Mal hatte er sie beim Namen genannt.

»Es tut mir leid. Das ist die Aufregung, da denke ich manchmal nicht nach.«

»Also gut. Hast du alles verstanden?«

»Ja, habe ich.«

Lotte wollte schon ins Auto steigen, als sie sich doch noch einmal umdrehte. »Warte, ich muss doch noch mal.«

Der Mann verdrehte die Augen. »Dann mach schnell.«

»Ich kann nichts dafür, wenn ich aufgeregt bin, habe ich eine nervöse Blase.«

Schließlich versuchte Lotte in ihrem engen Versteck die beste Position zu finden, und er schob noch ein wenig nach.

»Aua, das tut weh.«

»Wenn du dich so breitmachst, kann ich den Kasten nicht wieder verschrauben«, erklärte er. Dann gab er ihr den Kanister und schloss ihn an.

»Ich hasse Benzingeruch«, sagte sie und rümpfte die Nase.

»Beste Voraussetzungen, würde ich sagen. Ich denke, wir machen das nur einmal.« Er blickte sie an. Auch wenn sie durch die Schiebermütze nicht viel von seinem Gesicht erkennen konnte, glaubte sie ein kleines Lächeln in seinen Augen zu sehen.

»Ich werde jetzt die Rückbank wieder einbauen und dann den Kasten zumachen.«

»Okay«, flüsterte Lotte. Nichts war okay, aber jetzt würde sie es durchziehen.

»Bist du bereit?«

»Ich glaube schon.«

Alles um sie wurde dunkel. Der Mann klopfte noch einmal gegen den Kasten. »Alles in Ordnung bei dir? Bekommst du genug Luft?«

»Ja!« Lotte atmete noch einmal tief ein, um sich zu vergewissern.

»Ich steige jetzt ein, und wir fahren los. Ab jetzt absolute Ruhe. Ich werde nicht mit dir reden. Antworte also niemals, wenn ich was sage.«

»Okay«, sagte sie.

Der Motor startete, und das Auto ruckelte über den Waldweg. Jede Bodenwelle schmerzte in ihrem Rücken. Nach fünf Minuten glaubte sie bereits, ihre Beine nicht mehr zu spüren. Sie schloss die Augen und presste den Kanister noch enger gegen ihre Brust.

Sie hatte kein Zeitgefühl mehr, als der Wagen stehen blieb, und der Motor ausgeschaltet wurde. Dann hörte sie mehrere gedämpfte Stimmen.

Dann wurde der Kofferraum geöffnet, und ihr Herz setzte einige Schläge aus.

»Packen Sie alles aus«, hörte sie eine fremde Stimme sagen.

»Haben Sie etwas dabei, was Sie nicht mit rübernehmen dürfen?«

»Nein«, sagte der namenlose Mann.

Lotte begann zu schwitzen und presste die Lippen so fest zusammen, dass es wehtat. Ihre Finger krampften sich um den Kanister. Dann wurde es laut. »Die Rückbank ausbauen«, befahl wieder eine Stimme.

»Mensch, ihr seid heute aber streng«, kommentierte der Fremde. »Hab ich ja noch nie erlebt.«

»Ja, tut uns auch leid, wenn wir treue Bürger damit belästigen, aber Sie glauben ja nicht, was die sich heutzutage alles einfallen lassen. Wir sichern die Staatsgrenze, und das nehmen wir ernst.«

»Alles gut, Genosse, Sie machen auch nur ihre Arbeit. Darf ich eine rauchen?«

Lotte fing an zu zittern und betete still vor sich hin. Es war erschreckend und beruhigend zugleich, wie ruhig ihr Helfer war. Er plauderte auch noch mit den Grenzern.

Das Auto ruckelte beim Ausbau der Rückbank. Die Männer unterhielten sich miteinander. Lotte hätte alles verstehen können, aber in ihren Ohren rauschte es. Alles klang wie unter Wasser.

Nach einer gefühlten Ewigkeit vernahm sie wieder die Stimme des einen Grenzers. »Scheint alles in Ordnung zu sein.«

Die Rückbank wurde wieder eingebaut, und die Sachen zurück in den Kofferraum geladen.

Als Lotte hörte, wie der Motor startete, erlaubte sie sich einen tiefen Atemzug. Laut hämmerte ihr Herz in der Brust. Es dauerte nicht lange, dann stoppte das Auto erneut. Sie hörte wieder Stimmen, aber niemand ging diesmal an den Kofferraum oder machte sich an der Rückbank zu schaffen. War das ein gutes Zeichen? Sie hoffte es.

»Ihre Papiere bitte!«

Dann wurde es still, vermutlich wurde nur der Ausweis kontrolliert.

»Alles in Ordnung, gute Weiterfahrt«, kamen dann endlich die erlösenden Worte.

Der Motor ging wieder an, und der Wagen fuhr weiter. Ihre Beine schmerzten, und Lotte versuchte, ihre Zehen zu bewegen. Die Haare klebten ihr am Kopf. Sie hatte das Gefühl, dass es in dem Kasten zwar immer kälter wurde, aber sie immer mehr schwitzte. Sie wusste nicht mehr, ob sie vor Angst oder Kälte zitterte. Obendrein bekam sie auch noch Hunger, sie hätte das Brot aufessen sollen. Nächstes Mal würde sie es aufessen. Nächstes Mal, so ein Unsinn! Es würde kein nächstes Mal geben.

Der Wagen stoppte. »Willkommen in Westberlin«, hörte sie eine Stimme. »Ihre Papiere bitte!«

Es gab einen kurzen Austausch, dann wünschte bereits jemand eine gute Weiterfahrt, und das Auto setzte sich in Bewegung.

Am liebsten wäre Lotte nun aus dem Kasten gesprungen. Hatten sie es geschafft? Sie musste weinen, weil sie sich ziemlich sicher war. Drei Kontrollen hatte er gesagt, und eben hatte jemand »Willkommen« gesagt. Sie mussten es geschafft haben.

Nach einer Weile schienen sie die Straße verlassen zu haben, da das Auto wieder zu ruckeln begann. Nach einer gefühlten Ewigkeit hielt der Wagen, und der Motor erstarb.

Die Heckklappe wurde geöffnet, der Mann schien den Kofferraum auszuräumen. Dann baute er die Sitzbank aus und schraubte den Kasten auf.

»Alles in Ordnung?« Er sah sie beunruhigt an.

»Ja«, erwiderte Lotte heiser und erschöpft. Das Licht tat ihr in den Augen weh.

»Wir haben es geschafft. Ich hol dich jetzt raus.«

»Beeil dich bitte«, sagte sie.

Der Mann kletterte in den Kofferraum und reichte ihr seine Hand. »Vorsichtig, warte.« Er griff nach ihren Beinen und zog sie heraus.

»Ich fühle meine Beine nicht.«

»Warte kurz. Das ist normal. Sie sind eingeschlafen. Versuch dich hinzusetzen.«

Lotte setzte sich mit seiner Hilfe auf die Kante des Kofferraums. Sie zitterte so sehr, dass ihre Zähne klapperten.

Er legte ihr seine Jacke um die Schultern und massierte ihre Arme und Beine.

»Gleich wird es besser.«

»Haben wir es tatsächlich geschafft?«

»Ja, haben wir«, sagte er und lächelte sie an.

Sie konnte zum ersten Mal sein Gesicht richtig sehen und drückte ihn fest an sich. Dann weinte sie vor Freude und aus Trauer darüber, was sie alles zurückgelassen hatte.

»Das war ein Abenteuer«, sagte er und fuhr sich durch die Haare.

»O ja. Warst du denn nicht aufgeregt? Du wirkst immer noch so gelassen.«

»Ich bin total durchgeschwitzt. Aber ich bin froh, dass ich helfen konnte.«

Wie selbstlos jemand sein musste, um so etwas zu tun. »Wirst du es noch mal machen?«

»Ich weiß nicht, nicht in den nächsten Tagen auf jeden Fall.« Er lachte. »Setz dich am besten vorn rein. Ich baue den Tank wieder ein, und dann bringe ich dich zu Christel. Da kannst du dir dann auch Geld für den Start holen. Christel wird dir dabei helfen.«

Er nahm sie am Arm, und Lotte humpelte zur Beifahrertür.

»Massier deine Beine und Waden, dann wird es bald besser.«

Der Mann sah sich um, dann ging er hinter einen Baum und holte eine Kiste und einen Tank hervor.

Nachdem er alles eingebaut hatte, setzten sich beide ins Auto und fuhren los. Lotte versuchte, die Fahrt zu genießen und nicht an zu

Hause zu denken, wo sich bald alle fragen würden, wo sie denn abgeblieben war.

Der Mann brachte sie zu Christels Wohnung. Christel hatte bereits sehnsüchtig auf sie gewartet. Die Frauen lagen sich lange in den Armen und bedankten sich noch mal überschwänglich bei Peter. So hieß der Helfer, der Lotte seinen Namen noch verriet, bevor er sich verabschiedete. Niemals würde sie vergessen, dass er sein Leben für sie riskiert hatte. Sie hoffte, dass er niemals erwischt werden würde.

»Es ist so schön, dass du da bist«, sagte Christel, als Peter gegangen war. »Du hast bestimmt Hunger, oder?«

»Ja, ich könnte etwas zu essen gebrauchen. Hast du auch Sekt? Wir müssen das feiern.«

»Ja, klar, aber bist du sicher, dass das so eine gute Idee ist, nach dem ganzen Stress?«

»Ja, das brauche ich jetzt«, bestätigte Lotte.

Christel hantierte in der Küche und kam mit Essen und zwei Gläsern Sekt zurück ins Wohnzimmer.

»Ich habe nur Brote geschmiert und Wiener warm gemacht. Ich hoffe, das ist in Ordnung?«

»Das ist super, danke.« Sie musste kurz an Peter und seine Brote denken, die wirklich gut gewesen waren.

Christel setzte sich neben sie auf das Sofa. »Jetzt erzähl mal, war es sehr schlimm?«

»Ja, war es. Dass es geklappt hat, kann ich noch immer nicht richtig glauben. Ich bin tatsächlich im Westen.«

»Ja, das bist du«, bestätigte Christel freudestrahlend.

Lotte trank einen großen Schluck. »Ich werde meine Familie vermissen. Und vor allem Margot. Ich habe sie bereits die letzten Wochen vermisst. Sie ist mir aus dem Weg gegangen. Ich glaube, sie ist sauer auf mich.«

»Nein, das ist sie bestimmt nicht.« Christel streichelte Lottes Arm.

»Doch, sie hätte sich sonst verabschiedet. Sie weiß nicht, wann wir uns wiedersehen, und wollte keinen Kontakt mehr.«

Christel überlegte kurz. »Ich wollte noch ein wenig damit warten, aber …« Sie stand auf, öffnete eine Schublade und zog einen Umschlag hervor. »Der ist für dich.« Sie reichte ihn Lotte.

»Ein Brief? Von wem ist der?«

»Von Margot.«

KAPITEL 15

MARGOT

Zusammengeknülltes Papier lag auf dem Tisch verteilt. Den Stift hielt Margot noch immer in der Hand. Ihre Tränen waren bereits mehrmals getrocknet, weil sie immer wieder weinen musste, sobald sie schrieb. Diese Zeilen fielen ihr äußerst schwer. Sie hatte den Brief schon oft begonnen und wieder verworfen, anders formuliert, aber dieses Mal wollte sie einfach ihr Herz sprechen lassen.

»Wir müssen jetzt stark sein und Tante Lotte schreiben, dass es dich gibt. Ich wollte dich nicht verstecken, aber es musste sein, und das erklären wir ihr jetzt. Ganz einfach.«

Sie strich sich über ihren Bauch, atmete noch mal tief durch und setzte erneut den Stift an.

Liebe Lotte,

ich habe lange überlegt, wie ich es Dir sagen soll. Die vielen Lügen in den letzten Wochen waren schrecklich, aber ich konnte es Dir nicht erzählen. Ich musste Dir sogar aus dem Weg gehen. Du bist meine beste Freundin, Du hättest es gemerkt, und ich hätte mich nicht mehr zurückhalten können. So oft wollte ich zu Dir laufen und es Dir sagen, aber ich wusste, dass ich das nicht darf. Ich dachte, dass ich diese Nachricht einmal mit Dir in Freude teilen würde, aber leider wird sie nun von vielen Dinge überschattet.

Ich erwarte ein Baby! Nächsten Monat soll es bereits so weit sein. Ja, Du wirst irgendwie Tante. Weißt Du noch, das haben wir als Kinder immer gesagt. Du bist für mich wie eine Schwester. Aber genau aus diesem Grund konnte ich Dir nicht im Weg stehen. Du hast eine Möglichkeit gefunden, Deine Träume zu verwirklichen, und ich habe Dich nicht daran hindern wollen. Bitte verstehe meine Entscheidung. Ich weiß, was Du jetzt denkst und vorhast, aber bitte tue es nicht. Ich habe es genau deshalb nicht gesagt. Lebe deinen Traum! Versprich es mir, sonst rede ich nie mehr ein Wort mit Dir. Ich würde es mir nie verzeihen, wenn Du meinetwegen geblieben wärst oder jetzt zurückkommen würdest. Wir werden uns wiedersehen, und Du wirst mein Kind auch kennenlernen. Ich erzähle ihm jetzt schon viel von Dir, von Tante Lotte, die in die weite Welt hinausgegangen ist und das schönste und erfolgreichste Mannequin werden wird. Du wirst es schaffen!

Es tut mir leid, dass ich mich nicht verabschiedet habe. Ich hätte Dich gern gedrückt, aber dann hättest Du es gemerkt.

Momentan mache ich mir große Sorgen darüber, dass Du es wohlbehalten in den Westen schaffst. Ich drücke Dir jeden Tag die Daumen und bete dafür. Du weißt, ich bin nicht gläubig, aber ich denke, ich war bisher ein guter Mensch, also kann der da oben doch bitte meinen Wunsch erfüllen. Ich hoffe so sehr, dass der Plan aufgeht. Nichts wäre schlimmer für mich, als wenn sie Euch kriegen oder Euch etwas zustößt.

Wenn Du das hier liest, bist Du bereits drüben und hast es geschafft. Den Brief habe ich Christel über Werner zukommen lassen. Sie weiß Bescheid, sei nicht sauer auf sie.

Ich werde mit Deinen Eltern sprechen und versuchen, ihnen alles schonend beizubringen.

Sobald das Kind auf der Welt ist, werde ich einen Weg finden, es Dich wissen zu lassen. Und jetzt geh da raus und zeig es allen!

Hab Dich ganz doll lieb.
Deine Freundin Margot

Margot dachte an den Tag zurück, an dem sie von dem Baby erfahren hatte. Sie wusste nicht mehr, wann ihr klar gewesen war, was ihr der Arzt dann bestätigt hatte. Und doch war sie bis ins Mark schockiert.

»Herzlichen Glückwunsch, Frau Toles, Sie bekommen ein Baby.«

Sofort liefen ihr die Tränen über das Gesicht. Ein Baby – diese zwei Worte hallten in ihrem Kopf nach.

»Aber, mein Mädchen, wer wird denn da weinen?«, fragte der Arzt. »Ihr Kind ist gesund und munter. Vielen Frauen macht das erst mal Angst, aber seien Sie versichert, Sie werden sich ganz wunderbar als Mutter machen, wie viele andere vor ihnen auch.«

»Mir war nie schlecht. Ich …«, schluchzte Margot.

»Ja, die Begleiterscheinungen sind ganz unterschiedlich. Übelkeit kommt häufig vor, muss aber nicht auftreten. Es ist durchaus möglich, dass man monatelang gar nichts merkt.« Konzentriert fuhr der Arzt mit seiner Untersuchung fort, er murmelte ab und zu etwas vor sich hin und machte Notizen.

Seit einigen Monaten hatte Margot keine Periode mehr bekommen, aber erst hatte sie gedacht, dass der Stress auf Arbeit und der Streit mit Tim etwas damit zu tun haben könnte.

»Das habe ich nicht gewusst«, flüsterte sie.

»Der Größe nach zu urteilen, ist Ihr Kind ungefähr vier Monate alt.« Gewissenhaft legte der Arzt seine Untersuchungsgeräte wieder auf ein sauberes Tuch.

»Vier Monate?« Das hieß, dass sie gar nicht mehr so viel Zeit hatte, sich auf ein Kind vorzubereiten.

»Na, nun freuen Sie sich mal ein bisschen. Ist doch alles halb so wild. Sie können sich wieder anziehen.«

Freuen? Wie sollte sie sich denn freuen? Ihr Leben ging den Bach runter. Schwanger, ein Baby von einem verheirateten Mann. Sie war allein. Sie hatte nichts. Ihre Eltern … Sie musste es ihren Eltern sagen, und die würden sich nicht freuen. Tim musste sie es auch sagen, und auch der würde sich nicht freuen. Wahrscheinlich würde sich niemand freuen. Erneut schluchzte sie auf, und die Tränen kullerten ihr über die Wangen.

Margot erhob sich mechanisch von der Liege und zog sich wieder an.

Sie stand auf der Straße. In der Hand hielt sie die Papiere, die ihr der Arzt mitgegeben hatte.

Sie musste nach Hause, und dann würde sie weitersehen. Das, was sie nun tun musste, gehörte zu den schwersten Dingen ihres Lebens. Margot hatte lange nachgedacht. Sie hatte erfahren, dass sie einen Menschen unter dem Herzen trug. Die ersten Stunden hatte sie nur geweint, aber irgendwann kam der Punkt, an dem sie dachte, es könnte dem Kind schaden, wenn sie es ablehnte. Tim sollte der Erste sein, der es erfuhr. Er hatte es eigentlich nicht verdient, aber immerhin war er der Vater. Vielleicht hatte sie auch die absurde Hoffnung, dass sie gemeinsam nach einer Lösung suchen würden und er sie unterstützte bei dem, was nun auf sie zukommen würde.

Sie ging in der Mittagspause zu ihm ins Büro.

»Margot, schön, dich zu sehen«, sagte er und schaute sie freundlich an. »Ich wollte auch mal wieder zu dir kommen. Du weißt schon, der alten Zeiten willen. Es tut mir leid, wie das alles gelaufen ist. Ich hoffe, es geht dir gut?« Er wirkte nervös, und er war unrasiert und hatte tiefe Augenringe.

»Können wir kurz rausgehen?« Sie wollte das nicht in diesen vier Wänden besprechen.

»Also, ich …«

»Bitte, es ist wichtig.«

»Also gut, lass uns rausgehen.«

Margot war sich sicher, dass er am liebsten Nein gesagt hätte, aber bevor sie jemand überraschen würde, zog er es wohl doch vor, mit ihr nach draußen zu gehen.

Seit der letzten Auseinandersetzung war Margot nicht mehr in seinem Büro gewesen, und auch sonst waren sie sich aus dem Weg gegangen. Bei Begegnungen auf dem Flur hatten sie sich höflich zugenickt. Max hingegen strafte sie, wann immer er die Gelegenheit hatte, mit wütenden Blicken, und auch sonst hatte sie das Gefühl, dass einige im Büro über sie tuschelten.

Es war seltsam, wieder neben Tim auf der Bank zu sitzen, auf der sie damals ihren ersten Kaffee getrunken hatten, auf der sie so viel gemeinsame Zeit verbracht, gelacht, gearbeitet, Küsse und heimliche Berührungen ausgetauscht hatten.

»Und wie geht es dir? Du siehst hervorragend aus.« Tim wirkte weiterhin nervös.

»Nein, mir geht es nicht gut. Du wirst Vater!«, sagte sie unterkühlt.

Tim lachte höhnisch auf. »Wenn du mich so zurückbekommen oder dich an mir rächen willst, dann funktioniert das nicht.« Er schüttelte den Kopf.

Margot starrte ungerührt vor sich hin, die Hände im Schoß gefaltet. »Glaubst du wirklich, dass ich das tun würde?«

Er zuckte zusammen, Panik schien ihn zu erfüllen. Er hockte sich vor sie und sah sie an. »Nein, eigentlich glaube ich das nicht, aber das kann doch nicht sein. Ich meine, das darf nicht sein.« Er stand auf und lief auf und ab. »Wie lange weißt du es schon?«

»Drei Tage.« Margot blieb ganz ruhig.

»Okay. Was kannst du da jetzt machen?«

»Wie bitte?«

»Na, was man jetzt machen kann.«

»Was genau meinst du damit?«

Tim antwortete nicht darauf, aber das musste er auch nicht.

»Du weißt, dass ich verheiratet bin. Ich kann dir nicht helfen. Ich habe gerade die Katastrophe mit uns abgewendet. Jetzt ein Kind! Womit habe ich das bloß verdient?«, jammerte er.

Wut stieg in ihr auf. »Womit du das verdient hast? Ich glaube, ich bin hier diejenige, die jammern darf. Vielleicht darf sich auch noch deine arme Frau beklagen, die so einen verlogenen Mann an ihrer Seite hat. Aber du, du ganz bestimmt nicht!«

»Nicht so laut. Beruhige dich!«

»Warum? Damit niemand erfährt, dass ich schwanger bin? Keine Sorge, das werden alle bald sehen. In ein paar Wochen werde ich das hier nicht mehr verstecken können«, sagte sie und strich sich über den Bauch.

»Ja, aber es muss ja niemand wissen, dass ich der Vater bin. Woher weißt du überhaupt, dass ich es bin?«

»Ist das dein Ernst?« Margot stand auf und stellte sich vor ihn. »Solltest du noch einmal deine Vaterschaft infrage stellen, werde ich jedem hier von uns erzählen. Dein Ruf wäre in jedem Fall angeknackst.«

»Jetzt beruhige dich doch. Ich glaube dir ja. Es ist nur alles so … Ich will das nicht.«

»Interessant! Mich fragt auch niemand, was ich will.«

»Du hättest eben besser aufpassen müssen. Verhütung ist eure Sache.«

»Aha, dann hätte ich also deinen Spruch: ›Keine Sorge, ich passe schon auf‹, wohl nicht so ernst nehmen sollen.«

»Margot, so kommen wir nicht weiter. Was willst du von mir – Geld?«

»Ehrlich gesagt, weiß ich nicht mal, was ich will. In erster Linie dachte ich, ich sage dir Bescheid, dass du bald Vater wirst. Nach allem, was ich mittlerweile von dir weiß, hätte ich mir denken können, dass das hier vertane Zeit ist. Was ist denn dein Vorschlag, wie wir jetzt verfahren?«

Tim trat auf sie zu und nahm sie bei den Armen. Zum ersten Mal blickte er sie wirklich an. »Ich bitte dich, für dich zu behalten, dass ich der Vater bin. Kannst du das für mich tun?«

Tränen verschleierten ihren Blick. Die Wut, die eben noch so sehr in ihr gebrodelt hatte, wich Angst und Hoffnungslosigkeit. Sie fragte sich wirklich, warum sie hier war. Hilfe würde sie von Tim keine bekommen. Er war nur darauf bedacht, möglichst unbeschadet aus dem ganzen Schlamassel herauszukommen.

»He, nicht weinen, versprichst du mir das? Ich nehme an, dass du das Kind behalten willst.« Nun klang er ein wenig verständnisvoller.

Margot entzog sich seinem Griff und sagte in ruhigem Tonfall: »Keine Sorge, niemand wird erfahren, dass du der Vater bist. Jedenfalls nicht von mir.«

Erleichterung zeigte sich auf seinem Gesicht. »Schön. Ich danke dir. Ich werde versuchen, dich mit Geld zu unterstützen. Ich weiß noch nicht, wie ich das anstellen soll, aber ich werde mein Möglichstes tun.«

Schweigegeld – das war der erste Gedanke, der ihr in den Sinn kam. In diesem Augenblick fragte sie sich, was sie an ihm finden konnte.

»Ich werde jetzt gehen. Wir haben beide alles gesagt.« Sie wandte sich zum Gehen.

»Margot, warte.«

Sie blieb stehen, ohne sich jedoch umzudrehen.

»Danke, dass du es niemandem sagst.«

Sie schloss die Augen und atmete tief durch. Er hatte nichts verstanden, und das würde er nie. Sie erkannte, dass sie sich jetzt auf ihr Kind und auf sich selbst konzentrieren musste. Tim würde ihr nicht helfen, er würde ihr nur Kraft rauben, die sie für anderes brauchte.

Irgendwie schaffte sie es danach, ihren Tag zu überstehen. Nach der Arbeit trat sie vor das Gebäude und atmete die frische Luft ein. Das Gespräch mit Tim war im Grunde Zeitverschwendung gewesen. Sie musste unbedingt mit jemandem reden, der sie verstand. Lotte hatte die letzten Tage keine Zeit gehabt, aber morgen wollte sie sich mit ihr treffen. Lotte würde Verständnis haben und für sie da sein, und danach würde Margot endlich die Kraft haben, es ihren Eltern zu sagen.

Doch dann war alles anders gekommen. Lotte hatte von ihren Fluchtplänen erzählt und sie wollte ihr nicht im Weg stehen. Sie konnte es ihr einfach nicht sagen, so sehr sie auch gewollt hatte.

KAPITEL 16

LIESELOTTE
August 1963

»Ich hab dich auch ganz doll lieb«, flüsterte Lotte und starrte an die Decke. Tränen liefen ihr die Wangen hinab, wie jedes Mal, wenn sie den Brief las. Margot fehlte ihr. Sie nahm den Brief noch einmal zur Hand und las ihn erneut.

Nach dem ersten Lesen war Lotte wütend gewesen, weil Margot ihr nichts gesagt hatte. Ihre beste Freundin, der wichtigste Mensch in ihrem Leben hatte ihr nicht vertraut. Sie war tatsächlich drauf und dran, ihre Pläne zu ändern und zurückzugehen, ihre Freundin zu unterstützen und vor allem Tim den Marsch zu blasen. Doch Margot hatte geschrieben, dass sie ihr genau deshalb nichts gesagt hatte und sie nie mehr ein Wort mit ihr reden würde, wenn sie zurückkommen würde.

»Das würdest du eh nie schaffen«, sagte Lotte zu sich selbst und wischte sich die Tränen ab. Es hatte ein paar Tage gedauert, bis sie sich beruhigt hatte, und Christel hatte immer wieder auf sie eingeredet. Es gab ja auch kein Zurück mehr. Sie konnte schlecht nach einer Flucht wieder rüber in den Osten spazieren und noch mal versteckt in einem Auto fliehen, das würde sie nicht überstehen. Christel war ihr eine große Stütze. Auch wenn sie sehr froh darüber war, fehlte Margot ihr doch. Sie war mehr als eine Freundin gewesen, eher eine Schwester. Der Gedanke, dass Margot nun allein war, schwanger von einem Mann, der nichts von ihr und dem Kind wissen wollte, war kaum auszuhalten.

Ihre Eltern beschäftigten Lotte auch. Sie hoffte inständig, dass sie die Nachricht ihrer Flucht gut auffassen und ihr verzeihen würden.

Nun hatte sie ein größeres Ziel als zuvor: Sie wollte es auch für Margot und ihre Eltern hier im Westen schaffen. Und je länger sie darüber nachdachte, desto klarer wurde ihr, dass sie wahrscheinlich auch so gehandelt hätte, wäre sie an Margots Stelle gewesen.

Lotte hatte sich in den letzten Monaten ein wenig eingelebt. Sie wohnte mit Christel zusammen und arbeitete mit ihr in der Agentur. Die Mode- und Kreativszene im Westen war mit der im Osten kaum zu vergleichen. Hier war nichts so geheim, und dadurch war der Reiz nicht so groß. Sie vermisste Werner und die anderen von der *Sibylle*, und auch wenn die Leute hier Freigeister waren und ziemlich nett, waren sie anders. Sie halfen sich gegenseitig und tauschten sich über Politik und die Welt aus. Hier wurde frei gesprochen und alles beim Namen genannt. Man musste kein Blatt vor dem Mund nehmen.

Lotte saß bei Christel im Wohnzimmer und starrte vor sich hin. Sie hielt ihr Glas Sektschorle in der Hand und hatte Margots Stimme in ihrem Ohr: Trink nicht so viel. In den Wochen vor der Flucht hatte sie tatsächlich kaum noch getrunken, aber seit sie hier war, war sie fast jeden Tag ausgegangen. Christel kannte so viele Leute, und Lotte wollte schnell dazugehören und alles und jeden kennenlernen. Das Trinken gehörte für sie irgendwie dazu. Mittlerweile war sie auch schon in den Freundeskreis aufgenommen worden.

Der Anfang war aufregend gewesen. Sie erinnerte sich noch genau an den ersten Tag in der Agentur. Alles war hell und lichtdurchflutet. In den Fluren standen Holzregale voller Werbematerialien und Kataloge, die sogar aus den USA kamen. Es gab ein Großraumbüro, wo mehrere Mitarbeiter gleichzeitig an Entwürfen arbeiteten. Auch wenn der Raum spärlich möbliert war, wirkte alles sehr organisiert. Lotte hatte sich vorgenommen, sich alles zu merken, um es Margot haarklein aufschreiben zu können. Sie würde diese Atmosphäre aus fokussierter Konzentriertheit und kreativer Energie lieben.

Sie klopfte an die Tür des Büros. Christel hatte ihr genau erklärt, was sie tun musste.

»Herein!«

Lotte trat ins Zimmer. Das Büro beeindruckte sie sehr. Matthias Wier ebenfalls. Der Agenturchef war Ende vierzig, trug einen grauen Anzug und hatte eine charismatische und gleichzeitig autoritäre Ausstrahlung. Er saß an einem riesigen Holztisch. Mehrere Pflanzen und große Regale komplettierten die Ausstattung. Ehrfürchtig sah sie sich um.

»Hallo, mein Name ist Wier. Sie sind das Mannequin, von dem Christel erzählt hat, nehme ich an?« Er stand auf und hielt ihr die Hand über den Schreibtisch hinweg hin.

Sie ergriff seine Hand. »Ja, ich bin Lieselotte Stede. Freut mich, Sie kennenzulernen.« Sie drückte ihm fest die Hand, das machte immer einen guten Eindruck.

Er beäugte sie von oben bis unten, machte eine Geste, dass sie Platz nehmen sollte, und setzte sich dann selbst wieder.

Eine Pause entstand, die Lotte unruhig werden ließ.

»Ich buche die Mannequins für meine Kampagnen gern selbst. In meiner Agentur bekommen die Auftraggeber alles aus einer Hand.«

Lotte nickte, und er schwieg. Sie bemerkte, dass sie vollkommen in dem Sessel versunken war. Auf so einem bequemen Sessel hatte sie noch nie gesessen. Sie richtete sich auf, strich mit der Hand über die weiche Lehne und spürte ihre Müdigkeit. Die Flucht und die ersten Tage hier hatten an ihren Kräften gezehrt.

»Sie suchen also Arbeit als Mannequin.«

»Ja, das tue ich.«

»Christel hat mir bereits Fotos von Ihnen gezeigt. Ich habe außerdem die Bilder in der *Sibylle* gesehen und bin durchaus angetan gewesen.«

»Danke, es macht mir auch großen Spaß.«

Er nickte. »Ja, das sieht man. Sie haben Leidenschaft. Sie sind aus dem Osten?«

Lottes Unruhe wurde größer.

»Keine Sorge, ich weiß das ja schon. Also gut, ich würde Sie gern für einen bestimmten Job haben. Es würde schon morgen so weit sein. Ginge das?«

»Gern, so schnell habe ich nicht damit gerechnet, aber ich freue mich sehr.«

»Na, sehr gut. Wir werden für den Kunden einen kleinen Film drehen. Sie müssen wissen, bei Werbung geht es immer um den Verbraucher. Die Menschen kaufen das, was wir ihnen bestmöglich andrehen. Das wissen auch unsere Kunden und zahlen gut für unsere Arbeit. Im Grunde ist es immer gleich: Der Film muss den Käufern eine bessere Welt, Luxus, Genuss vorgaukeln, und dann hat man sie am Haken. Klingt zu einfach, aber so ist es.« Er griff in eine Schublade und zog ein Zigarillo heraus. Er zündete ihn an. »Sie haben doch nichts dagegen?«

»Nein, natürlich nicht!«, log sie. Lotte hasste Zigaretten und noch mehr Zigarillos, der Gestank war ihr zuwider. In engen Räumen musste sie davon unentwegt husten, und ihr wurde schlecht. Aber sie konnte wohl kaum sagen, dass der Agenturchef in seinen eigenen Räumen nicht rauchen sollte. Im Grunde war die Frage wahrscheinlich nicht ernst gemeint.

»Sind Sie schon lange Mannequin?«, fragte er und zog an dem Zigarillo.

»Eine Weile. Ich habe genug Erfahrung, falls Sie das meinen.«

»Oh, das glaube ich Ihnen aufs Wort«, sagte er mit einem Grinsen.

»Ich bin professionell und setze Dinge, die man mir sagt, schnell um«, erwiderte Lotte beflissen.

Matthias Wier nickte und blickte sie eine Weile an. »Dann versuchen wir es mit Ihnen.«

Das ging aber schnell, kein Testfoto, keine Proben am Laufsteg, nichts. Ihr sollte es recht sein. »Sie werden es nicht bereuen.«

»Davon bin ich überzeugt. Ich treffe selten schlechte Entscheidungen. In meinem Beruf braucht man eine gute Menschenkenntnis.«

Sie nickte.

»Damit sind Sie aufgenommen, und ich werde sehen, welche Aufträge zu Ihnen passen.« Er stand auf und hielt ihr seine Hand hin. »Auf Wiedersehen!«

Sie sprang auf und gab ihm die Hand. »Vielen Dank für die Möglichkeit.«

Er setzte sich wortlos wieder hin und blickte sie durchdringend an.

»Also ich gehe dann mal, auf Wiedersehen«, sagte sie und verließ das Büro.

Vor der Tür ließ sie einen gedämpften Freudenschrei heraus. Jetzt würde ihr neues Leben beginnen.

Die ersten Tage war Matthias Wier wirklich freundlich zu ihr gewesen. Er hatte ihr bereits Aufträge vermittelt. Geld bekam sie wenig, dass meiste schien er selbst zu behalten. Christel versicherte ihr aber, dass es allen Neulingen so erging. Irgendwann würde es mehr werden. Am Anfang musste man noch mehr Provision abgeben, weil eine Agentur bei Neulingen mehr Arbeit und Zeit investieren musste. Das verstand Lotte, und das Geld reichte, um bescheiden zu leben. Sie wollte arbeiten und gleich durchstarten, damit sie nicht so viel an zu Hause denken musste. Der erste Dreh war anstrengend gewesen. Bisher hatte Lotte nur für Fotos und als Mannequin auf Laufstegen gearbeitet. Filmsets waren eine neue Welt für sie. Die Leute im Westen arbeiteten zudem anders als im Osten. Es gab keine staatlichen Vorgaben. Die Firmen entschieden mit, und ab und zu durften sogar die Darsteller mal etwas sagen.

Zugegeben, die Rolle der Frau in der Gesellschaft war trotzdem ziemlich festgefahren. Lotte fand sogar, dass hier die Rolle der Hausfrau und Mutter einen höheren Stellenwert einnahm. Das wurde nicht nebenbei gemacht, das war von vielen Frauen die Hauptaufgabe. Im Osten gingen viele Frauen arbeiten und trugen ihren Teil zum Haushalt bei. Hier war es nicht in jeder Familie erwünscht, dass Frauen überhaupt arbeiteten.

Matthias Wier war während des Drehs dabei und gab ihr Hinweise. Er schien sehr zufrieden mit ihr, denn er sagte häufiger, wie gut sie das machte.

Nun, ein paar Monate später, waren viele Kampagnen und Fotos gefolgt. Ihr Typ war offenbar gefragt. Lotte tat das, was sie immer gewollt hatte: Sie arbeitete als erfolgreiches Mannequin. Vor allem Matthias unterstützte sie sehr. Allerdings hatte sie das Gefühl, dass er keine andere Meinung akzeptierte. Solange sie machte, was er sagte, war er nett und hilfsbereit. Ansonsten war er ein knallharter Geschäftsmann. Wenn sie ihm widersprach oder einen Job nicht annehmen wollte, sagte er: »Dann nehme ich jemand anderes, aber ob ich dich dann noch mal buche, weiß ich nicht.« Er saß am längeren Hebel. Er konnte ihr Aufträge geben oder eben nicht. Sie kannte niemanden hier und hatte keine Kontakte in der Branche. Jedes Mal gab sie nach. Sie ging davon aus, dass die Drohungen für die Werbewelt normal waren. Christel sagte ihr, sie solle Matthias' Aussagen nicht so ernst nehmen.

Lotte trank ihre Sektschorle aus und stellte das Glas auf dem Tisch ab. Sie griff nach dem zweiten Brief von Margot, der vor einigen Monaten angekommen war.

Meine liebe Freundin Lotte,

ich habe heute mit Deinen Eltern gesprochen. Deine Mama ist zusammengebrochen, aber glaube mir, bei Deinem Papa habe ich Stolz und ein Lächeln im Gesicht gesehen. Er hat beruhigend auf Deine Mama eingeredet und ihr klargemacht, dass es die richtige Entscheidung war. Er meinte, Du solltest nicht versauern und dass man nie wisse, was im Leben passiert, wie lange man noch zu leben hat. Und dann hat er gesagt, dass Liebe über jede Mauer hinausginge und sie sich durch nichts aufhalten ließe. Ich schwöre Dir, Lotte, mir liefen die Tränen nur so runter bei der inbrünstigen Rede Deines Vaters. Mach Dir also nicht zu viele Gedanken um Deine Eltern. Ich soll Dir von beiden viel Glück wünschen. Natürlich war Dein Vater auch traurig. Er hofft, dass Du viele Briefe schreiben wirst. Ich werde ab und zu bei Deinen Eltern nach dem Rechten sehen. Ich hoffe, Du hast bisher eine schöne Zeit.

Lilli, ja, ich habe sie Lilli genannt, ist wohlbehalten auf die Welt gekommen. Sie ist ein Sonnenschein, und ich habe die Geburt gut überstanden. Ich muss aufhören, die Kleine weint.

Ich hab Dich ganz doll lieb!
Deine Margot

Lotte las die alten Briefe immer wieder, auch wenn es schmerzte. Diesem hier hatte Margot sogar ein Foto von sich und Lilli beigelegt. Dass sie die Kleine nach Lottes Lieblingspuppe benannt hatte, rührte Lotte ebenso sehr wie die Reaktion ihrer Eltern. Fast bedauerte sie, weggegangen zu sein. Zudem fühlte sie sich oft einsam. Christel war toll und viele ihrer Freunde auch, aber es gab auch andere Stimmen, die sie spüren ließen, dass Lotte nicht willkommen war. Sie hatte das Gefühl, im Westen waren alle Konkurrenten. Dass sie gut gebucht war, trug ihr eine Menge Neid und Missgunst ein.

Sie schenkte sich ein weiteres Glas ein und betrachtete das Foto von Lilli und Margot.

»Du vermisst sie, stimmt's?« Christel war aus ihrem Zimmer gekommen und hatte sich neben Lotte gesetzt.

»Ja, sehr«, sagte Lotte traurig und strich mit dem Daumen über das Bild.

»Kannst du deshalb nicht schlafen? Hast du Heimweh? Es ist schon eins.«

»An manchen Tagen ja, aber verstehe mich nicht falsch, ich bin froh, hier zu sein. Die Möglichkeiten hätte ich drüben nicht gehabt.« Lotte trank einen Schluck.

»Du musst das lassen!« Christel nahm ihr das Glas behutsam aus der Hand und stellte es auf den Tisch. »In letzter Zeit trinkst du jeden

Tag. Nicht nur, wenn wir ausgehen, auch wenn du zu Hause bist. Und schau dich an, wie dünn du geworden bist. Du musst mehr essen.«

»Du weißt, wie sehr ich dich mag, Christel, aber bitte sag mir nicht, was ich tun soll, okay?«

»Tja, so läuft das nicht. Einer muss dir das sagen. Bist du so unglücklich?«

»Nein, ich bin nicht unglücklich, aber manchmal fühle ich mich ausgeliefert. Wie eine Marionette, mit der man tun und lassen kann, was man will.«

»Als Mannequin muss man eben eine Puppe spielen.«

»Ich meine nicht die Arbeit. Ich meine zum Beispiel Matthias. Er gibt mir das Gefühl, dass ich alle Aufträge, die er mir anbietet, annehmen muss. Ich bin ihm dankbar, aber ich fühle mich in seiner Nähe nicht wohl. Ich kann es nicht beschreiben.«

»Was meinst du, er gibt dir ein ungutes Gefühl?«

»Ja. Ich bin aus dem Osten und eine Frau und deshalb in seinen Augen offenbar weniger wert. Ständig weist er mich darauf hin, dass alle bei ihm Schlange stünden und er meine Aufträge auch jemand anderem geben könne.«

»Das hätte ich nicht gedacht. Bisher war er mir gegenüber immer loyal. Ich hätte euch niemals einander vorgestellt, wenn ich das gewusst hätte«, sagte sie besorgt.

Lotte nahm sich das Glas zurück und trank einen weiteren Schluck. »Ja, aber leider ist es so.«

»Ich meine, du kannst dir auch eine neue Agentur suchen. Du musst ja nicht bei uns bleiben.«

»Nach allem, was du für mich getan hast?«

»Mach dir um mich keine Gedanken.«

Lotte trank nachdenklich weiter.

Christel legte den Kopf schief. »Sei so gut und hör auf.«

»Womit? Mit dem Trinken?« Lotte stellte das Glas ab. »Es tut mir aber gut«, wandte sie ein.

»Es tut dir eben nicht gut, und es schadet deinem Äußerem auf lange Sicht. Noch bist du jung, aber es rächt sich irgendwann.«

»Jetzt ist das Glas ja fast leer.«

»Lotte, das ist nicht lustig, und ich habe Margot versprochen, auf dich aufzupassen.«

»Ich brauche niemanden, der auf mich aufpasst!«

»Du weißt, wie ich das meine. Ich bin deine Freundin, und Margot ist es auch.«

Lotte seufzte. »Ich weiß. Es tut mir leid. Ich meine es nicht böse. Manchmal habe ich mir das alles einfacher vorgestellt.« Sie lehnte ihren Kopf an Christels Schulter.

Ihre Freundin fuhr Lotte durchs Haar. »Ich werde mit Matthias reden. Ich denke, dass er das nicht so ernst meint. Er ist ein Geschäftsmann, und du bist sein bestes Pferd.«

Lotte lachte auf. »Treffender hätte ich es nicht sagen können.«

»Nun komm schon. Lass uns ins Bett gehen.«

Lotte wollte zum Glas greifen und den letzten Schluck trinken, aber Christel kam ihr zuvor. Sie trug das Glas in die Küche und schüttete den Rest Wein in den Ausguss. »Für heute ist es genug!«

»Hey!«

Christel kam zurück und zog sie vom Sofa hoch. »Komm, ich bring dich ins Bett.

Sie gingen in Lottes Zimmer. »Na, hier sieht es ja wüst aus.«

Überall lagen Klamotten verstreut, und Geschirr stand auf den meisten Ablageflächen.

»Ich finde alles, was ich suche.«

»Ja, die Kakerlaken bald auch«, bemerkte Christel und rümpfte die Nase.

Lotte kroch ins Bett und zog die Decke bis zum Kinn. Das Foto von Lilli und Margot hatte sie noch in der Hand. Sie legte es auf den Nachtisch.

Christel saß wie eine Mutter, die ihr Kind ins Bett brachte, auf der Bettkante. »Versprich mir, dass du das mit dem Trinken in den Griff bekommst.«

Lotte nickte. »Kannst du noch kurz bleiben, bis ich eingeschlafen bin?«

»Na klar.« Christel legte sich neben ihre Freundin. Nach wenigen Atemzügen war Lotte eingeschlafen.

Ein paar Tage später saßen Lotte und Christel in einem Café.

»Isst du nichts?«, fragte Christel und schob sich genussvoll ein Stück Kuchen in den Mund.

»Ich habe keinen Hunger.« Lotte hatte ein Glas Wasser vor sich und nippte daran.

»Für Kuchen braucht man nur Appetit«, entgegnete Christel und schob sich ein weiteres Stück in den Mund. »Der ist wirklich lecker.«

»Ich möchte einfach ein bisschen aufpassen. Bei mir setzt alles so schnell an.«

»Mhm, ich finde du siehst ganz schön dünn aus.«

»Du redest schon wie meine Mutter. Mir geht's gut. Außerdem hat Matthias gesagt, ich soll für den nächsten Auftrag ruhig ein wenig abspecken.«

Christel zeigte mit der Gabel auf Lotte. »Das hat er gesagt? Ich finde, das geht langsam zu weit. Erst das mit der Drohung und jetzt das. Ich hatte mit ihm gesprochen, und er hatte mir geschworen, dass du das falsch verstanden hast. Er will nur das Beste aus dir rausholen. Lass dir bloß nicht so einen Nonsens einreden. Du bist wunderschön.«

»Das sagt er auch immer zu mir.« Eigentlich fand sich Lotte bisher auch nicht zu dick, aber Matthias erzählte ihr immer wieder, wie stark die Konkurrenz war. Er meinte, wenn sie mithalten wolle, müsse sie sich auch mal anpassen, auch was das Gewicht betraf. In Paris und London, wo sie doch hinwollte, da war man eben dünner.

»Ich werde noch mal mit ihm reden«, sagte Christel und schob ihren Kuchenteller in die Mitte des Tischs. »Komm, probier mal!« Sie hielt Lotte ihre Gabel hin.

Vorsichtig nahm Lotte die Gabel und probierte ein Stück. »Der ist wirklich gut.«

»Sag ich doch.«

»Und du findest nicht, dass ich zu dick bin?«

»Nein, kein bisschen, und das werde ich Matthias auch sagen.«

Lotte lächelte und aß ein weiteres Stück.

»Na also«, sagte Christel lachend.

»Ich möchte nicht, dass du Ärger bekommst.«

»Das lass mal meine Sorge sein.«

KAPITEL 17

MARGOT

Lilli war ohne große Komplikationen im April 1963 auf die Welt gekommen. Die Schwierigkeiten begannen erst zu Hause. Das Stillen klappte nicht gut, und die Kleine weinte fast durchgängig. Es hatte Momente gegeben, da wollte Margot aufgeben. Aber wie konnte man aufgeben? Das Baby war da und ließ sich nicht abgeben. Ihre Eltern unterstützten sie kaum, zu groß war die Enttäuschung, dass ihre Tochter ehelos ein Kind bekommen hatte. Neben ihrer eigenen Arbeit blieb außerdem kaum Zeit, um Großeltern zu spielen, wie sie sagten. Ihre Schwester Edith half nur mit Ratschlägen, die man aber aus guten Gründen infrage stellen konnte. Lilli hinzulegen in der Hoffnung, dass sie irgendwann einfach mit dem Weinen aufhören würde, hatte genauso wenig geklappt wie der Versuch, Schlaf zu finden, wann immer die Kleine schlief. Lilli schlief tagsüber praktisch nie, und wenn es doch einmal vorkam, musste Margot etwas essen und den Haushalt ihrer kleinen Einzimmerwohnung halbwegs in Ordnung halten.

Als sie über Bekannte diese Wohnung bekommen hatte, kam sie ihr winzig vor, aber jetzt war sie fast froh, dass sie nur diese wenigen Quadratmeter sauber halten musste. Eins war klar: Eine gute Hausfrau würde aus ihr nicht werden. Wie sehr wünschte sie sich manchmal Lotte an ihrer Seite, um die Sorgen loszuwerden! Christel hatte Bekannte aus dem Westen, die regelmäßig nach Ostberlin kamen.

Über sie hatte Margot Lotte wissen lassen, dass bei der Geburt alles gut gegangen war. Neben den Bekannten half auch Werner dabei, Briefe auszutauschen. Margot war sehr froh darüber, so konnte sie wenigstens halbwegs auf dem Laufenden bleiben. Lotte schien es auch gut zu gehen, sie hatte offenbar in Christel eine gute Freundin gefunden, und die Arbeit als Mannequin machte ihr Spaß.

Die Zeilen, die Lotte ihr schrieb, ließen Margot kurz in eine andere Welt abtauchen. Ihre eigene bestand nur aus Windeln und Stillen und bisweilen ein wenig Schlaf. Sie dachte oft darüber nach, wie es gewesen wäre, wenn sie mit Lotte hätte mitgehen können. Wäre sie überhaupt mitgegangen? Sie war kein Mannequin – was hätte sie im Westen machen sollen? Doch egal, ob sie auf diese Fragen eine Antwort hatte, sie hatte jetzt Lilli, und alles Wenn und Aber spielte keine Rolle mehr.

Es klingelte an der Tür, und Margot erschrak. Welcher Tag war heute? War schon Mittwoch? Konnte das Marie sein? Marie war neben Lilli das Beste, was ihr in letzter Zeit passiert war, vor allem, da Lotte nicht mehr da war.

Marie war Krankenschwester und während der Geburt an Margots Seite gewesen. Da sich sonst niemand um Margot gekümmert hatte, hatte sie Marie so leidgetan, dass sie sogar nach Feierabend bei ihr geblieben war. Sie hatte ihr Mut zugesprochen und ihre Hand bis zum Schluss gehalten. Das würde Margot ihr nie vergessen, und seitdem kam Marie fast jeden Mittwoch zu Besuch.

Margot öffnete die Tür.

»Hallo Margot! Na, wie geht es euch?« Sofort schob Marie sich an ihr vorbei. »Und wo ist denn die kleine Lilli? Hallo, du süße Maus!«

Lilli lag wach in ihrer Wiege und quengelte. Marie nahm sie auf den Arm und setzte sich auf das Sofa.

Lilli wurde immer ruhig in Maries Gegenwart. Margot versuchte sich abzuschauen, was Marie anders machte, wie sie das Kind hielt oder mit ihm sprach, doch bei ihr klappte es nicht.

»Na klar, bei dir hört sie sofort auf zu weinen«, bemerkte Margot und warf die Arme in die Luft.

»Das ist Zufall.« Marie lächelte.

»Ist es nicht. Eigentlich müsste Lilli sich bei mir beruhigen. Ich bin doch die Mutter.«

»Jetzt hör auf und setz dich zu uns.« Marie klopfte neben sich und wiegte das Kind in ihren Armen.

»Es ist trotzdem ungerecht«, sagte Margot gespielt sauer.

»Und wie geht es euch?«

»Ehrlich gesagt, nicht anders als letzte Woche. Mir fällt die Decke auf den Kopf. Ich war so verzweifelt, dass ich letzte Woche bei der DEWAG war, um zu fragen, ob ich meine Lehre beenden kann. Sie werden sich melden. Das war neben der Sache mit Tim eines der demütigsten Dinge, die ich je erlebt habe. Meine ehemalige Ausbilderin meinte, dass meine Arbeit immer zu wünschen übrig ließ und sie deshalb einer Wiederaufnahme nicht sofort zustimmen könne. Sie kann mich nicht leiden. Aber eine gute Nachricht gibt es: Es heißt, dass Tim kaum noch gutes Material abliefert. Na, wie auch? Seine Ideengeberin ist ja weg. Ich habe ihn auch kurz auf dem Gang gesehen, er sah echt schrecklich aus. Das bringt mir zumindest ein wenig Genugtuung.«

»Ich dachte, dahin wolltest du nicht wieder zurück? Das mit Tim klingt hervorragend. Möge er nie wieder etwas Kreatives zustande bringen und auf ewig keine guten Ideen mehr haben«, erwiderte Marie.

»Am liebsten würde ich auch nicht zurück, aber ich bin darauf angewiesen.« Margot stöhnte und ließ sich ins Sofa sinken. »Warum ist das alles so schwer?«

»Wir finden schon was für dich, falls das nicht klappt. Du bist klug und fleißig. Schau mal, Lilli ist eingeschlafen.«

Beide blickten auf das schlafende Kind, und Marie legte es in die Wiege.

»Denk immer dran, du machst es für sie.«

»Ja, du hast ja recht«, sagte Margot gähnend.

»Am besten gehe ich jetzt wieder, dann kannst du auch ein wenig schlafen. Du siehst aus, als könntest du es gebrauchen.«

»Nicht die schlechteste Idee.« Margot wollte sich erheben, um ihre Freundin zur Tür zu bringen.

»Bleib bitte sitzen.« Marie drückte Margot fest. »Gib nicht auf. Allen Müttern geht es am Anfang so. Wir sehen uns.«

»Danke!«, sagte Margot und schloss sofort die Augen, als sie das Klicken der Wohnungstür hörte.

Sie hatte ihren besten Rock und ihre beste Bluse angezogen, sich geschminkt und die Haare gemacht. Heute musste es klappen. Sie legte das Baby in den Kinderwagen und ging los. Sie hatte sich zwei Adressen herausgesucht, wo sie sich für die Arbeit als Schreibkraft vorstellen wollte. Sie konnte sich nicht darauf verlassen, dass man sie bei der DEWAG wieder anstellen würde. Sie selbst hatte auch nicht sonderlich Lust darauf, weiterhin Tim, Max, Herrn Töpfer und der Chefsekretärin ausgesetzt zu sein.

Lilli schlief friedlich im Wagen, als Margot an der ersten Adresse ankam. Sie stand vor den Stufen des Büroeingangs. Mit dem ganzen Wagen konnte sie da nicht hoch, die Stufen waren zu steil. Beim ersten Versuch, den Wagen anzuheben, zog sie sich gleich einen Riss in der Strumpfhose zu.

»So ein Mist«, schimpfte Margot vor sich hin.

Wenn sie Lilli jetzt allerdings herausnahm, dann würde sie mit Sicherheit wach werden. Margot blickte sich um, aber niemand war in der Nähe, um zu helfen. Ihr blieb nichts anderes übrig, als das Kind vorsichtig auf den Arm zu nehmen und, ihre Unterlagen unter eine Achsel geklemmt, in das Zimmer des Kaderleiters zu gehen.

Margot klopfte zaghaft an.

»Herein!«, rief jemand.

Sie betrat den Raum und blickte in die ungläubigen Augen eines Mannes.

»Hallo, Herr Krüger, mein Name ist Margot Toles. Ich bin auf der Suche nach einer Stelle als Sekretärin.« Margot setzte alles auf eine Karte, sie war einfach durch das Gebäude gelaufen und hatte auf die Türschilder gesehen. Offenbar aber war sie hier an der richtigen Adresse. Hastig lief sie zum Schreibtisch hinüber und drückte dem Mann die Hand.

Sichtlich überrumpelt schüttelte er sie. »Also eigentlich habe ich jetzt keine Zeit.«

Margot zog ihre Unterlagen unter der Achsel hervor. »Ich habe Erfahrung. Ich kann fehlerfrei und schnell tippen und habe bereits bei der DEWAG meine Lehre angefangen. Vielleicht haben Sie eine Minute für mich?«

Er nahm ihr die Papiere ab. »Also gut, nehmen Sie Platz. Geht das mit dem Kind?«, fragte er hilflos.

Margot setzte sich, das schlafende Baby auf dem Arm, und beobachtete den Mann dabei, wie er ihre Papiere musterte.

»Ihre Unterlagen sind so weit in Ordnung, aber das mit dem Abbruch der Lehre ist natürlich ungünstig«, erklärte Herr Krüger dann.

Ungünstig, so konnte man es sehen. Ein ungeplantes Kind von einem verheirateten Mann, während man seine Lehre machte und der dann nichts mehr von einem wissen wollte. »Ja, also das mit dem Kind war nicht geplant, aber ich habe nicht vor, demnächst noch eines zu bekommen«, sagte sie leise, um Lilli nicht zu wecken.

»Haben Sie denn schon einen Krippenplatz?«

»Ja, in Aussicht. Sobald ich eine Arbeit anfange, ist das kein Problem.«

Lilli begann sich in ihrem Arm zu winden. Das war die Vorstufe zum Weinen, und Margot stand auf, um die Kleine zu schaukeln.

Nun wirkte Herr Krüger nicht mehr so nett, sondern genervt. »Na ja, also ich denke, Sie müssten einmal Probe arbeiten.«

Lilli fing nun an, leise zu weinen. »Das ist sicher kein Problem.«

»Wie passt es Ihnen denn?«

Ja, wie passte es ihr? Momentan konnte sie kaum denken. Lilli schrie nun lauter. Margot schaukelte und versuchte, beruhigend auf ihre Tochter einzureden. Doch die Kleine ließ sich nicht beruhigen, und das wiederum machte Margot immer nervöser und hektischer.

»Ich weiß nicht … ginge es vielleicht an einem Mittwoch?« Da konnte sie Marie fragen, ob sie auf Lilli aufpasste.

»Sagten Sie Mittwoch?«

»Ja, oder an einem anderen Tag.« Margot musste nun sehr laut sprechen, um das Weinen ihrer Tochter zu übertönen.

»Wie wäre es denn gleich morgen?«

»Nein, leider geht das nicht. Morgen kann ich so schnell nichts regeln wegen Lilli.« Verzweiflung machte sich in Margot breit, weil Lilli einfach nicht aufhören wollte zu weinen und weil sie sich über solche Dinge vorher keine Gedanken gemacht hatte.

Der Kaderleiter stand nun auf. »Beruhigen Sie ihre Tochter erst mal draußen.« Er schob Margot sanft, aber bestimmt aus dem Zimmer. »Und wie es aussieht, müssen Sie erst ein paar Dinge in Ihrem Leben in Ordnung bringen. Trotzdem vielen Dank für Ihre Bewerbung.« Er wollte ihr die Unterlagen zurückgeben, doch Margot hatte keine Hand frei.

»Die Bewerbung können Sie behalten, falls Sie es sich anders überlegen.«

»In Ordnung«, sagte der Kaderleiter und schloss die Tür hinter sich.

Margot liefen Tränen die Wangen hinab. Noch immer schaukelte sie ihre Tochter, die allmählich ruhiger wurde. Draußen legte Margot sie in den Wagen.

»Warum konntest du nicht für eine halbe Stunde ruhig sein?«, sagte sie wütend.

Lilli hörte abrupt auf zu weinen und blickte sie unschuldig an. Margot atmete tief durch. Ja, sie war zwar wütend, aber nicht auf dieses kleine Wesen, das sie über alles liebte. Wütend war sie nur auf sich selbst und diesen Kaderleiter.

»Es ist nicht deine Schuld, mein Schatz, du kannst nichts für all diese verbohrten Menschen, mit denen wir es zu tun haben. Wir finden eine Lösung, versprochen. Als Erstes muss ich dich in einer Krippe anmelden.« Margot wischte sich eine Träne von der Wange und schob den Kinderwagen nach Hause.

Es war Sonntag, der eine Sonntag im Monat, an dem ihre Eltern sie und Lilli zum Essen empfingen. Ihre Schwester Edith und deren Familie war auch dabei, sie durften sogar weiter jeden Sonntag kommen. Irgendwie wollten ihre Eltern Margot zeigen, dass sie es nicht in Ordnung fanden, was mit ihrem Leben passiert war. Sie dachten offenbar, sie würden sie damit bestrafen, dass die Treffen so selten waren. Für Margot war es allerdings eine Erleichterung, denn alle einmal im Monat zu sehen, war manchmal schon zu viel.

Sie saßen um den Esstisch herum, während Lilli zur Abwechslung einmal im Kinderwagen schlief. Margot konnte sich kaum erinnern, wann sie das letzte Mal in Ruhe hatte essen können. Wirklich darüber freuen konnte sie sich allerdings nicht – sie rechnete schon fest damit, wieder mit ihrer Schwester verglichen zu werden. Gegen Edith mit ihrem Ehemann, den zwei Kindern, dem perfekt geführten Haushalt und einer Arbeitsstelle hatte sie keine Chance. Trotzdem hätte sie mit nichts auf der Welt mit ihrer Schwester tauschen wollen.

»Und, wie läuft es mit der Suche nach Arbeit?«, fragte ihre Mutter, während sie das Essen auf den Tisch stellte.

»Ganz gut«, log Margot.

»Was ist denn eigentlich mit der Lehre bei der DEWAG?«, erkundigte sich der Vater.

Margot hatte nur das Bedürfnis, etwas Warmes zu essen und in Ruhe gelassen zu werden. »Das muss ich sehen, sie melden sich nächste Woche. Ich habe jetzt immerhin einen Krippenplatz für Lilli. Aber ich muss die Dinge nach und nach angehen, ich bin ja allein und mache mir auch Sorgen, wie es wird, wenn ich wieder arbeite.« Wenn sie nicht bald etwas fand, würde sie wohl oder übel wieder zur DEWAG gehen müssen.

»Tja, das hättest du dir vorher überlegen sollen, und wenn du dir mal einen vernünftigen Mann suchen würdest, dann wäre alles kein Problem. Dann hättest du eine angemessene Wohnung, und alles wäre leichter«, bemerkte Edith und lächelte ihren Mann an.

Der ach so tolle Klaus nahm die Bemerkung nicht einmal wahr und schaufelte weiter die Kartoffelsuppe genüsslich in sich hinein.

»Ja, Edith, bei dir ist alles leichter, ich weiß, aber leider läuft mein Leben nun mal nicht so nach Plan wie deines«, zischte Margot.

»Na ja, und wer nimmt denn eine alleinstehende Frau mit Kind?«, bemerkte nun Klaus. »Also ich würde nicht für ein fremdes Kind aufkommen wollen.«

Natürlich hatte sich Margot auch darüber bereits Gedanken gemacht, ob sie in ihrer Situation je wieder einen Mann finden würde. Aber von Ediths Mann, der sie nicht mal wirklich kannte, wollte sie so etwas absolut nicht hören.

»Zum Glück musst du das ja auch nicht, Klaus, aber danke für die netten Worte.«

»Sei doch nicht so empfindlich«, sagte er kopfschüttelnd.

»Unsere Margot wird schon wieder einen Mann finden«, verteidigte ihr Vater sie.

»Ein Mann ist jetzt auch meine geringste Sorge. Schön wäre es, wenn der Staat auch Frauen in meiner Situation unterstützen würde.«

»Glaube mir, hier bei uns hast du es gut. Drüben ist es viel schwerer, einen Krippenplatz zu bekommen«, sagte Klaus mit vollem Mund.

»Na, was für ein Glück! Optimal kann es auch nicht sein, dass eine Frau die Kinder versorgt, arbeiten geht und den Haushalt noch nebenbei macht. Schau dir Edith an. Seit ihr Kinder habt, ist sie um Jahre gealtert und wirkt ständig erschöpft.«

»Na, hör mal«, mischte sich jetzt ihre Schwester wieder ein.

»Aber ist es nicht so? Willst du wirklich behaupten, du fällst abends nicht todmüde ins Bett und hast trotzdem nicht alles geschafft?«

»Ja, aber ich mache das gern.«

»Okay, dann ist ja alles gut, oder?«

»Hört jetzt auf zu streiten«, befahl Rita.

»Wie geht es Lotte eigentlich?«, fragte Reiner.

»Ihr geht es gut. Ich habe letzte Woche einen Brief bekommen. Ich hatte ihr ein Bild von Lilli und mir geschickt, darüber hat sie sich sehr gefreut und mir eins von sich und Christel zurückgeschickt.«

»Ich frage mich immer noch, wie das Mädchen es rübergeschafft hat und vor allem warum? Hier hat sie doch alles gehabt, was sie braucht«, bemerkte Margots Mutter. »Ich habe letztens im Konsum mit Ursula gesprochen. Dem Vater geht es zunehmend schlechter. Wer weiß, ob sie ihre Tochter je wiedersehen. Sie tragen es mit Fassung, aber ich könnte das nicht. Wenn eine von euch einfach sang- und klanglos abgehauen wäre.«

»Sie gönnen ihr ein Leben, was sie leben möchte. Ich war auch im ersten Moment schockiert, und so sehr ich sie auch vermisse, verstehe ich ihren Schritt. Es geht ihr gut da drüben«, erklärte Margot.

»Na ja, jeder so wie er mag«, beendete ihr Vater das Thema.

Diese Sonntage erschöpften Margot so sehr, dass sie nach jedem Treffen überlegte, ob sie noch einmal daran teilnehmen wollte. Jede Verabredung mit Marie, ja, sogar jeder Brief von Lotte baute sie mehr auf als diese Essen bei ihren Eltern. Auch Lilli wirkte unruhig und ließ sich von niemandem hochnehmen, ohne zu schreien. Wahrscheinlich spürte sie auch keine richtige Zuneigung.

KAPITEL 18

LIESELOTTE
Januar 1964

Während Lotte sich am Anfang noch gefreut hatte, wenn Matthias Wier sie zu sich rief, hatte sie nun fast immer Bauchschmerzen. Sie ließ sich nichts anmerken, aber in ihrem Inneren tobte ein Kampf.

Sie saß ihm in seinem Büro gegenüber und wartete.

»Hier ein neuer Auftrag für dich.« Matthias legte ihr die Unterlagen hin.

Lotte schaute alles kurz durch.

»Findest du, das passt?«, fragte sie.

»Ja, klar, vor allem passt das vorgeschlagene Honorar, und sie wollen genau dich.«

»Verstehe. Welchen Anteil werde ich bekommen?«

»Wie immer. An was dachtest du?«

»Ich dachte, mein Honorar könnte vielleicht ein wenig angehoben werden.«

»Warum? Ich sehe keinen Grund dafür.« Der Agenturchef lehnte sich in seinem Sessel zurück.

»Ich würde gern etwas komfortabler leben und Christel finanziell stärker unterstützen, ich wohne schließlich bei ihr.«

»Bin ich die Wohlfahrt?«

»Nein, aber ich mache meine Arbeit gut, und deshalb, finde ich, kann ich auch mehr Geld verlangen.« Christel hatte ihr geraten, die Frage nach dem Honorar aktiv anzusprechen.

»Jetzt hör mir mal zu.« Matthias Wier beugte sich vor. »Christel war schon bei mir, weil du irgendwelche Geschichten erzählst, und hat mich gebeten, dich besser zu behandeln. Wenn sie nicht schon so lange für mich arbeiten würde, hätte ich sie für diese Frechheit aus meinem Büro geworfen. Ich will damit sagen: Hör auf, dummes Zeug zu reden. Du hast hier gute Möglichkeiten, aber wenn du nicht willst, dann weißt du ja: Du kannst jederzeit gehen. Außerdem hatte ich vor, mit dir nächsten Monat für einen Laufstegjob nach London zu fliegen. Wenn du so rumzickst, werde ich diesen Auftrag jemand anderen geben.«

Hatte sie das richtig verstanden? »Ich darf nach London?«

»Du könntest, wenn du dich nicht ständig über alles beschweren würdest.« Er zündete sich einen Zigarillo an.

»Ich möchte nach London. Ich …«

Er blies den Rauch in ihre Richtung. »Gut, dann schätze ich, wir sind hier fertig. Morgen früh um acht am Drehort.« Er sah sie mit einem durchdringenden Blick an.

Lotte nickte. London. Er würde sie hoffentlich nicht anlügen. Sie würde diesen blöden Auftrag machen, nach London gehen und dann die Agentur wechseln. Sie nahm die Unterlagen an sich und verließ wütend das Büro, aber sie schwor sich, nach London würde sie gehen.

»Lotte, was ist los? Du bist ja vollkommen aufgelöst.« Christel hatte die gemeinsame Wohnung betreten und Lotte weinend auf dem Boden sitzend vorgefunden.

»Er ist ein Schwein. Ein absolutes Schwein«, stieß sie hervor.

»Wer?«

»Matthias.«

»Matthias? Was hat er nun wieder gemacht?«

»Ich muss weiterhin Aufträge machen, die ich nicht machen möchte, und er weigert sich, mir mehr Geld zu zahlen. Und er will mit mir nach London.«

»Was, London? Aber das ist doch großartig.«

»Nein! Ja, schon, aber vorher soll ich noch einen Auftrag machen, und ich weiß nicht, ob er mich angelogen hat. Vielleicht will er mich nur locken, damit ich den Auftrag annehme.«

»Ich verstehe dich ja, aber jeder Auftrag bringt Geld, und vielleicht wird es nicht so schlimm«, beruhigte sie Christel.

»Ich glaube, wenn ich mit ihm in London war, dann wechsle ich die Agentur.«

»Wow, in Ordnung. Ich glaube schon, dass er es ernst meint. Er hat Kontakte zu einigen Designern vor Ort. Bisher hat er nur die Besten mitgenommen. Und du bist wirklich gut, das muss ich neidvoll anerkennen. Aber bitte weine nicht, freu dich darüber, das ist eine große Gelegenheit. Warte erst mal ab, bevor du vorschnelle Entscheidungen triffst.«

Lotte schniefte. »Ich muss ständig Angebote annehmen, die ihm viel Geld bringen. Mich bezahlt er allerdings immer noch schlecht. Und manchmal zieht er unter irgendwelchen Begründungen auch noch Geld ab. Schon seit ich hier bin. Ich kann das nicht mehr lange.«

»Das tut mir leid, aber denk an London. Bei unserem letzten Gespräch hat er mir versichert, dass du ihn wohl falsch verstanden hast. Er hat mir versprochen, jetzt besser mit dir umzugehen.«

Lotte wischte sich die verschmierte Wimperntusche unter den Augen mit dem Ärmel ab.

»Ich danke dir, aber bitte sprich in Zukunft nicht mehr mit ihm über mich. Das schadet am Ende noch dir selbst. Versprich es mir!«

Christel zögerte. »Ich verspreche es.«

KAPITEL 19

MARGOT
Juli 1964

Margot hatte es tun müssen. Niemand hatte sie einstellen wollen, und als Aushilfe konnte sie sich nicht über Wasser halten, also war sie Anfang des Jahres zur DEWAG gegangen und hatte zum wiederholten Male um ihre alte Stelle gebeten. Wenn alles gut ging, würde sie ihre Lehre im Januar 1966 abschließen. Zu ihrer großen Überraschung hatte Frau Dobrink sich für Margot ausgesprochen. Aber nun, nach ein paar Wochen, wusste Margot warum. War die Chefsekretärin schon früher gemein gewesen, verhielt sie sich jetzt doppelt so schlimm. Margot war für sie das perfekte Opfer, obschon ihre Arbeit einwandfrei war. Der Drache musste von ihr so gut wie nie etwas nacharbeiten, und Margot war sich mittlerweile sicher, dass die Dobrink Arbeiten von ihr als ihre verkaufte. Trotzdem war die Chefsekretärin nur das kleinere Problem. Mit Tim hatte Margot noch viel mehr Schwierigkeiten. Als sie am ersten Tag in sein Büro getreten war, nur um ihn zu informieren, dass sie wieder hier arbeiten würde, war er in Panik ausgebrochen und hatte ihr unterstellt, ihn fertigmachen zu wollen. Zudem erklärte er, dass er immer noch glaube, dass ihr Kind nicht von ihm war. Margot hatte es aufgegeben, ihm etwas erklären zu wollen oder sich zu rechtfertigen. Schlimm würde es allerdings werden, wenn Lilli eines Tages nach ihrem Vater fragen würde.

Ihr Arbeitsplatz befand sich nun in einem winzigen Büro. Es gab zwar nur Platz für ihren Stuhl und den Schreibtisch, aber sie musste nicht mehr in das Großraumbüro. Alle Plätze waren belegt, wie man ihr bedauernd mitgeteilt hatte. Sie hatte sich gefreut, auch wenn sie jetzt kaum noch etwas vom geschäftigen Treiben mitbekam. Es hatte sie immer traurig gestimmt, dabei zuzusehen, wie andere die Arbeit machten, die sie gern gemacht hätte. Stattdessen konnte sie nun in Ruhe alles abtippen und musste sich nicht mehr allzu häufig auf die Zunge beißen, um keine ungewollten Tipps zu geben.

Ausnahmsweise durfte sie heute wieder bei einer Besprechung dabei sein und mitschreiben, weil einige im Urlaub waren.

Margot betrat den Raum und setzte sich. Es kamen nur noch vier Leute dazu. Tim, Max, Herr Töpfer sowie jemand, der für die Zeichnungen zuständig war.

»Heute müssen wir ein Exposé für den Deutschen Fernsehfunk besprechen. Es geht um Schaumbad. Alle Vorgaben liegen uns vor. Wir machen jetzt etwas Tolles daraus, aber nichts, was über das Ziel hinausgeht. Ihr wisst schon, etwas mit lachenden jungen Frauen als schmückendes Beiwerk. Vielleicht liegend in der Badewanne«, sagte Herr Töpfer.

»Das klingt gut«, meinte Tim.

»Genau wie immer«, stöhnte Margot.

»Was? Haben Sie etwas zu sagen?«, fragte Herr Töpfer.

»Nein, tut mir leid. Ich hatte nicht gut verstanden, was Sie gesagt haben, und habe es für mich wiederholt«, erwiderte Margot hastig.

»Mhm«, machte Herr Töpfer und wollte gerade fortfahren.

»Doch, du hast etwas gesagt. Es klang wie: ›Genau wie immer‹«, sagte Max und lachte hämisch.

Margot warf ihm einen wütenden Blick zu. Warum hasste er sie bloß so? Sie hatte nicht gewusst, dass Tim verheiratet war, als sie sich auf ihn eingelassen hatte, und sie hätte niemals auch nur ein Sterbenswörtchen erzählt. Wenn Tim es Max nicht gesagt hatte, dann konnte er auch nicht wirklich wissen, dass Tim der Vater ihrer Tochter war.

»So, so, Frau Toles, haben Sie denn eine bessere Idee?« Herr Töpfer wandte sich ihr nun ganz zu.

»Also … nein … Ich finde nur …« Sie unterbrach sich. Es hätte keinen Sinn zu sagen, was sie dachte.

»Ja, bitte. Ich bin ganz Ohr.« Der Chef beugte sich zu ihr vor. Unbehaglich rutschte Margot an den Rand ihres Stuhles.

»Ich meine nur, dass die meisten Frauen keine Zeit für intensive Schönheitspflege im Alltag haben. Sie müssen Beruf und Familie unter einen Hut bringen.«

Herr Töpfer erhob sich und ging im Raum auf und ab, wie er es häufiger tat.

»Frau Toles, wir wissen, dass Sie mit Ihrem Kind allein sind. Keiner kann etwas dafür, dass Sie keinen Vater für Ihren Sprössling haben. Hätten Sie einen, dann würde es Ihnen bestimmt besser gehen. Machen Sie sich doch einfach mal auf die Suche. Sie sehen doch ganz annehmlich aus.«

Margot konnte nicht glauben, was sie da eben gehört hatte. Sie blickte zu Tim und sah auf seinem Gesicht nicht Fassungslosigkeit, sondern Panik. Er hatte, seit sie wieder hier war, noch immer Angst, dass sie ihn entlarven würde.

»Ich spreche nicht von mir. Jeder verheirateten Frau geht es genauso«, erklärte sie mit lauter Stimme.

»Wie dem auch sei.« Herr Töpfer setzte sich wieder. »Wir machen dann weiter, wenn es genehm ist.«

Margots Finger waren weiß geworden, so fest umklammerte sie den Stift in ihrer Hand. Sie versuchte, sich wieder zu konzentrieren und aufzuschreiben, was gesagt wurde. Eine Frau räkelte sich in der Badewanne und seifte sich den Körper ein. Dabei hatten viele Menschen in ihrem Land nicht einmal eine Badewanne. Irgendwie brachte sie die Besprechung hinter sich, aber ihre Wut war nicht verflogen.

»Was sollte das?« Nach der Besprechung stürmte Margot in Max' Büro. Sie war ihm bisher immer aus dem Weg gegangen. Auch Tim hielt sich im Büro seines Freundes auf, aber darauf konnte sie keine Rücksicht nehmen.

»Mädchen, leg dich nicht mit mir an. Schlimm genug, dass du noch hier arbeiten darfst, nachdem du Tim schöne Augen gemacht hast und er fast seine Ehe riskiert hätte.« Max zeigte auf Tim und blickte Margot dann wütend an.

»Zu so was gehören immer zwei, und ich wüsste auch nicht, was dich das angeht. Außerdem geht es hier nicht um Tim und mich.« Sie machte einen Schritt auf Max zu. »Es geht darum, dass du mich eben bloßgestellt hast.«

»Das hast du ja wohl selbst getan. Und wenn mein bester Freund wegen einer Dahergelaufenen wie dir meine Schwester betrügt, dann geht mich das sehr wohl etwas an. Du hast nie lockergelassen und wolltest ihn ständig verführen. Ich habe es oft genug gesehen«, erklärte Max.

Margot blickte zu Tim, doch der wich ihrem Blick aus. Max war also sein Schwager, das erklärte zumindest, warum er sie von Anfang an gehasst hatte.

»Ach so, ich habe ihn verführt. War das denn so, Tim?«

Max verzog das Gesicht. »Ja, klar, Tim hat dich benutzt. Du hattest tolle Ideen, deshalb hat er überhaupt mit dir gesprochen und vielleicht ein wenig geflirtet, aber nur weil du so dumm warst und ihm Ideen geliefert hast, die oben gut angekommen sind.«

Wut, Schmerz und Scham erfüllten Margot. Sie hätte jetzt etwas dagegen sagen können, sich verteidigen, aber wofür?

»Und jetzt hat Tim plötzlich keine guten Ideen mehr«, sagte sie gehässig. »Und dass du dich nicht schämst!« Sie sah zu Tim. »Ich bin die Mutter deiner Tochter. Ein wenig Respekt hätte ich erwartet.« Dann verließ sie das Büro und schlug die Tür hinter sich zu.

Lilli war ihr Sonnenschein, trotzdem hatte Margot das Gefühl, dass ihr neben dem Muttersein etwas fehlte. Die Arbeit und der tägliche Kampf bei der DEWAG laugten sie aus. Sie musste etwas für sich tun. Also traf sie sich heute mit Marie auf dem Spielplatz. Marie war bereits Ende zwanzig und konnte keine Kinder bekommen, sie liebte Lilli, und ohne ihre Unterstützung hätte Margot oft zeitliche Schwierigkeiten. Sie vermisste Lotte sehr und war dankbar für Maries Freundschaft, auch wenn Marie kein Ersatz für ihre beste Freundin war.

Als es endlich achtzehn Uhr war, griff Margot nach ihren Sachen. Sie hastete zur Krippe und kam pünktlich am Spielplatz an, wo Marie bereits wartete.

Marie nahm ihr Lilli gleich aus dem Arm und wirbelte sie in der Luft, woraufhin die Kleine zu glucksen anfing.

Dann setzten sie sich an den Sandkasten, um gemeinsam mit Lilli zu buddeln.

»Wie geht es dir?«, fragte Marie, während sie ein Förmchen mit Sand füllte.

»Ich habe lange nichts mehr für mich gemacht. Ich weiß auch

nicht. Jeder Tag ist gleich, und ich fühle mich sowohl unter- als auch überfordert. Der Alltag stresst mich, und die Arbeit lässt mich vor Langeweile verrückt werden.«

Marie lächelte. »Sei nicht so streng mit dir.«

»Neben all meinen Sorgen kommt auch noch der Druck von außen. Alle erwarten, dass man verheiratet ist, Kinder bekommt und einen geordneten Haushalt hat.«

Marie begann zu lachen. »Ich bin auch nicht verheiratet und habe keine Kinder. Weißt du, was ich damals wollte? Prinzessin werden. So wie Grace Kelly, als sie Fürstin von Monaco wurde. Ich wollte ein glamouröses Leben an der Seite eines Prinzen führen. Aber mittlerweile bin ich zufrieden mit meinem Leben, wie es ist. Ich habe eine Arbeit, die mir Spaß macht und mich erfüllt.«

»Und was habe ich?«

»Schau dir die Kleine an. Du kannst stolz auf das sein, was du bisher allein geschafft hast. Kind und Arbeit ist mehr als genug, und du hast so gut wie keine Hilfe.«

»Ich bin auch stolz, irgendwie, aber manchmal bin ich so müde vom Alltag«, stöhnte Margot.

Im Augenwinkel nahm sie eine andere Mutter wahr, die gerade mit ihrem Sohn im Sand spielte und die ganze Zeit zu ihnen herübersah. Margot lächelte sie an, und die Frau lächelte zurück.

»Irgendwann werden die Kleinen älter, und dann wird einiges leichter«, sagte Marie.

Der Junge der anderen Mutter kam herübergekrabbelt und nahm sich eine von Lillis Schaufeln, woraufhin Lilli aus Leibeskräften zu schreien begann.

Die Mutter des Jungen kam sofort angelaufen. »Nein, Karsten, leg die Schaufel wieder hin. Die gehört dem kleinen Mädchen.«

Nun fing auch der Junge an zu weinen. »Karsten, leg die Schippe hin«, bat die Mutter ihren Sohn erneut.

Doch der Junge dachte nicht daran. Nach einem ewigen Hin und Her nahm die Mutter ihm die Schaufel aus der Hand und gab sie Lilli zurück. Sofort hörte sie auf zu weinen.

Der Junge begann daraufhin zu brüllen. Die Frau nahm ihn am Arm und zog ihn mit sich. Erschöpft ließ sie sich auf einer Bank nieder und versuchte, ihren Sohn zu beruhigen.

Margot beobachtete die Szene und begann auf Lilli einzureden. »Hey, Lilli, magst du nicht mit dem Jungen zusammen spielen?«

Ihre Tochter schüttelte den Kopf und hielt ihre Schaufel fest an die Brust gepresst.

»Sieh mal, er ist jetzt ganz traurig.«

Einen Augenblick lang schaute Lilli zu dem weinenden Jungen. Mit der Schaufel in der Hand stand sie auf und ging auf wackeligen Beinen zu dem Jungen hinüber. Sie hielt ihm die Schaufel hin.

Margot fing bei der Szene fast an zu weinen. Sie war so stolz auf diese Geste ihrer Einjährigen, dass sie fast platzte.

»Sie hat ihre Schaufel abgegeben«, flüsterte Margot an Marie gewandt.

»Ja, ist das nicht süß? Die Kleine hat eine soziale Ader.«

Nun stand Margot auf und ging ebenfalls zu Karsten und dessen Mutter hinüber. »Wollt ihr nicht zu uns kommen und wir spielen gemeinsam?«

Als sie direkt vor ihr stand, bemerkte Margot, dass die Frau geweint hatte.

Sie wischte sich die Tränen ab. »Tut mir leid. Ich weiß auch nicht, was los ist. Karsten ist heute schon den ganzen Tag so anstrengend. Ich konnte einfach nicht mehr.«

»Na, dann komm zu uns rüber, vielleicht spielen die Kinder ja zusammen.«

»Gern«, entgegnete die Mutter dankbar.

»Ich bin Margot, und das ist meine Freundin Marie.«

»Hallo, ich bin Eva.« Die Frau sah zu Karsten, der bereits neben Lilli saß und mit der geborgten Schaufel spielte.

»Na, die beiden scheinen doch ganz gut auszukommen«, stellte Marie fest.

»Geht's dir nicht gut?«, fragte Margot an Eva gewandt.

»Ach, ich weiß nicht. Manchmal ist mir alles zu viel. Also, ich meine, es ist alles schön. Ich liebe mein Kind, aber der Haushalt und nebenbei die Arbeit in der Fabrik … Und doch … ich bin glücklich.« Sie lächelte schief.

Margot lächelte ebenfalls. »Ich weiß genau, was du meinst. Es gibt halt solche und solche Tage.«

»Ja, mein Mann sagt aber oft, ich soll mich nicht so anstellen, und da hat er ja recht.«

»Jetzt weiß ich wieder, warum ich froh, bin keinen Mann zu haben«, erklärte Margot mit einem spöttischen Unterton.

»Wie, du hast keinen Mann?«, fragte Eva ein wenig entsetzt.

»Na, es gibt natürlich einen Vater von Lilli, aber der will nichts mit uns zu tun haben. Und bevor ich mir so was anhören muss, bin ich auch lieber allein.«

»Nun übertreib mal nicht«, mischte sich Marie ein. »Du hättest schon gern einen Mann.«

»Ja, aber den richtigen.«

Die Frauen lachten.

Eva wurde als Erste wieder ernst. »Mein Mann ist schon ganz nett. Ich glaube nur, manchmal sieht er nicht, wie viel Zeit Haushalt und Kinder beanspruchen, und er selbst hat eine schwere Arbeit.«

»Das kann alles sein, ist aber noch lange kein Grund, deine Sorgen herunterzuspielen«, meinte Marie.

Eva nickte. »Hast du auch Kinder?«, fragte sie an Marie gewandt.

»Nein, ich kann leider keine bekommen. Aber ich liebe Kinder, deshalb bin ich Geburtshelferin geworden. So habe ich Margot kennengelernt, als sie Lilli bei mir auf die Welt gebracht hat.«

»Marie ist die beste Krankenschwester, die man sich vorstellen kann«, sagte Margot.

»Darf ich fragen, warum der Vater von Lilli sich nicht kümmert?« Eva schaute Margot mitfühlend an.

Margot begann von Tim und ihr zu erzählen. Eva war außer sich, als sie die ganze Geschichte erfahren hatte. Danach erzählte sie, wie sie ihren Mann kennengelernt hatte. Die Frauen redeten und lachten und vergaßen vollkommen die Zeit.

»O nein, es ist schon neunzehn Uhr«, bemerkte Eva plötzlich. »Ich muss dringend nach Hause und das Essen vorbereiten.« Sie hob Karsten hoch. »Wir müssen gehen, mein Schatz.«

»Ja, Lilli, wir müssen auch nach Hause.« Margot sammelte das Spielzeug ein und hob Lilli hoch.

»Es war wirklich schön mit euch«, sagte Eva.

»Ja, fand ich auch.«

»Lasst uns doch nächsten Mittwoch wieder hier treffen«, schlug Marie vor.

»Das ist eine super Idee«, meinte Margot.

»Also, wenn nichts dazwischenkommt, bin ich auch dabei.« Eva winkte ihnen zu, als sie sich mit ihrem Sohn aufmachte.

Der lange Nachmittag auf dem Spielplatz hatte Margots Routine durcheinandergebracht. Sie war vollkommen erschöpft, fühlte sich jedoch seit Langem wieder ein wenig lebendig. Sie lag neben Lilli im Bett.

»Hat es dir heute auch Spaß gemacht auf dem Spielplatz?«, fragte sie ihre Tochter. Sie strich ihr über das Haar.

Lilli nuckelte an ihrem Daumen und nickte müde.

»Mama hat es auch gefallen, sehr sogar. Wollen wir noch etwas lesen?«

»Ja«, Lilli kuschelte sich an ihre Mutter, und Margot begann vorzulesen.

Langsam schloss Lilli die Augen, ihr leises Atmen beruhigte Margot. Sie blieb noch einen Moment liegen, ihre Hand auf dem Rücken ihrer Tochter. Dann gab sie ihr einen zarten Kuss auf die Schläfe, stand leise auf und blickte auf das schlafende Kind. Sie liebte diese Momente, in denen sie plötzlich wusste, dass sie alles richtig gemacht hatte. Egal, was ihre Eltern von der Situation hielten, wie schwer der Alltag war, wie einsam sie sich oft ohne Lotte fühlte und wie sie ihre Arbeit hasste. Diese Momente ließen sie alles für einen Augenblick vergessen.

KAPITEL 20

LIESELOTTE

Sie hatte ihren letzten Auftrag sehr gut erfüllt, und die Kunden waren begeistert von ihr gewesen. Jetzt saß sie im Flieger nach London. Matthias hatte Wort gehalten und sie einem befreundeten Designer für dessen Show vorgeschlagen. Der Designer hatte sie sofort gebucht. Sie war aufgeregt wie schon lange nicht mehr. Am Anfang war sie vor jedem Werbefilm und vor jedem Fototermin nervös gewesen. Das hatte sich mit der Zeit gelegt. Mittlerweile war sie ein Profi geworden, aber London war etwas Neues. Sie wollte es gut machen, nicht nur gut. Sie wollte es perfekt machen.

Matthias war auch mitgekommen. Er flog in der ersten Klasse, und sie war froh darüber, denn sie konnte ihn wirklich nicht mehr ausstehen. Die letzten Tage ließ er sie immer wieder spüren, was für eine Chance er ihr bot und was sie ihm alles zu verdanken hatte.

Sie blickte aus dem Fenster, sie wollte den ersten Flug ihres Lebens genießen. Nie hätte sie zu träumen gewagt, jemals in solch einem Monstrum zu sitzen. Nach dem Abheben bekam sie allerdings Angst und grub die Finger in die Armlehnen. Sie konnte sich erst entspannen, als der Flieger landete. Hastig stand sie auf. Bei dem Gedanken daran, dass sie das Ganze noch einmal durchmachen musste, wurde ihr kalt.

Sie fuhren ins Hotel, und Lotte war so aufgeregt, dass sie die ganze Fahrt über staunend aus dem Fenster blickte und alles kommentierte, was sie sah. Das wird Margot mir nicht glauben, ich muss mir alles merken und es ihr haarklein schreiben, dachte sie aufgeregt.

Sie drehte sich zu Matthias. »Danke, dass du mich mitgenommen hast.« Egal, was sie von ihm hielt, dafür, dass er ihr diese Welt eröffnete, war sie ihm dankbar.

»Gern, du hast es verdient.« Er legte eine Hand auf ihren Oberschenkel.

Lotte versteifte sich sofort und zog ihr Bein weg.

Der Agenturchef nahm seine Hand zurück und erzählte ihr etwas zu einem Gebäude.

Lotte überlegte, ob sie etwas sagen sollte, entschied sich aber dagegen. Sie wollte ihn nicht verärgern. Bestimmt war es keine Absicht.

Im Hotel trat Matthias gleich an die Rezeption. Lotte stand fasziniert im Foyer. Sie war noch nie in einem Hotel gewesen, und dann war es auch noch ein großes in London.

»Wir bringen unsere Sachen aufs Zimmer und dann gehen wir zum Designer. Du hast nur diesen einen Tag zur Vorbereitung, heute Abend ist bereits die Show«, sagte Matthias, als er mit den Schlüsseln zurückkam.

»Ich weiß, ich bin vorbereitet und werde mein Bestes geben.« Während sie auf den Fahrstuhl warteten, überlegte sie, ob er tatsächlich Zimmer im Singular gesagt hatte. Sie würde doch ein eigenes Zimmer haben? Oder hatte er womöglich nur eines gebucht? Er würde doch nicht glauben, dass sie sich mit ihm ein Zimmer teilen wollte.

In der dritten Etage hielt der Aufzug, und sie folgte Matthias durch den schmalen Flur. »So, da wären wir«, meinte er und schloss das Zimmer auf.

Lotte blieb vor dem Zimmer stehen in der Erwartung, dass er ihr jetzt ihres zeigen würde oder ihr den Schlüssel dafür gab. Doch nichts dergleichen geschah.

»Das ist ganz gemütlich. Lieselotte, wo bleibst du denn? Komm rein!«, kam seine Stimme gedämpft aus dem Zimmer.

Vorsichtig trat sie ein. Es war ein kleiner Raum mit einem Tisch, einem Hocker davor, einem Sofa und einem großen Bett. Einem Doppelbett.

»Und, gefällt es dir?«

»Ja«, sagte sie gedehnt.

»Ach so, du hast gehofft, du bekommst ein eigenes? Ja, also das hat nicht geklappt, nichts mehr frei, und um ehrlich zu sein, muss sich das Ganze hier auch rentieren.«

»Oh«, sagte Lotte. Mehr fiel ihr nicht ein. Sie wollte nicht hier mit ihm im Zimmer schlafen. Ihr Blick fiel auf das Bett.

»Keine Angst, ich bin ein Gentleman und werde natürlich auf dem Sofa schlafen.«

Sie schaute auf das Sofa und dann auf den großen Mann vor ihr. »Da kannst du nicht drauf schlafen, du bist viel zu groß.«

»Ach, wird schon gehen.«

Unbehaglich stellte sie ihre Tasche ab.

»Wir müssen los. Mach dich kurz frisch, und dann geht's zum Ort des Geschehens.«

Deshalb war sie hier, dachte Lotte. Wegen der Modenschau. Alles andere war jetzt nicht wichtig.

London war neben Paris ein Zentrum für Mode. Auch wenn sie von London nicht viel gesehen hatte und auch nicht viel sehen würde, da sie morgen bereits wieder zurückflogen, spürte sie an diesem Ort Lebendigkeit und ständigen Wandel.

Sie waren an einem Modehaus angekommen. Matthias stellte sie seinem befreundeten Designer vor. Höflich sagte sie ihren Namen, dann waren ihre Englischkenntnisse auch schon erschöpft. Matthias antwortete für sie auf die Fragen, er schien einen Witz auf ihre Kosten zu machen. Kurz darauf kam eine junge Frau und nahm sie mit sich. Sie war froh, die unangenehme Situation hinter sich zu lassen.

Sie wurde in einen Raum gebracht, wo sich die Mannequins aufhielten und vorbereiteten. Hektisch rannten alle durcheinander und doch schien jede zu wissen, was sie tun sollte. Nur Lotte stand hilflos da und beobachtete das Treiben um sich herum.

Der Duft von Haarspray lag in der Luft, und das Rascheln verschiedener Stoffe war von überall her zu hören. Jede Frau, die sie hier sah, war auf ihre Weise schön und einzigartig. Die Kleidung auf den Stangen war kühn, neu und wirkte modern. Es wurde geschminkt, frisiert und umgezogen. Die Frau, die mit ihr herkommen war, redete mit einer anderen und zeigte auf sie. Dann ging alles ganz schnell, ihr wurde ein Kleid auf einem Bügel gereicht, das sie anziehen sollte. Man redete mit ihr, allerdings so schnell, dass sie kein Wort verstand und nur nickte. Sie ging hinter eine der Trennwände und zog sich das Kleid über. Es war ein schönes blaues A-Linienkleid mit Glitzer.

Lotte fluchte, sie bekam es nicht allein zu.

»Brauchst du Hilfe?«, fragte eine freundliche Frau mit Akzent, die hinter die Wand schaute und lächelte.

»Oh, ja bitte«, sagte Lotte erleichtert.

»Kein Problem«. Die Fremde trat zu ihr und schloss das Kleid. »Ich heiße Colette«, stellte sie sich vor.

»Ich bin Lotte, danke für deine Hilfe.«

»Gern. Du bist aus Deutschland. Ich komme aus Frankreich«, sie zeigte mit dem Finger von ihr auf sich. »Aber ich kann ein klein bisschen deutsch. Dein Kleid sieht hübsch aus.«

Lotte schaute an sich herunter. Es war wunderschön.

Lotte mochte Colettes Akzent. »Danke, deins ist auch sehr schön!«

»Nun gehen wir raus, es verkaufen«, lachte Colette.

Zusammen traten sie vor die Wand, und Lotte traute sich kaum ihr Kleid zu berühren. Sie hatte Angst, es dreckig zu machen oder gar zu beschädigen. Wild gestikulierend kam jemand auf sie zugelaufen und schob sie auf einen Stuhl vor einem Spiegel. Dann wurde sie geschminkt und frisiert. Noch nie in ihrem Leben hatte sie sich so schön und extravagant gefühlt.

Danach reihte sie sich ein, um mit den anderen Mannequins Probe zu laufen. Jede hielt eine Nummer hoch. Die Nummern waren jeweils einem Kleid zugeordnet, was den Verkauf erleichterte. Immer und immer wieder ließ man sie den Laufsteg auf und ab laufen. Der Designer hatte ein Klemmbrett in der Hand und machte Notizen. Nicht selten griff er persönlich ein. Er änderte die Reihenfolge oder zupfte etwas an den Kleidern zurecht. Einmal ließ er sogar zwei Frauen die Kleider tauschen. Er rief Anweisungen, die Lotte meist nicht verstand. Doch irgendwie schaffte sie es am Ende zu wissen, was sie zu tun hatte.

Schließlich hörte sie sanfte Musik und wusste, dass es losging. Sie spürte ihr Herz in der Brust hämmern. Dann bemerkte sie ihre zitternden Hände und versuchte tief durchzuatmen. Langsame Schritte sollten sie machen, somit hatte sie genug Zeit, den Lauf zu genießen.

Zuerst traute sie sich nicht, ins Publikum zu sehen, aber auf dem Rückweg erhaschte sie die Blicke einiger Leute. Manche machten sich Notizen, die meisten wirkten begeistert.

Dann hatte sie es geschafft. Nach dem Schlusslauf mit allen Mannequins fühlte sie solch eine unbändige Euphorie, dass sie sich sicher war, nie mehr etwas anderes machen zu wollen. Selbst der Designer kam auf sie zu, bedankte sich persönlich und prophezeite ihr eine große Karriere.

Matthias übersetzte ihr die Worte, und sie nahm sich fest vor, Englisch zu lernen.

Abgeschminkt und erschöpft saß sie mit Matthias in einem Taxi und hörte sich seine Lobeshymnen an.

»Der Designer war vollkommen begeistert von dir. Ich wusste, dass ich mit dir die richtige Entscheidung getroffen habe. Weißt du, was das für dich bedeutet, was ich dir hier ermöglicht habe? Englisch musst du auf jeden Fall lernen. Ich bin ja nicht immer dabei, um dir zu helfen.«

Zum Glück, dachte Lotte. Gleichzeitig hatte sie ein schlechtes Gewissen, weil sie so von ihm dachte. »Ja, das weiß ich, und ich danke dir sehr. Diese Erfahrung ist mit nichts zu vergleichen.«

»Solche Erfahrungen kannst du jetzt öfter machen«, sagte er und legte erneut eine Hand auf ihren Oberschenkel.

Vorhin hatte sie sich noch einreden können, dass es ein Versehen war, aber nun war sie sich sicher, dass er versuchte, sich ihr anzunähern. »Du, Matthias, ich glaube das ist keine gute Idee«, sagte sie höflich und schob seine Hand beiseite.

Zuerst reagierte er nicht. »Bisher haben dir doch meine Ideen recht gut gefallen«, sagte er dann belustigt.

»Ich weiß nicht, was du damit sagen willst, aber ich möchte, dass du mich respektierst.«

Er brummte. »Mhm, das tue ich.«

»Danke«. Sie hatte ein mulmiges Gefühl und versuchte, sich mit einem Blick aus dem Fenster und Gedanken an die Modenschau abzulenken. Doch das unbehagliche Gefühl blieb. Sie wusste, dass sie jetzt mit auf das Zimmer gehen musste. Sie nahm sich vor, ihm das Bett zu überlassen und einfach nicht zu schlafen. Sie war zwar erschöpft, aber sie würde durchhalten können.

Als er die Tür aufschloss und dann stehen blieb, um ihr den Vortritt zu lassen, so dass sie sich an ihm vorbeiquetschen musste, schrillten bei ihr alle Alarmglocken. Aber wo sollte sie hin, wenn sie nicht in dieses Zimmer konnte?

»Du bist bestimmt müde, mach du dich ruhig zuerst fertig«, bot er ihr an.

»Danke«. Sie nahm ihre Tasche mit ins angrenzende Badezimmer und setzte sich auf den geschlossenen Toilettendeckel. Sie konnte einfach hier drinbleiben, bis morgen früh. Warten, vielleicht würde er einschlafen. Sie wusch sich das Gesicht und putzte sich die Zähne. Den Pyjama, den sie eingepackt hatte, zog sie nicht an. Sie würde zur Not auch in der Hose und der Bluse schlafen können.

»Bist du so weit? Ich muss mal ganz dringend«, rief er aus dem Zimmer.

»Ja, ich bin fertig.« Zögerlich öffnete sie die Tür. »Du kannst das Bett haben. Ich schlafe auf dem Sofa.«

Er erhob sich vom Bett und trat ins Bad. »Auf keinen Fall. Ich bin ein Gentleman. Du nimmst das Bett und ich das Sofa.«

Dass er kein Gentleman war, hatte er bereits zu Genüge bewiesen.

Er konnte einer sein, wenn andere dabei waren, aber sonst hatte er schon zu oft Grenzen überschritten. Lotte setzte sich aufs Bett. Sie wusste, dass sie nicht schlafen können würde.

Matthias kam wie sie bekleidet aus dem Bad. Er nahm sich eine Bettdecke und ein Kissen und legte beides auf das Sofa. Dann zog er sich um.

Lotte wandte den Blick ab.

Sie schlüpfte schnell unter die Decke.

»Willst du etwa deine Sachen anlassen?«, fragte er.

»Ja, ich friere so schnell«, entgegnete sie und zitterte tatsächlich.

»Na, soll mir recht sein.« Er versuchte eine halbwegs bequeme Position auf dem viel zu kleinen Sofa zu finden.

Lotte löschte das Licht und starrte in die Dunkelheit.

Sie merkte, dass Matthias nicht schlief, da er sich ständig herumwälzte und gelegentlich fluchte. Sie selbst rührte sich nicht. Nicht einmal den kleinen Finger.

Sie musste eingeschlafen sein. Sie spürte eine Hand auf ihrem Bein, die langsam auf- und abglitt. Sein Mund an ihrem Hals. Langsam glitt eine seiner Hände zwischen ihre Beine. Sie war wie erstarrt. Seine Bewegungen wurden fordernder, und dann kam das Leben in ihren Körper zurück.

Sie setzte sich auf. »Was soll das?«

»Ach, nun komm schon. Ich werde hier im Bett schlafen, da drüben bekomme ich keinen Schlaf«, raunte er.

»Kein Problem, ich schlafe auf dem Sofa«. Lotte wollte aufstehen, aber er hielt sie fest.

»Bleib hier, wir können uns doch gegenseitig warmhalten. Hab dich nicht so.«

»Was, nein, Matthias, lass das!« Sie schob seine Hände von ihrem Körper.

»Ich finde, du könntest dich mal erkenntlich zeigen. Weißt du eigentlich, was du hier für eine Chance bekommen hast?«

»Ja, aber doch nicht so!«, rief sie.

Er presste seine Lippen auf ihre, und sie spürte seinen Atem. Angewidert schlug sie nach ihm und stieß ihn mit voller Wucht von sich.

»Du undankbares Weib!«, schrie er.

Sie sprang aus dem Bett und griff nach ihrer Tasche, bereit, das Zimmer zu verlassen.

»Wo willst du hin, he? Du kennst hier niemanden, und ich habe dein Flugticket für morgen.«

»Ich werde keine Minute länger mit dir hierbleiben.«

»Ich schwöre dir, wenn du jemandem davon erzählst, mache ich dich fertig. Krieg dich wieder ein. Ich fass dich nicht mehr an. Ich dachte, du bist ein großes Mädchen, aber da habe ich mich wohl getäuscht.« Er ließ sich in das Kissen sinken und schlief kurz darauf ein.

Lotte stand wie erstarrt da. Die Angst, er könnte wach werden und da weitermachen, wo er aufgehört hatte, war so groß, dass sie sich nicht rühren konnte. Aber er hatte recht, wo sollte sie hin? Sie könnte nach unten in die Lobby fahren und dort die Nacht verbringen. Aber vielleicht sprach sie dann jemand an, und ohne Englischkenntnisse war es schwer, sich verständlich zu machen.

Schlussendlich blieb Lotte, wo sie war. Sie war auf Matthias angewiesen, allein in einer fremden Stadt. Irgendwann lehnte sie sich erschöpft gegen die Tür, bereit zu gehen, wenn es sein müsste. Ihr fielen die Augen zu.

Als das erste Licht durch die Gardinen schien, rappelte sie sich auf. Matthias schnarchte noch. Sofort wandte sie ihren Blick ab. Ihre Beine und ihr Rücken schmerzten von der Nacht auf dem Boden, und sie hatte Blasen vom Vortag an den Füßen. All die Glücksmomente der Modenschau waren verflogen.

Sie schlich ins Badezimmer. Ein Blick in den Spiegel zeigte ihr das, was sie fühlte. »Was soll jetzt nur werden?«, fragte sie ihr Spiegelbild. Ihre Stimme war kratzig. Sie wusch sich das Gesicht und schlich zurück ins Zimmer. Nach kurzem Zögern setzte sie sich auf das Sofa und nahm die Tasche auf den Schoß.

Wenige Minuten später bewegte sich Matthias. »Morgen«, sagte er kühl und wischte sich mit den Händen über das Gesicht.

»Morgen«, antwortete sie, und ihr ganzer Körper versteifte sich. Er hatte einen blauen Fleck auf der Stirn. Sie wandte den Blick ab.

»Ich ziehe mich an und mache mich frisch, dann können wir zum Frühstück. Danach geht es zurück nach Berlin.«

»Ich habe keinen Hunger«, sagte sie.

»Auch gut!«, meinte er und ging ins Bad. Wenig später kam er gut gelaunt wieder heraus. »Na, dann mal los!«

Sie ließ ihm den Vortritt und nahm die Treppe, während er Fahrstuhl fuhr.

»Ich warte hier«, sagte sie und setzte sich auf eines der Sofas an der Rezeption.

»Willst du wirklich nichts essen? Hotelfrühstück ist immer super«, meinte er.

»Nein danke!«

»Wie du meinst«. Er zuckte mit den Schultern und ging leise pfeifend zum Frühstücksraum.

Lotte sah ihm nach. Wenn sie es nicht besser wüsste, würde sie denken, sie hätte sich alles nur eingebildet. Er tat, als wäre nichts gewesen. Das würde sie auch tun, bis sie wieder in Berlin waren. Das schlafende Monster von gestern Abend wollte sie jedenfalls nicht wieder wecken.

KAPITEL 21

MARGOT
Oktober 1964

Sie trafen sich nun jeden Mittwoch auf dem Spielplatz. Neben Eva hatten sich auch andere Frauen den Treffen angeschlossen. Alle hatten ähnliche Sorgen und Nöte und konnten sie hier ansprechen. Sie lachten, unterhielten sich, und die Kinder spielten mehr oder weniger friedlich miteinander.

Doch es gab auch abschätzige Blicke von Frauen, die es ganz und gar nicht gut fanden, dass sie sich über ihren Alltag beschwerten, manchmal lauthals lachten und ihren Spaß hatten. Margot wollte diese für sie alle so wertvollen Tage allerdings nicht mehr missen. Doch bald würde es kalt werden, und was wurde dann aus den schönen Nachmittagen? Immer in ein Café zu gehen war zu teuer.

Sie dachte lange darüber nach, und eine Idee ging ihr nicht mehr aus dem Kopf. Was wäre, wenn sie einen Ort hätten, an dem sie sich treffen könnten? Vielleicht auch allein, ohne Kinder. Sie war sich sicher, dass es abseits ihrer Gruppe auf dem Spielplatz noch mehr Frauen gab, die sich austauschen und einfach mal für ein paar Stunden abschalten wollten.

Neben den Alltagssorgen beschäftigte sie noch das Thema Mann und Frau im Beruf. Margot hatte bei der DEWAG am eigenen Leib erfahren müssen, was für Unterschiede gemacht wurden. Warum gab es Berufe, die anscheinend nur für Männer bestimmt waren? Warum blieb die Hausarbeit und die Kinder immer an den Frauen hängen? Und in ihrem Fall, wie konnte es sein, dass ein Mann einfach eine Beziehung aufbauen und danach erst erzählen konnte, dass er längst verheiratet war? Abgesehen davon, dass Tim keine Verantwortung für seine Tochter übernahm. Von einem Tag auf den anderen hatte sie ihr Leben komplett umkrempeln müssen. Tim jedoch konnte weiterleben, als wäre nichts passiert. Sicherlich, er hatte Stress gehabt, aber am Ende führte er sein Leben weiter.

Marie hatte Margot von der Bewegung *Women Strike for Peace* in New York erzählt. Damals waren fast Tausende Frauen für eine friedliche Beilegung der Kuba-Krise auf die Straße gegangen. Das hatte Margot imponiert, daher wollte sie auch etwas tun. Frauen sollten nicht mehr das Gefühl haben, allein zu sein. Sie sollten einen sicheren Ort haben, an dem sie sich treffen und austauschen konnten.

Margot musste jedoch vorsichtig sein. Wenn jemand ihrer Idee nicht wohlgesinnt war, würde sie Probleme bekommen. Sie überlegte sich, wem sie davon erzählen konnte. In jedem Fall Marie, auch Eva und bestimmt Silke und Trude, den anderen Frauen vom Spielplatz. Margot schrieb eine Liste. In diesem Moment merkte sie wieder, wie sehr ihr Lotte fehlte. Sie hätte die Erste auf der Liste sein sollen, und Margot beschloss auch, sie ganz oben hinzuschreiben, obschon sie nun im Westen war. Lotte wäre dabei gewesen. Margot dachte oft daran, wie nah sie sich eigentlich waren, nur wenige Kilometer entfernt, doch durch die Mauer getrennt. Auch wenn Lotte es in ihren letzten Briefen nicht direkt gesagt hatte, hatte Margot bemerkt, dass es ihrer Freundin nicht gut ging. Sie nahm den letzten Brief zur Hand. Irgendetwas zwischen den Zeilen gefiel ihr ganz und gar nicht. Vielleicht hatte Lotte einfach zu viel Arbeit. Und trotzdem war da so ein Gefühl.

Meine liebe Margot,

ich hoffe, Dir geht es gut. Ich freue mich sehr, dass Du jetzt Deine Lehre weitermachst, auch wenn sie Dir nicht gefällt. Tun wir nicht alle mal etwas, was wir nicht mögen? Halte durch! Mir geht es gut, ich arbeite nach wie vor als Mannequin, so wie ich es immer wollte. Stell Dir vor, ich war bei einer Modenschau in London auf dem Laufsteg! Alle meinten, ich hätte mich gut geschlagen. Nur das mit dem Englisch, dass muss ich noch üben. Ich habe kaum ein Wort verstanden. In Gedanken bin ich immer bei Dir. Du fehlst mir. Ich hoffe, dass Dir mein Foto gefällt, denn das von Lilli und Dir ist wunderschön. Ich hoffe wirklich, dass wir uns bald wiedersehen! Wie geht es meinen Eltern? Ich soll Dich von Christel grüßen.

Hab Dich ganz doll lieb
Deine Lotte

Irgendwas war anders, Lotte war so kurz angebunden. Hatte sie so viel zu tun, dass sie kaum Zeit für Briefe hatte, oder ging es ihr schlecht? In keinem Wort war mehr die Euphorie vom Anfang zu spüren. Irgendetwas sagte ihr, dass ihre Freundin Hilfe brauchte, und sie hasste es, nicht bei ihr sein zu können.

Es hatte geklappt. Die Frauen trafen sich in einer Wohnung im Prenzlauer Berg, die sich in einem Hinterhof befand. Margots Idee wurde endlich Wirklichkeit. Sie war zu Werner gegangen und hatte ihn um Hilfe gebeten. Die Wohnung gehörte einem Bekannten Werners, dem sie vertrauen konnte. Sie hatte Glück, er brauchte die Wohnung gerade nicht. Er war die meiste Zeit bei seiner Freundin, wie Werner erklärte, aber wollte die Wohnung nicht aufgeben, falls es doch nichts wurde. Nur Ärger sollten sie nicht machen.

Die Wohnung war ziemlich klein, es gab nur ein Zimmer, eine Küche und ein Bad mit Toilette. Doch mehr wurde auch nicht gebraucht, und Marie und Margot waren froh über jeden Zentimeter, den sie nutzen durften. Im Zimmer standen ein Schlafsofa und ein Tisch mit vier Stühlen. Die Wände waren schmutzig, und die Tapete hing an manchen Stellen lose von den Wänden. Die schweren Gardinen ließen kaum einen Lichtstrahl hinein. Margot zog sie weit auf und sah auf den Hof. Das Zimmer war von den umliegenden Wohnungen gut einsehbar. Wenn später die Treffen stattfanden, mussten sie die Gardinen zuziehen. Margot wollte kein Aufsehen bei den Nachbarn erregen. Eine größere Ansammlung von Frauen in einer kleinen Wohnung konnte durchaus zu Fragen führen, auch wenn sie nichts Verbotenes taten.

Beim ersten Treffen mussten deshalb auch einige Regeln aufgestellt werden. Margot schaute in die Schränke der Küche und stellte fest, dass es nur wenig Geschirr gab. Sie öffnete den Kühlschrank, und ein beißender Geruch schlug ihr entgegen. »Igitt, ist das widerlich.«

Marie war im Türrahmen erschienen. »Was ist los?«

»Der Kühlschrank stinkt bestialisch.« Margot hielt sich die Nase zu und schloss die Tür schnell wieder.

Marie lachte auf. »Jemand hat den Stecker gezogen, deshalb.«

»Nächstes Mal nehme ich etwas zum Saubermachen mit.«

Die beiden Frauen setzten sich auf das Sofa, von wo aus sie die Wohnungstür gut im Blick hatten.

»Meinst du, es kommt jemand?« Margot schaute nervös auf die Uhr an der Wand. Noch eine halbe Stunde.

Marie legte eine Hand auf ihren Oberschenkel. »Eva wollte auf jeden Fall kommen.«

Ein paar Minuten später klopfte es dreimal an der Tür. Das Zeichen, das alle kennen mussten, um eingelassen zu werden. Margot sprang sofort auf, um zu öffnen.

Drei Frauen standen vor der Tür, Eva, Trude und Silke vom Spielplatz. »Kommt rein, keine Scheu«, bat Margot.

Schüchtern betraten sie die Wohnung und setzten sich auf das Sofa, Margot und Marie nahmen nun davor auf dem Boden Platz.

»Ich habe noch einer Bekannten Bescheid gesagt, sie wollte auch kommen. Ich habe aber nicht zu viel verraten«, meinte Eva.

»Okay, wir sollten wirklich vorsichtig sein.«

Es klopfte, und eine weitere Frau betrat die Wohnung. Sie stellte sich als Susanne vor, die Bekannte von Eva.

»Hallo zusammen«, grüßte sie in die Runde.

Er klopfte erneut, dieses Mal kamen zwei Frauen, die sich als Steffi und Bärbel vorstellten, dazu.

Margot stand auf.

»Wir freuen uns wirklich sehr, dass ihr da seid. Mir ist es wichtig, dass es alles freiwillig ist. Wenn es euch nicht gefällt, dann geht jederzeit. Sollte es euch gefallen, dann erzählt allen Frauen, die euch wichtig sind, von uns. Bringt sie mit und lasst uns austauschen.«

»Warum genau sind wir hier?«, fragte eine der Frauen, die Margot noch nicht kannte.

»Lasst es uns gemeinsam herausfinden. Ich fände es schön, wenn wir Frauen einen sicheren Ort haben, wo wir unsere Sorgen mitteilen können. Denn davon haben wir im Alltag genug, oder nicht?«

Fast alle Frauen blickten betreten zu Boden oder nickten zaghaft.

»Einige von euch habe ich bereits kennengelernt«, sprach Margot weiter, »und ich habe unsere Treffen mittwochs auf dem Spielplatz genossen. Ihr doch auch, oder?«

Trude, Eva und Silke nickten.

»Mein Vorschlag wäre, dass wir uns mittwochs nach der Arbeit hier treffen. Für eine Stunde. Wenn ihr nur eine halbe könnt oder zehn Minuten, macht das nichts. Jeden Mittwoch von achtzehn bis neunzehn Uhr hier in dieser Wohnung.«

Es entstand kurz Gemurmel, als alle überlegten, ob man die Kinder länger in der Kita lassen und wie man die Treffen vor den Ehemännern geheim halten konnte.

Margot ergriff erneut das Wort. »Bevor wir anfangen, noch ein wichtiger Punkt: Bitte bringt nur Frauen hierher, die ihr einigermaßen gut kennt, denn ich möchte keine Kontrollen hier haben.«

Die Frauen nickten.

»Aber warum? Sich zu treffen ist doch nichts Schlimmes oder Verbotenes«, meinte eine Frau.

»An sich nicht, aber hast du die Blicke auf dem Spielplatz gesehen? Ab und zu sind die Themen auch mal heikel, und ich habe vor, ein bisschen Schwung reinzubringen. Ich möchte, dass wir hier absolut ehrlich sein können. Es würde wohl keine von uns dafür verhaftet werden, aber sie würden diese Ansammlung vermutlich sofort verbieten«, erklärte Marie. Sie stand auf und holte ein Radio. Kurz darauf ertönte der Westradiosender RIAS.

Einige der Frauen kicherten.

Marie bewegte sich zur Musik. »Das ist auf jeden Fall nicht erwünscht bei den Leuten ganz oben. Ihr könnt aber gern mitmachen. Tanzen ist gut für die Seele und für die Hüften. Kommt schon«, animierte sie die Frauen.

Margot und Eva ließen sich als Erste mitreißen, und nach und nach standen alle auf und tanzten.

Nach ein paar Minuten machte Margot das Radio aus.

»Puh, das war gut«.

Alle stimmten zu und setzten sich erschöpft wieder auf ihre Plätze.

»Wir haben nicht mehr viel Zeit, deshalb, so schön es auch ist zu tanzen, noch mal zurück, warum wir uns treffen«, sagte Margot.

»Ich glaube, es ist ganz gut, wenn alle ein wenig von sich erzählen«, schlug Marie vor. »Margot, möchtest du anfangen?«

»Ja, gute Idee. Ich habe ein kleines Kind, aber kaum Unterstützung. Nach der Geburt musste ich bei der DEWAG, wo ich meine Lehre angefangen hatte, regelrecht betteln, damit ich wieder angenommen wurde. Aber eine andere Stelle habe ich nicht bekommen.«

»Was ist mit dem Vater deines Kindes?«, fragte eine der Frauen.

»Der ist verheiratet, und ich habe nichts davon gewusst. Oder ich war einfach zu naiv, um es zu bemerken. Er will nichts von mir und dem Kind wissen.«

Schockierte Blicke trafen sie.

»Es ist hart, aber trotzdem möchte ich meine Tochter um nichts auf der Welt eintauschen.«

»Was haben deine Eltern gesagt?«, fragte Susanne neugierig.

»Nichts, das geholfen hätte. Sie waren schockiert und haben mir die Schuld gegeben. Meine beste Freundin ist in den Westen gegangen, deshalb hatte ich längere Zeit niemanden, der mir zur Seite steht. Ich bin sehr froh, dass ich Marie getroffen habe.« Margot lächelte Marie an, die ihr Lächeln sofort erwiderte.

»Ehrlich gesagt, habe ich zwar einen Mann, aber wirklich unterstützen tut er mich nicht«, sagte Bärbel vorsichtig.

»Aber das ist doch normal. Kinder sind Frauensache«, entgegnete Silke.

»Ja, das ist wohl so, aber ist es fair?«, meinte Margot. »Ich weiß, wir finden es normal, aber wir gehen genauso arbeiten und machen den Haushalt noch dazu. Ich habe so viel zu tun, dass ich ohne Marie oft aufgeschmissen wäre. Wir werden das nicht wirklich ändern können, doch manchmal ist es einfach gut, sich mal Luft zu verschaffen. Die letzten Wochen auf dem Spielplatz haben mir so viel Kraft gegeben. Ich habe mich jede Woche darauf gefreut, und meine Lilli hat es auch genossen.«

»Das ist auch ein Grund dieser Treffen, ich hoffe, dass wir eine Art Kinderbetreuung untereinander einführen könnten«, ergriff Marie das Wort. »Vielleicht könnten wir auch eine kleine Tauschbörse machen, wo jede beispielsweise Kinderkleidung mitbringt, die zu klein geworden ist. Außerdem möchte ich auch, dass ihr eure Sorgen loswerden könnt. Ich sehe bei meiner Arbeit im Krankenhaus so viele Frauen, die Hilfe nötig hätten und die vor Erschöpfung fast umfallen, aber immer weitermachen. Ich habe selbst keine Kinder, nicht mal einen Mann, doch ich sehe jeden Tag Frauen wie euch, und es tut mir so unendlich leid.«

»Ich sag euch, Marie ist Mutter Teresa«, warf Margot ein, und die Frauen lachten.

»Ich weiß, nicht jeder hat die gleichen Sorgen, aber jede hat die ein oder andere Hürde zu bewältigen. Wir möchten, dass jede hier eine Stimme bekommt«, erklärte Marie.

Zustimmendes Gemurmel.

»Wer möchte denn ein wenig von sich und von dem, was sie sich hier erhofft, erzählen?«, fragte Margot neugierig.

Eine Frau nach der anderen erzählte ihre Geschichte. Nach einer

Stunde mussten die ersten bereits gehen, versicherten aber, auch nächste Woche wieder dabei zu sein. Nach zwei Stunden mussten Marie und Margot das Treffen beenden.

Margot schloss die Tür hinter der letzten Frau.

»O mein Gott, Margot, es war so toll.« Marie umarmte ihre Freundin.

»Ich muss jetzt aber Lilli abholen, es ist schon spät.«

»Ich muss auch los, ich habe morgen Frühdienst.«

Sie verließen die Wohnung und traten an die frische Luft.

»Danke«, sagte Margot, »was würde ich nur ohne dich machen?«

»Du bist stärker, als du denkst«, erwiderte Marie.

War sie das wirklich? Vielleicht, aber Marie machte vieles leichter, und dieser Nachmittag hatte ihr so unglaublich gutgetan, dass sie den nächsten Mittwoch kaum erwarten konnte.

KAPITEL 22

LIESELOTTE

Sie hatte die Whiskeyflasche in der Hand und trank einen Schluck. Beim ersten Mal hatte er noch im Hals gebrannt, aber jetzt fühlte sie kaum noch etwas. Nichts fühlen, das wäre großartig, dachte sie. Tränen liefen ihr die Wangen hinab. Sie wollte nur vergessen. Sie wollte nach Hause, zu ihren Eltern, in die Arme ihres Vaters und zu Margot und einfach sicher sein. Matthias und sie waren zurückgeflogen und hatten kein Wort über die Nacht verloren. Nur eins gab er ihr auf den Weg – er meinte, sie solle sich ihre nächsten Schritte genau überlegen.

Irgendwann lag sie auf dem Boden, die fast leere Whiskeyflasche neben sich. Der Teppich hatte einen großen dunklen Fleck, wo der Rest des Inhalts ausgelaufen war, aber das war Lotte gerade egal. Dann kam ein Schrei von irgendwo her. Einen Augenblick später kniete jemand in Lottes Blickfeld.

»Lotte, Lotte, hörst du mich?«

Lotte merkte, wie sie leicht geschüttelt und dann auf den Rücken gedreht wurde. Alles war verschwommen, und die Deckenlampe war viel zu hell. Sie kniff die Augen zusammen.

»Papa?«, flüsterte sie.

»Nein. Ich bin es. Christel. Hörst du mich?«

»Christel?«, nuschelte Lotte.

»Ja, geht es dir gut? Wie viel hast du denn getrunken? Ich muss einen Arzt holen.«

Lotte umklammerte Christels Handgelenk. »Keinen Arzt, bitte.«

Mit so viel Kraft hatte Christel offenbar nicht gerechnet, sie zuckte zusammen. »Alles gut, dann kein Arzt. Entspann dich!«

Lotte ließ locker. »Bett, bitte ein Bett. Ich bin müde.«

»Okay, lass es uns versuchen. Kannst du aufstehen?«

Lotte schüttelte den Kopf.

»Ich kann dich nicht tragen, du musst ein wenig mitmachen«, keuchte Christel und hievte sie in eine sitzende Position. »Los, Lotte, hilf mit!«

Lotte versuchte aufzustehen, aber es gelang ihr nicht.

Also zog Christel sie mit aller Kraft in ihr Zimmer. »Warum bist du so schwer? Du wiegst doch kaum etwas. Unglaublich. Ich sage dir, wenn du Morgen aufstehst, dann blase ich dir den Marsch. Nie wieder wirst du auch nur einen Tropfen anrühren.« Es gelang ihr, Lotte auf das Bett zu manövrieren.

Lotte drehte sich sofort zur Seite. Christel deckte sie vorsichtig zu. Sie stellte einen Eimer neben das Bett und ein Glas Wasser auf den Nachttisch, dann verließ sie den Raum, um sich selbst schlafen zu legen.

»O mein Gott, Lotte. Na, der Eimer war wohl eine gute Idee.« Christel war zurückgekommen und öffnete das Fenster. »Es ist schon früher Nachmittag.«

»Nein, bitte noch nicht aufstehen«, bettelte Lotte. »Ich kann nicht. Mein Kopf.«

»O doch, du wirst aufstehen und mir alles erklären!«

Lotte setzte sich auf. In ihrem Kopf pochte es, sie rieb sich die Stirn.

»Trink das Wasser!«, befahl Christel und zeigte auf das Glas.

Lotte gehorchte. »Das tut gut, danke.«

Christel stand mit verschränkten Armen vor dem Bett. »Und jetzt möchte ich wissen, was in dich gefahren ist. Wolltest du dich umbringen? Seit du aus London zurück bist, erkenne ich dich kaum wieder.«

Lotte schluckte. London. Sie wollte es vergessen. »Es tut mir leid, wirklich. Ich wollte mich nicht umbringen.«

»Das ist ein Anfang. Kann ich die Wohnung verlassen, ohne mir Sorgen machen zu müssen, dass du etwas Unüberlegtes machst?«, fragte sie besorgt.

»Ja, das kannst du. Aber es muss sich etwas ändern. Ich habe eine Entscheidung getroffen.«

»Da gebe ich dir recht. Die sieht wie aus?« Christel war hellhörig geworden.

»Du hast mir sehr geholfen, und ich darf hier bei dir wohnen, und dafür danke ich dir sehr. Ich werde aber vorerst nicht mehr als Mannequin arbeiten.« Obwohl es das war, was sie sich am meisten im Leben wünschte und obwohl die Londoner Modenschau das wohl beste Erlebnis in ihrem Leben war. Sie konnte nicht mehr für und vor allem mit Matthias arbeiten. Er hatte nie wieder etwas versucht, aber darauf wollte sie sich nicht verlassen. Sie konnte ihm nicht mehr in die Augen sehen, ohne an die Nacht zu denken.

»Okay. Ist in London etwas passiert?«

Lotte nickte, und sofort traten ihr Tränen in die Augen.

Christel setzte sich aufs Bett und nahm sie in den Arm. Lotte begann hemmungslos zu weinen, und Christel wiegte sie wie ein Baby.

»Ich kann es dir nicht erzählen, noch nicht«, schluchzte sie.

»Schon gut, lass dir Zeit.«

»Ich schaue mich nach etwas anderem um. Vielleicht in einem Café oder so.«

»Aber warum willst du nicht mehr als Mannequin arbeiten? Du findest bestimmt auch eine andere Agentur.«

»Nein.« Sie hatte sich diese Frage selbst gestellt, aber im Moment konnte sie sich grundsätzlich nicht vorstellen, sich vor anderen zu präsentieren.

Christel nahm ihre Hände. »Es tut mir so leid. Ich weiß nicht, was passiert ist, aber wenn ich gewusst hätte, wie er ist, hätte ich euch nie vorgestellt.«

»Es ist nicht deine Schuld, und er hat gehalten, was er versprochen hat. Ich habe viele Aufträge bekommen und mir einen Namen gemacht. Nur leider immer im Zusammenhang mit seiner Agentur. Und was mir gehörig stinkt: Er hat sehr gut an mir verdient. Er verkauft den Kunden immer das ganze Paket und arbeitet meist mit denselben Leuten zusammen. Das minimiert seine Ausgaben, und obschon er immer mehr verdient, bekommen seine Leute immer das Gleiche.«

»Damit habe ich mich nie beschäftigt. Ich war immer mit dem Geld zufrieden.«

»Das Geld ist auch nicht der Punkt. Er ist ein Schwein. Sei vorsichtig.«

»Was soll ich tun? Wie kann ich dir helfen?«

»Du kannst nichts machen, aber nimm dich bitte vor ihm in Acht.«

»Aber Lotte, ich weiß nicht, ich muss doch was tun. Sollten wir zur Polizei gehen?«

»Nein«, sagte Lotte energisch.

Christel überlegte. »Es wird mir schwerfallen, diesem Mistkerl noch einmal in die Augen zu sehen. Ich werde mir eine andere Agentur suchen müssen.«

Lotte ließ den Kopf aufs Kissen sinken.

Christel schaute sie eindringlich an. »Lotte, bitte mach das nie wieder. Du hast mir einen riesigen Schrecken eingejagt. Ich dachte, du seiest tot, als du da so auf dem Boden gelegen hast.«

Lotte blickte beschämt zur Seite. Das war der Weckruf, den sie gebraucht hatte. Wer weiß, was passiert wäre, wenn Christel sie nicht gefunden hätte. Sie musste damit aufhören. »Es kommt nie wieder vor. Versprochen!«

Christel legte ihre Hand auf Lottes Kopf. »Schlaf noch ein wenig, ich mache was zu essen.«

»Danke«, murmelte Lotte und drehte sich zur Wand.

Lotte hatte Arbeit in einem kleinen Restaurant gefunden. Der Umgang mit den Gästen war ähnlich wie der mit den Kunden im Konsum. Die Arbeit war anstrengend, aber sie brachte Geld. An guten Tagen hatte sie zudem ein hohes Trinkgeld. Wie man freundlich war und einen guten Eindruck machte, das hatte Lotte perfektioniert. Ab und zu kam es vor, dass man sie erkannte. Dann wurde sie manchmal wehleidig und vermisste ihre Arbeit als Mannequin. Ihre Liebe zur Mode war nach wie vor groß, und sie hoffte, dass sie eines Tages wieder in dieser Branche arbeiten konnte. Wenn sie nicht arbeitete, saß sie zu Hause auf dem Sofa oder legte sich gleich ins Bett. Christel machte sich große Sorgen und zwang sie dazu, wenigstens einen Spaziergang am Tag zu machen oder sich an die frische Luft auf eine Bank zu setzen. Früher hatte Lotte sich auf alle Briefe von zu Hause gefreut, nun aber hatte sie Angst davor, sie zu öffnen. Sie rechnete jeden Tag damit, dass in einem stand, dass ihr Vater nicht mehr lebte. Sie würde dann nicht einmal zu seiner Beerdigung gehen können. Sie hatte ihren Traum leben wollen, und eine Zeit lang hatte sie es auch getan, aber nun existierte sie nur noch vor sich hin. Obendrein vermisste sie Margot, ihre Mutter, Werner, alle von der *Sibylle*, ja sogar Lilli, obwohl sie die Kleine nicht einmal kannte.

Lotte wurde bewusst, dass sie damals zu schnell gehandelt hatte. Sie hätte über den Schritt zur Flucht länger nachdenken sollen.

Ihre Schicht begann um elf Uhr. Wie immer kam sie auf die Minute genau, was dem Chef nicht wirklich gefiel. Sie eilte in den Umkleideraum, band sich die Schürze um, nahm sich ein Tablett und begann zu bedienen. Die Gespräche mit den Gästen reichten ihr aus, sie hatte keine Lust, sich auch noch mit ihren Kollegen zu unterhalten, die sie oft auf ihre Zeit als Mannequin ansprachen.

»Was kann ich Ihnen bringen?« Lotte hielt ihren Stift auf dem Block bereit, während sie sich einem Gast näherte.

»Ich hätte gern einen Kaffee«, sagte der Mann höflich.

Lotte schaute von ihrem Block auf. »Gern, Milch und Zucker?«

»Ja, beides.« Der Gast lächelte sie an. Auch wenn er eher unscheinbar war mit seiner Brille und der dunklen Kleidung, hatte er etwas Charismatisches an sich.

»Noch etwas dazu?«

»Was würden Sie empfehlen?«

»Den Apfelkuchen.«

»Den Apfelkuchen, dann nehme ich den dazu.«

»Gern!« Sie notierte sich alles und wandte sich zum Gehen, warf dann doch noch einen Blick zurück. Er schaute ihr nach, aber als sich ihre Blicke trafen, war er nicht peinlich berührt oder fühlte sich ertappt, sondern sah sie mit einem Lächeln an.

»Pass doch auf!«, schimpfte eine Kollegin, die fast mit ihr zusammenstieß. Bine war immer schlecht gelaunt. Sie schien die Arbeit im Restaurant noch weniger zu mögen als sie.

»Entschuldige«, sagte Lotte und gab ihre Bestellung in die Küche weiter. Sie stellte sich vor die Durchreiche zur Küche, um auf Kaffee und Kuchen zu warten. Von hier konnte sie den Gast unbemerkt beobachten.

Er blätterte in einem Magazin, das vor ihm auf dem Tisch lag. Dann nahm er einen Stift zur Hand und schrieb hinein. Machte er sich Notizen? Oder war das ein Rätselheft?

»Hier, Kaffee und Apfelkuchen«, sagte die Küchenhilfe hinter der Durchreiche und stellte es auf ihr Tablett.

»Danke.« Lotte nahm das Tablett und lief los, um dem Gast seine Bestellung zu bringen.

Kurz bevor sie den Tisch erreichte, sah er auf, schlug das Magazin mit dem Stift darin zu und machte damit Platz auf dem Tisch.

Lotte stellte alles vor ihm ab. »Sie werden den Kuchen mögen«, sagte sie. »Der ist wirklich lecker.«

»Probieren Sie alle Kuchen, die Sie empfehlen?«

»Ähm, nein«, entgegnete sie. »Ich esse nicht so gern Kuchen.«

»Ist das nicht schade, wenn man in einem Restaurant arbeitet? Ich würde kaum widerstehen können.«

»Ja, irgendwie schon komisch.« Lotte drehte das leere Tablett in ihren Händen.

Er stach mit der Gabel in den Kuchen und probierte.

Sie sollte jetzt gehen und ihn nicht beim Essen beobachten, doch sie wartete auf sein Urteil.

»Ausgezeichnet, er ist wirklich lecker. Danke für die Empfehlung!«, sagte er noch mit vollem Mund.

»Gern, wenn Sie noch etwas brauchen, lassen Sie es mich wissen.« Sie hoffte, dass er noch etwas brauchte. Etwas an ihm zog sie an. Seit Langem hatte sie kein Interesse mehr an Männern, aber bei ihm hatte sie das Gefühl, dass es sich lohnen könnte, mehr zu erfahren.

Der Mann nickte nur, schlug das Magazin wieder auf und aß weiter seinen Kuchen. Er hatte dunkelblondes kurzes Haar, und sie konnte sich an keinen anderen Mann erinnern, den sie so attraktiv gefunden hatte. Aber das Schönste waren seine braunen Augen. Sie strahlten Wärme und Geborgenheit aus. Die Brille machte sein Gesicht hübscher und störte nicht im Geringsten.

Lotte entfernte sich und bediente noch zwei weitere Tische, aber sie ließ den Mann nicht mehr aus den Augen. Irgendetwas an ihm faszinierte sie.

Er hob die Hand. Er wollte bestimmt bezahlen. Sie merkte, dass sie nicht wollte, dass er das tat. Er war eine willkommene Ablenkung. Die letzte halbe Stunde hatte sie nicht an zu Hause oder ihre Probleme gedacht.

Sie trat zu ihm. »Darf ich Ihnen noch etwas bringen?«, fragte sie hoffnungsvoll.

»Ich möchte gern bezahlen.«

Sie hatte es gewusst. »Ich hole die Rechnung.«

Sollte sie etwas tun? Ihm sagen, dass er der erste Mann seit Langem war, der sie interessierte? Wenn er jetzt ging, dann sah sie ihn vielleicht nie wieder. Doch er war ein Fremder, also ließ sie sich Zeit, legte aber einige Minuten später die Rechnung auf seinen Tisch. »Ich hoffe, Sie waren zufrieden?«

Er holte seine Brieftasche heraus. »Ja, sehr sogar, sowohl mit dem Essen als auch mit der Bedienung.« Er legte das Geld auf die Rechnung.

Es war viel Trinkgeld dabei, bemerkte Lotte. Sie hatte die Münzen bereits im Kopf zusammengezählt. »Danke. Ich hoffe, wir können Sie bald wieder bei uns begrüßen«, sagte sie und nahm das Geld an sich.

Er stand auf. »Das denke ich doch.«

»Das freut mich, also uns«, stammelte sie.

Er lächelte wieder. »Darf ich Sie etwas fragen?«

»Ja!«

»Verstehen Sie mich jetzt bitte nicht falsch, aber ich bin Fotograf und würde Sie gern einmal fotografieren. Ich habe gerade von einem Auftrag erfahren. Es wird ein Mannequin für eine bestimmte Kampagne gesucht, und Sie wären perfekt.«

»Nicht schon wieder ein Fotograf! Was stimmt nicht mit mir?«, sagte Lotte mehr zu sich selbst.

»Also, ich finde mit Ihnen stimmt alles«, sagte er langsam.

Sie hatte zu laut gesprochen. Der erste Mann, den sie seit Langem attraktiv fand, und er war wieder ein Fotograf. Obwohl er nichts mit Werner gemeinsam hatte. Werner hatte etwas Rebellisches an sich, der Mann vor ihr war elegant gekleidet und wirkte ruhig und besonnen auf sie.

»Nun, was sagen Sie zu meiner Idee?«, hakte er nach.

»Kann ich es mir überlegen?«

»Natürlich können Sie das. Reichen Ihnen drei Tage?«

»Ja, aber ich sage Ihnen besser gleich, dass ich bis vor Kurzem mein Geld als Mannequin verdient habe. Ich habe bereits viele Aufträge gehabt, aber eigentlich wollte ich eine Pause davon, deshalb bin ich hier.« Sie deutete hinter sich in den Gastraum.

»Wusste ich es doch. Ich habe Sie schon mal irgendwo gesehen. Ich hoffe, Sie überlegen es sich anders und lassen das mit der Pause.« Auch er machte nun eine Handbewegung, die das ganze Restaurant miteinschloss. »Sie versauern hier, wenn Sie mich fragen.«

»Ja, kann sein«, stimmte sie zu.

»Wie dem auch sei.« Der Fotograf stand auf und hielt ihr seine Hand hin. »Ich würde mich sehr freuen, wenn Sie zustimmen. Mein Name ist Alexander, und es hat mich gefreut, Sie kennenzulernen.«

»Ich überlege es mir. Ich bin Lotte, hat mich auch sehr gefreut.«

Er verließ das Restaurant, und sie sah ihm nach.

»Tisch drei will bezahlen«, fauchte Bine in ihre Richtung.

Lotte ging wieder an die Arbeit, aber ihre Gedanken kreisten um den Mann und sein Angebot. Sie wollte ihn wiedersehen, ganz egal, wie sie sich entscheiden würde. Zum Glück würde er noch einmal vorbeikommen.

Alexander kam wie versprochen drei Tage später. Lottes Entscheidung fiel jedoch erst in dem Moment, als er das Restaurant betrat.

Er kam lächelnd auf sie zu. »Hallo, ich hoffe, ich störe nicht?«

»Nein, es ist gerade ziemlich ruhig.«

»Und? Ich bin sehr neugierig? Wie haben Sie sich entschieden, Lotte?«

Er hatte sich ihren Namen gemerkt. »Ich werde es machen.«

Der Fotograf begann zu strahlen. »Sehr gut. Ich freue mich. Sie werden perfekt passen. Erst mal werde ich Sie dem Agenturinhaber vorstellen. Ich denke, er wird Sie mit Kusshand nehmen und ich werde befördert.«

Sie schaute ihn skeptisch an. »Eine Beförderung? Als Fotograf?«

»Das war ein Scherz, also das mit der Beförderung. Mit Kusshand nehmen wird er Sie. Hätten Sie morgen gleich Zeit?«

»Ja, Sie könnten mich gegen achtzehn Uhr nach meiner Schicht abholen, oder Sie sagen mir, wo ich hinkommen soll. Nein, warten Sie, ich werde hinkommen. Geben Sie mir einfach die Adresse.«

Wieder lächelte er, und sie konnte nicht anders, als ihm auf die geschwungenen Lippen zu schauen.

»Ich hole Sie sehr gern ab. Nicht, dass Sie mir unterwegs verloren gehen.«

»Nein, nein, ich werde hinkommen.« Auch Lotte lächelte jetzt.

»Wie Sie meinen, Lotte. Wollen wir uns nicht duzen?«

»Gern!«

Er nannte ihr die Adresse.

»Lotte, die Arbeit macht sich nicht von selbst«, rief Bine.

Sie rollte mit den Augen. »Ich komme.« Widerwillig löste sie ihren Blick von Alexander. »Dann bis morgen. Ich muss weitermachen.« Sie hob kurz ihre Hand und machte sich wieder an die Arbeit.

»Bis Morgen.« Alexander blieb noch einen Moment stehen, bevor auch er sich umdrehte, um zu gehen.

Am Abend öffnete Lotte eine Flasche Sekt. Schließlich hatte sie etwas zu feiern. Einen neuen Auftrag und einen neuen Mann. Natürlich war das total übertrieben, aber Alexander war der erste Mann seit Werner, der ihr gefiel, und sie war sich ziemlich sicher, dass er sie ebenfalls attraktiv fand.

»Bin wieder da«, kündigte sich Christel beim Eintreten in die Wohnung an. Als sie in das Wohnzimmer kam, konnte Lotte sehen, dass ihr Blick gleich auf die Flasche fiel.

»Ich habe nichts getrunken, ehrlich. Ich habe was zu feiern, und mein erster Gedanke war Alkohol, aber ich habe nichts angerührt«, verteidigte sie sich schon, bevor Christel etwas sagen konnte.

Christel setzte sich neben ihre Freundin und nahm die Flasche vom Tisch. »Und was gibt es zu feiern?«, fragte sie sarkastisch.

»He, sei doch nicht so.«

»Doch, Lotte, das bin ich aber. Seit Monaten liegst du entweder im Bett oder auf dem Sofa, wenn du nicht arbeitest, und tust nichts. Du gehst nicht aus, sondern trinkst hier für dich allein. Du hast ein Problem, und du hast mir etwas versprochen! Ich weiß, dass du Schlimmes durchgemacht hast, aber dabei kann dir das nicht helfen.« Sie zeigte auf die Flasche.

»Christel«, sagte Lotte schnell, bevor ihre Freundin weitersprechen konnte. »Mir geht es gut, wirklich. Ich habe einen Fotografen kennengelernt. Wahrscheinlich hat er den perfekten Auftrag für mich. Ich lerne morgen erst einmal die Agentur kennen. Er findet, dass ich perfekt passe, und hat mir die Adresse gegeben.«

»Das klingt ganz wunderbar, aber das da ist trotzdem ein Problem.« Christel zeigte auf die Flasche.

»Aber ich habe nichts getrunken. Ich meine, ich wollte, aber dann war mir klar, dass ich nur Angst vor morgen habe und mich deshalb ablenken wollte. Ich habe sie nur angestarrt und gewusst, dass ich das nicht tun darf. Ich kann vielleicht wieder als Mannequin arbeiten. Freust du dich nicht für mich?«

»Doch, ich freue mich sogar sehr. Trotzdem mache ich mir Sorgen.«

»Schau.« Lotte nahm die Flasche, ging in die Küche und schüttete alles in den Ausguss. »Zufrieden?«, fragte sie, als sie wieder in das Wohnzimmer zurückkehrte.

»Für den Moment ja.«

»Ich verspreche dir, dass ich nicht mehr trinke. Ich sehe wieder eine Perspektive, und Alexander ist sehr nett.«

»Alexander? Ist das der Fotograf?«

»Ja, genau.«

»Was weißt du alles über ihn?«

»Nichts, leider, aber ich werde schon noch alles herausfinden. Ich hoffe nur, er ist nicht verheiratet.«

»So fröhlich wie heute warst du schon lange nicht mehr«, bemerkte Christel.

»Ja, ich fühle mich richtig glücklich.«

»Lotte, ich muss dir was sagen. Ich habe bisher auf den richtigen Moment gewartet, und gerade scheint mir ein guter Moment zu sein«, sagte Christel nervös.

Lottes Lächeln erstarb, als sie das ernste Gesicht ihrer Freundin sah.

»Ist etwas passiert? Ist jemand krank?« Sofort dachte sie an ihren Vater.

»Nein, aber ich habe jemanden kennengelernt. Er heißt Ralf, und ich denke, ich werde nicht mehr so oft hier sein, und na ja, wenn es gut läuft, werde ich natürlich auch mit ihm zusammenziehen.«

»Aber das sind doch gute Neuigkeiten.« Lotte umarmte ihre Freundin stürmisch.

»Ja, schon, aber ich mache mir Sorgen um dich. Schließlich bist du auch meinetwegen in den Westen gekommen. Ich fühle mich irgendwie verantwortlich für dich. Besonders, seit ich dich nach London auf dem Boden gefunden habe. Na ja, ich war mir nicht sicher, wie du es aufnehmen wirst und ob ich dich überhaupt allein lassen kann.«

»Ich bin hier, weil ich es wollte. Ich wollte frei sein und als Mannequin arbeiten. Dass das hier mit uns nur auf Zeit ist, habe ich gewusst. Bitte leb dein Leben und lass dich nicht von mir aufhalten. Es tut mir leid, dass ich dir solchen Kummer bereitet habe.« Schuldbewusst blickte Lotte ihrer Freundin in die Augen.

»Schon gut, es war auch nicht einfach für dich.«

Lotte überlegte. »Dass ich Heimweh kriegen könnte, habe ich unterschätzt«, flüsterte sie. »Ich habe einfach gedacht, ich komme hierher und alles läuft. Stattdessen fühlte ich mich immer öfter einsam. Ich war naiv, ich weiß.« Die Sache in London sprach sie nicht an. Sie wollte nicht darüber reden. Sie konnte nicht.

»Nein, sag das nicht. Du wolltest frei sein und hast alles riskiert. Das ist so mutig. Gib bitte nicht auf. Ich freue mich für die Chance, die du morgen hast.«

»Weißt du, was mich am meisten beschäftigt, ist das Gefühl, dass ich alles umsonst zurückgelassen habe. Was habe ich schon groß erreicht?«

»Du hattest viele Aufträge, ich finde, du hast eine Menge geschafft.«

Das stimmte, auch wenn sie kaum Geld bekommen hatte, war sie doch erfolgreich gewesen. »Ja, du hast recht. Und bitte mach dir keine Sorgen, Christel. Morgen beginnt eine neue Zeit. Ich fühle es.«

»Das würde mich so sehr freuen.«

»Ach, und ich möchte diesen Alexander wirklich kennenlernen.« Lotte blickte verlegen zu Boden.

Christel drückte Lotte fest an sich und lachte. »Das wirst du. Ach, Lotte, du glaubst nicht, wie froh ich bin. Das lag mir schon so lange auf der Seele. Ich war drauf und dran, Margot zu schreiben.«

»Das darfst du auf keinen Fall! Sie kann doch nichts tun von drüben.«

»Ja, das habe ich mir dann auch immer gedacht. Ich war nur so hilflos. Mensch, Lotte, ich drücke dir die Daumen, dass du morgen Glück hast und sich jetzt alles zum Guten wendet.«

Als Lotte am Morgen aufwachte, fühlte sie sich ein wenig gerädert vom Abend zuvor. Sie hatte vor Vorfreude auf den Termin mit Alexander einfach nicht schlafen können. Lange hatte sie mit Christel auf dem Sofa gesessen und geredet. Das hatte ihr gutgetan, und sie verstand jetzt, warum Christel sich solche Sorgen um sie machte. Endlich hatte Lotte davon gesprochen, weshalb sie sich schlecht fühlte, London ausgenommen. Vieles von dem, was sie sich erhofft hatte, war nicht eingetreten. Ihr war klar geworden, dass Christel recht hatte und sie ihre Sorgen im Alkohol zu ertränken versucht hatte. Sie durfte wirklich nicht mehr trinken.

Jetzt würde sie Alexander wiedersehen und neue Aufträge bekommen. Ab heute würde sich ihr Leben zum Besseren wenden.

Nun stand Lotte vor dem Gebäude, dessen Adresse ihr Alexander aufgeschrieben hatte. Ihre Knie zitterten. Sie wusste, sie durfte nicht zu viel Hoffnung haben, und doch … Es musste einfach klappen.

Sie betrat das Gebäude, das von außen heruntergekommen aussah, im Inneren aber liebevoll eingerichtet war. Im Foyer standen viele Pflanzen. Diese Agentur strahlte etwas aus, das Lotte gefiel.

Dann sah sie Alexander auf sich zulaufen. Er winkte ihr. »Lotte, schön, dich zu sehen.« Er küsste sie links und rechts auf die Wange.

»Ich freue mich auch, hier zu sein.«

»Na, dann stelle ich dir doch gleich den Agenturchef vor.«

Lotte sah sich um. »Schön ist es hier.«

Sie gingen eine Treppe hinauf und hielten vor einer großen Flügeltür.

Alexander klopfte und öffnete dann die Tür. Er schob Lotte sanft in den Raum, bis sie vor einem großen Schreibtisch standen. Seine Hand lag noch immer auf ihrem Rücken. Die Wärme, die von seiner Hand ausstrahlte, fühlte sie bis in die Zehenspitzen. Am liebsten hätte sie die Augen geschlossen und ihn gebeten, seine Hand nie mehr wegzunehmen. Lotte erschrak bei dem Gedanken. Es ging hier um einen Auftrag, sie sollte sich zusammenreißen. Außerdem hatte er sie nicht gefragt, ob er sie berühren durfte.

Als hätte er ihre Gedanken gelesen, zog Alexander seine Hand zurück, und sie atmete aus.

»Das ist Lieselotte Stede, das Mannequin, das ich dir vorstellen wollte«, sagte er zu einem grauhaarigen Mann, der sie freundlich anlächelte.

»Freut mich sehr, Frau Stede. Nehmen Sie doch bitte Platz.« Der Grauhaarige machte eine einladende Geste.

Alexander schob einen der zwei Stühle zur Seite, damit Lotte sich setzen konnte.

Ihr Herz hüpfte. Alexander war wirklich ein Gentleman.

»Mein Name ist Gerhard Kempfer, ich bin Leiter dieser Agentur. Wir sind bekannt für Werbeplakate und haben Kunden überall. Für unsere Kampagnen sind wir immer auf der Suche nach schönen Gesichtern. Wie ich hörte, arbeiten Sie in einem Restaurant, das guten Kuchen verkauft?« Er zwinkerte ihr zu.

Sie warf einen Blick zu Alexander. »Ähm ja, das tue ich, aber ich habe bereits einige Erfahrung als Mannequin.«

»Ja, ich weiß, umso mehr erstaunt es mich, dass Sie das aufgegeben haben.« Er blickte sie fragend an.

Sie konnte ihm nicht sagen, warum sie eine Pause gebraucht hatte. »Es lag weniger an der Arbeit als an der Agentur. Sagen wir so, es gab Differenzen mit dem Agenturchef.« Lotte hoffte, dass sie damit nicht zu weit gegangen war. Bei einem Chef über einen anderen Chef zu reden, war vielleicht nicht besonders klug.

»Sie waren bei der Agentur Wier. Unser Konkurrent sozusagen. Ich kenne ihn auch eher als, sagen wir, nicht immer sehr netten Kollegen.«

Puh, Glück gehabt, dachte Lotte und lächelte.

»Und können Sie sich vorstellen, wieder als Mannequin zu arbeiten?«

»Ja, das kann ich. Wenn die Bedingungen stimmen«, fügte sie

schnell hinzu. Sie wollte wieder als Mannequin arbeiten, aber bei fairer Bezahlung. Sie wusste, dass sie auch durch andere Arbeit ihr Geld verdienen konnte.

»Darüber können wir später sprechen. Ich schlage vor, mein Sohn macht zuerst ein paar Bilder von Ihnen. Ich habe gerade einen Auftrag, und ich könnte Sie mir dafür vorstellen. Danach setzen wir uns zusammen und schauen, ob wir zusammenkommen. Ist das für Sie so in Ordnung?«

Sein Sohn? Lotte blickte verwirrt zu Alexander. Außerdem – sie würde nach ihren Gehaltsvorstellungen gefragt werden? Nichts würde einfach bestimmt werden, wie sie es bei Matthias erlebt hatte? »Gern, vielen Dank für die Möglichkeit«, erwiderte Lotte, nachdem sich ihre erste Verblüffung gelegt hatte.

»Dann freue ich mich, die Fotos machen zu können« sagte Alexander und schlug sich voller Tatendrang auf die Schenkel.

»Er redet seit Tagen von nichts anderem«, sagte Gerhard Kempfer lachend. »Erlösen Sie ihn und machen diese Bilder.«

»Papa«, sagte Alexander gedehnt.

Das war das erste Mal, dass Lotte ihn peinlich berührt sah. »Na, dann werde ich dich mal erlösen«, zog sie ihn auf.

Er sprang auf die Füße.

Lotte erhob sich ebenfalls, dann gab sie Herrn Kempfer die Hand und folgte Alexander aus dem Raum.

Als sie im Flur standen, blieb sie stehen. »Warte mal. Der Agenturchef ist dein Vater? Warum hast du mir das nicht gesagt?«

»Warum hätte ich das tun sollen? Ändert das etwas?«

»Ja … nein … Ich weiß nicht, aber als du sagtest, du bist Fotograf, da …«

»Ich bin Fotograf und sogar ein verdammt guter.«

»Daran zweifele ich auch nicht, aber wenn du eine Agentur besitzt, dann musst du doch nicht fotografieren.«

»Also erst mal besitzt mein Vater die Agentur, und wenn es nach ihm geht, müsste und sollte ich sie auch übernehmen. Fotografieren ist aber das, was ich gut kann und liebe. Das ganze Geschäft interessiert mich nicht. Es liegt mir auch nicht. Das musste auch der alte Herr einsehen, und als Fotograf arbeite ich trotzdem für die Agentur. Los, komm!« Er lief durch die Flure und führte sie zu einem Raum. »Willkommen in meinem Reich.«

Lotte staunte. Der Raum war groß und gefüllt mit vielen Requisiten. Von Kleidern bis zu allen möglichen Gegenständen, die man beim Fotografieren gebrauchen konnte. Nur eine Wand war komplett frei, das war vermutlich die Wand, wo Fotos gemacht werden konnten. In der Mitte des Raums stand ein Stativ, auf dem schon eine Kamera montiert war.

»Da drüben sind ein kleiner Schminktisch und ein Spiegel. Aber bitte nicht viel Schminke verwenden, wir wollen deine Natürlichkeit«, sagte Alexander und deutete in eine Ecke.

Lotte ging durch den Raum und sah sich alles an. Sie war ganz angetan von den Kleidern, Hüten, Perücken, Haarbändern und allem Schnickschnack, den man brauchte oder von dem man zumindest meinte, ihn zu brauchen. »Wow!«

»Ja, im Laufe der Zeit häuft sich einiges an.« Alexander blickte kurz auf und stellte dann etwas an seiner Kamera ein.

Lotte beobachtete ihn fasziniert dabei, wie er konzentriert seine Arbeit machte.

Plötzlich wurde die Tür aufgerissen. Eine schlanke, rothaarige Frau betrat den Raum. »Alexander, ach, wusste ich doch, dass ich dich hier finde. Du sollst dir diese Fotos rasch ansehen und eine geeignete

Kandidatin aussuchen«, sagte die Frau gereizt. Kurz fiel ein abschätziger Blick auf Lotte.

Lotte war es gewohnt, deshalb störte es sie nicht weiter, aber auch Alexander traf ein feindseliger Blick.

»Leg die Bilder bitte dorthin, Monika«, sagte er und zeigte auf einen kleinen Tisch. Ansonsten beachtete er sie nicht und beschäftigte sich weiter mit seiner Kamera. Lotte war erstaunt. Bisher kannte sie ihn nur sehr höflich und freundlich, aber bei dieser Monika war er das nicht.

Die Rothaarige legte die Unterlagen ab und blieb noch kurz stehen, den Blick auf Lotte geheftet.

»Ist noch was? Ich habe zu tun«, sagte Alexander genervt, und auch sein Blick war nicht eben freundlich. So hatte Lotte ihn wirklich noch nicht erlebt.

»Ja, das kann ich mir vorstellen«, blaffte die Frau zurück, bevor sie aus dem Zimmer rauschte und die Tür hinter sich zuknallte.

»Magst du dich da hinstellen, Lotte«, sagte Alexander ungewohnt unfreundlich und deutete auf einen Punkt vor der weißen Wand.

»Ja, klar.« Lotte war noch immer irritiert von dem Auftritt der Rothaarigen.

»Mach einfach, wobei du dich wohlfühlst. Na, du kennst das ja.«

»Die Frau da eben und du, ihr seid wohl keine Freunde, was?«, meinte Lotte. Es rutschte ihr einfach so raus.

»Nein, wir sind verheiratet.«, erwiderte Alexander kühl.

»Oh!« Lotte blickte auf seine Hand, konnte aber keinen Ring erkennen. Darauf hatte sie zuerst geachtet.

»Noch!«, ergänzte er, als er ihren Blick bemerkte.

Das erklärte einiges.

»Also, der Chef ist dein Vater, und eine der Angestellten ist deine Frau. Noch mehr Familie hier in der Agentur, von der man wissen sollte? Kinder? Tut mir leid, es geht mich nichts an.« Lotte errötete, als sie begriff, was sie da eben gesagt hatte.

»Nein, keine weiteren Überraschungen. Tut mir leid. Ich bin jetzt wieder bei der Sache, sie ist einfach so … Egal. Lass uns anfangen! Beim Fotografieren bekomme ich wieder gute Laune.«

Sie machten ein paar Bilder, und Alexander sagte bis auf ein paar Kommandos, die er ihr zurief, nicht viel.

Lotte sah die Leidenschaft und Freude in seinen Augen. Wenn sie ihn mit Werner verglich, war er viel gelassener und ausgeglichener. Werner hatte sie animiert und dabei wild gestikuliert. Alexander dagegen war die Ruhe in Person. Manchmal bestanden seine Kommandos nur aus einfachen Gesten. Lotte verstand zumeist sofort, was er wollte.

»Sehr schön! Wir haben es. Ich werde die Fotos entwickeln und dann meinem Vater zeigen, aber wenn du den Auftrag willst, dann bin ich mir ziemlich sicher, dass du ihn kriegen wirst. Ich werde wieder zu dir kommen.«

»Das freut mich.«

»Du kannst gern schon gehen. Ich brauche hier noch ein wenig und räume auf. Findest du allein raus?«

»Ja, das bekomme ich hin. Ich muss morgen früh raus. Noch muss ich im Restaurant arbeiten.« Lotte hatte sich um einen beiläufigen Tonfall bemüht.

»Vielleicht nicht mehr lange«, stellte er ihr in Aussicht.

Sie nahm ihre Sachen und ging zu ihm, um sich zu verabschieden. »Na dann, tschüss.«

»Tschüss«, sagte Alexander. Er gab ihr wieder rechts und links einen Kuss auf die Wange, und am liebsten hätte sie ihn an sich gezogen und festgehalten.

Es war bereits dunkel, als Lotte vor das Gebäude trat. Der Tag war eigentlich gut gelaufen. Alexander und sein Vater hatten ihr Hoffnung gemacht, dass sie einen Auftrag erhalten würde, und trotzdem war sie enttäuscht. Alexander war verheiratet, wenn auch vielleicht nicht mehr lange. Das erste Mal seit Langem, dass ihr ein Mann gefiel, und dann war er vergeben. Vielleicht war es auch besser so. Privates und Arbeit vertrugen sich nicht immer gut. Und insgeheim fragte sie sich auch, ob sich wieder auf einen Mann einlassen konnte. Seit London machte ihr die Vorstellung von körperlicher Nähe Angst.

Wie angekündigt, kam Alexander zwei Tage später in das Restaurant, um ihr zu sagen, dass sie den Auftrag hatte.

Von ihren Gefühlen überwältigt, fiel Lotte ihm in die Arme. »Oh, tut mir leid, aber ich bin so froh, dass es vielleicht weitergeht«, sagte sie, nachdem sie sich recht verlegen von ihm gelöst hatte.

»Kein Problem.« Alexander blickte ihr in die Augen.

»Na gut, dann werde ich hier mal weitermachen«, sagte sie.

»Ja, klar.«

»Wir sehen uns«, verabschiedete sich Lotte.

»Du, warte mal.«

Sie schaute Alexander erwartungsvoll an.

»Wegen neulich: Es tut mir leid. Aber Monika und ich sind nicht gerade in Freundschaft auseinandergegangen, und ich habe mich und meine Gefühle, was sie betrifft, manchmal nicht im Griff. Sie hat mich irgendwie in der Hand. Sie will die Agentur nicht verlassen, daher muss ich sie fast jeden Tag sehen und ihre Launen ertragen.

Sie akzeptiert es nicht, dass ich die Scheidung will, und macht mir das Leben zur Hölle. Entschuldige, dass ich so patzig war.«

»Kein Problem. Das ist deine Sache. Ich danke dir einfach, dass du mir eine Chance gegeben hast.« Trotzdem war Lotte froh, dass sie nun eine Erklärung für sein Verhalten hatte.

»Ich wollte das ansprechen, weil du die erste Frau nach der Trennung von Monika bist, die ich mag.«

Lotte spürte, wie ein Schauer über ihren Rücken lief. Nur mit Mühe konnte sie ein breites Grinsen unterdrücken.

»Ich mag dich auch«, erwiderte sie.

»Großartig! Dann sollten wir uns mal verabreden.«

»Ja, vielleicht.« Sie fingerte an ihrer Schürze herum und fragte sich, warum dieser Mann sie so schüchtern werden ließ.

»Ich werde schauen, wann es passt und dich dann fragen.«

»Klingt gut.«

Dann beugte Alexander sich vor und gab ihr einen kurzen, aber zärtlichen Kuss auf den Mund. »Bis bald.«

»Bis bald!« Lotte drehte sich um und hörte die Glocke, als die Tür hinter ihm zufiel.

Als Lotte zu Hause ankam, erzählte sie Christel haarklein alles, was sie erlebt hatte. Christel schlug sofort vor, dass, nachdem nun auch Lotte jemanden kennengelernt hatte, sie sich doch einmal zu viert treffen konnten.

»Ich freue mich auch, aber erst mal muss ich ihn richtig kennenlernen«, meinte Lotte und lachte.

»Ja, ich bin nur so aufgeregt und freue mich für dich.«

»Ich muss sofort Margot schreiben«, sagte sie aufgelöst.

»Du, Lotte«, sagte Christel ernst.

Lotte drehte sich wieder um. »Ja?«

»Könntest du vielleicht, also nur wenn du willst, also könntest du für mich ein gutes Wort einlegen bei deiner neuen Agentur? Ich hasse es, für Matthias zu arbeiten, vor allem, nachdem er dich so aus der Bahn geworfen hat.«

Lotte lächelte. »Daran habe ich auch schon gedacht. Bei der nächsten Gelegenheit werde ich das ansprechen.«

»Danke«, sagte Christel erleichtert.

Endlich konnte Lotte etwas für ihre Freundin tun.

KAPITEL 23

MARGOT
Februar 1965

Sie hatte niemandem davon erzählt, aber sie hatte einen Antrag zur ständigen Ausreise aus der DDR für Lilli und sich gestellt. Als Begründung hatte sie angeführt, dass Lillis Vater im Westen leben würde. Jetzt musste sie warten, vermutlich lange. Sie hatte schon gehört, dass sie jetzt Schikanen ausgesetzt sein könnte und bereute den Antrag fast schon wieder. Aber sie musste etwas unternehmen. Bis auf Marie und die Treffen hatte sie nichts, was sie hier hielt. Die Arbeit bei der DEWAG war schrecklich, und niemand erkannte, was sie konnte. Ihre Eltern ließen sie spüren, dass sie kein richtiger Teil der Familie war. Sie musste hier raus. Ihrer Tochter die Welt zeigen. Als Lotte in ihren letzten Briefen von der Agentur schrieb, in der sie arbeitete, wurde ihr Verlangen größer, den Westen mit all seinen Möglichkeiten kennenzulernen, und ihr Entschluss war gefasst.

Wie jeden Mittwoch konnte Margot das Ende ihres Arbeitstages kaum abwarten. Marie und sie mussten immer ein wenig früher in der Wohnung sein, um alles vorzubereiten. Heute war sie sehr knapp dran, da Frau Dobrink ihr mal wieder in letzter Minute ein Dokument hingelegt hatte, das sofort abgetippt werden musste.

Mittlerweile brachte jede der Frauen etwas mit, ganz ohne Zwang, zum Beispiel Kuchen oder Kartoffelsalat. Mitunter hatten sie so viel von dem Essen übrig, dass sich jede etwas mitnehmen konnte.

»Was hast du dabei?«, fragte Margot.

Marie öffnete ihren Beutel und grinste. »Zwei Bücher. Eva meinte letztens, dass sie gern mal wieder lesen würde. Eine meiner Patientinnen liest viel, und als wir so ins Gespräch kamen, meinte sie, sie bringt mir ausgelesene Bücher vorbei. Sie hat Verwandte im Westen und kommt an vieles dran. Wir können die Bücher ja hierlassen, und jede bringt mal eins mit. Dann können wir tauschen.«

»Gute Idee.«

Dann klopfte es auch schon, und drei Frauen betraten voller Vorfreude die Wohnung. Mittlerweile hatte sich ein harter Kern aus ungefähr fünfzehn Frauen gebildet. Viel mehr hätten auch nicht in der kleinen Wohnung Platz gefunden. Margot und Marie waren sich einig, dass die Frauen nicht mehr von diesen Treffen erzählen sollten, um die Gefahr zu verkleinern, dass das Ganze irgendwann doch aufflog. In letzter Zeit hörte man schlimme Geschichten, davon, dass die Staatssicherheit hart durchgegriffen hatte. Größere Versammlungen waren unerwünscht, so harmlos sie auch sein mochten. Insgeheim machte sich Margot auch Sorgen, dass sich das negativ auf ihren Ausreiseantrag auswirken könnte. Sie wollte nichts riskieren.

Zu Beginn wurde immer getanzt. Sie schoben die wenigen Möbel zur Seite und machten sich Musik an, dann wirbelten sie ausgelassen und lachend durch die Wohnung.

Margot fühlte sich nach jedem Treffen derart befreit und locker, dass sie glaubte, alles schaffen zu können. Sie hoffte, dass es den anderen auch so ging. Der Austausch, vor allem über die Erlebnisse bei der DEWAG, taten ihr gut.

Heute, wie nach jedem Treffen, kam Marie meist noch mit, um Lilli abzuholen, und sie aßen gemeinsam Abendbrot und tauschten sich weiter aus. Sie sprachen darüber, was man noch alles machen könnte, aber auch über die Sorge, dass etwas durchsickern könnte. Immer öfter hatte Margot das Gefühl, dass sie beobachtet wurde, seit sie den Antrag gestellt hatte. Hinter jeder Ecke sah sie jemanden auflauern. Nur Marie konnte sie dann beruhigen.

»Da, siehst du den Mann da hinten?«

»Welchen?«

»Na, der an der Ecke, der schaut immer wieder zu uns rüber.«

»Margot, der steht da einfach nur und guckt ganz allgemein. Ich glaube, er sucht nach einer Straße«, erklärte Marie.

»Meinst du wirklich?«

»Ja, beruhige dich. Weißt du, wenn man sich auffällig verhält, dann ist man auch auffällig.«

»Es tut mir leid, aber man hört so viel.«

»Wir machen nichts Verbotenes, selbst wenn andere das glauben. Du musst ruhiger werden.«

»Du hast ja recht.« Trotzdem hatte Margot immer ein ungutes Gefühl. Sie bewunderte Marie für ihre Stärke.

»Marie, ich muss dir was sagen. Ich habe einen Ausreiseantrag für Lilli und mich gestellt«, platzte es aus ihr heraus.

Marie blieb stehen. »Was? Du willst in den Westen?«, zischte sie.

»Ja, ich halte es hier nicht mehr aus.«

»Ich meine, ich kann dich verstehen, aber …«

»Ich mache mir keine großen Hoffnungen, aber ich musste es versuchen, verstehst du.«

Marie nickte und lief weiter.

»Bist du jetzt sauer?«, fragte Margot und schloss zu ihr auf.

»Nein, natürlich nicht, aber du wirst mir unfassbar fehlen. Und Lilli auch.«

»Noch ist es nicht passiert. Ich bin ja noch hier«, sagte Margot und stieß ihre Freundin in die Seite. »Für mich wäre es auch schrecklich, wieder eine Freundin zu verlieren.«

»Verlieren wirst du mich nie«, sagte Marie.

»Nein, verlieren werden wir uns nie. Lass uns nicht mehr darüber reden. Es wird vermutlich nicht klappen, also warten wir einfach ab.«

»In Ordnung«, sagte Marie nicht besonders überzeugt. »Du, Margot?«

»Ja?«

»Sei bitte vorsichtig. Ich habe schon viel gehört von Leuten, die solche Anträge gestellt haben.«

»Ich weiß, es kann übel werden.«

Das monatliche Essen bei ihren Eltern stand an. Sie waren noch immer enttäuscht, welchen Weg ihre Tochter eingeschlagen hatte, aber sie wollten dann doch sehen, wie es ihr und der Enkelin ging. Margot würde zwar die Reaktion ihrer Eltern auf die Schwangerschaft nicht vergessen können, aber sie hatte ihnen verziehen. Die beiden konnten nicht anders, sie waren, wie sie waren, und Lilli sollte Kontakt mit ihrem Opa, ihrer Oma und ihrer Tante haben. Schlimm genug, dass ihr Kind keinen Vater hatte. Margot musste über ihren Schatten springen.

»So, meine Süße, heute geht es wieder zu Oma und Opa. Dann kannst du mit deinen Cousins spielen.«

Lilli klatschte in die Hände. »Ja!«, rief sie.

»Möchtest du das schöne Kleid anziehen?«

Die Kleine schüttelte den Kopf.

»Oder das?« Margot hielt den anderen Arm mit einem anderen Kleid hoch.

Wieder schüttelte Lilli den Kopf.

»Mhm, was dann?«

Die fast Zweijährige ging zielstrebig zum Schrank und zog einen Rock hervor. »Das!«

»Na gut, dann den Rock. Jetzt brauchen wir noch was für obenrum.«

Auch da hatte Lilli ihre Vorstellung und zog einen rosafarbenen Pullover hervor. Im Alltag konnte der kleine Dickkopf sehr anstrengend sein, aber Margot gefiel, dass Lilli wusste, was sie wollte, und das sollte sie sich bewahren.

»Wunderbare Wahl. Dann los, wir müssen uns beeilen. Oma hat das Essen immer pünktlich fertig.«

Die Wohnung der Eltern lag nicht weit von ihrer, nur fünfzehn Minuten zu Fuß. Lilli nahm den Roller, was bedeutete, dass Margot ihn nach fünf Minuten tragen würde, da sie keine Lust mehr haben würde, ihn zu fahren.

»Oma, Opa«, schrie die Kleine, als die Tür geöffnet wurde.

»Na, meine Süße«, sagte Reiner und warf seine Enkelin in die Luft. Margot drückte er kurz.

Dann begrüßte sie ihre Mutter, Edith und Klaus. Noch immer lag eine gewisse Distanz zwischen ihr und ihrer Familie. Zu Lilli waren alle lieb und ließen sich nichts anmerken, aber das Verhältnis zu ihr war kühl geblieben. Es würde nie mehr so, wie es einmal gewesen war. Zudem kamen noch die politischen Differenzen. Ihre Eltern als treue Bürger der DDR hatten kein Verständnis für Margots Ansichten und wollten in keinem Fall, dass in ihrem Haus auch nur angezweifelt wurde, was die Staatsoberhäupter so von sich gaben. Es würde nur noch fehlen, dass sie ein Foto von Walter Ulbricht in der Wohnung aufhängten. Ob wirklich alle geblendet von der Propaganda waren, die ihr täglich auch bei der Arbeit bei der DEWAG begegnete, konnte Margot nicht beurteilen. Genauso gut konnte es Angst vor den Konsequenzen sein, der Verlust der Zugehörigkeit, und obendrein hatte man als linientreuer Bürger der DDR auch viele Annehmlichkeiten. Nur eines hatte man nicht: Freiheit.

Das Essen lief immer gleich ab; es wurden die üblichen Fragen gestellt und Antworten gegeben. Aber etwas an Edith schien anders. Margot versuchte zu verstehen, was es war, und nach einer Weile kam ihr ein Gedanke: Leichtigkeit. Edith fehlte die Leichtigkeit.

»He, große Schwester, wie geht es dir wirklich?« Edith spielte gerade mit ihren Kindern auf dem Teppich. Die Tochter Doris wurde bald fünf, und der kleine Norbert war gerade drei geworden. Margot hatte sich zu ihrer Schwester auf den Boden gesetzt. »Du siehst erschöpft aus.«

Irritiert sah Edith sie an. »Natürlich bin ich erschöpft. Ich habe zwei kleine Kinder, das ist normal. Es geht mir gut. Ich liebe mein Leben. Jede hat mal schwere Tage, oder nicht?«

»Ja, das weiß ich auch. Es ist nur, irgendwie bist du nicht mehr so locker. Du wirkst traurig.« Normalerweise sprachen die beiden nicht mehr allein. Seit dem Auszug aus dem Elternhaus war ihr Verhältnis nur auf die wenigen Stunden beim Essen beschränkt.

Edith drehte das Auto ihres Sohnes in der Hand. Sie schien nachzudenken.

»Mama, lass das Auto fahren«, bat Norbert.

»Ja, natürlich, mein Spatz.« Sie schob das Spielzeug über den Teppich, und der Kleine sammelte es freudig wieder ein.

»Ich kann mir vorstellen, dass zwei kleine Kinder, die Arbeit und der Haushalt sehr anstrengend sind«, sagte Margot, um das Gespräch wieder aufzunehmen. »Aber du sagst es nie. Du tust immer so, als ob alles leicht und gut ist.«

»Es ist ja auch alles gut.«

»Wirklich?«

»Was soll das, Margot? Was willst du hören?«

»Nichts. Ich wollte nur sichergehen, dass es dir gut geht.«

»Es geht mir gut«, sagte Edith verärgert.

»Warum bist du so wütend? Weil ich mir Sorgen mache?«

»Weil du dich noch nie für mich und mein Leben interessiert hast und jetzt solche Fragen stellst.«

»Mhm, vielleicht hast du recht. Vielleicht hätte ich mehr für dich da sein sollen. Also, was ich sagen will, ich bin für dich da, wenn du mich brauchst, okay?«

»Wobei sollst du mir schon helfen können? Du bist allein mit deiner Tochter und gehst arbeiten.«

Margot versuchte, wegen dieser Entgegnung nicht verletzt zu sein. Sie wusste aus den vielen Gesprächen in ihrem Frauentreff, dass es dauerte, bis man zugeben konnte, wie es einem wirklich ging. Um Hilfe zu bitten, war für viele äußerst schwer. Sie wollte nur, dass ihre Schwester wusste, dass sie da war. Edith war keine Konkurrentin mehr, sie war eine Frau wie sie, mit Herausforderungen und Sorgen im Alltag. Am Ende waren die Probleme immer ähnlich. Das hatte Margot bei den Treffen mit den anderen Frauen gelernt. Fast allen Frauen, die sie kannte, fehlte es an Wertschätzung für das, was sie leisteten.

»Sag mir einfach, wenn du Hilfe brauchst.« Margot stand auf und ging zu Lilli.

Edith entgegnete nichts mehr, schüttelte nur den Kopf und spielte weiter lustlos mit ihren Kindern.

Die Zeit bei ihrer Familie zog sich hin. Als sie sich endlich verabschiedet hatten, freute Margot sich darauf, endlich nach Hause zu kommen und Lotte einen Brief zu schreiben. Noch viel lieber aber las sie Lottes Briefe und ihre Beschreibungen aus dem Westen. Dann überkam sie immer eine Sehnsucht, und sie wollte ihr am liebsten alles berichten, was ihr auf dem Herzen lag. Aber Margot war vorsichtig, von ihrem Frauentreff oder ihrem Ausreiseantrag zum Beispiel konnte sie nicht einfach schreiben, zu groß war die Gefahr, dass die Briefe abgefangen und gelesen wurden, und dann konnte man nie wissen, was passierte. Doch sie versuchte alles zu schreiben, was sie gerade beschäftigte.

Liebste Lotte,

danke für Deinen Brief! Ich freue mich, dass es Dir besser geht. Ich hatte mir schon Sorgen gemacht. Als Du im Restaurant gearbeitet hast, klang jeder Brief melancholisch. Dass Du nun eine neue Agentur gefunden hast und das machen kannst, was Du liebst, freut mich sehr. Deshalb bist Du ja auch gegangen. Mir geht es auch richtig gut. Ich treffe mich mit einigen Frauen nachmittags, das tut mir gut. Lass Dich nicht unterkriegen, hörst Du! Und bleib dran an diesem Alexander.

Es klopfte an der Tür. Margot schaute auf die Uhr. Es war kurz vor acht, und sie hatte Lilli gerade hingelegt und hoffte, dass ihre Tochter durch das Klopfen nicht wach wurde. Sie eilte zur Tür.

»Edith?« Sie war überrascht, dass ihre Schwester vor der Tür stand.

»Kann ich reinkommen?«, fragte Edith und schob sich bereits an ihr vorbei.

»Na klar.« Margot schloss die Tür und folgte ihrer Schwester zum Sofa, wo diese schon Platz genommen hatte.

»Möchtest du etwas trinken?«

»Ja, gern einen Tee.«

Margot ging in die kleine Küche und bereitete Tee für sie beide zu. Sie trug die dampfenden Tassen ins Wohnzimmer und stellte sie auf den Tisch, dann setzte sie sich still neben Edith. Sie wollte ihre Schwester nicht drängen. Offenkundig war sie aus einem bestimmten Grund hier.

Edith nahm ihre Tasse. Sie nippte daran, stellte die Tasse wieder ab und starrte vor sich hin.

Margot legte eine Hand auf das Bein ihrer Schwester.

Edith schaute auf die Hand und blickte dann in Margots Gesicht. »Manchmal glaube ich, ich kann nicht mehr«, flüsterte sie.

»Ich weiß.« Margot nahm ihre Schwester in den Arm.

Sofort begannen beide zu weinen und hielten sich fest, bis die Tränen langsam versiegten.

»Ich weiß nicht, aber deine Worte sind mir nicht mehr aus dem Kopf gegangen. Du hast ausgesprochen, was ich schon lange unterdrücke«, sagte Edith dann leise.

»Ich freue mich, dass du hier bist.«

»Wie machst du das? Wieso bist du so stark?«

»Ich bin nicht stärker als jede andere. Ich habe nur einiges erkannt. Man kann nicht immer alles richtig machen, und es darf einem auch mal zu viel sein. Und vor allem muss man um Hilfe bitten, wenn man sie braucht.«

»Wer soll denn helfen? Jeder hat doch mit sich zu tun.«, meinte Edith beinahe flüsternd.

»Pass auf, ich sag dir jetzt etwas, aber du musst mir versprechen, dass du es für dich behältst, egal, wie du das findest.«

Neugierig blickte Edith auf. »Das klingt ja geheimnisvoll.«

»Du musst es aber für dich behalten.«

»O Gott, dann will ich es lieber nicht wissen.«

»Ich habe einen Frauentreff ins Leben gerufen. Wir treffen uns jeden Mittwoch, nachmittags in einer Wohnung. Niemand weiß davon, auch nicht die Männer, und das soll auch so bleiben.«

»Und was macht ihr da?«

»Uns helfen. Zuhören, austauschen, und – nicht zu vergessen – wir tanzen.«

»Ihr tanzt?«

»Ja, auch. Komm doch einfach mal vorbei.«

»Für Tanzen habe ich keine Zeit. Ich weiß schon so nicht, wie ich alles schaffen soll. Ich gehe todmüde ins Bett, und meine Liste an Dingen, die ich erledigen muss, ist noch genauso voll wie am Morgen. Und obwohl ich müde bin, kann ich nicht schlafen, weil ich schon wieder darüber nachdenke, wie ich den nächsten Tag plane.«

»Genau, das ist es. Du wirst nie fertig. Dann wird ein Kind krank oder du selbst. Es kommt immer etwas dazwischen.«

»Ja«, stimmte Edith zu. »Aber ich verstehe nicht, wie ein Treffen dabei helfen soll.«

»Durch die Treffen wird deine Liste nicht kürzer, aber du begegnest Frauen, denen es genauso geht, und du verstehst, dass du nicht allein bist. Alle geben ihr Bestes. Du begreifst, dass du nicht alles schaffen kannst und auch nicht musst. Niemand kann das. Wir hören einander zu und geben uns Tipps. Wir tauschen Rezepte aus, passen untereinander mal auf die Kinder auf und versuchen einfach, eine Stunde in der Woche loszulassen. Den Alltag, die Sorgen, eben alles.«

»Das klingt verlockend, aber ich glaube nicht, dass es was für mich ist.«

Margot zuckte die Schultern. »Ist nur ein Angebot.« Sie holte einen Zettel und einen Stift und schrieb die Adresse darauf. »Jeden Mittwoch. Es ist deine Entscheidung.«

Edith nahm zögerlich den Zettel und starrte darauf.

»Ich möchte dich aber wirklich bitten, dass du mit niemandem darüber sprichst«, bat Margot.

Edith nickte.

»Willst du vielleicht noch was Stärkeres als Tee?«, fragte Margot dann.

»Nein, lieber nicht. Ich muss los. Ich habe Klaus gesagt, dass ich spazieren gehe, und selbst das hat ihn verwundert. Es hat aber gutgetan, einfach einmal rauszukommen.« Sie faltete den Zettel, trank den letzten Schluck Tee und stand auf, um zur Tür zu gehen.

»Wie gesagt, jeden Mittwoch.« Margot lächelte ihre Schwester an.

»Ja, danke.«

Da war sie wieder, die starke Edith, die sich nichts anmerken ließ. Margot spürte, dass es ihrer Schwester jetzt unangenehm war, sich verletzlich gezeigt zu haben.

KAPITEL 24

LIESELOTTE
März 1965

Der Morgen war klar und kalt. Lotte hauchte in ihre kalten Hände, als sie das Bürogebäude der Agentur Kempfer betrat. Sie mochte die Agentur, die hohen Decken und Fenster, die eleganten Möbel. Bereits die Atmosphäre, die der Eingangsbereich ausstrahlte, war faszinierend. Auf dem Weg zum Zimmer des Agenturschefs sah sie Männer in Anzug und Krawatte und Frauen mit langen Röcken und Blusen.

Sie ging ins Büro von Gerhard Kempfer, der sie um ein Gespräch gebeten hatte. Bestimmt hatte sie bei den ersten Aufträgen etwas nicht gut gemacht und er wollte sie jetzt nicht mehr vermitteln. Sie würde zurück ins Restaurant müssen.

Einer der Aufträge war eine Fotostrecke für Schokolade gewesen. Lotte hasste Schokolade, aber sie hatte bei diesem Auftrag ziemlich oft genüsslich in eine Tafel beißen müssen. Vielleicht hatte sich die Firma beschwert, weil man ihr den Ekel angesehen hatte.

Lotte klopfte zaghaft an die Bürotür.

»Ach, Lieselotte, setz dich doch.« Gerhard Kempfer hatte sie schnell angefangen zu duzen. Sicherlich war ihm klar, dass sein Sohn und sie sich mochten. Doch sie wollte noch nicht zum Du übergehen. Er war schließlich der Chef.

»Habe ich was falsch gemacht? Ist alles in Ordnung?«

»Es ist alles gut. Ich wollte dich nur kurz informieren – ich habe das Gefühl, dass unser Konkurrent Matthias Wier uns ab und zu einen Stein in den Weg legt.« Gerhard Kempfer beugte sich vor. »Aber nichts, was ich nicht hinbekomme.« Er zwinkerte ihr zu.

Matthias Wier – konnte er sie denn immer noch nicht in Ruhe lassen? Wut stieg in ihr auf und gleichzeitig Angst. Sie senkte sorgenvoll den Kopf.

»Mach dir keine Gedanken. Mein Sohn hat durchblicken lassen, dass er dich mag und ich dir helfen soll. Du scheinst ihm sehr wichtig zu sein. Ich habe noch etwas in der Hand gegen Herrn Wier. Ich kenne ihn von früher. Er wird ab jetzt Ruhe geben.«

»Danke, das ist nett von Ihnen. Ich weiß auch nicht, warum er es auf mich abgesehen hat.«

»Das kann ich dir sagen. Du hast ihm eine Menge Geld eingebracht, und jetzt arbeitest du nicht mehr für ihn. Er ist sauer, dass du bei mir bist. Du hast großes Talent.«

»Das ist wohl so«, sagte Lotte leise und wusste, dass es vermutlich auch Rache war, weil sie sang- und klanglos abgehauen war, ohne je wieder ein Wort mit ihm gesprochen zu haben.

»Keine Sorge. Sein Einfluss in unserer Branche ist groß, aber meiner ist größer. Ich bin länger im Geschäft und kenne fast alle, das ist ihm auch bewusst. Bisher haben wir uns stillschweigend die großen Aufträge geteilt. Es war genug für alle da. Anscheinend bekommt er den Hals nicht voll. Er hat in frühen Jahren Mist gebaut, und ich habe ihm, na, sagen wir mal rausgeholfen, und ihm vieles beigebracht. Mit Frauen konnte er allerdings noch nie sonderlich gut umgehen. Ich hoffe, dass er dir nicht allzu schlimme Sachen angetan hat!«

»Es war …«

»Schon gut, du musst mir das nicht erzählen. Ich wollte nur sagen, dass ich das geregelt habe.«

Erleichtert atmete Lotte aus. »Danke, ich weiß Ihre Hilfe sehr zu schätzen.«

»Schon gut. Wenn mein Sohn jemanden mag, dann muss ich ihm doch helfen.« Der Agenturchef lächelte. »Im Übrigen hast du deine Arbeit sehr gut gemacht. Ich habe nur Positives gehört.«

»Das freut mich wirklich sehr, auch dass Sie zufrieden sind. Ich werde Sie weiterhin nicht enttäuschen.«

»Das weiß ich.«

»Darf ich Sie noch um eine Sache bitten?«

»Wenn ich helfen kann.«

»Meine Freundin Christel arbeitet noch immer für Herrn Wier, und ich wollte fragen, ob Sie sie vielleicht auch unter Vertrag nehmen könnten.«

»Also, ich habe nicht vor, ihm alle Mannequins abzuwerben.«

»Ich weiß, dass ist viel verlangt, aber ich mache mir Sorgen, wenn sie weiter in der Agentur bleibt.«

Gerhard Kempfer dachte kurz nach. »Ich kann nichts versprechen, aber sie kann sich gern bei mir vorstellen, und dann sehen wir weiter.«

»Danke, das ist alles, was ich wollte. Sie werden begeistert von ihr sein.«

»Wir werden sehen«, sagte er schmunzelnd.

Alexander mochte sie, das hatte sein Vater gesagt. Seit vier Wochen wartete sie darauf, dass er um eine Verabredung bat, aber bisher war noch nichts passiert. Vielleicht war er nach der Sache mit seiner Frau auch noch nicht so weit.

»Nun aber zum Geschäft. Ich habe einen besonderen Auftrag für dich. Einen Werbespot.«

Lotte wurde aus ihren Gedanken gerissen. »Das ist ja wunderbar.«

»Das Ganze findet in einer Woche statt. Alles Weitere erzähle ich dir, wenn die letzten Details geklärt sind.«

»In Ordnung.« Lotte stand auf und bedankte sich überschwänglich bei Gerhard Kempfer.

Als sie das Büro verlassen wollte, sagte er noch: »Ach, bevor ich es vergesse. Sie sollen bitte noch zu Alexander gehen.«

Lotte verließ das Büro und machte sich auf den Weg ins Büro von Alexander, das nur zwei Türen entfernt war. Sie klopfte und trat ein.

»Lotte?«, sagte Alexander überrascht. »Schön, dich zu sehen.«

Vor ihm saß Monika am Schreibtisch. Sie wandte sich zur Tür und verzog den Mund. Ohne ein Wort des Grußes drehte sie sich wieder um.

»Störe ich?«

»Ja«, kam es eisig von Monika zurück.

»Nein, wir sind hier fertig«, sagte Alexander, ohne Monika zu beachten.

Monika blieb einfach sitzen und schwieg. Lotte verharrte in der Tür und wusste nicht, was sie tun sollte. Sekunden vergingen.

»Monika, ich glaube, wir haben alles besprochen«, sagte Alexander.

»Findest du?«, fragte sie kühl.

»Ich werde vor der Tür warten.« Lotte schloss die Tür und wartete im Flur. Sie hörte ein paar Sekunden später, wie die beiden sich zu streiten begannen. Sie fragte sich, ob sie lieber gehen sollte, als hier zu lauschen.

Dann wurde die Tür aufgerissen, und Monika stürmte heraus. Sie rempelte Lotte an. »Du kannst ihn gern haben, aber dann mache ich euch das Leben zur Hölle!«

Lotte stolperte ein wenig zur Seite.

Dann ging erneut die Tür auf, und Alexander erschien.

»Wollen wir kurz nach draußen gehen?«, stieß er hervor und sah Lotte an. »Ich brauche ein wenig frische Luft.«

»Gern.« Lotte war noch immer erschüttert, wie feindselig Monika sich ihr gegenüber verhielt.

Alexander verschwand kurz in seinem Büro, um seine Jacke zu holen.

»Los, raus hier!« Er ging vor ihr her und zog sich beim Laufen die Jacke an. Vor der Eingangstür nahm er Lotte ihren Mantel ab, den sie sich über den Arm gehängt hatte, und half ihr hinein. Sie traten vor das Gebäude. Es war trotz Sonnenschein noch immer kühl. Lotte knöpfte ihren Mantel zu.

»Ist dir kalt?«

»Ein wenig.«

Alexander hielt ihr seinen Arm hin.

Zaghaft hakte sie sich bei ihm ein. Sofort wurde ihr wärmer, und am liebsten hätte sie ihren Kopf an seine Schulter gelehnt.

»Was wolltest du mit mir besprechen?«, fragte sie. »Dein Vater meinte, ich soll bei dir im Büro vorbeischauen, bevor ich gehe.«

»Nein, ich wollte nicht …« Er hielt inne. »Dieser alte Mann«, sagte er lächelnd zu sich. »Auf jeden Fall müssen wir uns endlich verabreden.«

»Wir müssen nicht, wenn du es dir anders überlegt hast.«

»Ich habe es mir nicht anders überlegt. Die letzten Wochen waren nur sehr stressig und nervenaufreibend. Ich will, dass diese Scheidung endlich durch ist, aber Monika versucht mit allen Mitteln dagegen zu kämpfen.«

»Weil sie dich noch liebt?«

Er lachte laut auf. »Nein, mit Liebe zu mir hat das nichts zu tun. Sie liebt Geld und will nicht einfach so aus der Agentur aussteigen. Mein Vater hat ihr bereits eine große Summe angeboten, aber sie denkt, dass da noch mehr für sie drin ist.«

»Oh, das tut mir leid.«

»Muss es nicht. Ich habe diese Frau ganz freiwillig geheiratet.«

Lotte lachte. »Ja, das hast du wohl.«

»Wenn es nicht so schlimm wäre, würde ich mitlachen.«

Lotte genoss seine Nähe, und mittlerweile fror sie auch nicht mehr.

»Was hältst du davon, wenn wir heute Abend ausgehen?«, fragte Alexander plötzlich.

»Das würde mich sehr freuen.«

»Wirklich? Bist du nicht abgeschreckt von der ganzen Sache?«

»Ich gebe zu, es verkompliziert einiges, aber ich möchte dich sehr gern kennenlernen.«

»Dann hole ich dich nachher ab, gegen sieben?«

»Sieben klingt gut.«

Alexander nickte zufrieden.

»Was soll ich bloß anziehen, Christel?«

Christel steckte den Kopf in Lottes Zimmer. »Ganz in Ruhe, an dir sieht alles gut aus. Wir finden schon was. Ich würde dir gern etwas von mir leihen, aber ich fürchte, es ist alles zu groß für dich.« Christel stöberte in Lottes Schrank. Lotte hatte nicht viel Kleidung, sie war damals mit so gut wie nichts im Westen angekommen, und das Begrüßungsgeld hatte nur für das Nötigste gereicht. Von dem wenigen Agenturgeld war das meiste in die Miete geflossen.

Lotte hielt in ihrer Suche nach passenden Klamotten inne. »Christel, ich werde dich so vermissen. In einem Monat wirst du ausziehen, und ich …«

Christel drückte ihre Freundin. »Ich werde dich auch vermissen, aber wir werden uns ganz oft sehen.«

»Irgendwie fühlt es sich an, als würde ich wieder eine Freundin verlieren.«

»Du verlierst mich nicht. Ich bin immer da. Ich wohne nur woanders. Und wenn das mit Alexander und dir klappt, dann können wir ganz viel zusammen unternehmen. Zu viert.«

»Trotzdem. Ich muss sehen, ob ich mir die Wohnung noch lange leisten kann.«

»Es geht doch gerade wieder bergauf bei dir. Neue Aufträge und ein Mann. Los, du hast gleich eine Verabredung, konzentrieren wir uns darauf.«

»Ja, du hast recht. Und vielleicht arbeiten wir bald wieder zusammen«, sagte sie verschwörerisch.

»Wieso, hast du Herrn Kempfer gefragt?«

»Ja, das habe ich, und er hat zugestimmt, dich kennenzulernen. Du darfst dich vorstellen.«

Christel umarmte Lotte. »Das ist großartig, danke«, murmelte sie an ihrer Schulter.

»Endlich kann ich auch mal was für dich tun.« Lotte sah auf die Uhr. »Wir müssen uns beeilen«, sagte sie erschrocken.

»Wie wäre es damit?«, fragte Christel und hielt eine Stoffhose und einen Pullover hoch.

»Ich weiß nicht.«

»Probier es doch mal an.«

Es sah besser aus, als Lotte vermutet hatte.

»Du bist wirklich eine Modeexpertin, Christel.«

»Ja, bei anderen kann ich es besser als bei mir selbst.«

»Ich werde das anziehen. Schlicht und nicht aufdringlich.« Lotte schaute auf die Uhr. »O Gott, nur noch zehn Minuten. Meine Haare!«

In weniger als fünf Minuten hatte sie sich frisiert und stand nervös im Wohnzimmer.

»Hoffentlich geht das gut. Alexander ist der erste Mann nach Werner, den ich wirklich mag.«

»Es wird alles ganz wunderbar. Du wirst sehen.« Christel drückte ihre Freundin noch einmal.

Alexander war pünktlich und hatte einen kleinen Strauß Blumen in der Hand.

»Ich habe wirklich lange keine Verabredung mehr gehabt, aber ich dachte, Blumen sind immer gut.« Er reichte ihr die Blumen und gab ihr rechts und links einen Kuss auf die Wange.

Lotte roch an den Blumen. »Sie sind sehr hübsch.«

»So wie du.«

»Danke«, sagte sie ein wenig verlegen. Sie lief in die Küche. »Ich stelle die Blumen schnell in eine Vase.«

»Hast du Hunger?«, rief er aus dem Flur.

»Und wie!« Lotte hatte oft keinen Appetit, wenn sie sich über etwas Sorgen machte, aber heute freute sie sich auf das Essen.

»Ich weiß schon, wo wir hingehen.«

»Fertig!« Sie ging in den Flur, zog sich den Mantel an und verließ mit Alexander die Wohnung.

»Ich dachte, ich lasse das Auto heute mal stehen, und wir nehmen den Bus«, sagte Alexander und sah sich um. Er hielt ihr seinen Arm hin, damit sie sich einhaken konnte.

Lotte genoss die Wärme, die von ihm ausging.

»O nein! Ich glaube, ich habe einen Tropfen abbekommen«, bemerkte er und blickte zum Himmel. »Es sieht ziemlich dunkel aus.«

Kaum hatte Alexander das ausgesprochen, begann es zu schütten. Sofort öffnete er seinen Mantel und hielt ihn über ihre Köpfe.

»Ich habe leider keinen Schirm dabei.«

»So wird dir doch kalt«, sagte sie.

»Alles gut. Es ist nicht mehr weit bis zur Haltestelle.«

»Lass uns rennen«, schlug sie vor.

Sie rannten los, Alexander hielt weiter den Mantel über ihre Köpfe.

Lotte begann zu lachen, und Alexander stimmte mit ein.

»Der Bus kommt. Schnell!« Er zog sie mit sich, und sie schafften es gerade noch einzusteigen, bevor er abfuhr.

»O mein Gott! Ich bin ziemlich nass, trotz Mantel.« Lotte lachte, während sie bis zum hinteren Teil des Busses durchliefen.

»Ich auch.« Alexander strich sich durch die nassen Haare und schüttelte seinen Mantel aus.

Der hintere Teil des Busses war leer, doch sie wollten sich nicht so nass auf die Sitze setzen. Sie blieben stehen und hielten sich an den oberen Stangen fest.

Der Bus bremste, und Lotte wurde gegen Alexander gedrückt.

»Oh, dein Hemd ist völlig durchnässt, weil du deinen Mantel für uns ausgezogen hast«, stellte sie fest und strich über seine Brust.

»Dafür sind deine Haare fast trocken geblieben«, entgegnete er und nahm ihre Hand in seine. »Nur hier an der Wange hast du etwas abbekommen.« Er strich mit dem Daumen über ihre Wange.

Ihre Atmung setzte bei der Berührung aus. Sein Gesicht kam näher, und als seine Lippen ihre trafen, hatte sie die Augen bereits geschlossen. Bereitwillig öffnete sie den Mund, und ihre Zungen begannen miteinander zu spielen. Dieser Kuss war so atemberaubend, dass sie glaubte, ihre Beine würden gleich nachgeben.

Er vergrub seine Finger in ihrem Haar, und sie legte ihre Hände in seinen Nacken. Ihr ganzer Körper schien zu vibrieren.

»Habt ihr kein Zuhause?«, grummelte eine ältere Dame zwei Bänke vor ihnen.

Erschrocken lösten sie sich voneinander, und sie begannen erneut zu lachen.

Diesen Moment, dachte Lotte plötzlich, möchte ich für immer im Gedächtnis behalten.

Alexander blickte aus dem Fenster. »Wir müssen an der nächsten Haltestelle aussteigen. Gut, dass die Dame uns ins Hier und Jetzt befördert hat, sonst wären wir bestimmt zu weit gefahren«, flüsterte er an ihrem Ohr.

Lotte blickte zu ihm auf. »Ich wäre auch bis zur Endstation gefahren.«

Alexander grinste. »Ich auch.«

Ohne sich loszulassen, stiegen sie aus und liefen zum Restaurant. Der Regen war mittlerweile nur noch ein Nieseln.

Sie betraten das Lokal, und Lotte ließ seine Hand nur widerwillig los. Ihr fiel wieder auf, wie zuvorkommend Alexander war. Er hielt ihr die Tür auf, rückte ihren Stuhl zurecht und setzte sich erst, als sie saß.

Sie fassten sich wieder bei den Händen und ließen sich erst los, als das Essen serviert wurde.

Eine Weile lang sagten sie nichts und genossen das Essen.

»Warum hat das mit dir und Monika nicht geklappt?«

»Möchtest du jetzt wirklich darüber reden? Der Abend war bisher so schön«, erwiderte Alexander.

»Wenn du nicht darüber reden möchtest, ist es auch gut. Ich habe mich nur gefragt, warum es nicht funktioniert hat. Wenn ich das so sagen darf, irgendwie passt ihr nicht zusammen. Sie ist so …«

»Feindselig?«, fragte er. Er trank einen Schluck von seinem Bier und überlegte. »Als ich sie kennengelernt habe, war sie nicht so. Oder vermutlich schon, aber ich habe es nicht so wahrgenommen.«

»Sie ist hübsch.«

»Ja, ist sie, aber ich sehe das Äußere nicht mehr. Sie hat alles vergiftet. Von Anfang an hat sie versucht, mich in die Rolle des Chefs zu drängen. Ihr war es unangenehm, dass ich nur Fotograf war und sein wollte. Natürlich weiß ich über alles in der Agentur Bescheid und treffe auch Entscheidungen, aber mir liegt das nicht so. Es macht mir keine Freude. Ich kümmere mich nur um die Finanzen, um meinen Vater zu entlasten. Lieber drücke ich meine Kreativität in Bildern aus, das Reden überlasse ich anderen. Monika hat das nicht verstanden. Ich war ihr einfach nie gut genug. Irgendwann haben wir jeden Tag gestritten.«

»Das tut mir leid.«

»Muss es nicht. Mir tut es nur leid, dass wir sie nicht so einfach entlassen können. Mein Vater ist einfach zu gutmütig. Ich bin es leid, sie jeden Tag mit ihren Intrigen aushalten zu müssen. Mein Vater beginnt erst so langsam zu erkennen, wie ihr wahres Gesicht aussieht.«

»Ja, er ist wirklich nett. Er erinnert mich an meinen Vater«, stellte Lotte traurig fest und stocherte mit der Gabel in ihrem Essen herum.

»Fehlt er dir?«

»Sehr.« Sie konnte nur mit Mühe die Tränen zurückhalten.

»Genau deshalb wollte ich das Thema nicht anfangen. Jetzt bist du traurig.«

»Es ist alles gut. Ich konzentriere mich einfach wieder auf meine Gegenwart hier.« Sie lächelte Alexander an. Sie vermisste alle, Margot, ihre Mutter und ihren Vater, aber jetzt, hier und heute wollte sie nicht mehr daran denken. Mit Alexander zusammen zu sein machte sie glücklich.

»Lass uns noch ein wenig spazieren gehen. Es hat aufgehört zu regnen«, schlug er nach dem Essen vor.

Er bezahlte für sie beide, und sie gingen durch den kühlen Abend. Lotte genoss seine Nähe und wollte den Abend noch nicht beenden, aber sie begann schnell zu frieren.

»Möchtest du noch mit zu mir?«, fragte sie. Sie hatte es ausgesprochen und damit auch eine Erwartung geweckt. Sie wusste noch nicht, ob sie Erwartungen nach Nähe erfüllen konnte. Die Erinnerungen an London waren da und würden für immer Narben auf ihrer Seele hinterlassen. Aber sie musste weitergehen, sich nicht davon einschränken lassen. Das hatte sie lange genug getan.

Alexander grinste schelmisch.

»Auf einen Tee«, fügte Lotte rasch hinzu. »Ich friere, ich will aber noch nicht, dass wir uns verabschieden.«

Lotte schloss die Tür auf und hoffte, dass Christel wie angekündigt wirklich bei ihrem Freund war. Sie blickte an den Garderobenhaken im Flur und sah, dass der Mantel ihrer Freundin nicht da war.

Alexander schaute sich um. »Ich habe vorhin gar nicht auf die Wohnung geachtet. Schön habt ihr's, Christel und du.«

»Ja, wir haben es uns gemütlich gemacht. Leider zieht sie bald aus. Möchtest du einen Tee?«

Alexander ging auf sie zu. »Erst mal möchte ich das.« Er zog sie an sich, küsste sie leidenschaftlich und streichelte ihr dabei über den Rücken.

Sie fuhr erschrocken zurück.

»Es tut mir leid. Ich wollte nicht … Ich dachte, du willst es auch«, sagte er entschuldigend. Er ließ die Schultern hängen und schaute sie gequält an. »Ich bin so ein Esel.«

»Nein, das bist du nicht.« Sie schlang die Arme um ihren Körper. Sie zitterte.

Er machte einen vorsichtigen Schritt auf sie zu. »Was ist los, Lotte? Du bist ganz blass.«

»Ich … ich habe mich gerade an etwas erinnert.«

»Du hast dich erinnert?«, fragte er irritiert.

»Ja, ich möchte nicht darüber sprechen.«

Besorgt legte Alexander den Kopf schief. »Darf ich dich halten?«

Sie überlegte, nickte dann aber.

Er trat langsam auf sie zu, um sie nicht noch einmal zu erschrecken, und umarmte sie.

Lotte ließ sich in seine Umarmung fallen, und er zog sie behutsam mit sich zum Sofa.

Lotte weinte nun hemmungslos an seiner Brust. Sie hatte gehofft, dass sie darüber hinweg war, aber der Kuss hatte die Erinnerung an den schrecklichen Abend wieder aufleben lassen.

»Was ist los, was habe ich falsch gemacht?«

»Nichts hast du falsch gemacht. Er hat alles falsch gemacht.«

»Wer ist er?«

»Er …« Lotte holte Luft. »Ich wollte das nicht, aber er hat einfach weiter gemacht.«

Sie spürte, wie Alexander sich anspannte. »Wer war es? Ich werde ihn suchen und dann …« Er rang um Worte.

»Nein, bitte«, sagte sie erschrocken. »Ich wollte es nicht erzählen, und ich will auch nicht darüber reden. Ich möchte es einfach nur vergessen. Bitte frag mich das nicht mehr.«

Sein Kiefer mahlte. Er schien sich zusammenzureißen. »Okay, ich werde nichts tun, was du nicht möchtest«, beruhigte er sie.

»Danke«, Lotte hatte sich wieder gefangen und atmete ruhiger. Alexander streichelte sanft ihren Rücken und flüsterte beruhigende Worte.

Lotte wusste nicht, wie lange sie so dagesessen hatten, aber sie fühlte sich wohl in seinen Armen, beschützt und geborgen.

Sie blickte von seiner Brust auf, direkt in seine Augen.

Er wischte ihr mit dem Daumen die Wange trocken und strich ihr über die Lippen.

»Ich mag dich sehr, Alexander«, hauchte sie.

»Und ich dich, Lotte.«

Ihre Gesichter kamen sich näher, und sie küssten sich. Erst unsicher und zögerlich, dann fordernder.

»Bist du dir sicher, dass du das willst?«, fragte er keuchend.

»Und wie. Ich möchte diese Erinnerung auslöschen. Mit dir!«, sagte sie fest. Und auch wenn sie noch unsicher war, ihr Körper und ihr Herz sagten ihr, dass sie bereit war. Bereit, diesen Teil ihrer Vergangenheit hinter sich zu lassen.

Lotte zog ihm das Hemd über den Kopf, während er geschickt ihren BH öffnete. Sie legte sich auf ihn und küsste seinen Hals, seine Schultern. Er stöhnte auf. Lotte ließ sich nicht beirren und küsste ihn vom Schlüsselbein bis zum Hosenbund. Sanft schob er sie von sich und bedeckte ihren Oberkörper mit Küssen. Dann hielt er inne und sah sie fragend an. Als sie nickte, begann er, ihr die Hose auszuziehen. Schließlich lag sie nackt vor ihm. Er hielt inne und betrachtete ihren Körper.

»Du bist so wunderschön«, flüsterte er.

Alexander zog sich komplett aus, dann kam er zurück auf das Sofa.

Als ihre Körper miteinander verschmolzen, fühlte Lotte sich so sicher wie schon lange nicht mehr. Sie hätte sich keinen besseren ersten Mann vorstellen können.

Später hatte sie den Kopf auf seine Brust gelegt. Sie versuchte, ihre Gefühle zu ordnen.

»Ich glaube, du hast mich jetzt zweimal gerettet.«

Alexander runzelte die Stirn. »Wie meinst du das?«

»Ich war ziemlich kaputt, als du im Restaurant aufgetaucht bist«, erklärte sie.

Er setzte sich ein wenig auf.

»Es ging mir nicht gut. Ich hatte Heimweh, und alles lief schief. Ich hatte mir mehr vom Westen versprochen, gemessen an dem, was ich alles aufgeben musste.« Und dann hat Matthias mir noch den letzten Rest Würde genommen, dachte Lotte.

»Ich verstehe.« Er strich ihr übers Haar.

»Christel hat sich große Sorgen um mich gemacht. Ich habe viel zu viel getrunken, und dann bist du im Restaurant aufgetaucht und hast mich gerettet.«

Er beugte sich über sie. »Habe ich das?«

»Ja, deinetwegen und dank der Chance, die mir dein Vater gegeben hat, geht's mir wieder besser.«

»Und wann war das zweite Mal?«

»Gerade eben. Ich dachte, ich würde nie mit einem Mann schlafen und es genießen können.«

Alexander schüttelte den Kopf. »Ich begreife nicht, wie ein Mensch zu so etwas überhaupt fähig sein kann.« Er sah Lotte an, und sie erkannte Zuneigung in seinem Blick. »Dann werde ich mein Bestes tun, dass du es weiterhin genießen kannst.«

»Versprochen?«

»Versprochen!« Sie küssten sich sanft und liebten sich ein zweites Mal.

Es war Sonntag, und Lottes Stimmung war gedrückt. Christel war dabei, ihre ersten Sachen zu sortieren. Sie hatte Hilfe angeboten, aber ihre Freundin wollte allein packen. Lotte überlegte, ob sie spazieren gehen sollte, um Christel nicht bei ihrem Auszug zusehen zu müssen. Sie erinnerte sich daran, dass gestern ein Brief von Margot gekommen war, und wie immer wartete sie noch damit, ihn zu öffnen. Ihre Vorfreude war immer so groß, und dann war er viel zu schnell zu Ende gelesen. Erst würde sie den Brief lesen, und dann würde sie spazieren gehen.

Sie setzte sich gemütlich auf das Sofa, öffnete den Brief und faltete die Seiten auseinander. Dann erstarrte sie. Das konnte doch nicht sein! Sie las die Zeile ein weiteres Mal, um ganz sicherzugehen.

Lotte sprang vom Sofa auf. »Christel, das glaubst du nicht!«, schrie sie durch die Wohnung.

Christel kam in das Wohnzimmer gestürmt. »Was ist passiert?«

Lotte hüpfte auf und ab. »Sie kommen her«, rief sie enthusiastisch. »Sie kommen her!«

Christel nahm den Brief und überflog ihn. »Sie kommen dich besuchen«, stimmte sie freudig mit ein. »Ich freue mich so für dich.«

»Ja, meine Eltern kommen«, sagte Lotte und weinte vor Freude.

Ein paar Wochen später war es so weit.

Heute würden ihre Eltern zu Besuch nach Westberlin kommen. Lotte hatte auf dieses Wiedersehen hin gefiebert. Sie würden den Grenzübergang an der Friedrichstraße nehmen. Die kleine Lilli und Margot würden die Eltern noch bis zum Grenzübergang begleiten.

Laut Margots Brief ging es Heinz nicht gut, aber er wollte unbedingt die Chance nutzen, seine Tochter zu sehen. Lottes Eltern hatten einen Antrag gestellt und würden offiziell Lottes Oma zu ihrem achtzigsten Geburtstag besuchen.

Lotte hatte mit ihnen einen Treffpunkt ausgemacht. Als die beiden die Grenzanlagen passiert hatten und in Sichtweite waren, gab es für Lotte kein Halten mehr. Sie stürmte auf sie zu und sank dann auf die Knie. Ihren Vater so schwach, weinend im Rollstuhl sitzend zu sehen, brach ihr schier das Herz. Lottes Mutter hielt sich ein Taschentuch vor das Gesicht.

Lotte kam wieder auf die Beine. »Mama, Papa«, schluchzte sie. »Ihr habt mir so sehr gefehlt.«

»Und du uns erst«, schluchzte ihre Mutter, während ihr Vater in seinem Rollstuhl stumm den Blick gesenkt hatte. Vermutlich weil niemand seine Tränen sehen sollte.

»Ich habe gedacht, dass ich dich vielleicht nie mehr wiedersehe.«

Nach einer Umarmung rief Lotte: »Lasst uns ins Café gehen!«

Sie nahm den Rollstuhl ihres Vaters und schob ihn vor sich her, während sie sich über die Geschehnisse der letzten Jahre austauschten. Ihre Mutter lief neben ihr und bombardierte sie unentwegt mit Fragen.

Ihr Vater streckte seine Hand nach ihrer aus und drückte sie fest.

Lotte beugte sich zu ihm vor. »Danke, Papa, dass du gekommen bist. Das bedeutet mir so viel.« Sie küsste ihn auf die Wange.

»Um nichts auf der Welt hätte ich mir das entgehen lassen, mein Mädchen.«

»Es grenzt an ein Wunder, dass wir das so hinbekommen haben«, meinte ihre Mutter, die sich nun neugierig nach allen Seiten umsah.

»Es ist viel zu kurz. Ihr müsst ja nachher schon wieder weg.«

»Aber wir werden jede Minute genießen.«

»Ich freue mich so sehr, dass ihr gleich Alexander kennenlernen werdet.«

»Wir uns auch. Margot meint, es gehe dir richtig gut, seit du ihn kennst«, sagte ihre Mutter. »Sie hat die Veränderung in den letzten Briefen bemerkt.«

»Ja, das kann sein«, sagte Lotte gespielt geheimnisvoll.

Im Café saß Alexander schon an einem Tisch und wartete. Als er Lotte und ihre Eltern sah, erhob er sich und winkte.

Lotte gab ihm einen Kuss und stellte ihm ihre Eltern vor. Sie war überglücklich, dass dieses Treffen zustande gekommen war.

Für Ursula hatte Alexander einen Strauß Blumen dabei. Lotte freute sich über diese Geste, und ihre Eltern schienen Alexander sofort zu mögen.

Nach dem Kaffeetrinken zeigten Alexander und Lotte ihnen ihre liebsten Orte, und dann gingen sie in Lottes Wohnung.

Heinz musste sich hinlegen, so erschöpft war er. Lotte brachte ihn in ihr Bett und wartete, bis er eingeschlafen war.

»Er schläft jetzt«, sagte sie, als sie aus dem Schlafzimmer kam. »Es geht ihm so viel schlechter. Ich habe ihn kaum erkannt.«

»Mir fällt es nicht ganz so auf, da es in den letzten Jahren schleichend bergab ging, aber du hast ihn lange nicht gesehen«, bestätigte Ursula.

»Er sieht so dünn aus.«

Alexander ging zu Lotte und nahm sie in den Arm.

»Wie läuft es denn eigentlich in der Werbeagentur?«, fragte Ursula an Alexander gewandt. Bisher hatte sie keine Gelegenheit, mit dem neuen Freund ihrer Tochter viel sprechen. Zu viel musste sie mit Lotte aufholen.

»Es läuft gut, denke ich. Die Geschäfte macht mein Vater. Ich habe daran keine Freude, ich fotografiere lieber.«

»Eine Firma zu leiten, stelle ich mir auch schwer vor. Ich selbst liebe die Arbeit im Konsum. Sie ist einfach, aber viel mehr könnte ich auch nicht tun, seit Heinz nicht mehr arbeiten kann.«

Ursula sah man die schweren Zeiten an. Trotzdem strahlte sie etwas Starkes und Unerschütterliches aus. Alexander meinte später zu Lotte, man könne erkennen, von wem sie ihre Schönheit geerbt hatte. Sie und ihre Mutter sähen sich sehr ähnlich.

»Ich finde, Sie machen das ganz wunderbar«, sagte Alexander. »Lotte hat mir viel von Ihnen erzählt.«

»Ach, nenn mich bitte Ursula, wer weiß ob und wann wir uns je wiedersehen. Wir sollten uns da an Formalitäten nicht lange aufhalten«, bat sie.

Alexander lachte auf. »Na gut, Ursula, ich bin Alexander.«

Lotte hätte platzen können vor Freude.

»Wenn diese verdammte Mauer nicht wäre, könnten wir uns immer sehen, ich könnte Papa und dich, wann immer ich will, besuchen. Diese Mauer bringt alle auseinander. Ich hoffe, dass das eines Tages ein Ende hat.«

»Du sprichst mir aus der Seele«, sagte Ursula. »Es ist kaum zu ertragen, sein Kind nicht mehr sehen zu können. Wir vermissen dich sehr, auch wenn wir dir alles gönnen, was du dir hier aufgebaut hast.«

Lotte nahm ihre Mutter in den Arm.

»Es ist so schade, dass wir gleich wieder losmüssen«, redete Ursula weiter. »Aber wir müssen unbedingt pünktlich an der Grenze sein.«

Lotte und ihre Eltern gingen zusammen mit Alexander zum Grenzübergang. Lotte schob ihren Vater, links neben ihr lief Alexander und rechts ihre Mutter.

»Ich glaube, ich kann nicht weiter«, sagte Lotte dann plötzlich. »Wir sollten uns alle hier verabschieden. Vielleicht stehen da drüben irgendwelche Stasileute und beobachten uns.«

So schön die Stunden zusammen auch waren, der Abschied war für alle schlimmer als gedacht. Lotte hatte die ganze Zeit im Kopf, dass es wahrscheinlich das letzte Mal war, dass sie ihren Vater sah.

»Ich möchte nicht, dass ihr wieder geht«, schluchzte Lotte.

»Mein Mädchen«, sagte Heinz, während er ihre Hand streichelte. »Du hast es gut hier, und ich bin froh, dass ich dich noch einmal gesehen habe. Und er«, er zeigte mit dem Finger auf Alexander, »scheint mir ein guter Kerl zu sein.«

Lotte umarmte ihren Vater. »Danke, Papa, dass du hier warst.«

»Tut mir leid, dass ich so lange geschlafen habe.«

»Du warst hier, das zählt. Bitte komm heil nach Hause und hör auf Mama!«

Auch Alexander verabschiedete sich mit einer Umarmung von Lottes Eltern.

»Bleibt doch einfach hier«, bat Lotte dann tränenerstickt.

»Das wäre schön«, sagte Heinz. »Aber das geht leider nicht.«

Ein letztes Mal drückte Lotte ihre Eltern, dann lehnte sie sich weinend an Alexander.

Den ganzen Heimweg über verfluchte Lotte die Mauer und den Osten und dann auch den Westen, weil der tatenlos zusah, wie Familien auseinandergerissen wurden.

Alexander versuchte, sie zu beruhigen. »Du musst das Positive sehen. Du konntest deine Eltern heute treffen und sie in den Arm nehmen.«

»Aber vielleicht zum letzten Mal. Hast du nicht bemerkt, wie krank mein Vater ist?«

»Natürlich habe ich das, und ich weiß, dass das ungerecht ist, aber beruhige dich bitte. Komm mal her«, er blieb stehen und breitete die Arme aus. Sie ließ sich an seine Brust sinken.

»Irgendwann«, sagte er, »irgendwann wird die Mauer weg sein, und wir werden alle wieder von Ost nach West können.«

»Und wann?«, schniefte sie.

»Vielleicht schon nächsten Monat, wer weiß.«

»Glaubst du wirklich, dass das passiert?«

»Ja, da glaube ich ganz fest dran.« Er drückte sie an sich, dann liefen sie weiter.

Lotte gab sich diesem Traum hin und stellte sich vor, wie sie alle wieder in die Arme nehmen könnte und die Mauer für immer verschwand.

»Ich liebe dich, Alexander!«

»Ich dich auch, Lotte!«

KAPITEL 25

LOTTE
September 1965

Schon vier Wochen, nachdem Christel ausgezogen war, zog Alexander bei Lotte ein. Er verbrachte ohnehin fast jede Minute bei ihr und beschloss, dass sie dann auch Nägel mit Köpfen machen konnten. Lotte konnte sich ein Leben ohne ihn nicht mehr vorstellen. Die einzige Schwierigkeit in ihrer Beziehung war seine Ex-Frau. Mittlerweile waren sie geschieden, aber Monika arbeitete nach wie vor in der Agentur. Wenn sie Lotte begegnete, giftete sie sie an und prophezeite ihr, dass Alexander es nicht lange bei ihr aushalten würde.

Wie fast jeden Montagmorgen gingen Lotte und Alexander auch heute zusammen zur Agentur. Mittlerweile war Lotte schon ein Teil der festen Mitarbeiter und durfte sogar bei den wöchentlichen Besprechungen dabei sein.

Alexander wollte sein Büro aufschließen und bemerkte, dass die Tür nicht abgeschlossen war. »O nein«, flüsterte er.

»Was ist los?«, fragte Lotte, und als er die Tür öffnete, beantwortete sich ihre Frage von selbst.

Monika saß in seinem Bürostuhl, hatte die Beine auf seinem Tisch und grinste sie an.

»Oh, das verliebte Paar trifft endlich ein.« Sie klatschte in die Hände.

»Was willst du, Monika? Raus aus meinem Büro!«

»Vielleicht gehört der Stuhl ja mir«, stichelte sie.

»Ich lasse euch mal allein«, erklärte Lotte und machte Anstalten, sich abzuwenden.

»Ja, bitte«, sagte Monika.

»Nein, du bleibst, sie geht«, sagte Alexander mit fester Stimme.

Lotte blieb zwar stehen, aber sie fühlte sich in dieser Situation äußerst unwohl.

Monikas Augen verengten sich zu Schlitzen. »Ihr werdet niemals glücklich. Noch siehst du gut aus, aber bald wird er dich austauschen, wie er es auch bei mir getan hat.« Sie nahm die Beine vom Tisch.

»Es reicht!« Alexander erhob die Stimme. »Ich habe niemanden ausgetauscht. Verlass jetzt mein Büro! Wir sind geschieden. Du hast kein Recht, hier zu sein.«

»Nicht? Gekündigt hat mir bisher niemand.«

»Wirklich gearbeitet hast du aber nie.«

»Pfff, für diese Scheißagentur würde ich keinen Finger krumm machen.«

»Was willst du dann noch hier? Keiner hält dich auf.«

»Ich will das, was mir zusteht.« Monika lächelte zynisch.

»Du hast bereits alles bekommen, was dir zusteht, was im Übrigen mehr als fair war.«

»Fair, was ist schon fair? Dass du mich wegen einer Jüngeren verlassen hast?«

»Was redest du da? Ich kannte sie noch nicht mal, als wir uns getrennt haben.«

»Ich habe gehört, dass sie aus dem Osten geflohen ist.«

Lotte schluckte.

»Hast wohl Angst«, bemerkte Monika und lachte.

»Lass sie in Ruhe.«

»Ich brauche mehr für meinen Neuanfang.«

»Soll das eine Erpressung werden?«

»Nenn es, wie du willst.«

Alexander atmete tief ein und aus. »Monika, wenn du uns endlich in Ruhe lässt, werde ich mit meinem Vater sprechen und sehen, ob wir dir eine Abfindung zahlen. Dafür möchte ich, dass du aus meinem Leben verschwindest. Ein für alle Mal.«

Monika stand auf und lief um den Tisch. Ihre Pumps klackten bei jedem Schritt. Vor Alexander blieb sie stehen. »Wenn die Summe hoch genug ist, dann kann ich mir durchaus vorstellen, diese Bruchbude nie mehr zu betreten, und dann wird dem jungen Glück nichts mehr im Wege stehen.«

Sie rauschte aus dem Zimmer.

Alexander ging zu Lotte. »Es tut mir so leid. Ich wünschte, sie würde endlich aus unserem Leben verschwinden.«

Lotte nahm ihn in den Arm. »Du kannst ja nichts dafür. Wir werden das hinkriegen.« Das hoffte Lotte wirklich, aber Monika machte ihr Angst. Sie schien zu allem bereit zu sein.

»Ich habe sie nicht ausgetauscht, und dich werde ich nie verletzen. Das verspreche ich dir.«

»Ich weiß.«

Sie küssten sich, bevor sie sich zur Besprechung aufmachten.

Gerhard Kempfer saß bereits am Kopf des großen Tisches im Besprechungsraum. Er kam immer als Erster und ging als Letzter. An den Wänden hingen Plakate von alten Aufträgen, sie zeigten Autos vor einer Skyline und elegant gekleidete Frauen mit Cremedosen in den Händen.

Der Agenturchef war in die Unterlagen vor sich vertieft. Einige Plakate waren auf dem großen Tisch ausgebreitet. Heute sollte es um Autowerbung gehen.

»Hallo, Papa.« Alexander klopfte seinem Vater auf die Schulter und setzte sich neben ihn. Lotte begrüßte ihn mit einem Kuss auf die Wange.

»Und, gibt es was Neues?«, fragte Alexander.

»Ja, eine Firma möchte uns beauftragen, von A bis Z. Wir brauchen also eine Strategie. Sie wollen einen Werbefilm drehen, Plakate machen, und wir sollen die komplette Steuerung des Marketings übernehmen. Hier sind die Unterlagen.« Er schob seinem Sohn die Papiere zu. Alles war in einer großen Mappe gesammelt. Das Produkt, um das es gehen sollte, wurde beschrieben, die ersten Ideen und die Vorgaben des Kunden aufgelistet. Der Preis richtete sich immer nach den Wünschen des Kunden. Je mehr die Agentur übernehmen sollte, desto teurer wurde es. Hier handelte es sich um einen riesigen Auftrag.

Alexander schaute alles kurz durch. »Haben sie schon einen Namen für das Produkt?«

»Nein, auch da sollen wir ein paar Vorschläge machen. Sie fangen bei null an. Wichtig ist hier die zielgruppengerechte Ansprache, das kann Arno machen. Ich glaube, er sollte das Projekt auch leiten.«

»Ich weiß nicht, ob er noch frei ist. Er hat ziemlich viel auf dem Tisch.«

Nach und nach betraten weitere Mitarbeiter den Raum. Punkt zehn Uhr begann Gerhard mit der Besprechung. Zunächst ging es um einen bereits laufenden Auftrag. Lotte erwartete, dass Gerhard zum Schluss den neuen Auftrag vorstellte und die Aufgaben verteilte, das machte er immer so.

Stattdessen sagte er plötzlich: »Dann machen wir jetzt eine kurze

Pause.« Er hielt sich an der Tischkante fest. Ihm schien schwindelig zu sein.

»Alles in Ordnung?«, fragte Lotte.

»Ja, es geht schon, ich muss nur kurz durchatmen«, beruhigte Gerhard Kempfer sie.

Langsam verließen alle den Raum, bis nur noch Lotte und Alexander anwesend waren.

»Du bist ganz blass und schwitzt«, bemerkte Alexander.

»Es geht mir gut.« Gerhard wischte sich über das Gesicht.

»Nein, das sehe ich anders. Wir fahren ins Krankenhaus!«

»Auf keinen Fall. Es ist zu tun.« Gerhard versuchte aufzustehen, aber er zitterte am ganzen Körper.

»Es ist mir egal, was du sagst. Wir fahren!«

Gerhard versuchte zu widersprechen, aber er brachte keinen Ton mehr über die Lippen.

Lotte und Alexander stützten ihn, doch dann gaben seine Knie nach, und er brach zusammen.

»Papa!«, schrie Alexander. Gemeinsam legten sie seinen Vater behutsam auf dem Boden ab und überprüften die Atmung. »Gott sei Dank, er atmet. Bleib bei ihm, Lotte. Ich hole jemanden, und wir tragen ihn ins Auto.« Er stürmte aus dem Zimmer.

»Alles wird gut.« Lotte strich Alexanders Vater beruhigend über den Kopf. Plötzlich musste sie an ihren eigenen Vater denken, und Tränen liefen ihr die Wangen herunter. »Wo bleibt ihr?«, rief sie und blickte panisch zur Tür.

Plötzlich öffnete Gerhard die Augen und blickte verwirrt um sich.

»Gerhard, ich bin es, Lotte. Bleib liegen, Hilfe ist unterwegs.«

Die Sekunden allein mit Gerhard kamen ihr ewig vor, und sie war erleichtert, als Alexander und ein Mitarbeiter in den Raum traten.

»Er ist wach. Eben hat er die Augen geöffnet«, erklärte sie.

»Schnell, wir bringen ihn ins Auto und fahren ins Krankenhaus«, bestimmte Alexander.

Sie trugen seinen Vater aus dem Gebäude und legten ihn auf die Rückbank des Autos.

Alexander wollte gerade auf der Fahrerseite einsteigen, als Arno sich neben ihn stellte.

»Lass mich fahren. Pass du auf, dass er wach bleibt.«

Alexander zögerte, reichte dann aber seinem Kollegen die Schlüssel.

Lotte war hinter ihnen hergelaufen und gab Alexander noch schnell einen Kuss. Zitternd und völlig aufgelöst stand sie da.

»Mach dir keine Sorgen. Alles wird gut. Mein Vater ist zäh!«, rief Alexander ihr zu.

Er stieg ein, und sie rasten los.

Lotte stand noch einige Minuten regungslos da und schaute auf die Straße. Sie überlegte, ob sie hinterherfahren sollte, um ihm beizustehen, aber dachte dann kurz an die Mitarbeiter. Sie ging zurück in den Besprechungsraum, wo einige sich aufgeregt unterhielten. Es hatte sich offenbar bereits herumgesprochen, was mit dem Chef der Agentur passiert war. Lotte schloss die Tür hinter sich. »Setzt euch bitte kurz«, bat sie die Mitarbeiter.

Zögerlich nahmen alle Platz, und Lotte ging zum Tischende, nahm die Unterlagen von Gerhard und wollte sich auf seinen Stuhl setzen. Sie blickte hoch und sah irritierte Gesichter. Sie entschied sich für Alexanders Platz.

»Wie ihr vielleicht mitbekommen habt, geht es dem Seniorchef nicht gut. Alexander musste ihn ins Krankenhaus fahren. Ich denke aber, dass wir kurz über den neuen Auftrag sprechen sollten.« Keiner sagte etwas, und Lotte gab die Eckdaten weiter, die Gerhard und Alexander am Morgen besprochen hatten. Sie sagte, dass Arno das Projekt leiten sollte, und bat Texter, Graphiker und andere sich mit dem Auftrag vertraut zu machen und selbstständig zu entscheiden.

»Das entscheidet immer der Chef«, wandte einer der Mitarbeiter ein.

»Aber er ist jetzt nicht da, und deshalb wäre es toll, wenn ihr euch selbst einteilt, bis Arno oder einer der Chefs wieder da ist. Die Zeit drängt, und ich möchte nicht, dass wir den Auftrag verlieren.«

»Wir? Die redet schon, als ob der Laden ihr gehört«, wisperte jemand.

Lotte räusperte sich. »Hat noch jemand etwas Dringendes?«

Einige standen bereits auf.

»Also gut. Das war dann alles. Solltet ihr noch Fragen haben, dann kommt gern noch mal zu mir.«

Die ersten Mitarbeiter verließen den Raum. Einige schüttelten den Kopf. »Nicht zu fassen, dass die jetzt was zu sagen hat.«

Als der Letzte den Raum verlassen hatte, wurde Lotte erst bewusst, was sie da gerade getan hatte. Sie fühlte eine Mischung aus Stolz und Angst davor, dass Alexander oder Gerhard nicht damit einverstanden sein würden. Für sie hatte es sich allerdings richtig angefühlt.

Lotte war in Alexanders Büro gegangen und versuchte sich abzulenken, als es an der Tür klopfte.

»Herein!«

Arno stand im Türrahmen. Sein Gesicht verriet nichts Gutes.

»Wie geht es Gerhard?«, fragte Lotte und erhob sich.

»Es sieht nicht gut aus. Ich denke, du solltest zu Alexander ins Krankenhaus gehen.«

»Okay, ja«, sagte sie zerstreut. »Ich habe mit den Mitarbeitern über den neuen Auftrag gesprochen.« Sie nahm die Unterlagen und gab sie Arno. »Du sollst die Leitung des Projektes übernehmen. Ich weiß nicht, ob die anderen die Aufgaben bereits untereinander aufgeteilt haben. Der Auftrag ist wichtig, und eventuell kannst du auch erst mal alles andere, was brennt, übernehmen.« Arno war Alexanders bester Freund und Vertrauter.

Arno hob eine Augenbraue und grinste. »Ich werde den Laden schon zusammenhalten.« Sein Gesicht verfinsterte sich dann wieder. »Am besten gehst du jetzt. Alexander wird dich brauchen.«

Es dauerte einen Moment, bis sie Alexander fand. Nach ihrer Notlüge, sie sei seine Frau, hatte man ihr zwar eine Wegbeschreibung gegeben, doch das Krankenhaus war groß. Er saß auf einem Stuhl und hatte den Kopf an die Wand gelehnt.

»Alexander!«, rief sie.

Sofort sprang er auf und fiel ihr in die Arme. »Lotte, ich bin so froh, dass du da bist. Sie sagen, dass er es vermutlich nicht schaffen wird.« Seine Augen waren gerötet.

»Beruhige dich erst mal. Soll ich dir was zu trinken bringen?«

»Nein, ich brauche nichts.«

Lotte setzte sich neben ihn. »Was haben sie denn genau gesagt?«

»Nicht viel. Es ist sein Herz, und sie geben ihr Bestes, aber ich soll mir nicht zu große Hoffnungen machen.« Er schüttelte den Kopf. »Er war immer so stark. Wie kann das nur sein?«

Lotte strich über seine Hand. »Lass uns abwarten.«

»Wenn er nicht mehr lebt, dann weiß ich nicht, was werden soll. Mama ist schon so früh verstorben, und wenn ihm jetzt auch was passiert …«

Lotte wusste, dass Alexanders Mutter an den Komplikationen der Geburt verstorben war und sein Vater nie wieder eine andere Frau in seinem Leben gehabt hatte.

»Es wird alles gut«, versuchte sie ihm Hoffnung zu machen.

»Herr Kempfer?« Ein Arzt kam auf sie zugelaufen.

»Ja, das bin ich.« Alexander sprang auf und reichte dem Arzt die Hand.

»Ich bin der behandelnde Arzt Ihres Vaters und muss Ihnen leider mitteilen, dass …«

In Lottes Ohren begann es zu rauschen.

Sie trat hinter Alexander und umarmte ihn einfach.

KAPITEL 26

MARGOT
Februar 1966

Margot hatte ihre Lehre bestanden und war nun Facharbeiterin für Schreibtechnik. Ein paar Wochen nach der bestandenen Prüfung wurde sie ins Personalbüro bestellt. Man teilte ihr mit, dass ihr eigentlich die Stelle einer Abteilungsleiterin angeboten werden sollte, man davon nun aber Abstand nehme, da man von ihrem Ausreiseantrag erfahren habe. Sie hatte den Vorwurf regelrecht hören können. Das weitere Gespräch lief wie ein Verhör ab. Bisher hatte sie geglaubt, man mache es ihr schwer, doch jetzt war es kaum noch zu ertragen. Dafür hatte sie sich derartig ins Zeug gelegt?

Am Ende hatte sie bleiben dürfen, doch die Arbeit unterschied sich inhaltlich von der während der Lehre. Man gab ihr noch weniger zu tun und nichts von Belang. Insgeheim hatte sie gehofft, dass sie nach der bestandenen Lehre mehr Verantwortung bekommen würde. Ab wann hatte sich eigentlich herumgesprochen, dass sie einen Ausreiseantrag gestellt hatte? Fast jeder bei der DEWAG behandelte sie mittlerweile wie Luft.

Margot hatte bisher versucht, alle paar Wochen Lottes Eltern zu besuchen. Seitdem herausgekommen war, dass sie den Ausreiseantrag gestellt hatte, musste sie Werner schicken. Sie wollte nicht, dass Lottes Eltern auch noch darunter leiden mussten. Beim letzten Treffen hatten sie vom Besuch im Westen erzählt, auch davon, wie glücklich Lotte gewesen war und wie sehr sie Alexander mochten. Zu gern wäre Margot dabei gewesen. Es gab Zeiten, da hatte sie sich große Sorgen um Lotte gemacht, aber jetzt wusste sie, dass es ihr gut ging. Sie gönnte ihrer Freundin das Leben und musste zugeben, dass sie sich manchmal auch wünschte, einfach so in den Westen zu gehen. Sie hoffe noch immer ein kleines bisschen, dass ihr Ausreiseantrag genehmigt werden würde. Die Beziehung zu ihrer Familie war schwierig, die Arbeit bei der DEWAG ein Graus, und ein netter Mann war auch nicht in Sicht. Nur Marie und Lilli blieben die Lichtblicke in ihrem Leben. Und selbst um Lilli musste sie sich sorgen. Immer öfter hatte sie das Gefühl, dass ihre Tochter im Kindergarten anders behandelt wurde als die anderen Kinder.

Doch sie wollte nicht neidisch auf Lotte sein, und der letzte Brief von ihr klang auch alles andere als rosig. Alexanders Vater war verstorben, weswegen Lotte jetzt alle Hände voll zu tun hatte, um ihren Freund zu unterstützen. Lotte schrieb, dass er in ein tiefes Loch gefallen sei und tagelang die Wohnung nicht verlassen habe. Sie selbst hatte versucht, die Agentur mit einem befreundeten Kollegen so gut es ging weiterzuführen. Einen Teil des Briefes konnte Margot nicht vergessen:

Ich wünschte, dass Du hier wärst. Dir würde die Arbeit in der Agentur gefallen, das Treffen von Entscheidungen zu Texten, Filmen und Fotos. Ich quäle mich nur durch den Tag. Es wäre so toll, wenn Du herkommen könntest. Dir liegen diese Sachen mehr als mir. Ich möchte einfach nur Mannequin sein, und Alexander möchte einfach nur fotografieren. Im Moment macht er nicht mal das. Ich mache mir große Sorgen. Wie sehr ich Dich jetzt brauche, meine liebe Margot …

Die Aufgaben würden ihr tatsächlich liegen. Es tat ihr leid, dass Lotte, nachdem sie endlich angekommen war, nun wieder einen Schicksalsschlag hatte erleiden müssen. Wenn Margot gekonnt hätte, wäre sie sofort in den Westen gefahren. Sie hoffte so sehr, dass ihrem Antrag stattgegeben wurde.

»Mama, fertig.« Die kleine Lilli stand angezogen, der Mantel am Reißverschluss verhakt, vor ihr und riss sie aus ihren Gedanken.

Margot lachte. »Du süße Maus! Ja, du hast recht, wir müssen los in den Kindergarten. Und du hast dich wie ein großes Mädchen allein angezogen.«

Lilli wurde bald drei, und manchmal fragte sich Margot, wo die Zeit geblieben war. Ihre Tochter wusste genau, was sie wollte, und auch wenn es oft anstrengend war, wenn sie bei allem ihren Willen durchzusetzen versuchte, so sehr hoffte Margot, dass es so bleiben würde. Die Kindergärtnerin war oft anderer Meinung und führte endlose Diskussionen mit Margot, warum Lilli etwas essen sollte, was sie nicht mochte. Auch wenn Margot wusste, dass es ein Privileg war, genug zu essen zu haben, konnte sie diesen Zwang nicht gutheißen. Trotzdem versuchte Margot, immer freundlich zu sein, denn ihre Sorge war groß, dass man Lilli sonst noch schlechter behandeln würde. Oft biss sie sich auf die Zunge und sagte nichts oder wies höflich auf etwas hin, was jedoch meist ignoriert wurde.

Stolz reckte Lilli das Kinn. »Ganz allein.«

»Ja, lass mich auch meine Jacke anziehen, und dann können wir los. Heute müssen wir rennen.«

Die Kleine grinste, denn sie liebte es zu rennen. Zum Glück war der Kindergarten nur zehn Minuten Fußweg entfernt.

Ausgerechnet heute wollte der Chef, dass sie länger bleib, obwohl es nichts zu tun gab. Er ließ sie warten, um dann zu sagen, es hätte sich erledigt, und natürlich hatte sie höflich gelächelt und gemeint, das sei alles kein Problem.

Sie hoffte, dass Marie pünktlich sein würde, um die Frauen in die Wohnung zu lassen. Margot rannte zu ihrem Treffen. Kurz vor der Wohnung musste sie langsam laufen, da sie Seitenstechen bekam. Sie blickte die Straße herunter und sah einen Mann, der sich in dem Moment, in dem sich ihre Blicke trafen, hinter einer Ecke versteckte. Margot ging auf die Ecke zu und lief an der Haustür vorbei. Als sie an der Ecke ankam, sah sie den Mann auf der anderen Straßenseite davoneilen. Das konnte kein Zufall sein. Sie war sich sicher, dass jemand den Hauseingang beobachtet hatte. Schnell lief sie zurück und schaute sich um, aber niemand wirkte auffällig auf sie. Als sie dann die Wohnung betrat, war es so voll, dass einige Frauen stehen mussten. Zumeist waren zehn Frauen da, heute waren es beinahe zwanzig, und als Margot in die Runde sah, entdeckte sie ein weiteres bekanntes Gesicht. Ihre Schwester Edith stand schüchtern in einer Ecke und schien froh zu sein, als sie Margot sah. Sie lächelte zaghaft, und Margot lächelte zurück. Auf dem Weg zu Edith umarmte sie die ein oder andere Frau.

»Es ist so schön, dass du hier bist. Es wird dir gefallen«, begrüßte Margot ihre Schwester.

»Ja, kann sein«, erwiderte Edith skeptisch.

»Mach einfach mit und hab Spaß!«

»Ihr Lieben, es geht los.« Marie schaltete die Musik an, denn wie immer wurde am Anfang getanzt, um die harte Woche abzuschütteln und den Kopf freizubekommen Die Frauen, die schon lange dabei waren, bewegten sich ausgelassen miteinander und lachten. Neue Frauen wie Edith schauten meistens erst einmal zu.

»Na, los, große Schwester, lass es raus«, sagte Margot und bewegte sich tanzend auf ihre Schwester zu.

»Nee, du lass mal. Ich schaue lieber zu.«

»Ach, nun hab dich nicht so. Keiner wird dich dafür verurteilen.« Margot umfasste Ediths Hände, doch ihre Schwester wich sogleich zurück.

»Ich möchte wirklich nicht«, zischte sie.

»Schon gut.« Margot bewegte sich wieder zu den anderen Frauen.

Nach dem Tanzen setzten sich die Frauen in einen Kreis, und jede konnte loswerden, was sie die letzte Woche beschäftigt hatte. In der Regel bekam jede Frau Tipps von den anderen. Manchmal hatte Margot auch eine kleine Rede über ein Thema vorbereitet. Sie wollte heute darüber sprechen, wie man Mädchen zu starken Frauen erziehen konnte. Zum Ende wurde das Ganze oft zu einem Tauschbasar. Es wurden Bücher getauscht, gemeinsame Kindernachmitte geplant und Kochrezepte weitergegeben.

Trotzdem konnte Margot den Nachmittag nicht wie sonst genießen. Sie erzählte Marie von dem Mann, den sie auf der Straße gesehen hatte. Marie schaute skeptisch, aber diesmal nahm sie ihre Freundin ernst. »Hört alle mal her. Margot möchte uns etwas sagen.«

Margot räusperte sich. »Ich habe vorhin einen Mann gesehen, der anscheinend die Haustür beobachtet hat. Ich kann mich auch geirrt haben, aber ich möchte in nächster Zeit vorsichtig sein. Bringt zu den nächsten Treffen keine verbotenen Bücher mit. Es ist sicherlich nur falscher Alarm, aber man weiß nie.«

Manche der Frauen blickten ängstlich um sich, und einige, die noch neu waren, würden wahrscheinlich nicht wiederkommen. Aber sie mussten jetzt vorsichtiger sein, und das wollte sie auch alle wissen lassen.

KAPITEL 27

LOTTE

Lotte hatte bisher neben ihren Aufträgen in der Agentur noch stundenweise im Restaurant gearbeitet. Diese Arbeit musste sie nun kündigen. Sie hatte schlichtweg keine Zeit mehr, irgendeine Schicht zu übernehmen. Erst hatte sie sich nicht getraut, das Kellnern aufzugeben, für den Fall, dass doch noch etwas schiefging. Doch nun, nach dem Tod von Gerhard Kempfer, half sie in der Agentur, wo immer sie gebraucht wurde. Ihr Gespür für Mode war dabei sehr nützlich, sie hatte ein Auge für die Wahl der Kleidungsstücke und konnte nicht nur sich selbst, sondern auch andere Models in Szene setzen.

Mittlerweile ging sie jeden Tag schon morgens in die Agentur. Sie trug einen Bleistiftrock und eine weiße Bluse. Dic Haare hatte sie hochgesteckt. Sie wollte professionell aussehen und von anderen ernst genommen werden.

»Guten Morgen, Frau Stede«, sagte die Dame am Empfang.

»Guten Morgen, Frau Lorenz«, entgegnete Lotte.

Lotte ging zur Wendeltreppe, sie wollte zu Alexander, der schon am frühen Morgen ins Büro gegangen war.

»Frau Stede, könnten Sie sich das bitte einmal ansehen?«, fragte ein junger Mitarbeiter sie mitten auf der Treppe.

»Ich wollte erst mal ins Büro von Herrn Kempfer.«

»Viel Glück, von da komme ich gerade. Ich brauche unbedingt ein

Okay. Er meinte, ich sollte zu Ihnen gehen. Sie wüssten schon, was zu tun ist.«

Nein, sie wusste gar nichts. Sie musste auch alles mit Arno besprechen und hatte in den letzten Wochen Entscheidungen getroffen, die vielleicht vollkommen falsch waren. Nachts wälzte sie sich nur noch von einer Seite auf die andere, weil sie über alles nachdachte. Sie führte ein Geschäft, von dem sie keine Ahnung hatte. Zu sagen, die letzten Wochen wären hart gewesen, wäre noch untertrieben. Sie versuchte ihr Bestes, um die Agentur am Laufen zu halten, doch ohne Arno hätte sie es nicht bis hierher geschafft. Sie hatte insofern Ahnung von Werbung, als sie wusste, was gut aussah, aber was geschäftliche Entscheidungen betraf, war sie ahnungslos. Arno und sie versuchten, Alexander in die wichtigen Entscheidungen einzubeziehen und ihn zu zwingen, welche zu treffen. An manchen Tagen klappte es, an manchen jedoch war er kaum ansprechbar.

»Ich sehe mir das an«, sagte sie zu dem jungen Mitarbeiter und nahm ihm die Dokumente ab, die er ihr hinhielt.

»Frau Stede.« Eine Dame aus der Buchhaltung lief mit Unterlagen auf sie zu. »Könnten Sie Herrn Kempfer bitten, das zu unterschreiben? Er hat mich eben wieder rausgeschickt.«

So ging es die ganze Zeit. Jeder glaubte, Lotte übernähme nun das Geschäft, und oft schaffte Lotte es auch, Alexander zu Entscheidungen zu zwingen, oder sie traf sie selbst, falls nötig.

Lotte nahm auch diese Unterlagen an sich und machte sich auf den Weg zu Alexander.

»Schatz!« Lotte betrat nach vorsichtigem Anklopfen das Büro. »Kann ich dich kurz sprechen?«

»Ist es was Geschäftliches?«

»Ja!«

»Was ist, wenn ich Nein sage?«, fragte er gedehnt.

Lotte schaute gequält.

»Komm rein«, sagte er dann und richtete sich im Stuhl auf.

»Danke, ich habe einiges mitgebracht. Hier benötige ich eine Unterschrift für die Buchhaltung.« Sie gab ihm die Dokumente, die sie gerade bekommen hatte.

Er nahm sie entgegen und legte sie auf einen Stapel neben sich.

»Das brauche ich heute wieder«, sagte sie und zeigte auf die eben abgelegten Dokumente.

»Herrgott.« Er nahm sie vom Stapel, schlug die Mappe auf und unterschrieb auf der letzten Seite.

»Willst du es dir nicht richtig ansehen?«

»Wird schon stimmen.« Alexander drehte seinen Stuhl Richtung Fenster.

»Schatz, ich habe noch etwas.«

Er drehte seinen Stuhl zurück.

»Du weißt von dem Auftrag?« Lotte zeigte ihm den Ordner, er schaute kurz auf und nickte.

»Also, die haben ja ein Komplettpaket gebucht und wollen jetzt noch einmal eine extra Kampagne von uns, ohne Aufpreis. Arno sagt, bei manchen macht ihr das. Hier sollte ich das aber noch mal mit dir absprechen, da der Mehraufwand sehr hoch sein wird, wenn wir alle Wünsche umsetzen.«

Alexander starrte vor sich hin.

»Hörst du mir überhaupt zu?«

»Ja.«

»Und was sollen wir tun?«

Es schien, als blickte er durch sie hindurch.

»Alexander?«

»Was?«, fragte er ungehalten.

»Na, was sollen wir dem Kunden sagen?«

Seine Faust krachte mit solcher Wut auf den Tisch, dass ein teurer Füller von der Kante fiel. »Kann den niemand ohne mich eine Entscheidung treffen? Ist es möglich, dass ich mal einen Tag meine Ruhe habe?«

Lotte erschrak. »Na gut, dann entscheiden wir es.« Sie nahm die Unterlagen und bemerkte, wie sie zitterte. Tränen standen in ihren Augen. Sie war wütend. »Ich wollte dich nicht stören. Ich möchte nur keine falsche Entscheidung treffen. Ich habe noch nie ein Geschäft geführt. Ich tue mein Bestes und treffe hier jeden Tag Entscheidungen, von denen ich eigentlich keine Ahnung habe. Ohne Arno würde nichts laufen. Viele Mitarbeiter kommen bereits zu mir, weil sie denken, ich kann dich überzeugen, und andere meiden mich wie der Teufel das Weihwasser und reden hinter meinem Rücken, weil sie denken, ich will hier irgendwie Profit rausschlagen, wie deine Ex-Frau. Ich bin nur ein Mannequin.« Sie brach ab. Tränen rannen ihr nun die Wangen hinunter. Sie wollte nicht weinen. Sie wollte stark bleiben, aber der Ausbruch von Alexander hatte sie entsetzt. Sie war überfordert mit dem Ganzen und auch mit Alexander. Seit Wochen hatte sie ihn in Ruhe gelassen und war immer für ihn da gewesen. Um sich abzulenken, hob sie schnell den heruntergefallenen Füller wieder auf.

Erschrocken blickte Alexander sie an. »Es tut mir leid«, flüsterte er. Er vergrub sein Gesicht in den Händen. »Ich vermisse meinen Vater und weiß nicht, ob ich das hier alles weitermachen kann. Ich wollte dich nicht anschreien.«

Lotte ging zu ihm.

Alexander schlang die Arme um ihre Hüfte und weinte.

Fünf Minuten vergingen, in denen keiner ein Wort sagte.

Dann blickte Alexander auf. Seine Augen waren rot unterlaufen. »Kannst du mir verzeihen?«

»Ja, ich verzeihe dir, aber bitte tu das nie wieder.«

»Das verspreche ich dir. Ich erkenne mich selbst nicht wieder.«

Sie sah ihm in die Augen. »Ich glaube dir, aber du solltest wieder mehr am Geschäft teilnehmen, und wenn du nur Fotos machst. Dein Vater kommt auch nicht zurück, wenn du jeden Tag trauerst. Am meisten hätte er gewollt, dass du weitermachst.«

»Du hast ja recht. Ich bin in letzter Zeit in meiner Trauer versunken.« Alexander schob sie ein Stück von sich. »Ich schaue mir das an und gebe Arno dann Bescheid.« Er deutete auf die Auftragsunterlagen neben sich.

»Danke, ich lass dich jetzt wieder allein.« Sie ging zu Tür und drehte sich noch mal um. »Wir kriegen das hin!«

»Ja, das tun wir. Und Lotte … du bist nicht nur ein Mannequin. Du bist die stärkste Frau, die ich kenne. Ich liebe dich.«

Sie sah ihn an. Er hatte bereits die Mappe aufgeschlagen.

»Okay«, sagte sie und verließ das Büro.

Okay – wie hatte sie auf »Ich liebe dich« mit einem einfachen »Okay« antworten können? Sollte sie noch mal zurückgehen? Sie liebte ihn auch, obwohl er es ihr gerade schwer machte. Eben noch hatte er sie angeschrien, und im nächsten Augenblick gestand er ihr seine Liebe. Das war zu viel für einen Moment. Lotte konnte nur hoffen, dass er nicht wütend war, weil sie eigentlich gar nicht reagiert hatte, aber sie war einfach zu überfordert mit allem.

Sie brauchte erst mal frische Luft, also rannte sie die Treppe hinunter und lief an der Empfangsdame vorbei.

Lotte trat auf die Straße und dachte sofort an Margot. Sie würde ihr nachher schreiben und ihre Sorgen loswerden. Vielleicht hatte Margot ja einen guten Ratschlag, wie sie weitermachen sollte.

KAPITEL 28

MARGOT
März 1966

Es war ein warmer Frühlingstag. Margot bog in die Straße ein, in der sich die Wohnung für ihre Treffen befand. Sie schloss die Augen und atmete die frische Luft tief ein. Es tat gut, nach einem langen Bürotag einen Spaziergang zu machen. Der Wind wehte, sie fühlte sich leicht und freute sich auf den Nachmittag mit den Frauen. In der letzten Zeit waren sie vorsichtiger gewesen, und so langsam entspannte Margot sich wieder und sah nicht in jedem Menschen auf der Straße jemanden, der bei der Stasi arbeitete und es auf sie abgesehen hatte.

Sie war die Erste und schloss auf. Sie traf die letzten Vorbereitungen, und kurz darauf trudelten die Frauen ein. Auch Edith kam jetzt mindestens ein- bis zweimal im Monat und hatte versprochen, ihrem Mann nichts zu verraten.

Der kleine Raum füllte sich schnell, und pünktlich schaltete Marie das Radio an – dieses Mal war es Radio DDR I. Die Frauen begannen zu tanzen, als lautes Klopfen die Musik übertönte. Es war nicht ihr übliches Zeichen. Marie machte die Musik aus. Es klopfte ein weiteres Mal. »Aufmachen, oder wir brechen die Tür auf«, erklang eine dumpfe Stimme.

Margot blickte Marie an, die ihr zunickte.

Die Frauen blickten sich panisch um. Einige fingen an zu weinen und hielten sich in den Armen.

»Bleibt alle ganz ruhig. Sagt einfach nichts, wenn man euch fragt. Wir haben nichts getan. Jeder, der etwas dabeihat, was verboten ist, legt es irgendwo in die Wohnung, schnell«, befahl Marie.

Einige Frauen kramten hektisch in ihren Taschen und stellten Bücher in eines der Regale, damit sie zumindest nicht in ihrem Besitz gefunden wurden. Margot glaubte, dass nichts davon verboten war.

»Aufmachen!«, rief die Stimme erneut.

»Alle bereit? Dann mache ich jetzt auf«, sagte Marie und blickte in ängstliche Gesichter.

Margot wollte zu ihr treten.

»Nein, bleib, wo du bist. Ich übernehme die Verantwortung. Du hast Lilli.«

»Aber …«

»Kein Aber!« Im nächsten Moment öffnete Marie die Tür.

Drei Männer standen davor und drängten sich sofort an ihr vorbei. Margot wurde eiskalt. Die Männer gehörten sicherlich zur Stasi.

»Wir haben den Verdacht, dass hier unerlaubte Treffen stattfinden, die die Staatssicherheit gefährden«, erklärte einer der Männer in autoritärem Ton.

»Wie bitte?«, fragte Marie. »Wie Sie sehen können, sind wir nur ein paar Frauen, die sich getroffen haben.«

»Wie wir diese Situation bewerten, das lassen Sie mal unsere Sorge sein.«

Sie wollten sie einschüchtern, das war ganz klar, und bei den meisten der Frauen klappte das auch sehr gut, dachte Margot.

Ein Mann, der Älteste von ihnen, ging durch die Wohnung und hob alle möglichen Dinge auf, Bücher, Zeitschriften, und suchte zwischen den Seiten nach etwas Verbotenem. Er schaltete das Radio an, und die Musik, die eben noch für ausgelassene Stimmung gesorgt hatte, erfüllte den Raum. Sie passte nicht im Geringsten zu dem, was hier gerade passierte.

Die beiden anderen Männer blieben vor der Tür stehen und versperrten den Ausgang. Sie verzogen keine Miene und standen da wie Soldaten.

»Was genau treiben Sie hier?«, fragte der Älteste.

»Wir sitzen einfach nur zusammen und unterhalten uns, hören Musik. Seit wann ist das verboten?«, fragte Marie.

Die Frauen standen eng zusammen.

»Wer ist für diese Treffen hier verantwortlich?«, fragte er weiter.

»Ich«, sagte Marie und blickte dabei Margot streng an.

Margot wusste, was der Blick zu bedeuten hatte. Sie hatte Marie versprechen müssen, dass, wenn es einmal Probleme geben sollte, sie sich nicht einmischen würde. Maire würde alles auf sich nehmen. Lilli brauchte ihre Mutter.

»Gibt es hier eine Margot Toles?«

Margots Herz bebte. »Ja, das bin ich.« Woher wussten sie ihren Namen? Was für eine Frage, das war die Staatssicherheit und wenn sie wollten, dann konnten sie alles rausfinden. Seit ihrem Antrag konnte sie sich zudem sicher sein, dass sie jeden ihrer Schritte verfolgten.

»Sie beide kommen mit uns mit, und der Rest kann gehen, aber wir behalten die Wohnung ab jetzt im Auge«, erklärte der Älteste und zeigte auf Marie und Margot.

»Ich muss meine Tochter vom Kindergarten abholen.«

»Darüber machen Sie sich mal keine Sorgen, darum kümmert sich ihre Mutter.«

»Aber meine Mutter weiß doch gar nicht Bescheid.«

»Kommen Sie jetzt mit!«, befahl er in einem härteren Tonfall.

Alle anderen Frauen hatten bereits die Wohnung verlassen, als Margot und Marie von den drei Männern abgeführt wurden.

Was hatte ihre Mutter damit zu tun? War das alles geplant?

Das war es dann, dachte Margot. Das Ende unserer Treffen und vermutlich das Ende für ihren Ausreiseantrag.

Sie wurden zu einem Gebäude gefahren und dort getrennt. Margot musste sich in einem kargen Raum auf einen Holzstuhl setzen. Ein Mann in einem perfekt sitzenden Anzug mit Notizblock und strengem Blick saß ihr an einem Tisch gegenüber. Vor dem einzigen Fenster im Zimmer hing ein dicker Vorhang, so dass kein Tageslicht hereinkam. Eine kleine Lampe auf dem Tisch spendete gerade so viel Licht, dass der Mann sah, was er schrieb. Es herrschte absolute Stille. Margot überlegte, ob sie zuerst etwas fragen sollte, aber sie wartete lieber ab.

War das schon ein Gefängnis? Eigentlich fehlten nur die Handschellen.

»Frau Toles, Sie wissen, warum Sie hier sind?«, fragte er dann.

Margot räusperte sich. »Nein, nicht so richtig.« Es könnte um die Treffen gehen oder ihren Ausreiseantrag oder beides. Ihr Mund war trocken, und ihr Herz raste. Sie konnte keinen klaren Gedanken fassen, aber sie wusste, dass sie sehr vorsichtig sein musste, mit dem, was sie sagte.

Der Mann wiederholte seine Frage.

»Ich denke, es geht um die Treffen mit meinen Freundinnen, aber wir haben nichts Verwerfliches getan oder jemanden in Gefahr gebracht, deshalb weiß ich nicht wirklich, warum ich hier bin.«

Wieder wartete der Mann mit seiner Reaktion. »Wissen diese Frauen von Ihrem Ausreiseantrag? Haben Sie darüber geredet oder womöglich andere animiert, Ihrem Beispiel zu folgen?«

»Nein!«

Der Stasimitarbeiter legte den Stift ab, lehnte sich zurück und verschränkte die Arme vor seinem Bauch. Er sagte nichts und ließ die Worte zwischen ihnen hängen.

»Was sind das für Treffen?«, fragte er irgendwann.

Das Warten schien eine Taktik zu sein, um sie nervös zu machen. Das gelang ihm auch. Trotzdem versuchte Margot, äußerlich stark zu wirken. Sie hatte nichts zu verbergen.

»Es sind einfach Treffen unter Freundinnen. Wir unterhalten uns über die Kinder und den Haushalt.«

»Soso, Kinder und Haushalt.«

»Ja, Kinder und Haushalt. Wir tauschen Kochrezepte aus und geben uns gegenseitig Tipps für den Alltag«, ergänzte sie.

Der Mann beugte sich vor und machte sich Notizen. »Sie sagen also, dass Sie sich niemals über den Westen ausgetauscht haben oder über Ihren Ausreiseantrag?«

»Nein, nichts dergleichen. Die Treffen dienten lediglich dem Vergnügen und dem Austausch untereinander.«

Danach stellte er jede Frage in Dauerschleife, immer anders formuliert. Margot bemühte sich, inhaltlich gleiche Antworten zu geben und sich nicht zu widersprechen.

Irgendwann fielen Margot fast die Augen zu. Da sagte der Mann plötzlich, sie könne gehen, und sie habe Glück, dass ihre Eltern so treue Bürger seien. Es gab keine weiteren Informationen, er sagte nicht, ob jetzt noch etwas passierte. Sie wurde zur Tür geleitet. Draußen stellte Margot fest, dass sich das Licht verändert hatte – offenbar hatte man sie die ganze Nacht befragt, und es war ein neuer Morgen angebrochen. Ihr war schwindelig vor Müdigkeit, und so brauchte sie einen Moment, bis sie erkannte, dass die Frau auf der halbhohen Mauer neben ihr Marie war. Sie rannte zu ihr, und sie fielen sich erleichtert in die Arme.

»Ich habe auf dich gewartet«, sagte Marie.

»Es ist so schön, dich zu sehen«. Die Anspannung der letzten Stunden fiel von Margot ab. Sie musste aber so schnell wie möglich hier weg. »Los, lass uns verschwinden.«

Sie eilten von dem Gelände mit der Angst im Nacken, jemand würde sie doch noch aufhalten.

Sie liefen auf die Straße und atmeten die Luft ein. Keine wagte etwas zu sagen. Die Sorge, jemand lauere ihnen noch auf, um sie zu belauschen, war groß. Erst als sie zehn Minuten gegangen waren und sich ausgetauscht hatten, wie sie am besten nach Hause kämen, trauten sie sich über das Erlebte zu sprechen.

»Danke, dass du gewartet hast. Es war schrecklich, wie sie einen behandelt haben.«

»Ja«, bestätigte Marie, »das brauche ich definitiv kein zweites Mal.«

»Ich hatte Angst, dass sie mich einsperren«, sagte Margot.

»Wir haben doch aber nichts gemacht.«

»Wurdest du zu meinem Ausreiseantrag befragt?«

»Ja«, bestätigte Marie.

Margots Herz pochte schneller.

»Keine Angst, ich habe gesagt, ich wisse von nichts und sei selbst überrascht«, beruhigte ihre Freundin sie.

»Das ist gut. Ich hoffe, sie haben dir geglaubt. Sie sind offenbar davon ausgegangen, dass ich euch alle anstifte, um mir in den Westen zu helfen, da mein Ausreiseantrag noch nicht genehmigt wurde. Und das Schlimmste war, dass der Mitarbeiter meinte, meine Eltern seien treue Bürger und andeutete, ich dürfte nur deshalb gehen.«

»Das ist ja kaum zu glauben. Was wirst du jetzt tun?«

»Ich werde Lilli abholen und ihnen Rede und Antwort stehen müssen.«

»Ich drücke dir die Daumen, dass alles gut wird.«

»Danke, Marie. Das ist alles so ungerecht. Ich habe diese Treffen sehr genossen. Anderen zu helfen war so schön für mich. Jetzt werden wir das nicht mehr machen können, und meinen Antrag werde ich auch vergessen müssen«, schimpfte sie.

»Für mich waren die Treffen auch sehr schön«, erwiderte Marie.

»Ich muss dir noch mal danken, Marie, du hast alles so selbstlos gemacht. Die meisten unserer Alltagsprobleme hattest du selbst nicht, und trotzdem hast du dich immer eingesetzt.«

»Ich kämpfe einfach für die Rechte aller Frauen. Und du bist eine ganz besondere Frau. Du bist mutig und hast alles allein geschafft. Wie hätte ich dir nicht helfen können?«

Sie umarmten sich zum Abschied.

»Ich wünsche dir jetzt viel Kraft. Soll ich dich begleiten?«, fragte Marie.

»Nein, geh am besten ins Bett. Das muss ich allein machen.« Auch Margot wollte am liebsten ins Bett. Sie war jetzt mehr als vierundzwanzig Stunden auf den Beinen und mit dem schlimmsten Alptraum ihres Lebens konfrontiert worden. Die letzten Stunden hatten ihr allerdings nur Energie geraubt, nicht ihren Willen. Sie würde jetzt Lilli holen und mit ihren Eltern sprechen. Lilli, sie musste sofort zu Lilli, egal wie müde und schwach sie sich fühlte.

»Gut, aber melde dich bei mir.«

»Natürlich.« Sie umarmten sich ein weiteres Mal. Dann lief Margot mit der letzten ihr verbliebenen Kraft los.

Als Margot die Wohnung ihrer Eltern betrat, stürmte Lilli im Flur sofort auf sie zu.

»Lilli, mein Schatz, komm her.« Die Anspannung fiel von Margot ab, als sie ihre Tochter im Arm hielt. Nur mit Mühe konnte sie sich die Tränen verkneifen.

»Wir gehen gleich, aber vorher muss Mama noch mit Oma und Opa reden, okay?«

»Ist gut«, stimmte die Kleine zu und hüpfte in das Wohnzimmer zurück. Margot ging ihr nervös hinterher.

Kaum hatte sie das Wohnzimmer betreten, spürte sie eine eisige Stimmung. Ihre Mutter war in der Küche und bereitete Frühstück vor. Ihr Vater saß wie so oft im Sessel. Sie wunderte sich, dass ihre Eltern überhaupt da waren, es war mitten in der Woche. Sie hätten auf der Arbeit sein müssen. Erstaunt stellte sie fest, dass auch Edith da war. Sie spielte mit ihren Kindern und Lilli auf dem Boden. Nur Klaus war nicht anwesend.

»Und, wie geht es allen?«, fragte Margot in den Raum. »Also ich komme gerade von einem Verhör, falls es jemanden interessiert.«

Niemand reagierte.

»Aber vermutlich wisst ihr das bereits, denn mir wurde gesagt, dass ihr Lilli abholt.«

»Ich denke, wir sollten in die Küche gehen«, sagte ihr Vater, der sich vom Sessel erhoben hatte.

Margot wusste, dass es ihre Mutter nicht mochte, wenn jemand in der Küche herumstand, während sie Essen zubereitete. Aber heute würde sie wohl nichts dagegen sagen.

Alle außer den Kindern setzten sich in Bewegung.

Ihre Mutter saß jetzt am Tisch und weinte. Edith hatte sich dazugesetzt und blickte verlegen auf die Tischdecke. Ihr Vater und Margot blieben stehen.

Er warf ihr einen wütenden Blick zu und eröffnete dann das Gespräch.

»Ich weiß nicht, was du dir dabei gedacht hast. Schlimm genug, dass du dich in Gefahr bringst, obwohl du Mutter bist, aber Edith da reinzuziehen, eine besonnene Frau, uns alle mit reinzuziehen. Sieh dir deine Mutter an«, polterte der Vater los. »Wie wurden verhört, mitten bei der Arbeit, weil du einen Ausreiseantrag stellst und dann noch heimliche Treffen veranstaltest. Es war so demütigend. Wir haben immer wieder beteuert, dass wir von nichts wussten. Keine Ahnung, ob sie uns geglaubt haben.«

Plötzlich begriff Margot. Wenn man einen Ausreiseantrag stellte, kam es vor, dass Angehörige dazu befragt wurden. Man hatte sie mehr oder weniger darauf hingewiesen, dass man sich in ihrem Umfeld umhören würde. Aber woher wussten sie von den Treffen?

»Wenn das die Runde macht, können wir unsere Jobs verlieren«, ergänzte Margots Mutter. »Oder sie grenzen uns aus. Keiner will mit solchen Leuten zu tun haben.«

Mit solchen Leuten. Margot war schockiert. »Hört ihr euch eigentlich selbst zu, was ist das denn für ein Staat, der alle kontrolliert und Menschen in Angst und Schrecken versetzt?«

»Rede nicht so in unserem Haus. Du hast schon genug angerichtet«, schimpfte der Vater. »Du hast uns belogen und hintergangen.«

»Ja, ein paar Frauen und ich haben uns einmal in der Woche getroffen, aber nichts Verbotenes getan, und weshalb ich euch nichts von meinen Ausreiseplänen erzählt habe, versteht sich wohl von selbst«, verteidigte sich Margot.

»Nichts Verbotenes? Da hat Edith uns aber was ganz anderes erzählt.«

Ediths ängstlicher Blick huschte zu ihrem Vater.

Wütend blickte Margot zu Edith, aber die starrte schnell wieder auf den Tisch.

»Hat sie das?«

»Ja, sie hat uns alles erzählt. Du sollst sie gezwungen haben teilzunehmen.« Reiner war außer sich.

»Ach, habe ich das, Edith? Womit soll ich dich denn gezwungen haben?«

Ihre Schwester zeigte keine Reaktion.

»Margot, wir wissen, dass du lügst, wenn du den Mund aufmachst. Dir ist deine Familie vollkommen egal. Du hast uns bloßgestellt und alle in Gefahr gebracht. Mit dem Ausreiseantrag hast du uns ins Visier der Stasi gebracht«, sagte die Mutter und schniefte in ihr Taschentuch.

»Ist das euer Ernst?«, fragte Margot. »Im Übrigen müsst ihr euch als linientreue DDR-Bürger doch keine Sorgen machen.«

»Ja, das war vielleicht unser Glück, aber dann hat Edith das mit den Treffen erzählt«, fuhr der Vater fort.

»Jeden Tag hatten wir Angst, dass sie uns verfolgen. Kannst du dir vorstellen, wie das ist?«, schluchzte ihre Mutter.

»Ja, stellt euch vor, das kann ich. Und dank euch weiß ich auch, wie schrecklich es ist, verhört zu werden wie eine Schwerverbrecherin.«

Margot trat auf Edith zu. »Ich dachte, dass wir das erste Mal im Leben eine gute Beziehung hatten. Ich habe mich gefreut, als du zu den Treffen gekommen, und habe gesehen, wie du aufgeblüht bist.« Sie bemerkte, dass ihre Schwester mit den Tränen kämpfte.

»Schluss jetzt!«, sagte Reiner. »Ich bin froh, dass Klaus es von Edith erfahren hat. Sie war in letzter Zeit so anders, und als sie ihm dann davon erzählt hat, hat er sich darum gekümmert.«

Es dauerte, bis diese Worte wirklich bei Margot ankamen. Ihre eigene Familie hatte sie auffliegen lassen und sie gemeldet?

»Ihr habt uns die Stasi auf den Hals gehetzt?«

»Ja, natürlich, wir mussten dem Ganzen ein Ende setzen, und deshalb habt ihr auch keinen Ärger bekommen.«

»Keinen Ärger? Marie und ich wurden stundenlang verhört, und wir werden wahrscheinlich für lange Zeit beobachtet. Ihr habt keine Ahnung, was wir durchmachen mussten.«

»Nun, man sollte sich vorher überlegen, was man macht«, sagte Reiner.

»Ich kann es einfach nicht glauben. Meine eigene Familie.«

Sie blickte in die Runde, auf die Menschen, die sie doch eigentlich unterstützen sollten.

»Ich werde jetzt gehen. Ich kann keinem von euch mehr in die Augen sehen.« Margots Stimme zitterte, aber sie wollte jetzt nicht weinen.

»Es war doch nur zu deinem Besten«, wimmerte ihre Mutter.

»Nein, Mama, das war es nicht. Diese Treffen haben mir viel bedeutet. Vor allem, weil ich von euch, seit Lilli auf der Welt ist, kaum Hilfe bekommen habe. Ich war immer auf mich allein gestellt.«

»Na, jetzt schlägt es dreizehn! Keine Hilfe! Was können wir dafür, dass du dich von einem Dahergelaufenen schwängern lässt?«, brüllte ihr Vater.

So hatte sie ihren Vater noch nie erlebt. Seine Angst musste groß sein. »Ja, redet euch das nur passend zurecht.« Wütend eilte Margot ins Wohnzimmer. »Lilli Schatz, wir gehen.«

Lilli erhob sich und winkte ihren Cousins zu. Vermutlich ein letztes Mal. Margot war froh, dass Lilli keine Szene machte. Sie wollte einfach nur hier weg. Sie nahm ihre Tochter an der Hand, zog ihr die Schuhe an und warf die Tür hinter sich zu.

KAPITEL 29

LOTTE

Juni 1966

Noch immer spürte man in der Agentur die Lücke, die Gerhard Kempfer hinterlassen hatte. Alexander erholte sich nur langsam und hatte sein Versprechen nicht ganz gehalten. Er versuchte, so gut es ging, am Tagesgeschäft teilzunehmen. Vor einer Woche hatte er es endlich geschafft, das Büro seines Vaters zu betreten und wichtige Unterlagen an sich zu nehmen. Das Büro selbst wollte er nicht beziehen. Er hatte Lotte erklärt, dass er kein Chef sein wollte, und wenn er jetzt das Büro übernahm, dann würden auch alle Mitarbeiter das als Zeichen sehen, dass er endgültig die Zügel in der Hand halten würde. Trotzdem, ob er wollte oder nicht, er war der Chef. Nach einem Gespräch mit Arno wusste sie, dass sie unbedingt einen großen Auftrag brauchten, denn der Agentur ging das Geld aus. Die ersten Monate konnte man Alexanders Untätigkeit noch ausgleichen und laufende Aufträge abwickeln, aber jetzt war es kurz vor zwölf. Es musste etwas passieren.

Alexander und Lotte saßen auf dem Sofa. Sie musste an den letzten Brief von Margot denken. Der Frauentreff, der ihrer Freundin so wichtig geworden war, durfte nicht mehr stattfinden. Die Staatssicherheit hatte davon erfahren, und die meisten Frauen waren nun zu eingeschüchtert. Das Schlimmste aber für Margot war, dass ihre eigene Familie sie verraten hatte; ihre Eltern und der Mann ihrer

Schwester hatten die Stasi auf die Treffen aufmerksam gemacht. Lotte wäre nun gern für ihre Freundin da gewesen, aber nie war sie da, wenn sie wirklich gebraucht wurde. Margot hatte alles ohne sie durchmachen müssen, die Trennung von Tim, die Geburt. In solchen Momenten dachte sie meist auch an ihre Eltern, Lotte hatte sie ebenfalls allein gelassen. Und jetzt die Sorgen in der Agentur.

»Was ist los?«, fragte Alexander. »Du wirkst so nachdenklich.«

»Nichts, es ist alles gut«, sagte Lotte, aber sie freute sich, dass er ihren Gemütszustand bemerkte.

»Ich sehe dir doch an, dass etwas nicht stimmt. Was ist es?«

Lotte setzte sich auf. »Ich denke an Margot und die Agentur.«

Bei dem Wort Agentur spannte er sofort die Kiefermuskeln an. »Ich weiß, ich muss wieder mehr im Geschäft einsteigen.«

»Oder jemandem mehr Verantwortung geben. Wir haben Schulden und brauchen einen guten Auftrag.«

»Das hat dir Arno erzählt!«

»Ja, aber sei ihm nicht böse, er macht sich Sorgen um dich und die Agentur und alle Kollegen.«

Alexander schwieg.

»Schatz, wir müssen handeln. Es ist ernst, das hat Arno gesagt.«

»Ich weiß, und ich hasse es, dass ich einfach nicht in der Lage bin, alles in die Hand zu nehmen.«

»Ich denke die ganze Zeit, dass Margot es lieben würde, das in der Agentur zu erledigen, was wir beide schrecklich finden. Sie hat mir auch angeboten, dass sie uns Tipps geben könnte, wenn wir ihr etwas zu den Aufträgen schicken.« Lotte seufzte. »Wie gern würde ich sie jetzt hier haben!«

»Ich verspreche dir, dass ich mir in Zukunft mehr Mühe geben werde.«

»Du gibst dir doch schon Mühe«, sagte sie und tätschelte seine Hand.

»Es ist, als ob ich blockiert bin. Ich habe Angst, dass ich etwas falsch mache, also mache ich lieber nichts. Jede Entscheidung, die ich treffe, könnte die sein, die zum Verlust der Agentur führt.«

»Das verstehe ich, aber wenn du nichts machst, verlieren wir sie auch. Denk an deinen Vater. Er hätte gewollt, dass du es wenigstens versuchst. Ich weiß, wie schwer dir das fällt.«

»Danke, dass du da bist.«

»Natürlich. Du warst auch schon viele Male für mich da. Ich fühle mich nur so hilflos. Ich kann dir einfach nicht helfen.«

»Doch, das tust du, einfach nur weil du da bist, glaube mir.«

»Aber das reicht nicht, fürchte ich.«

»Gib mir Zeit«, bat er.

Sie wusste, dass sie nicht weiter Druck aufbauen durfte. Aber Zeit war genau das, was sie nicht hatten. Sie mussten schnell handeln, dass hatte Arno ihr unmissverständlich klargemacht. Sie musste wieder an Margot denken. Diese verdammte Mauer, schoss es Lotte durch den Kopf. Sie schloss die Augen.

KAPITEL 30

SEPTEMBER 1966
Margot

Es war ein Mittwoch, ein Tag, auf den sie sich sonst immer gefreut hatte. Nun war es ein Tag wie jeder andere. Mit stupidem Abtippen, der garstigen Frau Dobrink und jeder Menge Ungerechtigkeiten.

»Lilli, wir müssen uns beeilen«, sagte Margot genervt.

»Komme«, rief die Kleine. »Mama, guck!« Lilli lief auf sie zu und strahlte stolz.

Margot blickte auf ihre Tochter hinunter und lächelte. »Du hast dir wieder ganz allein die Schuhe angezogen«, lobte sie.

»Ja.«

»Wir tauschen sie noch und dann ist es perfekt.«

»Nein!«

»Nein? Aber so ist es doch ungemütlich.«

»Nein!« Lilli verschränkte die Arme vor der Brust.

»Also gut, dann gehen wir so.« Margot griff nach ihrer Tasche und dem Beutel für den Kindergarten, dann nahm sie die Hand ihrer Tochter und verließ die Wohnung.

Vor der Haustür blickte sie wie immer kurz in den Briefkasten. Ein Brief lag darin. Der Absender war die Abteilung Inneres des Rates des Stadtbezirks Pankow.

Hektisch öffnete sie den Brief und konnte nicht glauben, was sie da las. Was hatte das zu bedeuten?

Lilli zupfte energisch an der Hand, »Mama, wir müssen los!«

»Warte, mein Schatz«, Margot las die Zeilen ein weiteres Mal. »… finden Sie sich für eine Aussprache bezüglich Ihres Antrages für sich und Ihre Tochter Lilli Toles zur einmaligen Ausreise in die BRD ein …« Ihr fehlten die Worte. Sie konnte es nicht fassen. War der Brief echt, oder erlaubte sich jemand einen Scherz mit ihr? Sie blickte sich verstohlen um. Dann schob sie den Umschlag in ihre Tasche. Was wollten die von ihr? Sie konnte sich beim besten Willen nicht vorstellen, dass das eine gute Nachricht war. Nicht nach allem, was vorgefallen war.

»Was ist, Mami?«, fragte Lilli.

»Nichts, mein Schatz. Komm, wir müssen uns jetzt beeilen.«

»Zu spät«, bemerkte Frau Dobrink, ohne aufzublicken. Sie stand vor Margots Büro.

»Ich weiß nicht, ob Sie es vergessen haben, aber ich bin fertig mit meiner Lehre, und deshalb muss ich nicht mehr auf die Minute pünktlich sein.«

»Sie sollen in die Kaderabteilung«, sagte die Chefsekretärin mit einem diebischen Grinsen auf dem Gesicht.

Margots Herz pochte. Ihr Blick fiel auf ihre Tasche, und sie erinnerte sich an den Brief. Rasch biss sie sich auf die Lippe, um ein Lächeln zu unterdrücken. Sollte es wirklich so sein, dass das ihr Fahrschein zur Freiheit war, konnte sie nichts mehr erschrecken. Eine Ablehnung war zwar wahrscheinlicher, aber daran verbot sie sich zu denken. Sie brauchte jetzt Hoffnung.

Vor der Dobrink wollte sie keine Gefühle zeigen, also tat sie so, als würde sie die Nachricht, in die Kaderabteilung zu müssen, nicht beunruhigen.

»Vielen Dank, dass Sie mir Bescheid gesagt haben«, sagte sie höflich.

Sie atmete durch und machte sich auf den Weg. Vor der Tür lauschte sie, bevor sie eintrat. Doch sie hörte keinen Ton aus dem Inneren.

Sie öffnete die Tür, und zwei ihr unbekannte Männer sowie Herr Töpfer saßen vor ihr.

»Nehmen Sie Platz!«, sagte Herr Töpfer.

Margot nahm zögerlich Platz. Die Situation löste Unwohlsein in ihr aus. Sie saß wie auf dem Präsentierteller vor fremden Menschen.

»Es gibt für solche Nachrichten keine gute Einleitung. Wir machen es kurz: Sie sind nicht weiter tragbar für uns. Wir müssen Sie entlassen. Ab heute sind Sie nicht mehr Teil dieser Firma.«

Erschrocken blickte sie die Männer an. Keiner verzog eine Miene.

»Aber warum? Habe ich schlechte Arbeit geleistet?«

Herr Töpfer blickte kurz zu den beiden Männern.

»Es bedarf keiner Begründung«, erklärte er knapp.

»Aber ich bin Mutter, ich brauche die Arbeit.«

»Tja, das hätten Sie sich vielleicht vorher überlegen sollen. Ich finde, wir waren sehr zuvorkommend und haben Sie lange genug …«

»Aber ich …«

»Ich denke, das wäre es dann.« Er stand auf. »Alles Gute!«

Sie eilte ohne ein weiteres Wort aus dem Büro.

Galt das ab heute? Ja, das hatte er gesagt, das hieß, sie konnte ihre Sachen holen und gehen. Sie ging zuerst ins Großraumbüro, um sich zu verabschieden. Als sie dort ankam, stand Frau Dobrink grinsend mit ihrer Tasche vor ihr. »Endlich haben die erkannt, dass Sie nichts taugen«. Sie hielt ihr die Tasche hin.

Sie musste in ihrem Büro gewesen sein. Margot blickte in die Tasche, es war alles noch da, auch der Brief. Überflüssig sich zu fragen, ob der Drache ihn gelesen hatte. Margot war erleichtert, sie würde nicht mehr in ihr kleines Zimmer müssen. Persönliche Gegenstände hatte sie ohnehin nicht auf ihrem Schreibtisch gehabt, dafür war er zu klein. Das Büro war bereit, die nächste arme Seele zu beherbergen. Ein kleines Glücksgefühl überkam sie, weil sie wusste, dass sie nicht mehr herkommen musste. Doch wie und vor allem wo sollte sie jetzt Geld verdienen?

Margot erinnerte sich, weshalb sie hier war, und schaute in die Runde, aber alle sahen weg und ignorierten sie. Niemand würde sich von ihr verabschieden. Im Türrahmen entdeckte sie Max mit verschränkten Armen. Er blickte sie finster an und schwieg.

Sie konnte gehen. Sie verließ das Gebäude. Auch wenn sie die Arbeit hier nie besonders gemocht hatte und sie die Sache mit Tim und die schrecklichen Schikanen mit diesem Ort verband, liefen ihr ein paar Tränen über die Wangen. Sie hatte Angst. Sie brauchte Arbeit. Oder sie musste beten, dass der Brief in ihrer Tasche ihr die ersehnte Freiheit schenkte. Vielleicht sollte sie mal mit Werner sprechen, der kannte sich aus. Sie musste sich auf die Aussprache vorbereiten.

Margot fuhr zur *Sibylle*, um dort hoffentlich Werner zu treffen. Es dauerte eine Weile, weil sie sich durchfragen musste, doch schließlich fand sie das richtige Büro. Sie klopfte an, dann öffnete sie die Tür.

»Hallo, Werner, ich muss mal mit dir reden. Allein«, bat sie ihn.

»Mensch Margot, schön dich zu sehen.« Er umarmte sie. »Das klingt aber geheimnisvoll.«

»Hast du Zeit?«, fragte sie nervös.

»Klar, komm wir gehen raus«, sagte er und führte sie auf einen Innenhof. »Ist ungestörter.«

Werner zündetet sich eine Zigarette an und hielt Margot auch eine hin.

»Nein danke.« Sie griff in ihre Tasche und zog den Brief heraus. »Den habe ich heute Morgen im Briefkasten gehabt. Ich weiß nicht, was ich davon halten soll und denke, dass ich mich irgendwie darauf vorbereiten sollte, oder?«

Werner steckte sich die Zigarette in den Mund, nahm den Brief und begann zu lesen. Ein Lächeln huschte über sein Gesicht. »Du hast es also vielleicht tatsächlich geschafft.«

»Meinst du? Ich hoffe du hast recht, die DEWAG hat mich eben gefeuert. Ich sei nicht länger tragbar, haben sie gesagt.«

Werner brummte. »Das übliche Vorgehen, sie machen die Leute mürbe. Vorbereiten macht keinen Sinn, die Entscheidung steht fest. Entweder genehmigen sie die Ausreise oder nicht. Schriftlich wirst du nichts bekommen.«

»Aber warum sollten die zustimmen?«

Er gab ihr den Brief zurück. »Ich habe keine Ahnung.«

Sie schüttelte den Kopf. »Das wäre ja zu schön.«

»Lotte würde sich freuen«, bemerkte er.

»Wenn ich ehrlich bin, hasse ich mein Leben hier, und wenn Lilli und Marie nicht wären, würde ich keine Sekunde darüber nachdenken. Ich will hier weg und bei Lotte sein.« Sie hielt abrupt inne. »Ich hoffe wirklich, es ist eine Zustimmung«, flüsterte sie dann.

Werner nahm sie in den Arm. »Ich drück dir ganz fest die Daumen.«

»Danke, Werner, du bist echt in Ordnung.«

»Hast du am Anfang nicht geglaubt, was?«

Margot musste lachen. »Nein, am Anfang mochte ich dich nicht besonders.«

Er drückte sie erneut und hielt sie dann an den Schultern. »Du wirst gehen können, das habe ich im Gefühl. Macht was draus da drüben. Lotte und du, ihr beide erobert den Westen!«

Sie lachte. »Ich melde mich.«

Er nickte nur.

Sie durften ausreisen. Das kurze Gespräch hatte sie wie in Trance wahrgenommen, und als sie an dem Abend wieder zu Hause war, bekam sie kurz ein schlechtes Gewissen, denn Lilli würde ihren Vater vielleicht nie kennenlernen. Doch sie wusste, dass Tim keinerlei Interesse an seiner Tochter hatte, und sie beide waren ohne ihn auch besser dran. Wenn Lilli alt genug war, würde sie ihr die Wahrheit sagen und musste dann hoffen, dass ihre Tochter sie für diese Entscheidung nicht hassen würde. Die Abschiede von Werner und Marie zerrissen sie innerlich, aber sie freute sich auf ihren Neuanfang. Da sie ihren Eltern nicht mehr vertrauen konnte, wollte sie sich von ihnen nicht verabschieden. Auch das war eine Entscheidung über den Kopf ihrer Tochter hinweg. Sie hatte einen Brief geschrieben, den Werner ihren Eltern geben würde, wenn sie drüben war. Doch zu den Eltern von Lotte war sie gegangen. Dort hatte sie sich tränenreich verabschiedet und nur die besten Wünsche mit auf dem Weg bekommen. Ursula hatte gemeint, dass sie nun auch noch ihre zweite Tochter an den Westen verlieren würden.

Sie hatte sich so gut es eben ging auf den Tag der Ausreise vorbereitet. Die Wohnung fristgerecht gekündigt, die Möbel weggegeben, versucht, sich mental auf die Veränderungen einzustellen. Die letzte Nacht begleiteten sie Alpträume. An der Grenze ließ man sie nicht in den Westen, sondern nahm sie fest und Lilli wurde ihr aus dem

Arm gerissen. Immer und immer wieder spielte sich die gleiche Szene ab.

Am Morgen der Abreise konnte sie nicht aufhören zu zittern. Essen konnte sie auch nichts. Sie griff nach der Tasche, in die sie das Nötigste für sich und Lilli gepackt hatte. Das Lieblingskuscheltier ihrer Tochter, ein Hase mit Schlappohren, ein paar Sachen, von denen sie glaubte, dass sie wichtig waren.

Margot trat mit Lilli vor das Haus und wusste, alles würde sie nun zum letzten Mal machen. Das machte sie traurig, aber dann dachte sie an Frau Dobrink, ihre Eltern, die sie so enttäuscht hatten, und Tim. Entschlossen, mit Lilli an der Hand, ging sie weiter.

»Heute gehen wir in den Westen. Einen Ausflug machen«, wandte sie sich an ihre Tochter.

Plötzlich bemerkte sie eine Person auf sie zueilen.

»Edith«, flüsterte sie, als sie ihre Schwester erkannte.

»Warte, Margot!« Bei den beiden angekommen, musste Edith erst einmal Luft holen.

Sofort sah sich Margot panisch um. Sollte ihre Schwester etwa noch ihre Abreise verhindern? Kamen jetzt irgendwelche Männer von der Stasi um die Ecke?

»Ich bin hier, um mich zu verabschieden«, sagte Edith um Atem ringend. »Bitte verzeih mir, alles. Du musst eines wissen: Klaus hatte mich unter Druck gesetzt, und da habe ich nachgegeben, aber du glaubst nicht, wie sehr ich es bereut habe. Wie viele Nächte ich wach liege und mich selbst hasse! Ich bewundere deinen Mut. Ich war nie stark, deshalb habe ich immer zu dir aufgesehen, obwohl ich doch die Ältere bin.« Tränen liefen ihr die Wangen hinunter. Sie zuckte mit den Schultern. »Ich wollte dir nur sagen: Du schaffst das! Du und

Lilli, ihr schafft das! Und sollte an der Grenze irgendwas schiefgehen, was es nicht wird, aber falls, verspreche ich dir, dass ich mich um Lilli kümmere. Egal, was Mama, Papa oder Klaus sagen, ich nehme sie zu mir.«

Margot sah in die Augen ihrer Schwester und wusste, dass sie es ernst meinte.

»Komm her«, sagte Margot und begann ebenfalls zu weinen. Sie schlang die Arme um Edith. »Danke, damit nimmst du mir eine riesige Last von den Schultern. Zu wissen, dass du Lilli nehmen würdest.«

»Bitte verzeih mir, bitte!«

»Hör auf damit! Was du getan hast, kannst du nicht rückgängig machen. Ich wünsche mir nur, dass du in Zukunft anders handelst. Das du auch mal was hinterfragst und für dich einstehst, für dich und deine Kinder.«

Edith nickte. »Verzeihst du mir? Ich muss es wissen.«

»Ich verzeihe dir, aber versprich mir, dass du dir auch mal Zeit für dich nimmst. Lass nicht immer alles mit dir machen.«

»Versprochen. Ich wünsche dir alles Glück der Welt. Es wird alles gut gehen. Ich weiß es.«

»Das hoffe ich.«

Die Schwestern drückten sich noch einmal ganz fest.

»Warum weint ihr denn?«, fragte Lilli.

»Weil wir uns liebhaben«, sagte Margot.

»Und wir uns das viel zu selten sagen«, ergänzte Edith.

»Ihr seid komisch«, meinte Lilli.

»Ich muss jetzt los«, sagte Margot.

»Pass auf dich auf!«

»Und du auf dich!«

Edith nahm auch Lilli noch einmal in den Arm. »Pass auf deine Mama auf.«

Lilli blickte ihre Tante irritiert an, nickte dann aber.

Sie waren in Westberlin angekommen. Margot weinte still zum Abschied und vor Freude auf den Neubeginn. Bis zuletzt hatte sie geglaubt, dass sie noch jemand aufhalten und sagen würde, dass alles ein großes Missverständnis wäre und sie im Osten bleiben müsste. Sie wollte jetzt so schnell wie möglich zu Lotte und Alexander. Obwohl nach der Aussprache alles ziemlich schnell gegangen war, hatte sie es noch geschafft, Lotte einen Brief zu schicken und sie zu informieren. Lotte hatte gleich reagiert und zurückgeschrieben, sie würde sie abholen kommen. Nervös stand sie mit Lilli auf dem Arm da und wartete. Die Kleine wollte nicht mehr laufen und war quengelig geworden. Suchend blickte sie sich um.

Da war Lotte! Margot ließ Lilli zu Boden und rannte mit ihr an der Hand auf ihre Freundin zu. Lilli verstand die ganze Aufregung nicht. Weinend fielen sich Lotte und Margot in die Arme,

»Lasst euch ansehen«, schniefte Lotte, nachdem sie sich voneinander getrennt hatten. Sie beugte sich zu Lilli. »O mein Gott, du bist so hübsch!« Sie strich dem Mädchen über die Wange.

Lilli versteckte sich verlegen hinter den Beinen ihrer Mutter. Margot hatte ihr zwar viel von Lotte erzählt, doch eigentlich war sie ihr vollkommen fremd.

»Alles gut, mein Schatz«, beruhigte Margot ihre Tochter.

Lotte richtete sich wieder auf.

»Du bist noch genauso schön, wie ich dich in Erinnerung habe, Lotte«, sagte Margot.

»Und du auch, aber du bist ein wenig älter geworden.«

»Ja, das bringt das Muttersein so mit sich.«

Die beiden Frauen lachten.

»Was willst du als Erstes tun?«, fragte Lotte.

»Ich möchte Alexander kennenlernen, den Mann, der dich so glücklich macht.«

Lilli zupfte am Mantel ihrer Mutter. »Du hast versprochen, dass wir in ein Kaufhaus gehen und ich mir was aussuchen darf.«

»Stimmt, meine Kleine, das habe ich versprochen.«

»Also erst mal ins Kaufhaus. Versprochen ist versprochen«, meinte Lotte lachend.

»Und wird nicht gebrochen«, beendete Lilli den Satz.

»Die Kleine gefällt mir.«

Das Kaufhaus war groß und hell beleuchtet, die Regale waren voller Waren, die es im Osten nicht gab. Lilli und Margot standen die Münder offen. Es war eine völlig neue Welt für sie. Unglaublich, was es hier alles zu kaufen gab.

»Mir ging es am Anfang genauso«, sagte Lotte grinsend.

»Ich meine, ich habe es gewusst, aber das kann man sich nicht vorstellen. Das kennt man alles nur aus Erzählungen«, meinte Margot. »Ich bin völlig überfordert. Ich möchte alles haben und gleichzeitig weiß ich nicht, was. Es ist so viel.«

Lilli ging es nicht besser.

»Mama, darf ich das? Und das?« Lillis Augen waren groß, und sie war so aufgeregt, dass sie nicht wusste, wo sie Margot als Erstes hinziehen sollte.

»Wir können nur eine Sache kaufen, mein Schatz.«

»Eine? Das schaffe ich nicht auszusuchen. Das ist alles so toll«, jammerte die fast Vierjährige.

»Du darfst dir zwei Sachen aussuchen, eine von Mama und eine von mir«, sagte Lotte.

Die Kleine strahlte, und Margot warf ihrer Freundin einen strengen Blick zu.

Lotte hob die Schultern. »Lilli hat doch im nächsten Monat Geburtstag.«

»Das weiß ich, aber du darfst sie nicht so verwöhnen.«

»Und ob ich das darf und werde. Sie ist jetzt fast vier Jahre alt, und ich durfte sie erst gerade kennenlernen. Ich muss alles nachholen.«

Margot stöhnte. »Meine ganze Erziehung ist dahin.«

Lotte lachte. »Tanten dürfen das. Stimmt's, Lilli?«

»Tanten dürfen das«, wiederholte Lilli mit ernster Miene.

Margot winkte ab. »Ich habe keine Chance. Also gut, du darfst dir zwei Sachen aussuchen.«

Lilli hüpfte aufgeregt durch die Gänge und verglich die Spielsachen miteinander. Sie nahm eins in die Hand, dann fand sie ein besseres und legte das andere sorgfältig zurück.

»Wir werden bis zum Abend brauchen«, seufzte Margot. »Es ist einfach so viel.«

»Aber schau doch, was für einen Spaß deine Tochter hat.«

»Ja, da geht mir das Mutterherz auf«, erwiderte Margot.

»Die will ich«, sagte Lilli und hielt ihrer Mutter eine Puppe hin.

»Die übernehme ich«, sagte Lotte und griff danach. »Weißt du was, Lilli? Ich hatte auch mal eine Puppe, und die musste überall mit hin. Kannst du dir denken, wie die hieß?«

Die Kleine schüttelte den Kopf.

Lotte stupste sie auf die Nase. »Genau wie du. Lilli.«

Lilli blickte zu ihrer Mutter.

»Die Geschichte habe ich dir schon oft erzählt, nicht wahr?«, fragte Margot.

Lilli nickte schüchtern.

»Das ist ja auch ganz egal, ich kaufe dir die Puppe, auch wenn du dich vielleicht nicht erinnerst. Du musst dir dann noch einen eigenen schönen Namen aussuchen«, meinte Lotte lächelnd.

Lilli grinste, und nachdem sie sich noch ein kleines Holzpferd ausgesucht hatte, war sie glücklich. Margot ließ es sich jedoch nicht nehmen, noch die Mode zu begutachten. Der erste Eindruck war schon überwältigend. Irgendwann würde sie noch mal hermüssen mit mehr Ruhe und Zeit. Für heute beendeten sie ihren Ausflug im Kaufhaus.

Als sie am Abend zu dritt auf dem Sofa in Alexanders und Lottes Wohnung saßen, fiel die erste Anspannung von Margot ab. Sie hatte Lilli ins Bett gebracht. Sie war vor lauter Erschöpfung sofort eingeschlafen.

»Du glaubst ja nicht, wie froh ich bin, dass du da bist. Ich habe mich oft allein gefühlt, aber jetzt ist ein Stück Heimat bei mir.«

»Lasst uns anstoßen auf den Tag.« Alexander ging, um drei Gläser zu holen, und rief aus der Küche: »Wir haben leider nur Bier!«

»Dann bring das Bier für euch zwei«, sagte Lotte. Sie trank nicht mehr. Nie wieder wollte sie die Kontrolle über sich verlieren.

»Ich würde mit allem anstoßen«, bemerkte Margot. Sie wusste ungefähr, was ihre Freundin durchgemacht hatte und ahnte, warum sie nicht mehr trank. Irgendwann würde sie sich die Zeit nehmen und mit ihr über alles sprechen und für sie da sein. Sie hatte sie zwar nicht vor alldem bewahren können, aber wenigstens wollte jetzt sie für sie da sein.

Sie redeten ohne Unterbrechung, und Margot erzählte alles haarklein, vom Abschied, von Lottes Eltern, von Werner und der *Sibylle* und vor allen Dingen von Marie. Als Alexander sich irgendwann zurückzog, schüttete auch Lotte ihr Herz aus und erzählte von der Agentur und den Problemen, die sie gerade hatten.

»Ich bin zwar todmüde und erschöpft, aber so froh, dass alles geklappt hat. Wenn ich mir vorstelle, was hätte alles schiefgehen können.«

Lotte legte eine Hand auf Margots Bein. »Nein, mach das nicht. Ich habe das am Anfang auch gemacht, aber du bist jetzt hier, und alles ist gut.«

»Du hast ja recht. Danke, dass wir das Zimmer haben dürfen. Für den Anfang.« Die erste Zeit würden sie bei ihr und Alexander wohnen müssen.

»Wir freuen uns, dass ihr da seid. Es macht uns nichts aus«, sagte Lotte. »Und Alexander auch«, fügte sie hinzu. Margot mochte Alexander auf Anhieb und konnte verstehen, dass Lotte ihn liebte.

»Ich bin euch sehr dankbar, aber ich möchte so schnell es geht auf eigenen Beinen stehen.« Gleich morgen wollte sie das Begrüßungsgeld holen und sich nach einer eigenen Wohnung umsehen.

»Du weißt, dass du jederzeit in der Agentur mithelfen kannst«, sagte Lotte. »Ich weiß nicht, ob wir jemanden einstellen können, aber wir können deine Hilfe wirklich gebrauchen.«

Margot sah ihre Freundin besorgt an. »Ich bin mir nicht sicher, ob ich die richtige Person dafür bin.«

Bevor Lotte etwas erwidern konnte, stand Alexander im Türrahmen. »Na, meine Damen. Zeit fürs Bett.«

»Ja, du hast recht, es ist schon eins! Aber wir mussten jede Minute ausnutzen. Ich kann noch nicht glauben, dass Margot bleibt und nicht wieder gehen wird«, meinte Lotte.

»Geht mir genauso. Es ist so schön, hier zu sein«, ergänzte Margot.

Lotte zögerte. »Ich habe Margot gerade von der Agentur erzählt«, sagte sie dann. »Immerhin steht uns das Wasser bis zum Hals, und ich hoffe, dass sie uns helfen kann.«

»Lotte.« Alexander seufzte.

»So ist es doch, und ich möchte es nicht schönreden. Nicht vor meiner besten Freundin.«

Alexander nickte und sah beschämt auf seine Füße.

Margot ergriff das Wort. »Ich nehme euer Angebot sehr gern an. Die Arbeit bei der DEWAG war sehr reglementiert. Ihr arbeitet hier bestimmt ganz anders, oder?«

»Ja, ich denke auch. Am besten kommst du am Montag mal mit in die Agentur und machst dir ein Bild«, schlug Lotte vor.

»Das würde ich sehr gern.«

»Komm erst mal an«, meinte Alexander.

»Wir brauchen dich«, formte Lotte verzweifelt mit den Lippen.

»Nein, bitte lasst mich etwas tun«, sagte Margot an Alexander gewandt. »Ich weiß nicht, ob ich euch helfen kann, aber lasst es mich versuchen. Tim meinte immer, ich sei sehr gut im Texten und hätte das große Ganze im Blick.«

»Tim ist zwar wirklich fies, aber in dem Punkt hat er bestimmt recht«, warf Lotte ein.

Alexander schwieg.

»Da fällt mir ein, ich habe kaum etwas Schickes zum Anziehen,« meinte Margot

»Mach dir keine Gedanken. Wir werden mal schauen, was du von mir anziehen könntest, und dann gehen wir einkaufen für euch zwei.«

Margot war sich sicher, dass die meisten von Lottes Sachen ihr nicht passen würden, aber vielleicht fand sich etwas.

»Ja, bitte. Am besten noch gleich morgen.«

»Alles ganz in Ruhe.« Lotte lachte, und Margot stimmte ein.

Als Margot endlich im Bett lag, konnte sie kaum zur Ruhe kommen. Sie blickte auf die schlafende Lilli und dachte darüber nach, dass sie ihr bald erklären musste, dass der Urlaub keiner war, dass sie nun für immer hierbleiben würden und dass das bedeutete, dass sie niemanden aus ihrem alten Leben wiedersehen würden.

KAPITEL 31

LOTTE

Es war Montag. Lotte lag neben Alexander im Bett. Er schlief noch fest, und sie lauschte seinen langsamen Atemzügen. Sie war versucht, sich noch einmal umzudrehen, aber sie mussten gleich aufstehen und in die Agentur fahren.

Durch die Wand hörte Lotte die gedämpften Stimmen von Margot und Lilli, die bereits wach waren. Sie lächelte und wünschte sich, sie würden sich schnell einleben. Endlich waren die beiden da. Lotte konnte nicht in Worte fassen, was es ihr bedeutete, Lilli und Margot bei sich zu haben. Sie hatten das Wochenende zusammen verbracht, und Alexander und sie hatten ihnen ein paar Ecken in Westberlin gezeigt.

Lotte hatte sich fest vorgenommen, ihrer Freundin heute Abend beim Essen mitzuteilen, was Alexander und sie bereits seit einem Monat wussten: Sie war schwanger. Sie strich mit einer Hand über ihren Bauch. Nachher würde sie auch noch einen Brief schreiben, um ihre Eltern zu informieren. Die beiden würden bestimmt sehr glücklich über ihr Enkelkind sein und gleichzeitig traurig, dass sie es vielleicht nie zu Gesicht bekommen würden.

»Guten Morgen, ihr zwei.« Alexander war aufgewacht. Er rollte sich zu ihr und küsste sie auf den Bauch und dann auf die Stirn. »Habt ihr gut geschlafen?« Seit er wusste, dass er Vater wurde, ging es ihm besser. Er war fast wieder der Alte, auch wenn ihn die Tatsache schmerzte, dass sein Vater verstorben war, bevor er Opa hatte werden können.

Die Schwangerschaft war eigentlich die beste Sache, die hätte passieren können, weil sie Alexander aus seinem Tief geholt hatte. Gleichzeitig war Lotte jedoch sehr besorgt, da die Agentur im Moment so schlecht dastand. Sie hoffte jeden Tag, dass es noch nicht zu spät war, um das Ruder herumzureißen. Die Tatsache, dass Margot jetzt da war, beruhigte sie, auch wenn ihre Freundin vermutlich auch nichts retten konnte.

Lotte nickte lächelnd. »Ganz wunderbar.«

»Das freut mich.« Er gab ihr einen Kuss auf die Nasenspitze. »Na, dann mal los. Wie ich höre, sind unsere zwei Besucher bereits auf den Beinen.«

Lotte konnte es nicht fassen, wie viel Tatendrang wieder in Alexander steckte. Sie beobachtete, wie er aufstand und sich etwas überzog. Normalerweise liebte sie es, wenn er mit freiem Oberkörper herumlief, aber sie hatten ja jetzt Besuch.

»Was guckst du so?«, fragte er und blickte an sich herunter.

»Nichts, es ist nichts. Ich bin einfach glücklich. Wenn wir jetzt noch die Agentur retten können …«

Er kam zu ihr und küsste sie. »Ich bin auch glücklich. Aber für die Agentur müssen wir jetzt leider aufstehen.« Er zwickte sie spielerisch in die Nase. »Mach dir nicht so viele Sorgen, alles wird gut.«

Lotte setzte sich auf und wischte sich mit den Händen über das Gesicht. Wenn sie ihn so sah, dann glaubte sie ihm.

Sie wollte gerade aufstehen, als sie innehielt. Seit ein paar Tagen war ihr morgens manchmal schwindelig und übel. Der Arzt meinte aber, dass sei normal. Sie zog sich langsam an und ging dann in die Küche. Manchmal wurde es besser, wenn sie etwas aß, aber an manchen Tagen half das nicht, und sie bekam kaum etwas hinunter.

»Hey, ihr habt ja Frühstück gemacht!«, staunte Lotte.

»Ja, ich war das. Mit Mama«, sagte Lilli und klatschte in die Hände. Ihre neue Puppe saß auf einem der Stühle.

Alexander ging zu ihr in die Hocke. »Das ist wirklich sehr lieb. Der Tisch ist zu klein für uns alle, wie ich sehe.«

»Ach, das geht schon, Lilli kann sich auf meinen Schoß setzen«, meinte Margot.

»Und ich nehme meine Puppe Oskar auf den Schoß«, schlug Lilli vor.

»Oskar?«, fragte Lotte.

»Frag nicht«, winkte Margot lachend ab. »Ständig hat sie einen anderen Namen.«

»Ich kann mich eben nicht entscheiden«, erklärte die Kleine. Dann blickte sie angestrengt in das Gesicht der Puppe, als würde sie erneut einen Namenswechsel in Erwägung ziehen.

»Du kannst sie nennen, wie du willst«, bekräftigte Lotte und strich Lilli durch das Haar. Lotte hatte schon gemerkt, dass Margot keinen Aufwand verursachen wollte und versuchte, einiges an Haushaltsarbeit zu übernehmen. Heute wirkte sie aufgeregt, bestimmt, weil sie und Lilli die Agentur kennenlernen würden.

Nach dem Frühstück ging es sofort los.

Sie standen im Flur, bereit, um loszugehen, als Lotte ein Schmerz durchfuhr.

»Aua!«, schrie sie auf und hielt sich den Unterleib.

»Schatz, ist alles in Ordnung?« Alexander legte seine Hand auf ihren Rücken.

Lotte atmete tief durch und stand vornübergebeugt da.

»Ja, alles gut, glaube ich«, sagte sie mit zusammengebissenen Zähnen.

»Lotte, was ist los?«, fragte nun auch Margot.

»Alles gut, ich muss mich nur mal hinsetzen.« Sie schlurfte ins Wohnzimmer und ließ sich auf das Sofa fallen.

Margot und Alexander liefen ihr nach.

»Lilli, setz dich noch mal kurz hin«, bat ihre Mutter, und die Kleine hockte sich auf den Boden.

»Ist was mit dem Baby«, fragte Alexander.

»Baby?« Margot legte eine Hand vor den Mund. »Bist du etwa schwanger?«

»Ja.« Lotte lächelte schwach.

»O mein Gott, das ist ja wunderbar.« Margot drückte ihre Freundin sanft.

»Wir wollten es dir eigentlich heute Abend sagen, aber na, nun ist es raus.«

»Ich gratuliere.« Margot umarmte auch Alexander. »Ich freue mich sehr für euch.«

»Es ist einfach so unbeschreiblich, dass ich Vater werde.«

»Hallo, ihr zwei.« Lotte hielt sich wieder den Unterleib. »Ich bin auch noch da«, bemerkte sie gequält.

»Was sollen wir tun?« Alexander kniete sich vor das Sofa.

»Ich glaube, ich brauche einfach nur ein wenig Ruhe. Geht allein in die Agentur.«

»Aber wir können dich doch hier nicht allein lassen!« Alexander sah Lotte skeptisch an.

»Macht euch bitte keine Sorgen, ich pass auf mich auf. Es geht auch schon wieder.«

»Ich weiß nicht, ich habe kein gutes Gefühl dabei«, meinte Alexander.

Lotte setzte sich auf. »Ich bin schwanger und nicht krank. Ich verspreche, dass ich morgen zum Arzt gehe, wenn die Schmerzen nicht weniger werden.«

Alexander und Margot sahen sich an.

»Sie ist erwachsen«, sagte Margot. »Also, hier mein Vorschlag: Wir gehen in die Agentur, und in zwei Stunden komme ich wieder.«

»So machen wir es, und ich lege mich noch mal hin«, entgegnete Lotte.

»Bist du dir sicher?«, vergewisserte sich Alexander.

»Ganz sicher. Los, geht!« Lotte wedelte mir ihrer rechten Hand und legte sich dann gemütlich auf das Sofa.

Alexander küsste sie auf die Stirn, und Margot nahm Lilli an die Hand.

»Bis in ein paar Stunden, dann komm ich mit Lilli wieder, und wir kochen was für dich.«

Die Tür fiel ins Schloss, und Lotte lächelte. In den letzten Tagen hatte Margot vor Aufregung kaum von etwas anderem gesprochen als der Agentur. Sie hoffte, dass es ihr gefallen würde.

Margot und Lilli waren wie versprochen nach zwei Stunden zurück.

Kaum hatte sie das Wohnzimmer betreten und Lotte begrüßt, schwärmte Margot von der Agentur »Es war der Wahnsinn!«, sagte sie

»Oh, hallo, ihr zwei«, nuschelte Lotte.

»Es war so aufregend. Die Agentur hat einen großen Auftrag in Aussicht und …«

Lotte setzte sich auf und fuhr sich verschlafen durch die Haare.

»Entschuldige, geht es dir besser?«, fragte Margot

»Ja, es geht mir gut. Ich muss morgen unbedingt mitkommen, wenn wir einen neuen Auftrag bekommen können.«

»Alexander war ganz euphorisch und saß mit Arno über dem Angebot.«

»Das klingt zu schön, um wahr zu sein.« Lotte hatte bis vor ein paar Minuten tief und fest geschlafen und blickte jetzt in die leuchtenden Augen ihrer Freundin.

»Hey, Lilli, kommst du mal zu Tante Lotte?«

Die Kleine setzte sich zu Lotte auf das Sofa und lehnte den Kopf an ihre Schulter. Lotte strich ihr übers Haar. Sie freute sich, dass Lilli so schnell Vertrauen zu ihr fasste.

»Geht's dir wirklich gut?«, fragte Margot.

Lotte nickte und lächelte. »Alles bestens bei uns.« Sie strich über ihren Bauch.

»Es war so toll«, schwärmte Margot erneut. »Alexander hat mich überall herumgeführt, und ich durfte mir alles ansehen. Er hat mich auch allen vorgestellt. Er hat gesagt, ich bin vielleicht die Neue.«

Lotte legte den Kopf schief. »Ja, da musst du aufpassen. Er macht gleich Nägel mit Köpfen, und ehe du es dich versiehst, hast du einen Schreibtisch und bist eingestellt.«

»Ich könnte mir nichts Schöneres vorstellen, ehrlich. Bei der DEWAG war ja alles reglementiert, und offiziell habe ich dort auch nicht als Texterin gearbeitet. Ich sage dir, am liebsten hätte ich mir sofort einen Stift geschnappt und losgelegt.«

»Keine Angst, du wirst noch die Gelegenheit haben, dich einzubringen. Schau mal, Lilli ist eingeschlafen«, sagte Lotte lächelnd.

»Oh, es war ein anstrengender und aufregender Vormittag für sie.« Margot legte Lilli neben Lotte und deckte sie zu.

»Ich hoffe, ich habe das Richtige getan«, flüsterte sie.

»Das weiß man nie.« Lotte legte eine Hand auf den Arm ihrer Freundin. »Schau mich an. Ich bin mit voller Überzeugung hergekommen und hatte dann sehr zu kämpfen. Ohne Christel wäre es wahrscheinlich böse ausgegangen. Aber mittlerweile ist alles gut.«

»Ja, ich weiß, ich hatte mir große Sorgen um dich gemacht und war so froh, als es dir besser ging. Ich fühlte mich als Freundin so nutzlos, weil ich dir nicht helfen konnte«, erklärte Margot.

»Durch deine Briefe und Bilder hast du mir mehr geholfen, als du denkst«, beruhigte Lotte sie.

Margot blickte auf ihre schlafende Tochter und erhob sich vorsichtig.

»Ich werde uns jetzt mal etwas zu essen machen.«

»O ja, ich bin am Verhungern.« Lotte legte ihre Hand auf den Bauch und lächelte. »Ich wäre so gern für dich da gewesen, als du schwanger warst,« sagte sie plötzlich. Sie blickte zu Lilli und dann zu Margot. Tränen traten ihr in die Augen. »Ich hätte dir so gern geholfen! Und ich habe dich so sehr vermisst.«

»Ich dich auch!«, erwiderte Margot mit leiser Stimme.

»Aber jetzt kann uns nichts mehr trennen!«

KAPITEL 32

MARGOT
Dezember 1966

Drei Monate war Margot nun im Westen, und es kam ihr bereits wie eine Ewigkeit vor. Lilli und sie hatten sich gut eingelebt. Nur zwei Wochen nach ihrem ersten Tag in der Agentur hatte Alexander beschlossen, sie fest einzustellen. Er versicherte ihr immer wieder, dass das kein Freundschaftsangebot war, sondern sie unglaublich gute Arbeit leistete. Sie durfte neben den klassischen Sekretär- und Assistenzarbeiten als einzige Frau auch mittexten. Normalerweise waren auch hier die kreativen und strategischen Aufgaben bisher den Männern vorbehalten, doch Alexander hatte ihr Potenzial erkannt und schätzte ihre Meinung.

Zum ersten Mal in ihrem Leben wurde das, was Margot tat, honoriert. Bei der DEWAG hatte sie gute Arbeit geleistet, doch dort wurden ihr nur Steine in den Weg gelegt, Missgunst beherrschte die Atmosphäre, und Tim hatte ihre Arbeit für sich beansprucht. Jetzt konnte sie endlich machen, was ihr so viel Spaß machte. Die Arbeit war eine Mischung aus Tradition und Fortschritt. Auch hier gab es, wie bei der DEWAG, eine klassische Bürostruktur, aber man ließ auch die Meinung der Mitarbeiter zu.

Lotte kam nur noch gelegentlich in die Agentur und wenn, dann arbeitete sie mit Margot an dem großen Auftrag. Im Frühling sollte das Baby auf die Welt kommen, und Alexander bestand darauf, dass sie sich ausruhte. Margot war seiner Meinung und sie war außerdem froh, dass Lotte zu Hause blieb, weil ihre Freundin sich um Lilli kümmern konnte, während Margot arbeitete. Die beiden hatten in den wenigen Monaten eine tiefe Bindung zueinander aufgebaut. Trotzdem war Margot erleichtert, dass sie seit diesem Monat einen Kindergartenplatz für Lilli hatte. Es war gut, dass die Kleine mit Gleichaltrigen spielen konnte. Sie sprach mittlerweile auch weniger von Ostberlin. Nach und nach hatte Margot ihr mitgeteilt, dass sie jetzt für immer hier leben würden und nicht nur Urlaub machten. Und auch wenn Lilli gern hier war, so vermisste sie ihre alte Heimat an manchen Tagen sehr. Margot selbst hatte das Gefühl, im Westen angekommen zu sein. Vor allem gefiel ihr die Arbeit in der Agentur, doch sie machte sich Sorgen, dass das bald vorbei sein würde. Die Agentur stand nach wie vor nicht gut da. Sie brauchten diesen einen großen Auftrag und arbeiten unter Hochdruck daran. Der Kunde war ein Waschmittelhersteller.

Sie betrat den Raum, in dem eine kleine Gruppe aus Textern und Graphikern saß, die an dem neuen Auftrag arbeiten sollten. Jeder hatte Skizzen und die Vorgaben des Kunden vor sich liegen. Ein Entwurf für ein Plakat lag bereits auf dem Tisch ausgebreitet. Als Nächstes brauchten sie einen cleveren Text, der die Zielgruppe ansprach.

»Gut, dass du da bist und uns helfen kannst, das Waschmittel in Szene zu setzen«, begrüßte Arno sie. Arno und sie konnten sehr gut zusammen texten. Sie ergänzten sich oft. Und auch als Mensch mochte sie ihn sehr. Er war witzig, klug und sehr charmant. Immer wieder ertappte sie sich dabei, dass sie ihn ansah, aber in der gleichen Sekunde rief sie sich zur Ordnung. Die Arbeit war wichtiger und sie war gerade auch nicht an einem Mann interessiert.

»Guten Morgen«, sagte Margot in die Runde.

Sie sah in freundliche Gesichter, ganz anders als bei der DEWAG, und auch wenn es hier ebenfalls Männer gab, die Frauen nicht so gern etwas zutrauten, waren die Stimmen leiser.

»Wir haben bereits begonnen. Das ist jetzt der neueste Entwurf. Der Kunde möchte ja unbedingt, dass wir mit dem Waschmittel ein Stück Freiheit mitverkaufen. Es soll um mehr gehen als um saubere Hemden. Er möchte Emotionen, etwas, was die Hausfrau anspricht. Die Frau von heute will sich nicht mehr mit schmutziger Wäsche quälen, sie hat Besseres zu tun«, fasste Arno noch mal zusammen.

»Eine neue Ära ist angebrochen, Frauen wollen mehr als einfache Versprechen. Die Botschaft muss stark und verbindlich sein.« Margot blickte auf den Entwurf auf dem Tisch. »Das ist noch nicht genug.«

»Ist nur ein erster Entwurf«, kommentierte Franz, der Graphiker.

Margot nickte. »Es ist nur ein Waschmittel, aber wir müssen es modern aussehen lassen. Das hier ist zu dunkel und altbacken. Es muss etwas ausstrahlen. Eine moderne Frau, die dieses Waschmittel unbedingt braucht, als Haushaltshilfe und Erleichterung und Verbesserung für ihr Leben.«

»Was haltet ihr von Sauberkeit, die man sehen kann – Frische, die man riechen kann?«, fragte Arno.

»Nicht schlecht, aber dass genau dieses Waschmittel den täglichen Stress verkleinern wird, fehlt«, entgegnete Margot.

»Stimmt«, gab Arno zu.

»Ich hatte zwei Ideen: Wäsche waschen, ohne die Freiheit zu verlieren oder so was wie: Für die Frau von heute – Reinheit ohne Mühen«, sagte Margot.

»Ja, das ist gut, das nehmen wir beides auf«, sagte Arno.

»Ist das nicht ein bisschen viel für ein Waschmittel?«, fragte Alexander.

»Nein, die Frau muss es unbedingt haben wollen, versteht ihr?«

»Ja, ja, ich weiß, was du meinst«, meinte Arno. »Wir brauchen die Farbe Blau, weil der Kunde darum gebeten hat. Das Plakat sollte also größtenteils blau sein«, er tippte auf das Plakat. »Hier und hier. Aber ein helles Blau, das Frische und Reinheit ausstrahlt.«

Franz nickte und machte sich Notizen. Dann stand er auf und zeigte auf das Plakat. »Ein modernes Haus hier, eine Leine mit frischer Wäsche da und der Schriftzug in Weiß, wegen der Reinheit.«

»Ja, das klingt gut. Lasst uns noch eine zweite Idee aufgreifen, eine lächelnde Frau, die die Waschmaschine füllt.«

»Hallo zusammen.« Lotte betrat den Raum, und alle begrüßten sie kurz.

Alle waren so in die Arbeit vertieft, dass sie nicht mehr Worte wechselten. Margot ging zu Lotte und erklärte flüsternd, was sie bisher erarbeitet hatten. Sofort war auch Lotte gedanklich dabei. Der Raum war voller Energie. Stundenlang diskutierten, entwarfen und verwarfen sie ihre Ideen.

»Wir brauchen auch einen Werbefilm«, stellte Margot plötzlich fest.

»Aber das wollte der Kunde nicht«, gab Alexander zu bedenken. »Ich weiß nicht, ob wir das noch bezahlen können, aber ich werde das klären. Ist es denn nötig?«

»Ja, so können wir das Gefühl besser vermitteln. Wenn der Kunde den Film dann nicht kauft, haben wir ihn zumindest angeboten«, erklärte Lotte. Sie mussten sich von der Konkurrenz abheben. Zu viel stand bei diesem Auftrag auf dem Spiel. »Das Ganze wird teuer, aber es wird sich am Ende auszahlen.«

»Der Werbefilm muss das Plakat wieder aufnehmen. Am besten eine moderne Frau, die Wäsche sortiert. Im Hintergrund spielen die

Kinder. Der Fokus könnte doch auf der Familie liegen. Das Waschmittel reinigt nicht nur die Kleidung, es schafft ein harmonisches Zuhause. Eine Hausfrau, die nicht länger schuftet – das Produkt muss einen leichten Lebensstil verkaufen«, warf Margot ein und strich sich eine Strähne ihres dunklen Haares hinter das Ohr. Ihre Wangen glühten vor Aufregung

»Ja, das hat eine gewisse Art von Leichtigkeit«, stimmte Lotte zu.

»Katja, schreib das bitte mit«, bat Arno die Sekretärin. Diese tippte alles sorgfältig ab, so dass keine der Ideen verloren ging.

»Keine schlechten Ideen«, murmelte Franz, während er sich eine Zigarette anzündete.

»Die Waschmittelpackung muss groß und im Vordergrund sein, das Produkt steht im Mittelpunkt«, erklärte Arno.

»Wir brauchen noch einen magischen Moment am Ende«, schob Lotte ein.

Die Diskussion dauerte noch eine Weile, doch am Ende hatten Margot und Lotte sich durchgesetzt. Es sollte auch einen Film geben, denn wenn sie den Auftrag nicht bekämen, würde die Agentur auf lange Sicht nicht mehr durchhalten. Sie mussten alles auf eine Karte setzen.

Zwei Wochen später saßen Alexander, Arno, Margot, Lotte und zwei weitere Mitarbeiter im großen Besprechungsraum und gingen alles ein letztes Mal durch.

Morgen sollte dem Kunden ihre Arbeit präsentiert werden. Lotte und Margot reichten jedem eine große Mappe mit den Ideen für die Plakate und drei verschiedenen Textversionen. Sie spielten den Werbefilm ab, danach hielten sie die Präsentation zusammen und erklärten voller Überzeugung, warum die Agentur Kempfer die richtige

Wahl für den Kunden wäre. Als sie fertig waren, klatschten alle im Raum.

»Das war großartig«, sagte Alexander.

»Also mich habt ihr überzeugt!«, sagte Arno.

»Mich auch und am liebsten wäre mir auch, dass ihr das dem Kunden vorstellt, aber das wird nicht gehen«, teilte Alexander mit. Er hatte sich bisher nicht getraut, diese Bombe platzen zu lassen, da er wusste, wie die beiden darauf reagieren würden. Er hatte bis zum letzten Augenblick gewartet, auch wenn er es selbst nicht fair fand.

Arno hatte beschämt den Kopf gesenkt. Er hatte es gewusst und sich nicht wohl damit gefühlt, die beiden im Unklaren zu lassen.

Lotte blickte Alexander fassungslos an. »Aber warum denn nicht?«

»Ich sage es mal so, der Kunde ist nicht so frauenfreundlich«, antwortete Alexander. »Wenn ihr präsentiert, dann könnte uns das negativ ausgelegt werden.«

»Was?« sagte Margot. »Das gibt es doch nicht. Wir haben beide so viel Arbeit in dieses Projekt gesteckt, und dann müssen wir uns wieder hinter euch verstecken.«

»Glaubt mir, wenn es nach mir ginge, dürftet ihr auch präsentieren, aber wir brauchen den Auftrag unbedingt, und daran sollte es jetzt nicht scheitern.«

Lotte war auch nicht begeistert, aber sie wusste, dass es besser so war.

Margot hingegen fühlte sich an die Zeit bei der DEWAG erinnert, wo ihr immer Steine in den Weg gelegt wurden. Das kannte sie bereits, doch sie hatte wirklich gehofft, dass es hier es anders sein würde.

»Wir versuchen, euch so würdig wie möglich zu vertreten«, sagte Arno.

»Das ist nicht witzig«, bemerkte Margot sauer.

»Lass gut sein«, versuchte Lotte ihre Freundin zu beschwichtigen. »Unsere Zeit wird noch kommen. Stell dir mal vor, wir würden den Auftrag nicht bekommen, nur weil der Kunde die Arbeit von Frauen nicht mag.«

Margot verschränkte die Arme vor der Brust und seufzte. »Na gut. Aber ich hoffe wirklich, dass sich diese Einstellung irgendwann ändert.«

Damit war es entschieden. Arno und Alexander würden dem Kunden das Angebot vorstellen.

KAPITEL 33

LOTTE

Den ganzen Vormittag über warteten sie sehnsüchtig auf die Zusage des Kunden. In der ganzen Agentur herrschte eine Anspannung, die man spüren konnte. Jeder wusste, was auf dem Spiel stand. Die beiden Freundinnen saßen bei Alexander im Büro, als dieser geknickt im Zimmer erschien.

»Sie haben eine andere Agentur gewählt«, sagte er seufzend und ließ sich auf seinen Stuhl fallen. »Ich verstehe das einfach nicht.«

»Sie haben sich gegen uns entschieden?«, fragte Lotte.

»Ja«, sagte Alexander geknickt. »Arno versucht gerade zu klären, was genau nicht gepasst hat.«

»Aber das kann nicht sein. Unsere Vorschläge waren gut, nein, sie waren perfekt!«

»Irgendeiner war besser als wir«, erklärte Alexander.

»Nein, das kann ich nicht glauben«, fuhr Margot dazwischen. Sie war wütend. Sie stand auf und lief im Zimmer auf und ab. »Alles war, wie Lotte sagt, perfekt. Und er hat nicht gesagt, warum?«

»Wie gesagt, Arno ist gerade dabei, das zu klären.«

Lotte lehnte sich erschöpft in den Stuhl und vergrub das Gesicht in den Händen. Sie hatte all ihre Hoffnung in dieses Projekt gesteckt.

Alexander hockte sich vor sie. »Mach dir bitte keine Sorgen. Ich werde einen Weg finden. Die Agentur kann ja erst mal kleiner weiterlaufen. Ich werde einige entlassen müssen, aber wir werden nicht aufgeben.«

»Ich kann das nicht verstehen. Wir haben gute Arbeit geleistet. Was tun wir denn jetzt? Alle in der Agentur machen sich Sorgen«, schniefte Lotte.

»Wir sind alle geschockt. Ich werde gleich allen sagen, dass es nicht geklappt hat«, sagte Alexander.

»Ich bin fassungslos«, sagte Margot.

»Und am Tag der Präsentation wirkte der Kunde mehr als überzeugt. Er ließ kaum einen Zweifel, dass wir den Auftrag bekommen«, merkte Alexander an.

»Ich verstehe das einfach nicht.«

Es klopfte erneut, und Arno kam aufgelöst herein. »Setzt euch mal alle. Das werdet ihr nicht glauben.«

»Was ist los, was haben sie gesagt?« Alexander war auf seinen Freund und Kollegen zugetreten.

»Vom Chef selbst habe ich nur vage Antworten bekommen, aber eine seiner Vorzimmerdamen war sehr redselig. Sie ist mir nachgelaufen und hat mir etwas sehr Interessantes erzählt.«

»Was hat sie dir erzählt?«, fragte Lotte neugierig.

»Nach unserer Präsentation sei eine rothaarige Dame in das Büro geschneit. Sie ließ sich kaum aufhalten. Die Vorzimmerdame sagte, sie hätte ausnahmsweise gelauscht, weil sie die Dame nicht kannte und sie so überheblich wirkte.«

»Ausnahmsweise, wer es glaubt«, kommentierte Margot.

»Egal, hört zu! Die Vorzimmerdame hörte, wie die rothaarige Frau zu dem Eberlinger meinte, dass das ganze Konzept von Frauen erstellt worden sei. Zuerst war der Eberlinger wohl noch auf unserer Seite, aber sie hat nicht lockergelassen und auch gemeint, wir seien fast pleite und könnten den Auftrag vielleicht gar nicht umsetzen Sie hat außerdem beiläufig erwähnt, dass sie die neue Frau an der Seite unseres Konkurrenten wäre, Matthias Wier. Er sollte doch ihm den Auftrag geben, da könne er sicher sein, dass alles auch zu seiner Zufriedenheit ablaufen würde.«

»Aber wer sollte so etwas tun?«, fragte Margot irritiert.

»Monika«, sagten Alexander und Lotte wie aus einem Mund.

»Das habe ich mir auch sofort gedacht«, meinte Arno.

»Und Matthias steckt da auch mit drin.« Wut stieg in Lotte auf, als sie an den Mann dachte, der schon einmal fast ihr Leben zerstört hätte.

»Und was machen wir jetzt?«, fragte Lotte.

»Diese Frau!«, wütete Alexander und lief im Büro auf und ab. »Wenn ich die in die Finger bekomme, dann, dann vergesse ich mich. Ich glaube, dass der Wier davon nichts weiß, aber sollte ich rausbekommen, dass er auch seine Finger im Spiel hatte, dann werde ich ihn aufsuchen und ihm zeigen, dass er zu weit gegangen ist. Das ist schon lange überfällig.«

Erschrocken schaute Lotte zu Alexander und schüttelte kaum merklich den Kopf.

Eine Minute lang sagte niemand etwas. Jeder für sich dachte darüber nach, was es für ihn bedeutete, wenn die Agentur Leute entlassen, oder sogar schließen musste.

Alexander ergriff als Erster wieder das Wort. »Ich werde jetzt eine kleine Versammlung einberufen und es allen mitteilen. Im Grunde hat sich herumgesprochen, wie es um die Agentur steht, aber ich sollte es vermutlich allen noch einmal persönlich sagen.«

Arno nickte. »Soll ich dir beistehen?«

»Nein, das mache ich allein.«

»Ich werde nach Hause fahren, ich muss mich hinlegen«, sagte Lotte.

»Tu das, mein Schatz.« Alexander küsste sie auf die Stirn und verließ das Büro.

»Okay, ich werde dann auch mal in mein Büro gehen«, sagte Arno.

Lotte erhob sich, ging zu Margot und lehnte sich gegen sie. »Es war doch alles so gut. Das Baby ist unterwegs, und du bist jetzt hier und nun das.«

Margot streichelte Lotte den Rücken. »Ja, ich liebe die Arbeit hier. Ich möchte nicht, dass das ein Ende hat. Es ist mir unbegreiflich, wie jemand sich von einer dahergelaufenen Frau in seine Entscheidung reinreden lassen kann. Die beiden dürfen einfach nicht gewinnen.«

»Wir können nichts machen.«

Margot blickte aus dem Fenster und überlegte. So durfte das Ganze nicht enden. Nicht so.

»Doch, das können wir. Zumindest können wir es versuchen. Ich werde jetzt zu dem Kunden gehen und ihm sagen, dass wir die Besten sind und warum.« Margot trat entschlossen zur Tür.

»Du willst was?«

»Für uns kämpfen. Für die Agentur. Für unseren Traum. Das hier war immer unser Traum, weißt du noch? Als Kinder und Jugendliche haben wir gespielt und uns vorgestellt, wie es einmal wäre. Ich bin doch nicht in den Westen gekommen, um jetzt zu scheitern. Du hast so viel durchgemacht. Du und ich, wir haben das verdient. Wir haben hart gearbeitet.«

Lotte erhob sich ebenfalls und umarmte ihre Freundin. »Lass uns gehen«, sagte sie entschlossen. »Ich gehe nur schnell zu Alexander. Ich werde ihm sagen, dass ich frische Luft brauche.«

»Du willst mit?«

»Und ob!«

»Wir müssen unbedingt mit Herrn Eberlinger sprechen. Wir sind von der Agentur Kempfer, es ist wichtig«, sagte Margot zur Vorzimmerdame.

»Das sagen in letzter Zeit ziemlich viele Leute. Einen Moment bitte.« Sie stand auf und ging in den Nebenraum, man hörte gedämpfte Stimmen, und dann ging die Tür auf. »Sie können rein, aber mehr als zehn Minuten hat er nicht.«

»Das wird reichen«, sagte Margot und griff Lottes Arm.

»Guten Tag, Herr Eberlinger, wir sind von der Agentur Kempfer und wollten Sie sprechen bezüglich des Auftrages«, eröffnete Margot das Gespräch.

»Ihr Kollege war bereits hier. Ich glaube nicht, dass ich Ihnen noch helfen kann.«

»Wir wissen, dass uns jemand verleumdet hat, um den Auftrag zu bekommen«, warf Lotte ein.

»Und wenn schon. Ich vergebe meine Aufträge an wen ich möchte. Punkt.«

»Ja, das dürfen Sie natürlich, aber warum nehmen Sie nicht die Besten für den Auftrag? Denn wir sind die Besten, und das wissen Sie auch«, sagte Margot überzeugt.

Eberlinger strich sich über das Kinn. »Und das sagen Sie?«

»Ja, genau!«

»Ich will Ihnen nicht zu nahetreten, aber Ihre Vorschläge waren schrecklich.«

»Das stimmt nicht!«, entgegnete Lotte. »Das wissen wir und Sie auch. Wir beide haben die meiste Arbeit in den Auftrag gesteckt, und ich weiß, dass Sie, sagen wir mal, nicht sehr überzeugt davon sind, dass Frauen gute Werbearbeit leisten.«

Eberlinger weitete die Augen, als fühlte er sich ertappt.

»Ich möchte Ihnen eine Frage stellen«, stieg Margot ein. »Wenn Sie nicht gewusst hätten, dass der Hauptanteil von Frauen ausgearbeitet wurde, hätten Sie es dann gemerkt?«

»Nun, ich denke, ich …«, begann Eberlinger.

»Seien Sie ehrlich!«

»Nein, ich glaube nicht. Aber das tut auch nicht zur Sache, Ihre Agentur ist pleite, und ich möchte sicher sein, dass mein Auftrag ausgeführt wird.«

»Wir haben sicherlich ein paar Probleme. Wie Sie wissen, ist Herr Kempfer Senior verstorben, und wir müssen umstrukturieren, aber wir sind nicht pleite. Die Agentur Kempfer hat in der Vergangenheit immer gute Arbeit geleistet und hat einen hervorragenden Ruf. Herr Kempfer Senior war ein besonders geschätztes Mitglied der Branche. Ich möchte nicht wissen, was er denken würde, wenn er das jetzt hören würde.« Lotte fühlte sich bereits sehr verbunden mit der Agentur und meinte jedes Wort ehrlich.

»Sehen Sie, ich verstehe ja Ihre Lage. Und ja, ich habe Herrn Kempfer Senior kennenlernen dürfen, er war ein guter Mann. Nichtsdestotrotz, ich habe bereits jemand anderem zugesagt«, erklärte Eberlinger.

»Das haben wir auch gehört, aber das haben Sie, weil man Sie belogen und getäuscht hat. Wir sind die Besseren, und das wissen Sie auch.«

»Hören Sie, ich bin ja ziemlich angetan von Ihrer inbrünstigen Rede, und ich habe Herrn Kempfer wirklich sehr geschätzt, aber zugesagt ist zugesagt.«

»Lassen Sie Matthias Wier unsere Sorge sein. Er wird sein Angebot zurückziehen«, sagte Margot.

Lotte blickte ihre Freundin ängstlich an.

Irritiert sah Herr Eberlinger die Frauen an. »Ich wüsste nicht, warum er das tun sollte, aber wenn die Lage so wäre …«

»Also würden Sie uns den Auftrag geben, wenn sich die Agentur Wier zurückzieht?«

»Na ja, ich denke schon, aber …«

»Sehr gut«, unterbrach Margot ihn. »Dann haben wir eine Vereinbarung. Herr Wier wird sich bei Ihnen melden und sein Angebot zurückziehen. Sie können den Vertrag für uns fertig machen. Nächste Woche beginnen wir mit der Arbeit, und Sie werden mehr als zufrieden sein.« Margot hielt ihm die Hand hin.

Herr Eberlinger zögerte, nahm die Hand dann aber doch. »Ich bin gespannt.«

»Auf Wiedersehen und vielen Dank!«

Eberlinger schüttelte den Kopf. »Auf Wiedersehen!«

»Auf Wiedersehen!«, sagte Lotte und schüttelte ebenfalls die Hand des Agenturchefs, bevor Margot sie mit sich zog.

Margot öffnete die Tür, und sie verließen das Büro.

»Was meintest du damit, Herr Wier würde sich bei ihm melden und sein Angebot zurückziehen? Niemals wird er das tun. Was hast du vor?«, fragte Lotte und hastete hinter Margot her, die schnurstracks auf den Ausgang zueilte.

»Ich werde dem einen Besuch abstatten.«

»Nein, das geht nicht. Ich möchte ihn nie wieder sehen«, sagte Lotte ängstlich und blieb stehen.

Margot wandte sich um. »Du musst ja auch nicht mitkommen. Ich werde gehen. Es muss sein. Was ist, wenn er uns jetzt immer die Aufträge madig macht, wenn es immer so weitergeht? Wir müssen etwas tun. Ich werde etwas tun.« Sie nahm Lotte in den Arm. »Du gehst jetzt in die Agentur und holst Alexander ab. Ich komme dann nach.«

»Willst du wirklich …«

»Ja, ich muss es tun. Mach dir keine Sorgen.«

Lotte sah ihre Freundin an. Sie hatte recht, Wier würde vielleicht immer so weitermachen, wenn sie jetzt nichts unternahmen. Sie musste die Dämonen der Vergangenheit loswerden. »Ich komme mit!«

»Nein, das mache ich allein.«

»Bitte, ich möchte das. Ich muss damit abschließen.«

Margot überlegte. »Also gut, aber wenn es dir zu viel wird, dann brichst du ab, versprochen?«

»Versprochen«, willigte Lotte ein.

Auf dem ganzen Weg zur Agentur Wier hatte sie ein mulmiges Gefühl. Ihr Magen verkrampfte sich, und doch wollte sie das jetzt für sich tun.

Lotte atmete tief durch. Die beiden betraten nebeneinander das Gebäude. Lotte gab den Weg vor, sie war so oft hier gewesen, dass sie Matthias Wiers Büro auch im Dunkeln gefunden hätte.

Vor der Bürotür blieben sie stehen.

»Egal, was da drin jetzt passiert: Ich bin bei dir. Er kann dir nichts mehr anhaben, hörst du!« Margot blickte ihrer Freundin tief in die Augen, in denen sich bereits Tränen gebildet hatten. »Du musst das nicht machen.«

»Doch«, flüsterte Lotte. »Und ich danke dir, dass du den Stein ins Rollen gebracht hast und so für unsere Agentur kämpfst.«

»Das tue ich für uns alle, zumindest möchte ich es versuchen.«

»Du bist so stark!«

»Du auch, meine liebe Lotte. Du vergisst es nur manchmal. Bereit?«

»Bereit!«

Aus dem Büro war Frauengelächter zu hören. Margot klopfte, und sie traten ungebeten ein.

Ein merkwürdiges Bild bot sich ihnen. Monika auf dem Schoß des Agenturchefs.

Matthias Wier wirkte erschrocken. Er schob Alexanders Ex-Frau von sich und strich seine Krawatte glatt.

Monika kicherte nur und bändigte ihre Haare.

»Oh, wir haben Besuch«, kommentierte sie das Eintreffen der beiden.

»Frau Stede, was verschafft mir die Ehre?«, fragte Matthias, um einen professionellen Ton bemüht.

»Also das mit der Ehre lassen wir nach dem eben Gesehenen mal weg, würde ich vorschlagen. Ich komme gleich zur Sache, Sie werden sofort Herrn Eberlinger anrufen und ihm sagen, dass Sie den Auftrag nicht wollen«, sagte Margot.

Matthias lachte aus vollem Halse. »Warum in Gottes Namen sollte ich das tun? Und wer sind Sie überhaupt?«

»Weil wir perfekte Vorschläge gemacht haben und sie sich eingemischt und Lügen verbreitet hat.« Lotte zeigte auf Monika und ignorierte geflissentlich die Frage, wer Margot war.

»Ich habe nichts dergleichen getan«, verteidigte sich Monika und verschränkte die Arme vor der Brust.

»Da hört ihr es. Sie hat nichts getan, und deshalb würde ich euch bitten, mein Büro und dann gleich meine Agentur zu verlassen. Lotte, du kennst dich ja aus«, sagte Matthias.

Lotte blickte in das Gesicht des Mannes. Ihr Körper begann zu zittern, die Erinnerung des Abends in London kam in einzelnen Bildern wieder hoch. Seine Lippen auf ihrem Hals, seine Hände, die ihre Arme festhielten. Sie schüttelte sich. »Ruf einfach bei Herrn Eberlinger an«, sagte sie mit fester Stimme.

»Ich frage noch mal, warum sollte ich das tun?«

»Weil wir sonst zur Polizei gehen«, mischte sich Margot ein.

Lotte wusste nicht, ob sie dazu jemals die Kraft haben würde, aber der Agenturchef machte kurz ein ängstliches Gesicht.

Einen Moment später fing er sich. »Ihr habt keine Beweise.«

»Es ist doch nicht verboten, jemanden einen Auftrag auszuspannen. Geht ruhig zur Polizei und macht euch lächerlich.« Monika lachte.

»Halt den Mund!«, rief Matthias. Er wollte offenbar nicht, dass Monika von dem Vorfall in London erfuhr.

Erschrocken blickte Monika ihn an. »Na gut.«

»Geh mal raus, frische Luft schnappen«, schlug er vor.

»Aber warum, ich …«

»Ich sagte, geh raus!«

»Ist ja gut!« Sie nahm ihren Mantel und grinste Margot und Lotte beim Verlassen des Büros noch einmal an.

»Bis später«, flötete sie und schloss die Tür.

»Willst du es bei ihr auch machen?«, fragte Lotte angewidert. Auch wenn sie Monika nicht ausstehen konnte, niemand hatte das verdient.

»Da muss man nichts machen. Sie ist begeistert und nicht so kratzbürstig wie du.« Matthias stand auf. »Also, was wollt ihr?«

»Wir wollen, dass du Herrn Eberlinger anrufst und dein Angebot zurückziehst.«

Er brummte: »Ich habe nichts getan. Ich wusste nicht, dass Monika sich eingemischt hat. Frauen machen nur Ärger.«

»Wie viel und ob Sie etwas wussten, ist mir ehrlich gesagt egal. Wir hätten den Auftrag bekommen, wenn Monika nicht bei Herrn Eberlinger gewesen wäre. Und wie gesagt, machen Sie es nicht, gehen wir zur Polizei«, antwortete Margot.

»Ihr habt keine Beweise, und woher weiß ich, dass ihr Gänse mich dann nicht ständig erpresst?«

»Das können Sie nicht wissen. Ich kann Ihnen nur sagen, dass Sie uns, wenn es nach uns geht, nicht mehr wiedersehen oder -hören, wenn Sie den Auftrag zurückziehen.«

Er schien zu überlegen und blickte Lotte an. »Du warst mal mein bestes Pferd im Stall, eigentlich schade, dass es so auseinandergegangen ist. Du hast in das Ganze mehr hineininterpretiert, als es war.«

Lotte ballte ihre Hände zu Fäusten. Ihr Herz raste.

Margot nahm eine ihrer Hände und drückte sie beruhigend. »Sie sind ein schrecklicher Mensch, daran habe ich keinen Zweifel mehr, und wenn Sie nicht gleich aufhören zu reden, dann vergesse ich mich. Wir werden zur Polizei gehen, und ich werde aussagen, dass Sie es bei Lotte und bei mir versucht haben.«

»Das wäre Meineid«, sagte Wier. »Außerdem gab es keine Zeugen, und Ihnen wird ohnehin niemand zuhören.«

»Wir können es ausprobieren.« Margot zuckte mit den Schultern.

Der Agenturchef wurde rot. »Ihr dummen Hühner, ich …«

»Halt den Mund!« Lotte blickte ihn fest an. »Halt den Mund, nimm den Hörer in die Hand und kümmere dich darum. Sollte sich Herr Eberlinger nicht bis morgen bei uns melden, gehe ich zur Polizei. Egal, ob sie uns glauben oder nicht, ein bisschen Dreck würde trotzdem an deiner Weste kleben.«

Diesmal war es Lotte, die Margot zur Tür zog.

Auf dem Flur stand Monika und schien gelauscht zu haben.

Lotte rempelte sie an. »Ihr passt perfekt zusammen!«, teilte sie ihr mit und lief wutentbrannt zum Ausgang.

Vor dem Gebäude fing Margot an zu lachen.

Lotte blieb stehen. »Warum lachst du? Das war wirklich nicht lustig.«

»Nein, tut mir leid, aber das Gesicht von Monika und wie du sie angerempelt hast und wie entschlossen du warst.«

Jetzt musste auch Lotte schmunzeln. »Ich zittere immer noch vor Wut, vor Ekel, vor Scham. Meinst du, er wird den Auftrag zurückziehen?«

Margot wiegte den Kopf. »Ich glaube schon. Also ich würde es tun, an seiner Stelle. Ich glaube, wir waren ziemlich überzeugend, und er hat ein wenig Angst bekommen.«

»Ich hoffe es. Los, lass uns zurück. Ich will einfach nur zu Alexander.«

Sie blickten in die lächelnden Gesichter der Kollegen. Alexander und Arno verteilten Sekt.

»Keine Ahnung, was ihr gemacht habt, aber Herr Eberlinger hat gerade angerufen. Wir haben den Auftrag doch«, begrüßte Alexander sie und schloss Lotte in die Arme.

Arno kam gleich auf Margot zu. »Was habt ihr gemacht?«

»Das ist eine lange Geschichte«, erklärte sie und lachte.

»Ein Hoch auf diese beiden Damen«, prostete Alexander in die Runde.

Alle erhoben ihre Gläser.

KAPITEL 34

MARGOT
Dezember 1967

Es war bereits früher Nachmittag, als Margot und Arno die letzten Vorbereitungen für eine Präsentation machten. Es roch nach frisch gebrühtem Kaffee und Zigarettenrauch. Sie standen vor der Wand, wo sie alle Texte und Bilder zum aktuellen Auftrag angeheftet hatten. Auf dem großen Konferenztisch in der Mitte des Raumes lagen Papiere verstreut. Sie wollten beide allein noch ein letztes Mal alles durchgehen.

»Also, ich bin zufrieden«, bemerkte Arno, während er sich durch die Haare fuhr und einen Blick auf den letzten Entwurf auf der Wand warf.

»Ja, du, aber ich nicht, da fehlt was.« Margot legte den Kopf schief und zupfte an ihrer Oberlippe.

»Das machst du immer, wenn du nachdenkst.«

»Mhm, was?«

»Na, das da.«

Margot blickte ihren Kollegen an. Seine schwarzen Haare standen wie immer strubbelig zu allen Seiten ab, und seine braunen Augen leuchteten. Er hatte Sommersprossen, die ihm etwas Jungenhaftes verliehen, und eine tiefe Stimme, die nicht zu seiner Erscheinung passte.

»Du legst den Kopf schief und ziehst an deiner Lippe. Dann hast du eine Idee.«

Margot nahm die Hand vom Mund. »Tu ich das?«

»Ja, immer!« Er trat neben sie.

Sie dachte weiter nach. Etwas fehlte noch, ein kleines Wort oder ein kurzer Satz. Der Duft von Arnos Rasierwasser stieg ihr in die Nase. Was fehlte? Sie konnte sich nicht konzentrieren, dieses Rasierwasser roch so gut. Sie ging dichter an die Wand. Zum einen, um besser nachdenken zu können, und zum anderen, um ein wenig Distanz zu halten. Arno suchte oft ihre Nähe, und Margot genoss es, aber etwas in ihr ließ die Alarmglocken läuten. Er war ein Mann, sie arbeiteten zusammen, und er roch gut. Alles kam ihr bekannt vor.

»Ich mag keine Zigarettenwerbung«, stellte sie fest. »Ich finde nicht, dass Zigaretten schmecken, und trotzdem behaupten wir, dass sie das tun.«

»Ein Raucher sieht das anders. Für ihn ist eine Zigarette ein Genuss. In der Agentur haben viele die HB probiert, sie sind milder als andere und schmecken gut. Der Blick der Zielgruppe ist relevant, nicht deine eigene Ansicht.«

»Ja«, seufzte Margot.

»He, wir haben noch einen Auftrag für Waschmittel und einen für Schokolade. Lass mich das hier fertig machen, und du kümmerst dich um Themen, die dir mehr liegen.«

»Vermutlich hast du recht. Allerdings sollte man als guter Texter für alles Werbung machen können.«

»Jeder gute Texter kennt seine Stärken und Schwächen. Deshalb arbeiten wir so gut zusammen.«

»Na, okay.« Margot blickte noch auf die Wand und konnte sich nur schwer lösen. »Dann geh ich mal zurück in mein Büro.«

Sie verließ das Büro, blieb jedoch auf dem Flur ruckartig stehen und kehrte hastig zur Wand zurück. »Ich hab's.« Sie stellte den Text um, ergänzte etwas und ordnete die Bilder auf dem Plakat anders an. »So ist es besser.« Ihre Wangen glühten vor Aufregung.

Arno sah auf die Wand. »Ja, ja, das ist wirklich besser. Tolle Arbeit!«

»Na, ihr zwei, wie läuft es bei euch?«, fragte Alexander, der in den Raum getreten war.

Beide drehten sich zur Tür und lächelten.

»Gut, wir sind fertig.«

»Ich war nicht ganz zufrieden, aber jetzt ist es perfekt, finde ich«, sagte Margot.

»Finden wir«, ergänzte Arno.

»Finde ich auch!«, schloss sich Alexander an. »Das sieht großartig aus.«

»Gut, ich gehe dann mal, das nächste Projekt wartet.« Margot wandte sich zum Gehen.

»Mach langsam. Gönn dir eine kreative Pause«, sagte Arno.

»Aber es macht so einen Spaß.«

»Hör auf ihn!«, bat Alexander belustigt.

»Schon gut, bis später.« Mit einem Lächeln verließ Margot den Raum und schloss die Tür.

Als sie an ihrem Büro angelangt war, stellte sie fest, dass sie die Unterlagen im Besprechungsraum vergessen hatte. »So ein Mist.« Sie drehte um und lief zurück. Vor der Tür verharrte sie kurz. Aus dem Raum klang Arnos Stimme, er wirkte aufgeregt.

»Ich mag Margot nicht nur, ich bin echt in sie verknallt«, gestand er soeben.

»Ja, man sieht dir an, dass es dich wirklich erwischt hat«, meinte Alexander.

»Sie ist einfach toll und so klug, und ich habe alle Zeichen gesendet, die ich kenne, aber nichts. Entweder sie mag mich nicht, oder ich habe das Flirten verlernt.« Arno klang nun beinahe verzweifelt.

Alexander lachte auf. »Ich glaube, sie ist einfach vorsichtig. Ihre Vergangenheit … nun ja.«

»Mich stört es nicht, dass sie ein Kind hat, ganz im Gegenteil.«

»Dann sag ihr das.«

»Ich habe es schon oft versucht, aber sie ist so unnahbar, immer wenn ich ihr auf der persönlichen Ebene näher komme.«

Margot hatte genug gehört. Sie wollte nicht lauschen und auch nicht weiterhin hören, was Arno über sie sagte. Sie klopfte an die Tür und trat dann ein.

»Ich habe meine Unterlagen vergessen. Da, sie liegen da.« Sie nahm sie an sich. »Seht ihr, da sind sie.« Warum war sie so nervös? Hektisch lief sie zur Tür zurück. »Weitermachen, Männer«, rief sie, während sie die Tür hinter sich schloss.

Auch wenn sie sich eingestehen musste, dass auch sie diesen Mann mochte, schockierte sie das Gehörte. Sie musste ihm aus dem Weg gehen, bevor es zu spät war. Das war nur leichter gesagt als getan, schließlich arbeiteten sie eng zusammen.

Margot saß mit Lilli und Alexander am Abendbrottisch. Lotte war schon dabei abzudecken.

»Ach, ich hätte es fast vergessen, es ist ein Brief für dich gekommen«, sagte sie zu Margot.

»Ist er von Marie?«, fragte Margot hoffnungsvoll.

Lotte fischte ihn von der Kommode im Flur und wedelte damit herum. »Ja, ist er.«

»O toll. Ich bringe Lilli ins Bett, dann lese ich ihn. Komm meine Süße, Zeit schlafen zu gehen.«

»Och nö«, nörgelte die Kleine. »Noch nicht.«

»Keine Widerrede. Es ist schon sehr spät.«

Die Vierjährige verschränkte die Arme vor der Brust und schüttelte den Kopf.

»Lilli Toles, kein Theater!«

Die Kleine schüttelte wieder den Kopf, und Margot seufzte.

Lotte ging zu Lilli und flüsterte ihr etwas ins Ohr.

»Okay«, sagte Lilli dann plötzlich und ging hüpfend ins Bad, um sich ohne weitere Diskussion die Zähne zu putzen.

»Was hast du?«, fragte Margot und sah ihr verwirrt hinterher.

»Kommst du, Mama?«

Margot blickte Lotte an, die aber nur mit den Schultern zuckte und »Tantengeheimnis« sagte.

»Ich werde verrückt. Was auch immer du gesagt hast, bitte verrate es mir.«

»Mama!«

»Ich komme ja.« Sie lief ihrer Tochter nach.

»Sie ist sofort eingeschlafen«, bemerkte Margot, als sie wieder in das Wohnzimmer trat und sich auf das Sofa setzte. »Ich bin dir so dankbar, Lotte.«

»Kein Problem.«

»Ich kümmere mich schnell um den Abwasch«, sagte Alexander und stand auf.

Margot stieß Lotte in die Seite. »Meinst du, von dieser Sorte Mann gibt es noch mehr?«

Lotte lachte. »Vielleicht.«

Beide kicherten.

Dann erinnerte Margot sich an die Post von Marie. »Ich lese Maries Brief mal eben.«

»Ich gehe schnell ins Bad«, sagte Lotte

»Lotte, du wirst es nicht glauben«, rief Margot plötzlich. »Marie schreibt, dass sie und Werner zusammen sind.«

»Huch!«, rief Lotte aus dem Bad. »Wie haben die zwei sich denn kennengelernt?«

»Sie sind sich mal begegnet, als ich Werner einen Brief an dich übergeben habe, aber ich habe nicht mitbekommen, dass daraus mehr geworden ist.« Margot schüttelte den Kopf. »Marie und Werner, unglaublich!«

»Findest du? Nach dem, was du mir von Marie erzählt hast, würde ich sagen, dass die beiden ganz wunderbar zusammenpassen.«

»Ich bin einfach überrascht. Ich habe nicht gedacht, dass Marie … Ach, keine Ahnung, auf jeden Fall ist das eine schöne Nachricht. Oder ist es für dich komisch? Ich meine, du mochtest ihn mal sehr.«

»Genau, damals … Er hat mir alles gezeigt und an mich geglaubt. Er hatte aber im Grunde recht, wir haben nicht zusammengepasst. Für mich ist das in Ordnung, wenn er mit Marie zusammen ist.«

»Wenn du das sagst.« Margot freute sich sehr für Marie und hoffte, dass Werner jetzt reif für eine feste Beziehung war. »Lotte, ich muss dich mal was fragen, wo wir gerade beim Thema sind. Es geht um Arno«, fuhr Margot leise fort, damit Alexander in der Küche sie auf keinen Fall hörte.

»Was ist mit ihm? Kommst du mit ihm klar?«

»Ja, er ist ein wirklich guter Texter. Ich habe schon eine Menge von ihm lernen können.«

»Das freut mich, er ist wirklich eine große Hilfe.«

»Heute habe ich aber etwas gehört. Also …«

»Na, Mädels wollen wir noch eine Partie Rommé spielen?« Alexander klatschte in die Hände, als er das Wohnzimmer betrat.

»Ja, warte, Margot wollte mir gerade etwas von …«

»Nein, schon gut. Hat sich erledigt«, unterbrach Margot ihre Freundin. Sie blickte ihr in die Augen und hoffte, dass Lotte verstand.

»Ach, scheint wohl nicht so wichtig.« Lotte lächelte.

Magot nickte. »Lasst uns Karten spielen.«

KAPITEL 35

LOTTE

Lotte hielt das kleine Bündel im Arm und konnte nicht glücklicher sein. Alexander stand neben ihr und platzte vor Stolz. Das kleine Wesen bereicherte ihr Leben in allen Belangen schon jetzt. Sie hatten den Kleinen nach Alexanders Vater Gerhard benannt.

Heute sollten alle zu Besuch kommen. Margot hatte mit Lilli ganz in der Nähe eine kleine Zweizimmerwohnung gefunden, aber versprochen, jeden Tag zu Besuch zu kommen.

Es klopfte, Alexander ging die Tür öffnen und kam mit Lilli, Margot, Christel und Ralf zurück.

»Wie geht's dir?« fragte Margot, während sie ihre Freundin bereits drückte.

»Genau wie gestern.« Lotte lächelte. »Nur etwas erschöpft, die Nacht war kurz.«

»Oh, diese kleinen Finger. Schau doch, Ralf«, sagte Christel, die auch ans Bett getreten war und nach der winzigen Kinderhand griff. Sie waren heute das erste Mal zu Besuch, seit das Baby auf der Welt war.

»Ja, wirklich sehr süß«, bestätigte Ralf.

»Möchtest du ihm nicht auch Hallo sagen?«

Ralf hob abwehrend die Hände. »Nein, das ist mir alles zu klein.«

»Hey, ich will auch irgendwann ein Kind, also gewöhn dich schon einmal dran«, sagte Christel.

»Nein, wirklich, ich möchte nur schauen«, sagte Ralf ängstlich.

»Ich bin auch überwältigt, wie winzig alles an dem Kleinen ist«, sagte Christel und lachte auf.

»So klein ist er gar nicht mehr. Er ist riesig im Vergleich zu vor einer Woche. Jeden Tag wird er gefühlt größer.«

Es klopfte noch einmal, und Arno kam mit einem übergroßen Blumenstrauß, der sein Gesicht verdeckte, herein.

Margot musste beim Anblick ihres Kollegen lachen.

»Hallo zusammen, ich dachte, ich bringe der Mutter mal Blumen mit«, erklärte Arno ein wenig steif.

»Schön, dass du da bist«, sagte Alexander.

»Der Strauß ist ja riesig«, bemerkte Lotte.

»Ja, ich stelle ihn mal hier ab.« Arno legte die Blumen auf einen kleinen Tisch am Fenster.

»Na, sag mal Guten Tag.« Vorsichtig nahm Alexander das Händchen seines Kindes und winkte mit ihm Arno zu. »Das ist Arno, er und Margot sind die schlauesten bei uns in der Agentur. Sie arbeiten super zusammen und können für dich alles reimen.«

»So ein Quatsch!«, rief Margot aus.

»Wo er recht hat, hat er recht.« Arno trat zu den beiden und strich dem Baby über den Kopf, dann umarmte er Lotte und gab Alexander einen freundschaftlichen Schlag auf den Rücken. »Gut gemacht.«

»Danke.«

Als Gerhard schlief, saßen alle zusammen und unterhielten sich. Lotte schaute in die Runde und freute sich riesig, dass alle da waren.

Arno war der Erste, der sich verabschiedete.

»Vielen Dank, dass du da warst«, meinte Lotte.

»Warte, Lilli und ich kommen auch gleich mit. Wir sehen uns.« Margot umarmte Lotte und Alexander, strich dem schlafenden Baby über den Kopf und verabschiedete sich bei den anderen. Dann verließen sie zusammen die Wohnung.

»Ob Margot und Arno das noch hinbekommen? Manchmal denke ich, wir müssen da mehr unterstützen«, meinte Christel.

Lotte seufzte. »Ich würde es mir wünschen, aber wir können nichts machen. Margot ist noch nicht so weit.«

»Was ist denn mit den beiden?«, fragte Ralf.

»Sie mögen sich und kommen doch nicht zusammen«, erklärte Christel.

»Woher weißt du …?«, fragte Alexander, winkte dann aber ab. »Frauen.«

»Intuition, das spürt man«, erklärte Christel.

Die beiden Männer zogen die Augenbrauen in die Höhe.

»Meine Intuition sagt mir, dass der Kleine gerade ein Geschäft gemacht hat«, bemerkte Alexander und reichte Lotte das Baby.

»Komm mal her, mein Süßer. Ich werde ihn gleich wickeln.«

Christel und Ralf verabschiedeten sich, und Alexander setzte sich auf einen Stuhl. Keine fünf Minuten später war er eingenickt.

Gerhard war noch einmal eingeschlafen, und Lotte saß ruhig da und blickte abwechselnd auf das Baby und Alexander. Sie lächelte vor sich hin. Ihr Leben war wunderbar, und die Menschen an ihrer Seite gaben ihr viel Kraft.

KAPITEL 36

MARGOT
Juli 1967

Margot war noch kein Jahr im Westen und hatte schon eine gesicherte Arbeit, die ihr Spaß machte. Die Agentur war gerettet, auch dank ihr. Es freute sie besonders, dass hier anerkannt wurde, dass sie an der Rettung beteiligt gewesen war – Alexander hatte sich überschwänglich bei ihr bedankt.

Mittlerweile hatte sie sich mit Lilli auch gut in ihrer neuen Wohnung eingelebt. Kurz vor Gerhards Geburt waren sie umgezogen, obwohl Lotte und Alexander versichert hatten, dass sie sich mit der Wohnungssuche Zeit lassen könnten. Die Wohnung war zu dem Zeitpunkt gerade frei geworden, und es hatte perfekt gepasst.

Lilli liebte den Kindergarten und ging gern dorthin. Sie hatte rasch neue Freunde gefunden. Margot bewunderte ihre Tochter dafür. Natürlich fragte sie ab und zu, warum Oma, Opa und Tante Edith sie nicht besuchten. Dann wurde Margots Herz schwer. Einem so kleinen Kind die Sache mit der Mauer zu erklären war nahezu unmöglich.

Von ihrer Familie hörte sie nur selten etwas. Edith ließ über Werner und Marie immer wieder Grüße ausrichten und wünschte ihr viel Glück. Ihre Eltern schwiegen noch immer, aber Margot gab die Hoffnung nicht auf, dass sie irgendwann dazu bereit wären, ihr zu verzeihen. Ihr war klar geworden, dass ihre Eltern es einfach nicht besser wussten und konnten. Mittlerweile war sie eher auf das DDR-Regime wütend, das seine Bürger so weit in die Enge trieb, dass sie überhaupt so handelten, statt auf ihre Eltern.

Ihr Leben war wunderbar, und sie bereute es nicht, ausgereist zu sein. Es gab Tage, da fehlte ihr eine männliche Schulter, aber es gab nur einen Mann, der bisher ihr Interesse geweckt hatte und der war für sie verboten. Nach dem belauschten Gespräch zwischen Arno und Alexander war sie auf Abstand gegangen. Allerdings musste sie mit Arno eng zusammenarbeiten, weswegen sie ihm nicht wirklich aus dem Weg gehen konnte. Sie hatte Angst. Seit der Sache mit Tim vertraute sie ihrem Bauchgefühl bei Männern nicht mehr. Als sie mit Lotte über ihre Ängste geredet hatte, hatte ihre Freundin gemeint, dass sie anfangs bei Alexander ähnliche Befürchtungen gehabt hatte, denn er war ja auch Fotograf wie Werner. Im Grunde jedoch war jeder Mensch anders. Sie gab Margot den Tipp, dass sie sich doch einfach auf Arno einlassen und es probieren sollte.

Doch was war, wenn es dann nicht funktionierte? Arbeit und Liebe zu vermischen war keine gute Idee. Sie und Arno verstanden sich gut, sie harmonierten bei den Entscheidungen oder diskutierten Ideen so lange, bis sie beide zufrieden waren. Alexander war begeistert von dem, was sie hervorbrachten, und auch die Kunden liebten ihre Ergebnisse.

Es sprach sich immer mehr herum, dass die Agentur gute Arbeit leistete. Die roten Zahlen nach dem Tod von Gerhard Kempfer gehörten mittlerweile der Vergangenheit an. Sie wollte diese Erfolge nicht zerstören, weil sie eine Beziehung einging, die vielleicht nicht funktionierte.

Arno trat ins Büro. »Guten Morgen!«

»Guten Morgen, Arno.« Margots Herz hüpfte, als er am Schreibtisch ihr gegenüber Platz nahm. Es sollte nicht hüpfen, aber es tat, was es tat. Sofort nahm sie sein Rasierwasser wahr. Sie versuchte, sich abzulenken und sah ihm bei seiner morgendlichen Routine zu. Er setzte sich und schaute sich an, was Neues auf dem Tisch lag. Schon beim ersten Durchsehen hatte er Ideen im Kopf und machte sich manchmal gleich ein paar Notizen, die er dann mit ihr besprach. Dann ging er sich einen Kaffee holen. Sie teilten sich ein Büro, da sie so oder so für fast alle Arbeiten zusammensaßen. Zuerst war Margot nicht begeistert, aber mittlerweile musste sie einsehen, dass es äußerst praktisch war, und sie musste außerdem zugeben, dass sie jeden Morgen voller Vorfreude war. Nicht nur auf die Arbeit, sondern auch auf ihren Kollegen. Er war nett, höflich, und sie lachten sehr viel miteinander, aber er hatte noch nie eine Grenze überschritten.

»Was sagst du zu dem neuen Auftrag?«, fragte Arno.

»Was? Wie bitte?« Sie hatte ihn auf dem Stift kauend angeschaut.

»Hab ich was im Gesicht?« Er strich sich über das Gesicht.

»Nein, entschuldige. Was hast du eben gesagt?« Sie war nervös. Er hatte sie dabei ertappt, wie sie ihn angestarrt hatte.

»Wie du den neuen Auftrag findest.«

»Gut, ich habe auch schon ein paar Ideen.«

»Dann lass uns loslegen, ich muss heute früher gehen.«

»Ja, klar, ich will heute auch Zeit mit Lilli verbringen und sie früher abholen.«

»Das klingt toll«, sagte er.

Sie arbeiteten einige Stunden intensiv, bis Arno unruhig auf die Uhr schaute.

»Ich muss los.« Er griff in seine Schreibtischschublade und holte einen Kamm hervor. Er kämmte sich die Haare und zog seine Krawatte gerade.

»Aber wir sind doch noch nicht durch«, wandte Margot irritiert ein. Es war so gut wie nie vorgekommen, dass er mitten in der kreativen Phase ging.

»Ich weiß, aber wie gesagt, heute habe ich eine Verabredung.«

Eine Verabredung? Vorhin hatte er noch nicht von einer Verabredung gesprochen.

»Oh! Schön«, stammelte sie unsicher.

»Wie sehe ich aus?«, fragte er, während er aufstand.

»Ganz normal.«

Er verzog das Gesicht. »Na egal, schöner werde ich wohl nicht mehr.«

»Also, du siehst gut aus – wie immer«, stotterte Margot unbeholfen.

»Aha, du findest also, dass ich gut aussehe?«, fragte er.

»Sag ich doch, aber was soll die Frage?«

Er zögerte, als wollte er etwas sagen, und überlegte es sich dann anders.

»Nichts, schon gut. Wir sehen uns Montag.«

»Ja, bis Montag«, verabschiedete Margot sich.

Die Tür fiel ins Schloss, und keine zehn Sekunden später war bei Margot der Groschen gefallen.

»Nein!« Sie rannte aus der Tür, sah Arno die große Treppe hinuntergehen und sich bei der Empfangsdame verabschieden.

Margot hastete die Treppe hinunter, während die Eingangstür bereits zufiel. Sie rannte zur Tür, riss sie auf und sah noch, wie Arno eine Frau mit einem Kuss auf die Wange begrüßte und mit ihr davonging. Sie war versucht, ihm nachzulaufen, blieb dann aber einfach stehen und sah den beiden nach.

»Ich bin ja selber schuld«, murmelte sie still vor sich hin, während sie sich auf den Weg zurück in ihr Büro machte. Hatte sie wirklich gedacht, dass er ewig warten würde? Es war doch klar, dass er irgendwann einmal eine andere Frau kennenlernte. Warum sollte er auf Margot Toles warten, noch dazu, wo sie eine alleinerziehende Mutter war? Und überhaupt war es besser so. Sie brauchte keinen Mann, sie brauchte erst recht keinen Arno.

»Alles in Ordnung bei Ihnen?«, fragte die Empfangsdame.

»Ja, alles bestens«, entgegnete sie tonlos. Nichts war bestens. Sie hatte ihre Chance vertan, weil sie Angst hatte, verletzt zu werden. Auf einmal sah sie klar vor sich, was sie tun würde. Sie hatte ein Kind allein großgezogen, einen Frauentreff organisiert, sich unter Männern behauptet, und jetzt hatte sie Angst vor Liebe? Nein, sie würde ihm nachlaufen! Sie stürmte durch die Tür und bog nach links ab, in die Richtung, in die sie die beiden hatte davongehen sehen. Wahrscheinlich würden sie zum Bus laufen. Sie rannte. Ihre Absätze klackerten auf dem Asphalt. Die Schuhe, mit denen sie nicht gut vorankam. Sie zog sie kurzerhand aus und rannte weiter. Da waren sie, sie gingen nebeneinanderher. »Arno, Arno«, rief sie.

Arno blickte sich verwundert um und blieb stehen, als er Margot entdeckte.

Sie wurde langsamer und merkte, wie ihr der Schweiß den Rücken herunterlief. Und nun? Das Ganze war nicht durchdacht. Sie hatte keine Rede vorbereitet. Das mit ihnen war nie geplant, und doch musste sie jetzt etwas sagen.

»Margot, was ist denn los?«, fragte er besorgt, als sie vor ihm zum Stehen kam und nach Luft rang.

»Ich … ich muss dich sprechen, bitte«, sagte sie keuchend.

»Hat das nicht Zeit bis Montag. Ich bin …«

»Nein, hat es nicht!«

Die Frau neben Arno sah die beiden verwundert an.

»Gibt es ein Problem in der Agentur?«

»Nein, mit mir.«

»Mit dir?«

»Also, kann ich dich mal kurz sprechen, allein«, fragte Margot.

Die Frau blickte irritiert zu Arno.

»Ist es so wichtig?«

Margot nickte. Noch immer fiel ihr das Atmen schwer. Sie machte aus Höflichkeit ein paar Schritte zurück, um Arno und der Dame Freiraum zu geben. Sie beobachtete, wie er etwas erklärte. Die Frau verschränkte die Arme vor der Brust, schien aber warten zu wollen.

Arno kam zu Margot. »Und was gibt es so Wichtiges?«

»Du hast mir gar nichts gesagt.« Sie deutete auf die Frau und schaute verlegen zu Boden, auf ihre nackten Füße. Ihre Schuhe hielt sie in der Hand.

Arno drehte sich flüchtig zu seiner Verabredung um, als müsse er sich vergewissern, wen Margot meinte.

»Warum sollte ich?«

»Weil wir uns immer alles sagen, dachte ich«, erklärte sie.

»Und um mir das zu sagen, rennst du mir barfuß die Straße nach?«

»Ja … nein. Also, ich finde es blöd, dass du dich verabredest.«

Arno blickte sie an. Eine Mischung aus Freude und Wut lag in seinem Blick.

»Was soll ich jetzt sagen, Margot?«, fragte er sichtlich hilflos.

»Nicht mit ihr ausgehen.« Sie blickte ihn flehend an.

Nervös blickte er sich um und sprach leise. »Seit Ewigkeiten laufe ich dir nach. Ja, ich bin dir nachgelaufen, habe geflirtet und schon an mir gezweifelt, weil du alles abgeblockt hast, und jetzt stehst du hier und sagst, ich soll nicht ausgehen. Ich werde mit ihr ausgehen, ich habe dir lange genug Zeit gegeben, und ich möchte nicht, dass unsere Arbeit leidet. Du bist die beste Freundin von Lotte, und wenn etwas schiefgeht, werde ich der sein, der gehen muss.«

»Du hast recht. Ich glaube, ich wollte nur, dass du weißt, dass ich das blöd finde.« Sie zog sich ihre Schuhe wieder an. »Es tut mir leid.«

»Wie und das war es jetzt?«

»Ich habe alles gesagt und du auch, also wünsche ich euch einen schönen Abend. Das machen Freunde so.« Sie betonte das Wort »Freunde« besonders.

Arno verzog den Mund. »Warum erst jetzt? Egal, es ist zu spät.«

»Ja, ich weiß. Wir sehen uns.« Margot wandte sich an die Frau. Sie war groß, sogar größer als Arno und hatte blonde Haare. Sie war ein ganz anderer Typ als sie selbst. Diese Tatsache nahm ihr den letzten Mut. »Entschuldigen Sie die Störung. Ich wünsche Ihnen einen schönen Abend.«

»Vielen Dank«, sagte die Frau und schaute verunsichert zu Arno.

Margot wandte sich ab und drehte sich auch nicht mehr um. Sie wollte auf keinen Fall sehen, wie Arno den Arm um seine neue Begleiterin legte. Das hätte er bei ihr tun sollen. Er hatte recht, sie war zu spät. Sie hatte ihre Chance verpasst. Sie konnte ihm nicht böse sein, und doch liefen ihr Tränen der Enttäuschung die Wangen herab.

In der Agentur holte Margot ihre Tasche und machte sich auf den Weg, um Lilli abzuholen. Danach musste sie unbedingt noch zu Lotte.

Bei Lotte saß sie wie ein Häufchen Elend auf dem Sofa. Lilli hockte auf dem Boden und spielte mit Bauklötzen.

»Kannst du dir das vorstellen? Ich bin ihm barfuß nachgelaufen.« Margot vergrub ihr Gesicht in den Händen. »Wie peinlich muss das ausgesehen haben?«

Lotte schmunzelte. »Ich kann es mir vorstellen und finde es ein wenig lustig.«

»Ist es aber nicht. Ich weiß, dass er mir lange zu verstehen gegeben hat, dass er mich mag, aber erst in dem Moment, wo ich ihn mit einer anderen Frau gesehen habe, war mir ganz klar, was ich fühle.«

»Ach, Arno mag dich sehr, doch sein Leben geht weiter. Alexander und ich hätten uns gefreut, euch zusammen zu sehen, aber vielleicht hast du zu lange gewartet.«

»Was mache ich denn jetzt?« Margot blickte auf ihre Tochter, die leise vor sich hin murmelte und jetzt offenbar ein Haus für ihre Puppe baute.

»Ich fürchte, da kannst du nichts machen.«

Es klingelte an der Tür, und Lotte erhob sich, um zu öffnen.

»Arno, was machst du denn hier?«, fragte Lotte ein paar Sekunden später mit lauter Stimme.

Margot erschrak, sie setzte sich aufrecht hin und strich sich durch die Haare.

»Ist Margot zufällig bei euch? Sie hat nicht geöffnet, als ich bei ihr geklingelt habe. Ich muss unbedingt mit ihr reden.«

»Warte, einen Moment.« Lotte sah ins Wohnzimmer. Sie lächelte. »Margot, da ist deine Chance«, sagte sie leise.

»Aber was soll ich denn sagen?«, raunte Margot zurück.

»Genau das, was du mir eben gesagt hast, nur nicht so weinerlich.«

Lotte trat näher und zog ihre Freundin am Arm. »Los, geh zu ihm und sag ihm, was du fühlst.«

Margot ging zögernd zur Tür.

Arno stand mit einem Strauß Blumen vor ihr. Er schaute sie an. »Ich weiß nicht, warum ich mir das antue, aber als du da vorhin so standest, barfuß, wusste ich, dass ich das nicht kann. Also mit der anderen Frau ausgehen. Ich hätte nur versucht, dich zu vergessen, denn du bist es, die ich immer wollte. Ich kann dir deine Ängste nicht nehmen, aber ich kann dir versprechen, dass ich dich immer gut behandeln werde, dich nicht absichtlich anlügen und für dich und Lilli da sein werde. Also … möchtest du offiziell mit mir ausgehen?« Er hielt ihr den Strauß hin.

Margot blickte ihn einen Moment stumm an, dann zog sie ihn an sich und küsste ihn. Arno blinzelte sie verdattert an.

Alexander, der gerade nach Hause kam, sah die beiden im Türrahmen und schob sich vorsichtig an ihnen vorbei.

»Wurde ja auch mal Zeit«, hörte Margot ihn leise zu Lotte sagen.

KAPITEL 37

SOMMER 1970

Lotte saß im Büro von ihr und Margot. Sie hatten es selbst eingerichtet. Es gab viele Pflanzen, und sie hatten extra darauf geachtet, dass es schön hell war. Margot stand am anderen Ende des Raumes vor ihrer Wand mit den Bildern und Texten für das nächste Projekt. Sie verschob die Anordnung und gab den Texten den letzten Schliff. Wenn sie fertig war, würde sie Arno holen, um mit ihm noch einmal alles durchzugehen. Lotte war immer wieder erstaunt, was ihre Freundin für gute Ideen hatte, selbst wenn ein Geschäft schon eine Vorstellung hatte, schaffte Margot es, sie noch besser zu machen.

Es klopfte.

Eine Mitarbeiterin betrat den Raum. »Hallo, Frau Kempfer, Frau Stepinski«, sagte sie, nickte Margot zu und ging dann zu Lotte an den Tisch.

»Hier sind die Unterlagen. Könnten Sie bitte alles unterschreiben?«

Lotte nahm einen Stift und unterschrieb die Dokumente. Sie war jetzt für alle Aufträge, die hereinkamen, zuständig. Einiges sprach sie noch mit Alexander ab, aber der sagte oft, dass sie es doch bitte entscheiden sollte. Und das tat sie. Als Mannequin arbeitete sie nur noch ab und zu. Sie war jetzt fast dreißig Jahre alt und bekam noch regelmäßig Anfragen, aber nur wenn er ihr wirklich zusagte, nahm sie den Auftrag an. Sie war froh, dass die Zeit vorbei war, wo sie machen musste, was andere ihr sagten.

Lotte sah auf die Uhr. »Lass uns Feierabend machen, Margot, es ist schon neunzehn Uhr und das auch noch an einem Freitag.« Sie packten ihre Sachen und liefen die Treppe hinunter.

»Warten Sie, können Sie bitte noch kurz hier drüberschauen?« Thomas, einer der Texter, war ihnen nachgelaufen.

Sie blieben stehen und warfen einen kurzen Blick darauf.

»Das hat Zeit bis Montag«, entschied Lotte. »Machen Sie auch Feierabend.«

»In Ordnung«, sagte Thomas.

Lotte und Margot hatten mittlerweile viele Frauen eingestellt und bei den Männern darauf geachtet, dass sie sich auch etwas von Frauen sagen ließen. Das musste meist bereits im Vorstellungsgespräch geklärt werden. Lotte und Margot führten diese Agentur, und auch wenn ihre Männer mitredeten, waren sie diejenigen, die die Entscheidungen trafen. Mit der Belegschaft, die sie jetzt hatten, lief es ganz ausgezeichnet.

Sie verabschiedeten sich von Charlotte am Empfang und verließen Arm in Arm die Agentur.

Vor der Tür saßen Arno und Alexander im Auto und warteten auf ihre Frauen.

Sie stiegen hinten ein.

»Und, hat alles geklappt?«, fragte Lotte die Männer.

»Na klar, sie sind aus dem Auto gesprungen und haben sich auf die super Übernachtungsparty gefreut«, sagte Alexander lachend.

Der dreijährige Gerhard und die siebenjährige Lilli waren bei Ralf und Christel. Die beiden waren unzertrennlich geworden. Sie wuchsen auf wie Geschwister, und Ralf und Christel ersetzten so manches Mal die Großeltern. Die beiden konnten keine Kinder bekommen und waren glücklich, ab und zu einspringen zu können.

»Habt ihr alles geschafft?«, fragte Arno.

»Na, was denkst du denn? Den neuen Auftrag hat Lotte an Land gezogen, und ich habe bei der Kaffeereklame noch mal alles umgestellt. Ich habe mich an einer Werbung aus Amerika orientiert.«

»Stopp, bitte rede dich jetzt nicht in Rage, Liebling. Das kannst du mir Montag zeigen.«

Lotte und Margot hatten die Köpfe aneinander gelehnt und blickten auf den Schriftzug über der Agentur. Noch immer konnten sie sich daran nicht sattsehen. »Stede und Toles« stand in großen Buchstaben über der Tür. Sie wollten ihre Mädchennamen da oben sehen. Alexander und Arno hatten sie dazu ermutigt.

»Manchmal kommt es mir noch immer wie ein Traum vor«, sagte Margot.

»Mir auch!«, bestätigte Lotte.

»Und dass die Agentur auch noch so gut läuft und man uns vertraut«, ergänzte Margot.

»Wir wussten das schon immer. Ihr habt die Agentur nicht nur übernommen, ihr habt sie revolutioniert«, erklärte Alexander stolz.

Lotte mit ihrer Überzeugungskraft, die jeden Kunden gewann und Margot mit all ihrem Wissen und ihrer Kreativität hatten inoffiziell die Agentur übernommen. Auf dem Papier waren Arno und Alexander, nachdem sie Margot und Lotte geheiratet hatten, eingetragene Besitzer, aber daran störten sich die beiden Frauen nicht mehr. Die Gesetze waren, wie sie waren. Und sie waren glücklich. Zwei Mütter, die eine eigene Agentur leiteten. Sie waren froh, dass sie in den Westen gegangen waren mit all den Konsequenzen und Zweifeln, die das mit sich gebracht hatte. In Momenten, wo sie ihre Familien vermissten, redeten sie miteinander und spendeten sich Trost.

Die Zeit nach dem Tod von Lottes Vater war schwer gewesen, sie hatte sich mit Schuldgefühlen gequält, aber irgendwann hatte sie einsehen müssen, dass sie nichts hätte tun können. Sie fühlte sich schlecht, aber niemand hätte ihren Vater retten können. Und er war verdammt stolz auf sie, wie er in einem letzten Brief an sie zum Ausdruck gebracht hatte. Sie brauchte keine Beerdigung und kein Grab, um zu trauern und sich zu erinnern. Sie hatte ihn im Herzen.

»Endlich Wochenende«, sagte Alexander.

»Lasst uns essen gehen!«, meinte Lotte.

»Ich bin am Verhungern«, bestätigte Arno.

»Ja, aber ich freue mich auch schon auf Montag, da beginnen wir mit der Arbeit an dem neuen Auftrag«, erklärte Margot.

Alle stöhnten. »Jetzt ist Feierabend!«, sagten die anderen drei im Chor.

Ende

ANMERKUNGEN DER AUTORIN

Jedes Buch, das wahre Begebenheiten und Geschichte aufgreift, kann schwer sein. Die fiktive Welt und die historischen Gegebenheiten werden miteinander verflochten und müssen zu einer Einheit wachsen.

In diesem Roman habe ich versucht, die Geschichte und Chronologie der deutschen Werbung historisch so wahrheitsgemäß wie möglich wiederzugeben. Die Deutsche Werbe- und Anzeigengesellschaft hat es so in der Deutschen Demokratischen Republik gegeben und auch der Hintergrund dazu ist der Wahrheit entsprechend. Die Werbung in Bundesrepublik Deutschland war im Vergleich ein wenig anders und freier.

Alle Figuren sind frei erfunden, und ich musste bei der Beschreibung bestimmter Szenen und bei manchen Daten von der Realität vielleicht ein wenig abweichen, damit sie besser in meine Handlung passen. Auch die Frauen meiner Geschichte sind fiktiv. Margot und Lotte stehen für die Frauen der 50er, 60er und 70er Jahre auf der Suche nach Emanzipation und Eigenständigkeit. Sie stehen für den Mut, die Hoffnung und für eine bessere Zukunft. Zur damaligen Zeit hat es noch keine Werbeagentur in Deutschland gegeben, die von Frauen geführt wurde. Aber wenn es eine gegeben hätte, dann stelle ich mir die Leiterinnen so vor wie meine beiden Protagonistinnen.

DANKSAGUNG

Nun steht auch das Wort Ende unter meinem zweiten Buch. Dieser Moment bleibt etwas ganz Besonderes. Mein herzlichster Dank gilt meiner Agentin Eva Semitzidou von der Agentur Gaeb & Eggers für ihre Unterstützung und dafür, dass sie das alles erst möglich gemacht hat.

Ich möchte zudem meinen Lektoren Frau Sudmann, Frau von Münchow, Frau Nickel – vielen Dank, dass Sie eingesprungen sind – und Herrn Rohn von den Aufbau Verlagen für die Geduld, wertvolle Unterstützung und Zusammenarbeit danken.

Ein großer Dank gilt auch meinen Freunden, meiner Familie, meinen Kindern und meinem Freund für ihre Liebe, ihr Verständnis und ständige Ermutigung. Danke, dass ihr immer an mich glaubt, mich unterstützt und mir Mut macht.

Ja und natürlich danke ich Dir, dem Leser, denn nur wenn meine Bücher gekauft und gelesen werden, werden sie zum Leben erweckt.

Ohne all euch wundervolle Menschen, wäre das Schreiben eines Buches nicht möglich und manchmal ziemlich langweilig!

LESEPROBE

CLAUDIA
ROMES
Zeit der
Pfingstrosen
Eine Liebe
in Schottland
Roman
atb

KAPITEL EINS

Winter, 2016
Katy

Nebel umhüllte die Straße entlang des Hafenbeckens, von wo aus das Meer leise plätschernd auf sich aufmerksam machte. Hektisch kurbelte Katy das Autofenster hoch, nachdem die Scheiben nicht mehr beschlagen waren. Das Gebläse ihres alten Ford Fiesta hatte nichts als Staub und kalte Luft zutage gefördert. Wieder drosselte sie ihre Geschwindigkeit, und der Keilriemen machte sich quietschend bemerkbar. Eigentlich gehörte er längst ausgetauscht, aber der Umzug war kostspieliger gewesen als geplant. Das Geld für den dringend benötigten Werkstattbesuch hatte sie ins Umzugsunternehmen und in Mabels Leuchtsterne investiert. Letztere hatte ihre Tochter zur Bedingung gemacht. Katy hatte ihr ein Kinderzimmer versprochen, das nach ihren Wünschen gestaltet war, woraufhin sich Mabel bereiterklärt hatte, mit nach Footdee im weit entfernten Aberdeen zu ziehen. Nicht, dass sie eine Wahl gehabt hätte. Mabel war erst zehn. Ihr Vater hatte kein Interesse am Sorgerecht gezeigt. Im Gegenteil. Fred hatte stets seine Arbeit in den Mittelpunkt seines Lebens gestellt und nie besonders viel Interesse für seine Tochter aufgebracht. Er hatte also nichts dagegen, dass Katy mit Mabel das Land verließ – was die Sache einfacher machte.

Grummelnd schloss Katy die Hände fester ums Lenkrad und blickte konzentriert nach vorn. Von jetzt auf gleich hatte sich der Nebel so verdichtet, dass sie kaum etwas sehen konnte. Unruhig schaute sie auf die Uhr. Zehn vor acht. Sie würden es nicht mehr pünktlich zur Schule schaffen. Und das am ersten Tag!

»Ich will da nicht hin!« Zum wiederholten Mal erinnerte Mabel sie daran, und ihr lautes Stöhnen ließ erahnen, dass sie noch nicht fertig war.

»Schätzchen, wir haben das doch besprochen.« In ihrem Versuch, den dichten Nebelschleier zu durchblicken, klebte Katy mit dem Gesicht förmlich an der Windschutzscheibe. »Es wird dir bestimmt gefallen.«

»Aber ich kenne da niemanden.«

»Das wird sich ändern. Du wirst neue Freunde finden.«

»Ich will keine neuen Freunde. Ich hab schon welche – in Sudbury.«

Katy stieß einen Seufzer aus. Die unbekannte Strecke, das Wetter, Mabels unermüdliches Geplärr. Ihre Nerven lagen jetzt schon blank, und das, obwohl sie ihre Arbeit noch nicht einmal angetreten hatte. Erst am Samstagabend waren sie in der schottischen Hafenstadt angekommen. Nach den Strapazen der vergangenen Monate, dem Kummer und den Existenzsorgen setzte Katy all ihre Hoffnungen in den Tapetenwechsel. Sie war überzeugt, eine andere Umgebung würde es ihnen erleichtern, mit den neuen Lebensumständen zurechtzukommen. In Sudbury erinnerte alles an ihre heile, kleine Familie – auch, wenn es sie nie gegeben hatte. Katy war das mittlerweile klar geworden. In ihrer Ehe hatte sie sich oft einsam und bevormundet gefühlt. Sie war nie wirklich glücklich gewesen und hatte nicht erst seit Freds Affäre das Gefühl gehabt, dass die Beziehung ihr nicht guttat. Für Mabel aber war es schwieriger, das loszulassen, was sie gewohnt war. Hinzu kam, dass der Umzug aus der englischen Heimat bisher nicht den erhofften Effekt vermuten ließ. Grund dafür waren hauptsächlich unvorhersehbare Rückschläge – Pannen, die Katys Nerven zusätzlich strapazierten und es ihr erschwerten, sich nie im Ton zu vergreifen. Immerzu rücksichtsvoll und ruhig zu bleiben. Der Transporter mit ihren Habseligkeiten steckte irgendwo zwischen Newcastle upon Tyne und Perth fest. Und obwohl Katy ihre Ankunftszeit per Mail angekündigt hatte und eine Wohnmöglichkeit im Haus ihres neuen Patienten im Arbeitsvertrag festgehalten war, hatte ihnen dort bisher niemand die Tür geöffnet. Gestern Vormittag hatten sie eine geschlagene Stunde vor dem alten Farmhaus gewartet. Auch unter der Nummer, die sie von der Arbeitsvermittlung bekommen hatte, hatte sich niemand gemeldet, so dass sie kurzfristig in einer Pension unterkommen mussten. Etwas, das in ihrem ohnehin schon ausgereizten Budget nicht eingeplant gewesen war. Inzwischen war Katy deswegen so angespannt, dass sie ständig mit den Zähnen knirschte. Von dem Abenteuer, als das sie Mabel den Neuanfang verkauft hatte, hatte sie insgeheim schon genug. Sie kam sich hilflos vor, fühlte sich in der Schwebe. Katy hatte ihrer Tochter Sicherheit und ein geregeltes Leben versprochen. Jetzt hatte sie erneut Angst, ihr nichts davon bieten zu können. Wieder einmal gab es Hürden zu überwinden. Mittlerweile war Katy daran gewöhnt, dass nicht alles glatt lief. Ein Umstand, dem sie einfach nicht entfliehen konnte.

Quietschend schlitterte der Scheibenwischer hin und her. Katy biss die Zähne aufeinander. Mabel sollte nicht merken, dass sie keine Ahnung hatte, ob sie auf dem richtigen Weg waren – in jedweder Hinsicht.

»Wieso kann ich nicht bei dir und dem alten Mann bleiben?« Mabel platzierte Mausespeck auf ihrem Schoß. Die graue Plüschmaus mit dem notdürftig angenähten Ohr war für sie als Seelentröster unentbehrlich. »Ich könnte dir doch bei der Arbeit helfen.«

»Das ist lieb, Schatz, aber das geht nicht.«

»Er macht sowieso nicht auf.« Mabel blies ihren Atem gegen die Scheibe, dann glitt ihr Finger geräuschvoll quietschend darüber.

»Natürlich macht er auf«, erwiderte Katy, auch wenn sie befürchtete, ihre Tochter könnte recht behalten. »Er oder ein Angehöriger.«

»Wenn er dich nicht reinlässt, fahren wir dann zurück nach Hause?« Mabel spähte hoffnungsvoll zwischen den Vordersitzen hindurch.

»Das geht nicht. Aberdeen ist jetzt unser Zuhause.« Katy schickte ihr einen bedauernden Blick über den Rückspiegel. »Du wirst sehen. Er wird mich reinlassen, und alles wird gut. Wahrscheinlich mussten sie gestern kurz weg.«

»Ich habe ihn gesehen. Er hat uns durchs Fenster beobachtet.«

Katy lief ein eiskalter Schauer über den Rücken. Sie schluckte.

»Der macht nicht auf. Nie im Leben.« Mabel war sich sicher. Ihre Mutter widersprach nicht, denn auch sie hatte den Mann am Fenster gesehen. Es war dumm von ihr zu glauben, Mabel wäre das entgangen. Sie war klüger als viele Erwachsene, denen sie begegnet war. Manchmal machte ihr die Tatsache Angst, dass sie ihrem Alter so weit voraus war, und sie fürchtete sich vor dem Moment, in dem Mabel klar werden würde, dass ihre Mutter auf ganzer Linie versagt hatte. Dass sie ihr Vertrauen in den Falschen gesetzt und deshalb Fehler begangen hatte, die sie mit ausbaden musste. Mit Mitte dreißig hatte Katy einsehen müssen, dass sie ihre Zukunftspläne, ihre Träume und Vorstellungen für einen Mann aufgegeben hatte, dem sie egal war. Genauso hatte es ihre Mutter vor Jahren vorhergesagt, nachdem sie ihr von ihrem Entschluss erzählt hatte, ihr Medizinstudium zugunsten der Familie abzubrechen. Damals hatte Katy nicht damit gerechnet, wie sehr sie ihre Entscheidung bereuen würde. Ihr war, als hätte sie alles an Fred abgetreten: ihr Haus, ihren Studienabschluss, ihren Selbstwert. Sie mochte ihren Job, den Kontakt zu den Patienten und das Gefühl, etwas bewirken zu können. Aber es war die Medizin, für die sie wirklich brannte, nicht die Pflege. Ohne abgeschlossenes Studium war sie nichts weiter als eine überqualifizierte Krankenschwester. Sie hing fest in einem Leben, das anders hätte verlaufen sollen – Gedanken, die sie in letzter Zeit immer wieder völlig unvorhergesehen überkamen.

»Ich will nicht auf dem hässlichen Hof wohnen.« Mabel schimpfte unermüdlich leise vor sich hin. »Und auch nicht bei diesem alten Mann. Der war gruselig.«

Katy seufzte. »Bitte mach es mir nicht so schwer. Wir sind gleich da.« Sie fühlte sich furchtbar, weil sie den Moment kaum abwarten konnte, an dem sie Mabel abgesetzt haben und endlich Stille einkehren würde. So vieles hatte sie in den vergangenen Tagen organisieren und koordinieren müssen. Eigentlich fehlte ihr die Energie, eine neue Arbeit anzugehen. Katy liebte ihre Tochter über alles, aber sie merkte, dass sie weniger Geduld mit ihr hatte als üblich. Sie bemühte sich,

Rituale einzuhalten. So las sie Mabel weiterhin jeden Abend vor, sie gingen spazieren und erkundeten gemeinsam die Natur, die beide so liebten. Doch der gestrige Nachmittag, den sie am Strand verbracht hatten, hatte, trotz der einnehmenden Umgebung, nicht zur Harmonie beigetragen. Es stellte sich heraus, dass es schwerer als angenommen war, Mabel von Aberdeens Vorzügen zu überzeugen, weil sie alles mit dem kleinen Londoner Vorort verglich, in dem sie bisher aufgewachsen war. Trotzdem wollte Katy nicht aufgeben. Ihre Hoffnungen galten einem erfolgreichen ersten Tag. Der Stress würde sich legen, sobald sie endlich angekommen wären, davon war sie überzeugt. Sie an ihrem neuen Arbeitsplatz und Mabel in ihrer neuen Klasse.

Sie bogen in eine Seitenstraße ein. Auch dort hatte sich der Nebel ausgebreitet wie Wasserdampf in einer zu engen Küche. Ab und zu drang das Scheinwerferlicht entgegenkommender Fahrzeuge hindurch.

»Du willst mich nur loswerden. Genauso wie du Dad loswerden wolltest.« Mabels Stimme hatte einen weinerlichen Klang angenommen. Sie wusste genau, wie sie ihre Mutter an einem wunden Punkt erwischte. Und jetzt, da sie kurz davor waren, das Schulgebäude zu erreichen, ließ sie nichts unversucht. Katy biss erneut die Zähne aufeinander, diesmal so fest, dass ihr Kiefer schmerzte. Wie lange würde sie die Wahrheit noch vor ihrer Tochter verbergen können? Mabels Sticheleien streuten Salz in eine offene Wunde. In Momenten wie diesem konnte sich Katy nur mit Mühe davon abhalten, ihr zu sagen, wie die Dinge wirklich standen. Nicht ihre Mum war das Problem gewesen, sondern ihr Dad – der sie durch eine Assistenzärztin ersetzt hatte.

»Ich werde nicht aussteigen«, fügte Mabel nach einer Pause trotzig hinzu. »Und mir ist egal, was du sagst.«

»O doch, das wirst du«, entgegnete Katy gereizt. Sie hatte die Geduld verloren.

»Werd ich nicht«, keifte Mabel zurück.

Für den Bruchteil einer Sekunde schickte Katy ihr einen ermahnenden Blick über den Rückspiegel, doch als sie sich wieder der Straße zuwandte, war es schon zu spät. Die Silhouette einer Person tauchte auf und verschwand im Nebel. Katy bremste so abrupt, dass die Reifen schlitterten. Mabels schriller Schrei wurde von lautem Gepolter durchbrochen, das von etwas ausgelöst wurde, das im Graben neben der Straße landete. Im ersten Augenblick war Katy wie versteinert.

»Mum?« Mabels Schluchzen holte sie aus ihrer Schockstarre. Hastig und mit zitternder Hand schnallte Katy sich ab.

»Geht es dir gut?« Sie sah sich nach ihrer Tochter um. Mabel nickte knapp.

»Bleib im Auto.« Katy stieg aus.

»Hast du ... jemanden totgefahren?« Mabel drückte Mausespeck fester an sich.

»Ich hoffe nicht«, murmelte Katy. Mit wild klopfendem Herzen ging sie um den Wagen herum, dann warf sie einen ängstlichen Blick auf die Fahrbahn. Nichts! Aus dem Straßengraben kam jedoch ein Stöhnen. Wenig später entstieg ein Mann dem Nebel.

»Du meine Güte! Ist Ihnen was passiert?« Katy, erleichtert darüber, dass er offenbar unverletzt war, stützte ihn.

»Mir geht's gut«, sagte er rasch und zog sein Fahrrad aus dem Graben. »Ich konnte mich noch rechtzeitig zur Seite retten.«

»Das tut mir so leid. Ich habe Sie einfach nicht gesehen.« Der Schock saß Katy noch in den Gliedern.

»Kein Wunder bei diesem Nebel.« Er klemmte sich den Vorderreifen zwischen die Beine und begradigte seinen Lenker.

»Oh, Mann. Ich war nur kurz abgelenkt. Entschuldigung! So was ist noch nie vorgekommen. Glauben Sie mir. Für gewöhnlich bin ich eine verantwortungsvolle Autofahrerin. Das hätte nicht …«

»Bitte!« Er hob beschwichtigend eine Hand. »Ist ja keinem was passiert.«

»Sind Sie sicher?« Katy betrachtete ihn besorgt von oben bis unten.

»Ja, ja. Alles bestens.« Prüfend schwang er sich wieder auf sein Rad.

»Ich habe noch nie jemanden angefahren.« Katy fasste sich ans Herz, das zurück in seinen normalen Rhythmus finden musste.

»Irgendwann ist immer das erste Mal.« Er lächelte sie beruhigend an. »Aber Sie konnten wirklich nichts dafür. Es war wohl eher meine Schuld. Ich hätte nicht auf der Straße fahren dürfen. Nicht bei diesem Wetter.«

Halt suchend stützte Katy einen Arm auf die Motorhaube und holte tief Luft.

»Sie sind nicht von hier, oder?« Er klaubte seine blaue Mütze vom Asphalt, die er bei dem Sturz verloren hatte.

»Ist das so offensichtlich?«

»Schon irgendwie.«

»Wir sind gerade hergezogen«, erklärte Katy keuchend.

Lächelnd nickte er. »Zu dieser Jahreszeit ist es so nah am

Hafen für Leute von außerhalb nicht ungefährlich. Es sind schon welche im Wasser gelandet.«

»Dasselbe gilt wohl auch für Leute von innerhalb. Besonders, wenn Sie auf Autofahrer wie mich treffen.«

Er lachte laut. »Na ja, Sie sind wohl eher auf mich getroffen.«

»Touché.«

Für einen Moment standen sie sich still gegenüber, und Katy fielen seine stechend grünen Augen auf. Er musste ungefähr ihr Alter haben.

»Mum?« Mabel reckte ihren Kopf aus dem geöffneten Autofenster. Katy zuckte erschrocken zusammen.

»Ihre Tochter?«, fragte der Mann.

»Ähm, ja. Heute ist ihr erster Tag in der neuen Schule.«

»Oh.«

»Genau. Und ihre Mutter hat es nicht geschafft, sie pünktlich abzuliefern«, murmelte Katy, wütend auf sich selbst.

»Ach, machen Sie sich deswegen keine Sorgen. Die werden das in der Schule verstehen.«

Katy nickte nachdenklich, dann deutete sie auf sein lädiertes Rad. »Kann ich Sie vielleicht irgendwohin mitnehmen?«

Er warf einen kritischen Blick auf ihren Fiesta. »Nein. Danke. Ich fahre gern mit dem Rad.« Er zwinkerte ihr mit einem Auge zu, dann trat er in die Pedale. »Einen schönen Tag noch. Vielleicht sieht man sich wieder.« Er winkte Mabel im Vorbeifahren, die seinen Gruß verunsichert erwiderte.

»Ja. Vielleicht«, rief Katy unbeholfen.

Er streckte seine Hand zur Seite, ohne sich noch einmal nach ihr umzusehen. Kurz darauf verschwand er im Nebel. Katy sprang zurück ins Auto.